혼불

혼불

둘 — 톨쥬 장편소설

Beyond

둘

1장	009
2장	089
3장	182
4장	243
5장	335

일러두기

· 단행본 제목은 『 』, TV 프로그램 및 곡명, 예술 작품의 제목은 「 」로 표기했습니다.
· 본 작품에서 등장하는 인물, 이름, 집단, 사건은 실제와 무관한 것으로 특정 단체 및 인물과 관련이 없음을 밝힙니다.
· 이 책의 맞춤법과 외래어 표기는 국립국어원의 용례를 따랐으나 저자 고유의 글맛을 살리기 위해
 일부 용어에는 예외를 두었습니다.

1장

주어진 명이 다하여 죽음에 이르면 그 육신은 땅으로 돌아가 흙이 되고, 몸에 갇혀 있던 혼은 하늘로 흩어진다고 하였다. 죽기 바로 직전에 몸에서 맑고 푸르스름한 빛이 빠져나오는데, 사람들은 고래로부터 이것을 '혼불'이라고 불러 왔다.

사람들은 혼불을 목도할 적이면 먼 길을 떠날 불빛을 애도하며 두 손을 모아 망자의 명복을 빌었다. 허나 언제나 섭리를 거스르는 일은 있기 마련이라. 모든 혼불이 승천하는 것은 아니었다.

때때로 승천은커녕 외려 땅에 들러붙는 일이 생겨났다. 하늘로 올라가야 할 혼불이 이승에 묶이면 그 자체로 생의 찌꺼기요, 재액의 씨앗이 되었다. 그리하여 불길한 씨앗은 마침내 삿된 이물(異物)을 틔워 내고 말았던 것이다. 바로 '귀신'이라는 존재였다.

(중략)

어둠에 물든 산천이 귀신의 영토라면 나례는 어둠을 몰아내는 횃불이라. 나례를 거행할 적이면 그 중심에는 언제나 방상시가 있었는데 그 외형이란 이루 말할 수 없이 기묘하여, 그가 좌중 앞에 모습을 드러낼 적이면 누구라도 경탄을 금치 못하였다.

그는 곰 가죽을 뒤집어쓰고 붉은 옷에 검은 치마를 둘렀으며, 얼굴에는 반드시 해괴한 탈을 썼으니 그 용모에 대해선 알려진 바가 없다. 탈에 새겨진 눈은 자그마치 네 개나 되는데, 그 색이 황금과 같다고 하여 황금사목(黃金四目)이라고도 불렸다.

그의 얼굴이 곧 탈이요, 탈이 곧 힘의 원천이었다.

황금색 눈은 혼에 새겨진 이름을 볼 수 있었는데, 방상시가 혼의 이름을 세 번 연달아 호명하면 그 혼은 혼불이 되어 하늘로 올라간다고 하였다. 그 절대적인 호명으로 하여금 산 자에겐 죽음을, 죽은 자에겐 승천을 안겨 주었으니, 역류하는 섭리를 바로잡기에 모자람이 없었으며 모든 질서를 정연케 하였던 것이다.

혼불을 인도하는 힘, 그것이 방상시의 권능이었다.

『구나세전(驅儺世傳)』 발췌

·⁂·

그날, 재겸은 말했다.

"떠나라는 말은 진심이었어."

현관에서 기다리고 있던 정주를 보자마자 꺼낸 말이었다. 그 말을 듣기 전부터 정주는 이미 몹시 놀란 상태였다. 메산이와 함께 외출에 나섰다가 이제 막 집에 돌아온 재겸은 누가 봐도 운 얼굴을 하고 있었다. 정주는 이제껏 단 한 번도 재겸이 우는 모습을 본 적이 없었다.

"애초에 나는 너네한테 같이 살자고 한 적도, 곁에 있어 달라고 한 적도 없잖아."

재겸은 정주와 메산이가 애써 잠시 미뤄 두었던 화제를 순식간에 불러들였다.

재겸은 둘에게 떠나라는 말을 했었다. 그것이 소원이라고.

"나는 오라고 안 했는데 너네가 멋대로 온 거야."

재겸의 코끝은 빨갰고, 눈가 언저리는 붉었다. 퉁퉁 부은 눈이야 말할 것도 없었다. 집을 나설 때까지만 해도 평소와 같던 재겸은, 한 번도 본 적 없는 낯선 얼굴을 하고 있었다.

"어쩌다 보니 이렇게 지내고는 있지만 계속 같이 살고 싶다, 헤어지고 싶지 않다, 한 번도 그런 생각 한 적 없어."

재겸은 아주 오랫동안 곱씹고, 곱씹은 내용을 토해 내듯 울컥대며 말을 쏟아 냈다.

"그럼 너무 슬프니까."

그렇게 말하며 재겸은 얼굴에 남은 물기를 닦아 냈다.

"나중에 너무 슬퍼지잖아, 내가…."

재겸은 둘을 처음 만났던 때를 떠올렸다. 만난 시기는 달랐지만 행동은 비슷했다. 둘 다 끈질길 정도로 재겸의 뒤꽁무니를 졸졸 쫓아다녔다. 내쫓기도 귀찮고 제풀에 떨어져 나갈 거라고 생각해서 그대로 놔뒀더니 어느샌가 은근슬쩍 곁에 눌러앉아 있었다.

정신을 차리고 보니 셋이서 한 지붕 생활을 하는 꼴이 기가 막혔다. 여우에, 산삼에. 떼어 놓을까 고민도 했지만 재겸은 그냥 내버려 두기로 했다. 그리 달갑지는 않았지만 딱히 싫지도 않았다. 또 가만히 생각해 보니 둘 다 인간보다 수명이 몇 배나 길었다. 사실상 이것이 둘을 곁에 둔 가장 결정적인 이유였다. 그리고 둘을 곁에 둔 이유는 훗날, 둘에게 떠나라고 말한 이유가 되었다. 처음엔 어차피 당분간이라는 생각에 이 생활을 대수롭지 않게 여겼었다. 그러다 불현듯 위기감을 느꼈다. 혼자가 익숙했던 재겸이, 어느새 셋이 함께 있는 풍경에 익숙해졌다는 사실을 스스로 깨달은 그 순간부터였다.

나중엔 반드시 혼자가 된다.

깊게 박혀 있는 이 생각이 둘로부터 멀어지게 만들었다. 재겸은 스스로 의식하지 못하는 사이에 혼자 동떨어져 있었다. 이 이상 각별해져선 안 됐다. 서로를 위하고, 서로를 위해 희생하고, 서로를 필요로 해서는, 그래서는 안 됐다.

삭사의 사리로 돌려보내야 한다고 생각했다. 하루빨리, 더 늦기 전에. 그러나 윤태희가 정주를 들먹이며 협박을 했던 날, 집에 돌아왔더니 메산이가 없었던 그날, 난장판이 된 거실에 멍하니 앉았을 때 깨달았다.

이미 늦었다고.

정주도 메산이도 정말 '그냥 아는 애'였으면 훨씬 좋았을지도 모른다. 만약 그랬다면 오늘 재겸은 울지 않았을 것이다. 하지만 이젠 어쩔 도리가 없었다.

"근데, 이젠 떠나라고 안 할 거야."

지킬 수 없다면 버릴 것, 그리고 버릴 수 없다면 지킬 것.

이것이 소년이 내린 결론이었으므로.

"내가 오라고 해서 온 거 아니니까, 가라고 하지도 않을래."

세월이 흐르면 언젠가는 정주도 메산이도 사라지고 말 것이다. 어떤 방식으로든. 그리하여 앳된 얼굴의 소년은 다가올 작별을 의연하게 받아들이기로 했다.

남겨질 훗날에 미리 겁먹지 말자고.

"대신 언제든지 떠나도 돼. 멋대로 온 것처럼 갈 때도 멋대로 가면 돼."

그날이 오거든 뒷모습이 사라질 때까지 손을 흔들어 주겠노라고.

"올 때 환영은 못 해 줬어도, 갈 때는 환송해 줄게."

그 말을 끝으로 재겸이 심술궂게 입꼬리를 올려 보였다. 소년다운 웃음이었다. 정주는 얼빠진 얼굴로 한참을 멍하니 서 있었다.

정주는 지금 이 순간, 비로소 모든 게 제자리로 돌아왔음을 알았다. 평소와는 전혀 다른 모습의 재겸을 마주하는 순간이었다. 한 박자 늦게 정주의 눈에 눈물이 차오르기 시작했다.

소년은 소원을 회수하였다.

· 🕊 ·

산 밑에 자리한 아담한 이층집은 얼마 전부터 이사 준비에 돌입했다. 폭주의 여파로 사경을 헤매던 재겸이 정신을 차리고 이틀이 지났다. 이후로 정주는 방방곡곡의 정보를 수집해 가며 새로 옮길 거처를 열심히 알아보는 중이었다.

집을 옮기자는 제안은 꽤나 갑작스러웠지만 재겸은 순순히 고개를 끄덕였다. 재겸 또한 이 집이 더 이상 안전하지 않다는 의견에 동의해서였다. 이사할 집이 정해지는 대로 당장 떠날 수 있도록 이미 채비도 마쳐 놓은 상태였다.

그러나 새로운 거처를 구하는 것은 생각보다 훨씬 어려웠다. 메산이가 정기를 취해야 하므로 산 주변이어야 했고, 집에는 넓은 정원이 딸려 있어야 했기 때문이었다. 또 최대한 인적이 드문 곳이기를 바랐기에 여러모로 조건이 까다로웠다.

이 모든 조건에 해당하는 집을 단시간에 찾아내기란 쉽지 않았다. 괜찮은 곳을 찾아서 연락을 해 보면 몇 달 뒤에나 집이 빈다고 하여 좌절하기를 몇 번. 정주는 그야말로 속이 새까맣게 타들어 가는 기분이었다.

그 탓에 이틀간 잠 한숨 못 잔 정주는 이른 아침부터 거실 소파에 앉아 있었다. 한껏 충혈된 눈으로 미리 챙겨 온 여분의 휴대폰을 번갈아 들여다보느라 재겸이 방에서 나온 것도 몰랐다. 재겸은 밤새 얼마나 요란하게 잤는지 머리가 까치집이었다. 부엌으로 향한 재겸은 식탁 근처를 어슬렁거렸다.

재겸은 익숙한 손길로 찬장을 열어 컵라면을 꺼냈다.

그제야 재겸의 존재를 알아챈 정주가 눈을 동그랗게 뜨고 다가왔다.

"언제 나왔어?"

정주는 재겸의 손에 들린 컵라면을 보더니 제대로 된 아침밥을 차려 주겠다고 했다. 그러나 재겸은 반송장한테 어떻게 밥상을 받아먹겠느냐며 까칠한 반응을 내보였다. 그만큼 정주의 얼굴은 초췌했다.

"발 닦고 잠이나 자."

핀잔과 함께 재겸은 뜨거운 물을 부었다.

"나도 그러고 싶은데 걱정돼서 잠이 안 와."

"걱정을 안 하면 되잖어."

명쾌하고 한결같은 대답에 정주가 어이없다는 얼굴을 했다.

"어떻게 걱정을 안 해?"

"당분간은 괜찮을 거라고 그랬다며."

주어가 빠진 대답이었지만, 정주는 재겸이 누구의 말을 빗대고 있는지 금세 알아들었다. 나자들이 한 달 동안은 꼼짝도 못 할 거라는 이야기. 재겸이 사경을 헤매던 사이에 왔다 갔던 윤태희의 전언이었다. 메산이가 말을 전할 때만 해도 건성으로 듣는 것처럼 보였는데, 사실은 전부 다 새겨듣고 있었던 모양이다.

"너 설마 그 사람 말을 곧이곧대로 믿는 건 아니지?"

정주가 심각한 표정으로 얼굴을 슥 들이밀었다.

"근데 며칠 동안 아무 일 없었던 건 맞잖아."

조급한 정주와 달리 재겸은 태평하기만 했다. 윤태희의 말은 충분히 일리가 있었다. 당연히 화살을 쐈으니 당분간은 몸을 움직이기 힘들 것이고, 만약 회복하더라도 윤태희가 기억을 지웠으므로 추적 또한 어려울 터. 이 집만 떠난다면 행적을 찾기란 쉽지 않을 것이었다.

"아니 근데, 재겸아, 그 사람 대체 뭐 하는 사람이야?"

정주는 그간의 정황에 대해 대략적인 내용을 들은 상태였다. 하지만 윤태희만은 종잡기 어려웠다. 메산이는 나쁜 사람이 아닌 것 같다고 했지만 정주의 생각은 달랐다. 정주는 메산이만큼 순진하지 않았다. 도움을 줬다고는 하지만 어쨌든 그도 나자였다. 마지막에 재겸이 손을 쓰지 않은 데는 나름대로 이유가 있을 테지만, 그럼에도 정주는 경계를 풀지 않고 있었다.

"말했잖아. 학교 사서로 잠입한 나자라고."

재겸이 입을 우물거리며 대수롭지 않게 말했다.

"그게 다야?"

정주가 미심쩍은 표정으로 물었다. 재겸이 눈을 뜨면 다시 오겠다던 윤태희는 며칠째 감감무소식이었다. 정주가 윤태희에 대해 알고 있는 것이라고는 학교 사서로 잠입한 나자라는 사실, 그리고 재겸에게 나자가 되어 달라는 제의를 했다는 사실뿐이었다.

"…그게 다야."

왜냐하면 재겸이 딱 그 정도만 얘기했기 때문이었다.

재겸은 윤태희가 협박을 했다는 사실과 자신에게 나자가 되어 달라고 한 이유, 그리고 나례청을 부술 계획을 세우고 있다는 사실은 말하지 않았다. 함께 그 자리에 있었던 메산이에게도 일단은 입단속을 시켜 둔 상태였다. 가볍게 흘려보낼 이야기는 아니라는 판단에서였다. 그게 사실이든 거짓이든 간에.

"난 그 사람 싫어."

정주가 뽀로통한 얼굴로 말했다.

정주는 이번 일로 자신이 지뢰밭을 걷고 있었음을 알았다. 나례청에 대해서 들어 본 적은 있었지만 자세히는 몰랐다. 사라졌던 나례청이 현대에 이르러 재건되었고 나자로 일하는 귀재들이 있다더라, 하는 정도였다. 이렇게 엮일 줄은 꿈에도 몰랐다. 업계에 나자들이 많다는 것도 처음 안 사실이었다.

"너만 싫냐? 그 새끼 나도 싫어."

재겸이 컵라면을 뒤적거리며 무심하게 동조했다.

"뭔가 촉이 안 좋아. 나 촉 좋은 거 알지?"

정주가 목소리를 낮추며 속닥거렸다. 재겸은 별말 없이 고개를 끄덕였다. 그 말은 사실이었다. 대충 추려서 이야기했을 뿐인데도, 정주는 필요 이상으로 윤태희를 의식하고 거부감을 드러냈다. 위협을 감지하는 직감. 여우의 본성은 어디 가지 않는 모양이었다.

"알았으니까. 가서 자라, 좀."

재겸이 성가시다는 투로 말했다.

"왜 자꾸 가서 자래? 그렇게 상태 안 좋아 보여?"

"못 믿겠으면 메산이한테 가서 물어보든지."

재겸이 턱짓으로 바깥을 가리켰다.

커다란 미닫이창 너머, 담장 위로 보이는 하늘이 맑았다. 메산이는 아침부터 마당을 부산히 돌아다니며 이슬을 받아 먹고 있었다. 마당 구석으로 번져 오는 햇볕이 따사로웠다. 이사를 갈 거라고 했더니 메산이는 정든 집을 떠나는 게 아쉬운지 평소보다 오랫동안 마당에 머물렀다.

"아직 일어나지도 않은 일로 미리 겁먹을 필요 없어."

물끄러미 바깥 풍경을 바라보던 재겸이 중얼거렸다.

"찾아보면 세 식구 살 집 하나쯤은 있겠지."

태평한 한마디를 남기고, 재겸은 밥을 먹는 데 열중했다.

"……"

정주가 얼떨떨한 얼굴로 눈을 깜빡였다. 세 식구. 대수롭지 않게 지나간 단어가 귓가에 메아리처럼 남았다.

지금껏 같이 살아온 세월 동안 재겸이 셋을 묶어서 말하는 경우는 거의 없었다. 재겸은 항상 '우리' 대신에 '너네'라고 했다.

일부러 선을 긋는 것이 아니었다. 정말로 그렇게 생각했으므로 부지불식간에 그런 말을 쓰는 것이었다. 그런데 식구라니.

"왜 그러는데?"

정주가 이상한 얼굴을 하고 있으니 재겸이 한쪽 눈을 찌푸리며 의아하다는 듯이 물었다. 그에 화들짝 정신을 차린 정주는 고개를 저으며 어색하게 말했다.

"어, 어? 아무것도 아냐…."

재겸은 잠시 미심쩍은 얼굴을 하다가 다시 식사에 집중했다. 제법 배가 고팠는지 어느새 컵라면에 찬밥까지 말아 먹고 있었다. 정주는 흐뭇하게 재겸이 먹는 모습을 바라보았다.

입꼬리가 꾸물꾸물 올라가려고 해서, 정주는 눈을 굴리며 표정 관리를 했다. 연기자의 재능은 이럴 때 써먹는 것이다. 퀭하던 얼굴은 어느새 살짝 밝아져 있었다.

"근데 재겸아, 너 오늘 왜 이렇게 일찍 일어났어?"

생각해 보니 평소 아침잠이 많은 재겸은 누가 깨우지 않는 이상 해가 중천에 떠야 잠에서 깨는 편이었다. 그런데 이른 아침에 일어나서 밥을 챙겨 먹는 모습이 새삼 낯설게 느껴졌다.

그에 재겸은 숟가락을 들다 말고 고개를 들었다.

"그야…."

뭐 그리 당연한 걸 묻느냐는 듯, 재겸이 한쪽 눈썹을 들어 올리며 대답했다.

"학교 갈 시간이니까."

- 이번 정류소는 대륭 고교 사거리입니다. 다음 정류소는….

똑같은 교복 차림을 한 학생들이 줄지어 버스에서 내렸다. 맨 마지막에 내린 재겸을 끝으로, 대륭고 학생들을 전부 떨궈낸 17번 버스는 배기가스를 뿜어내며 홀가분히 멀어져 갔다. 등교 시간이면 으레 그렇듯이 학교 앞은 정적이고 침울한 색채를 띠었다. 하지만 그 안에서도 묘한 활력이 느껴지기 마련이었다. 젊음 그 자체에서 흘러나오는 특유의 어수선한 생동감. 오래간만의 등교였지만 재겸은 그 풍경을 향해 제법 능숙하게 발을 디뎠다.

띠링!

작지만 선명한 소리에 재겸이 걸음을 멈췄다. 어리둥절한 얼굴로 주변을 두리번거릴 때였다. 또다시 같은 소리가 들렸다. 이번엔 어디서 들리는 소리인지 확실히 알 수 있었다. 그 자리에 그대로 멈춰 서 있던 재겸은 바지 주머니에 손을 집어넣었다.

재겸이 꺼내 든 물건은 다름 아닌 휴대폰이었다.

집에서 나오기 전, 재겸은 정주와 한참 동안 실랑이를 벌였다. 재겸은 학교에 가겠다고 했고, 정주는 가지 말라며 반대를 했다. 정주는 새집만 구하고 나면 곧바로 재겸의 자퇴 수속을 밟을 생각이었다. 소원은 없던 일이 되었으니 학교에 가야 할 이유도 사라졌는데, 설마 재겸이 본인 의지로 학교에 가겠다고 할 줄은 몰랐다. 예전 같았으면 바깥 생활에 재미라도 붙었는가 싶어 기뻤겠지만 오늘은 아니었다.

지금 같은 시기에 바깥에 나가는 건 위험했다. 밖에 나갔다가 언제 어디서 나자를 만날지 모른다. 그렇게 생각한 정주는 필사적으로 등교를 만류했으나, 재겸은 고집을 꺾지 않았다.

"갑자기 학교에 왜 가겠다는 거야? 어제도, 엊그제도 안 갔으면서!"

재겸은 한심하다는 눈빛으로 정주를 바라보았다.

"주말엔 원래 학교 안 가거든."

그랬다. 오늘은 월요일이었다.

"아… 맞네…."

정주가 휘청거리며 머리를 짚을 때였다. 재겸이 볼을 긁적이며 입을 열었다.

"오늘 하루만이야."

재겸은 조영우를 한번 보고 갈 생각이었다. 함께한 시간이라고 해 봤자 한 달도 안 되는 짧은 기간이었고 앞으로 만날 일도 없을 테지만, 인사도 없이 떠나자니 내심 신경이 쓰였다. 말없이 떠나면 분명히 오랫동안 마음 앓이를 할 녀석이었으니까.

"그동안 같이 다녔던 애가 있는데, 걔가 고기반찬 맨날 나한테 줬는데 그렇게 얻어먹고 말도 없이 사라지면 좀 그러니까… 마지막으로 얼굴은 비치고… 나물이면 몰라도 고기반찬인데….”

정주는 재겸이 무슨 얘기를 하고 있는지 이해가 잘 안 갔다. 저게 당최 뭔 소리여. 정주가 어리둥절한 얼굴로 손을 들더니 확인하듯 되물었다.

"고기반찬한테 인사를 하러 간다고?"
"뭐? 고기반찬한테 인사를 왜 해."
"방금 그렇게 말하지 않았어?"
"뭐래 씨발, 이 등신아!"
"왜 갑자기 욕을 하구…."

둘은 얼마간 더 이야기를 나눈 끝에 간신히 오해를 풀었고, 정주는 마침내 재겸이 학교에 가겠다는 이유를 이해할 수 있었다. 정주는 한참을 고민했다. 혹시라도 재겸이 윤태희와 마주칠까 걱정이 되었기 때문이다. 하지만 정주는 결국엔 뜻을 굽히고 물러설 수밖에 없었다.

"정말 그렇게 착한 친구가 있었단 말이야? 미리 말을 하지 그랬어."

그래, 재겸이가 말한 대로 아직 일어나지도 않은 일을 걱정하진 말자. 재겸이도 생각이 있을 테고 알아서 잘하겠지. 그렇게 여기며 정주는 그냥 재겸을 믿기로 했다. 정주는 조영우에게 맛있는 저녁을 사 주라며, 가지고 있던 현금을 몽땅 꺼내 재겸의 지갑에 넣어 주었다. 그러고는 혹시 모를 상황을 대비하여 재겸에게 휴대폰을 들고 갈 것을 요구했다. 그에 재겸은 못마땅한 기색이었으나 딱히 거절할 도리가 없었다. 그리하여 재겸은 정주가 가지고 있던 여분의 휴대폰 중 하나를 소지하게 되었다.

한마디로 이 휴대폰은 타협의 산물이었다.

재겸은 어색한 자세로 휴대폰을 꺼내 들었다. 손에 쥔 스마트폰을 얼굴 근처로 들어 올린 뒤, 검지를 들어 액정을 터치했다. 콕콕, 액정이 아니라 떡을 찌르는 것 같은 모양새였다. 뻣뻣한 손길이었지만 다행히 터치가 제대로 통했는지 새까맣던 액정이 밝아졌다.

이다음에 어떻게 하랬더라….

재겸은 기억을 더듬어 보았다. 정주는 재겸을 앉혀 놓고 스마트폰 사용 방법에 대해 속성 족집게 강의를 해 주었다. 전화를 받고, 걸고, 메시지를 확인하고, 보내는 것까지 알려 주었다. 아주 기본적인 것들이었지만 휴대폰을 써 본 적 없는 재겸으로선 엄청난 고난이었다.

재겸은 긴가민가한 표정으로 알림 배너를 터치해 보았다. 그러자 저절로 메시지 화면으로 넘어갔다. 제일 먼저 눈에 보인 것은 보낸 상대의 이름이었다. '최고존잘정주'. 연락처 저장하는 법을 모르는 재겸 대신에 정주가 미리 저장해 둔 거였다. 재겸이 심각한 표정을 했다.

'최고존잘'이 뭐지?

아무리 생각해도 의미를 알 수가 없어서 그냥 메시지를 눌렀다. 메시지 창에는 두 건의 말풍선이 떠올라 있었다. 재겸이 목을 쭉 빼고 액정 화면을 유심히 들여다보았다. 얼굴을 가까이 가져갈 필요 없이 그냥 휴대폰을 가져다 대면 되는데 재겸은 그 사실을 인지하지 못했다….

> 재겸아~~ 버스 내렷닝???
>
> 학교 도착해쏘??

재겸이 눈을 찌푸리고 소리 내어 글자를 읽어 보았다.
"버스 내렸. 닝. 학교 도착했. 쏘."
메시지가 그새 하나 또 왔다.

> 보면 바로 답장해야대ㅜㅜ?? 불안행ㅜ

재겸은 배운 내용을 떠올리며 우왕좌왕 손을 움직여 보았다. 아래 입력 창을 누르자 키보드 자판이 떠올랐다. 자음과 모음이 빼곡했다. 벌써부터 까마득한 기분이 들었다.

'학교 왔어. 그만 말해.' 보내고 싶은 내용은 바로 이것이었다. 재겸은 하나씩 신중하게 눌러 가며 글자를 조합했다. '학ㄱ교.'까지 완성되었다. 눈빛만 보면 휴대폰과 눈싸움이라도 하는 듯했다.

"그만 말해. 그만 말해. 그만 말해…."

메시지 작성에 열중한 재겸은 입 밖으로 글자를 중얼거렸다. 학생들이 수군거리며 곁을 지나쳤다. 길거리 한복판에서 휴대폰을 들고 눈을 희번덕대며 같은 말을 반복하는 소년은 주변의 시선을 한 몸에 받았다.

하지만 혼자 다른 세계에 가 있는 재겸은 그 사실을 전혀 깨닫지 못하고 있었다. 당연히 바로 뒤에 구경꾼이 서 있다는 사실도 눈치채지 못했다. 메시지가 완성되어 갈수록 재겸의 상체가 액정 화면으로 들어갈 것처럼 점점 쭈그러들었다. 그에 따라 뒤에 서 있던 구경꾼의 자세도 구부정해졌다.

> 학ㄱ교왔서그만말ㅎㅑ

1장 25

치열한 사투 끝에 메시지 작성을 무사히 끝냈다. 재겸은 그대로 전송 버튼을 눌렀다. 답장 완료였다. 그러자 때를 기다렸다는 듯 등 뒤에서 손이 튀어나왔다. 단정한 손은 재겸이 들고 있던 휴대폰을 쏙 뺏어 갔다. 순식간에 일어난 일이었다. 재겸이 곧장 뒤를 돌아보았다.

"어, 휴대폰 생겼어?"

구경꾼이 해맑게 말을 건넸다. 눈이 마주치자, 그제야 예의 그 향수 냄새가 풍겼다. 메시지를 쓰느라 정신이 팔려서 미처 알아차리지 못했다.

재겸의 낯이 한순간에 무표정해졌다.

"……."

구경꾼은 소매가 짧은 남색 셔츠를 입고 있었는데, 오른손은 여전히 반깁스 상태였으며 이마 끄트머리엔 네모난 반창고를 붙이고 있었다. 전부 다 재겸이 낸 상처였다.

"줘."

재겸이 싸늘한 목소리로 말했다. 윤태희는 다친 오른손 대신 왼손으로 휴대폰을 들고 있었는데, 마치 제 것이라도 되는 것처럼 태연하게 터치를 해 대는가 싶더니, 이내 빙그레 웃으며 순순히 휴대폰을 돌려주었다.

"여기."

재겸이 휴대폰을 주머니에 집어넣고는 그대로 윤태희를 지나쳐서 걸었다. 딱히 빠르지도, 느리지도 않은 보폭이었다.

그러자 윤태희도 재겸의 옆으로 와서 나란히 걷기 시작했다.
둘은 그렇게 잠시 동안 말없이 걸었다.

"오랜만이네."

먼저 입을 연 것은 윤태희였다.

"그러네."

정면을 바라보며 걷던 재겸이 단답했다. 아주 무성의한 대꾸였다.

"몸은 좀 어때?"

"괜찮아."

"나는 안 괜찮은데."

"그래 보여."

일관된 대답이 이어지자 윤태희가 픽 웃었다.

"나 어제 하루 종일 기다렸는데."

윤태희가 조용히 읊조리자 재겸이 말없이 눈을 흘겼다.

정주는 윤태희가 그간 감감무소식이었다고 알고 있었지만 사실은 달랐다. 이틀 전, 재겸은 창가에서 작은 새 한 마리를 발견했다. 처음엔 평소 오가던 산새인 줄 알았는데, 그 새는 부리에 뭔가를 물고 있었다. 바로 종이쪽지였다. 새는 물고 있던 쪽지를 창틀에 놓고는 미련 없이 날아갔다. 의문의 쪽지엔 단 한 줄만이 적혀 있었다.

> 사거리 카페, 일요일 오후 1시.

정갈한 필체로 적힌 쪽지를 확인한 재겸은 기가 찼다.

미친놈인가. 직접 와도 안 만나 줄 판에 어디서 오라 가라야. 미친놈, 아니, 발신인의 정체야 불 보듯 훤했다. 학교 근처에 위치한 사거리 카페는 등굣길에 항상 지나치는 곳이라 재겸도 쉽게 찾아갈 수 있었다. 배려가 느껴지는 장소 선정이었다.

그리고 일요일 오후 1시. 그 시각, 재겸은 집에서 「전국 노래자랑」을 보고 있었다….

"왜 나 바람맞혔어?"

윤태희가 고개를 틀고 재겸의 얼굴을 들여다보며 물었다.

"맞을 짓을 했으니까 맞았겠지."

재겸은 윤태희에게 시선 한 톨 주지 않은 채 무심하게 대답했다.

"……."

묘하게 뼈가 있는 것 같네….

다소 중의석으로 들리는 살벌한 대답에 윤태희는 소용히 눈썹 끝을 매만졌다.

"오늘 나랑 저녁 먹을까?"

잠시 말이 없던 윤태희는 별안간 질문의 궤도를 확 틀었다. 그에 재겸의 눈썹이 꿈지럭거렸다. 저녁은 조영우랑 먹을 예정이었다. 하지만 그건 차치하고 나서라도….

"내가 왜 그래야 하는데?"

재겸은 심드렁한 얼굴로 질문을 되돌렸다.

"그럴 때 되지 않았어?"

윤태희가 고개를 기우뚱하며 물었다.

"너랑 내가 겸상할 사이는 아닌 것 같은데."

"그럼 밥 말고, 차 마실 사이 정도는 되나?"

윤태희가 능청스레 응수하자, 재겸이 문득 걸음을 멈췄다.

"……."

재겸은 잠시 주변을 두리번거렸다. 아무래도 등굣길이다 보니 보는 눈도, 듣는 귀도 많았다. 그 와중에 학생들 몇 명이 지나가면서 윤태희에게 "사서 쌤, 안녕하세요!" 인사를 하고 지나가기도 했으므로, 여러모로 신경이 쓰였다.

재겸은 사람들의 눈을 피해 구석진 곳으로 걸어갔다. 언젠가 윤태희가 넥타이를 매 주었던 가로수 뒤쪽이었다. "잠깐 와 봐." 재겸이 손을 까딱거리자 윤태희가 졸졸 뒤를 따랐.

둘은 나무 뒤에서 서로를 마주 보았다.

윤태희가 묘한 얼굴로 "왜?" 하고 물었다. 가깝게 붙어 있으니 아까처럼 향수 냄새가 진하게 났다. "너, 있잖아…." 재겸이 느리게 운을 뗐다. "응." 윤태희가 고개를 끄덕일 때였다.

"너 왜 반말해?"

"뭐…?"

예상치 못한 질문에 윤태희가 멍하니 되물을 때였다.

"너 왜 씨발 나한테 반말하냐고."

퍽! 재겸이 그대로 윤태희의 정강이를 걷어찼다. 난데없이 쪼인트를 까인 윤태희가 소리 없이 허리를 숙이더니 눈가를 찡그린 채 재겸을 올려다보았다.

"내가 네 친구야? 허락도 없이 이름을 막 부르질 않나, 이게 어디서 반말을 찍찍…."

재겸이 팔짱을 끼고 윤태희를 험악한 눈으로 내려다보았다. 몰랐을 때야 그렇다 쳐도, 정체를 알고 있으면서도 태연하게 반말을 해 대는 꼴이 새삼 괘씸하게 느껴졌다. 돌이켜 보면 오히려 몰랐을 땐 존대를 하더니, 알고 난 후로 말을 놨다. 거꾸로 자라는 버르장머리였다.

"그리고 너, 뭔가 착각하고 있는 것 같은데."

재겸이 눈을 가늘게 뜨고 말을 이었다.

"한 번 봐줬다고 해서 전부 다 없던 일이 되는 줄 아냐?"

변한 것은 없었다. 윤태희는 여전히 믿을 수 없는 인물이고, 화살을 비껴 쏜 것과는 별개로 그간의 앙금은 생생하게 남아 있었다. 재겸으로선 그저 마지막이라고 생각하여 최소한의 아량을 베풀어 주었을 뿐이었다.

"이유야 어찌 됐든 네가 한 짓은 사라지지 않아. 앞으로도 잊지 않을 거고. 그러니까 은근슬쩍 넘어가 줄 거라고 생각하지 마. 알겠냐?"

단호하게 말을 마친 재겸은 망설임 없이 등을 돌리더니, 그대로 자리를 떴다. 무릎을 굽히고 있던 윤태희는 총총 멀어져 가는 소년의 뒷모습을 멍하니 바라보았다.

"……."

　어디선가 바람이 불어왔다. 쏴아아, 물결치던 가로수에서 나뭇잎 몇 장이 떨어져 내렸다. 나무 밑에 혼자 남은 윤태희는 걷어차인 정강이를 문지르며 상황을 되짚어 보다가 피식 웃음을 흘렸다.

"쉽지 않네…."

　윤태희가 고개를 기우뚱하며 중얼거렸다.

· ✦ ·

　2학년 3반은 아침부터 술렁거렸다. 일주일 동안 결석했던 동급생의 등장 때문이었다. 재겸은 등굣길에 윤태희를 떨궈 내고 이제 막 교실에 들어서던 참이었다. 조용히 자습을 하고 있던 조영우는 재겸을 보자마자 샤프를 내던지고 한달음에 달려왔고, 반 아이들도 앞다투어 아는 척을 해 왔다.

"재겸아, 괜찮아?"

　조영우는 재겸의 손을 덥석 잡으며 다짜고짜 안부부터 물었다. '괜찮냐니? 뭐가 괜찮냐는 거지….' 재겸이 어리둥절한 얼굴을 할 때였다. 뭐라 묻지도 않았건만 주변을 얼쩡거리던 몇 몇 아이들이 슬쩍 끼어들어서는, '너 없을 때 이런 일이 있었다.' 하며 그간의 소식들을 전해 주었다.

"쉬는 시간만 되면 옆 반 애들이 너 맨날 찾아왔었어."

"맞아. 너 학교 빠진 게 차라리 다행이었다니까."

"우린 아무것도 모른다고 했으니까 걱정 마."

재겸은 결석한 사정에 대해 아직 입도 뻥긋하지 않은 상태였다. 그러나 조영우를 비롯한 아이들은 굳이 말 안 해도 이미 알고 있다는 것처럼 굴었다. 논란에 휩싸인 연예인 삼촌 때문이라고 기정사실화한 듯했다. 그 조카가 있는 학교였으니 교내에서도 '정주 잠적 사건'은 꽤나 화제가 되었던 것이다.

"담임 쌤도 너 오면 아무것도 물어보지 말라고 그랬어."

"누가 물어보면 그냥 무시해. 어차피 나중엔 다 잊을 거야."

"어? 어어…."

재겸은 얼떨떨한 얼굴로 고개를 끄덕였다.

반 아이들은 사정을 묻지도 않고 무작정 재겸을 다독여 주었다. 정주가 잠적한 이유에 대해 말도 안 되는 추측성 루머가 돌아다니는 상황이었고, 그중에선 다소 악의적인 내용도 있었다. 반 아이들은 어림짐작으로 가족인 재겸이 상처받을 것을 염려했다. 재겸 입장에선 딱히 그들의 염려를 부정해야 할 이유는 없었다. 오히려 귀찮게 이것저것 물어보는 것보다야 이게 낫긴 했다.

오늘 아침, 정주는 학교에 가는 재겸을 배웅하며 오늘이 마지막이라는 것은 아무에게도 알리지 않는 편이 좋겠다고 말했다. 재겸은 고민 끝에 그 말에 동의했다. 괜히 말해 봤자 성가신 질문만 받을 것이 뻔했고, 정주가 알아서 절차를 밟을 텐데 굳이 부스럼을 만들 이유가 없었기 때문이다.

처음부터 한 달을 전제로 했던 학교생활이었다. 그보다 일찍 끝난 것일 뿐, 떠난다는 사실에 별 감흥은 없었다. 하지만 막상 교실에 오니 조영우 이외에도 많은 얼굴들이 있는 것은 물론이요, 저를 둘러싸고 친근하게 너스레를 떨어 대는 모습에 재겸은 어쩐지 싱숭생숭한 기분이 되었다.

이를테면 정이 붙으려는 듯한, 그런 미지근한 느낌 같은 것.

낯설다면 낯설고, 익숙하다면 익숙한 감각이 마음 한편에서 헛돌았다. 재겸은 말없이 볼만 긁적거렸다. 이제 막 붙으려는 정이니, 긁으면 금세 떨어질 것이었으므로.

· 🕊 ·

점심시간이 되자 재겸과 조영우는 나란히 급식실로 향했다. 오늘도 평소와 다름없이 급식실은 와자지껄했고, 오늘도 평소와 다름없이 조영우는 자신의 몫으로 나온 제육볶음을 재겸의 식판으로 옮겨 주었다.

주변에 앉아 있는 녀석들이 하나같이 재겸을 곁눈질하며 뭐라 수군덕거렸다. 그러나 원체 남에게 관심이 없는 재겸은 그러거나 말거나 부지런히 젓가락을 움직이기 바빴다.

"재겸아, 맛있어?"

재겸이 얌전히 고개를 끄덕였다. 언제나처럼 잘 먹는 재겸의 모습에 조영우가 입에 숟가락을 물고 흐흐 웃었다. 수북이 쌓여 있던 밥과 반찬이 착실히 줄어들어 갔다. 그러다 어느 순간, 잊고 있던 무언가를 떠올린 조영우가 재겸을 향해 손바닥을 파닥거렸다.

"재겸아, 재겸아."

"응, 왜."

재겸은 대수롭지 않게 고개를 끄덕였다.

"나 오늘 5교시 수업 끝나고 조퇴해."

뭐라? 이어지는 조영우의 말에 눈을 동그랗게 떴다.

"조퇴? 왜? 오늘?"

"으응, 오늘 병원 가는 날이거든."

병원에 간다고? 재겸이 눈썹을 꿈틀거렸다.

"…병원은 왜?"

조영우가 고개를 끄덕이며 성실하게 대답했다.

"원래 두 달에 한 번씩 정기 검진 받는데 오늘이 바로 검진일이거든."

"……."

재겸이 시선을 내리며 혼잣말처럼 중얼거렸다.

"그럼 오늘은 같이 못 가겠네…."

"응, 이따 어머니가 데리러 오신대."

정주가 저녁 사 주라고 돈까지 쥐여 줬건만. 애석하게도 오늘은 날이 아닌 모양이다. 하필 마지막에 이렇게 딱 어긋나다니, 운과 때라는 것은 이토록 얄궂은 법이다. 굳이 안 와도 됐을 학교에 왔던 이유는 조영우 때문이었다. 살짝 허탈해지려고 했지만, 재겸은 어쩔 수 없다 치고 그냥 단념하기로 했다. 따지고 보면 원래는 얼굴만 보러 온 거였으니까.

"뭐, 그래."

그간의 경험으로 비춰 보면 이럴 땐 그럴 연이 아니었다고 여기는 게 마음 편했다. 이렇게 보란 듯이 어긋날 정도라면 꼭 오늘이 아니더라도 똑같았을 것이다. 어차피 재겸 혼자 간직하고 있던 계획이었다. 그것이 불발되었음을 알 길이 없는 조영우로서는 그저 해맑기만 했다.

"야, 좀 뜬금없는 말이긴 한데…."

한동안 말이 없던 재겸은 망설이며 입을 열었다.

"앞으로 사람들 만날 땐 발밑을 잘 봐."

예고한 대로 정말 뜬금없는 말이었다. 작별을 대신하는. 하지만 무엇 하나 솔직하게 말할 수 없는 재겸의 입장에선 이것이 최선이었다. 어차피 시간이 지나면 자연스럽게 알게 될 것이지만, 유약하고 여린 녀석이라 내심 걱정이 되어서 이렇게나마 언질이라도 주고 싶었다.

머지않아 조영우의 세계는 달라질 것이고 당분간은 괴로운 시절을 겪어야 할지도 모른다. 그러나 언젠가는 그런 스스로를, 자신에게 일어난 변화를 있는 그대로 받아들이는 순간이 분명히 찾아올 것이다.

"응? 발밑? 갑자기 발밑은 왜?"

재겸이 지금 최선을 다해서 작별 인사를 건네고 있다는 것을 모르는 조영우는, 맥락을 알 수 없는 말에 의아한 표정을 지어 보일 따름이었다.

"어, 그게, 그러니까…."

말해 놓고 살짝 당황한 재겸이 눈을 굴렸다.

"운 좋으면 흘린 돈을 주울 수도 있잖아."

머리를 쥐어짜 냈더니 영 엉뚱한 핑계가 튀어나왔다. 조영우가 그게 뭐냐며 푸하하 웃음을 터트렸다.

"…왜 웃어, 인마."

뭐, 그렇게 해서 진짜 돈이라도 주우면 그건 그거대로 횡재인 거고….

살짝 머쓱해진 재겸이 웅얼거리며 시선을 돌릴 때였다. 앞쪽에서 선생 몇 명이 대화를 나누며 걸어오는 모습이 보였다. 일찌감치 식사를 마치고 교직원 식당에서 나오는 길인 듯했다. 재겸이 저도 모르게 인상을 썼다. 언제 봐도 반갑지 않은 얼굴이 끼어 있었기 때문이다.

"재겸아, 왜 그래? 돌 씹었어?"

"어, 아니, 아무것도 아냐."

대충 얼버무리며 그대로 고개를 돌려 모른 척하려는데, 때마침 시선이 딱 마주쳤다. 어김없이 상대방의 눈꼬리가 휘었다. "잠시만요." 상대는 일행인 선생들에게 양해를 구한 뒤 재겸이 앉은 테이블로 다가왔다.

 재겸은 보란 듯이 식판에 시선을 고정한 채 열심히 밥만 퍼먹었다. 그러자 상대가 정중한 손길로 노크하듯 테이블을 똑똑, 두들겼다. 국을 뜨려던 조영우가 눈을 동그랗게 떴다.

 어? 사서 쌤이 왜? 둘이 친했나…?

 "재겸…."

 아. 입을 열던 윤태희가 별안간 말을 흐렸다. 윤태희는 눈을 내리뜨고 잠시 생각에 잠긴 얼굴을 하다가, 슬쩍 호칭을 수정했다.

 "나리야."

 푸흡, 켁, 쿨럭쿨럭!

 음식을 삼키다 말고 재겸이 와장창 기침을 토했다. 조영우는 제 귀를 의심했다. 당황한 얼굴로 사서 선생을 올려다보았다. 뭣 모르는 남고생들에게는 소름이 돋을 정도로 다정하게 들리는 호칭이었다. 근처에 앉아 있던 다른 아이들의 반응 역시 비슷하여, 앞뒤와 양옆 테이블에서 왁자지껄 대화를 나누던 소란이 일시에 잦아들더니 기묘한 웅성거림이 일었다.

 "수업 끝나면 잠깐 봐요."

 뭐야? 방금 들었냐? 웅성웅성… 쟤 김재겸 아니야? 웅성웅성….

"나리가 저녁 먹는 건 싫다고 했으니까, 그렇다면 도서실에서…."

윤태희가 아랑곳없이 입을 열자 여기저기서 품, 큭 하고 웃음이 터졌다. 그에 의아해진 윤태희가 한쪽 눈썹을 들어 올리며 주변을 둘러볼 때였다. 때마침, 뒤쪽에 앉아 있던 두어 명이 웃으며 꽥꽥거렸다.

"쌤! 김재겸이 왜 나리예요?"

윤태희가 김나리, 아니 김재겸을 슬쩍 봤다가 태연하게 대꾸했다.

"그냥 내가 부르는 별명이에요. 왜?"

"무슨 여자애 부르는 거 같잖아요!"

"아, 난 또 뭐라고…."

윤태희가 피식 웃으며 중얼거렸다.

"시대가 어느 땐데… 입 다물고 밥이나 먹어요."

깔끔하게 대화를 잘라 낸 윤태희는 고개를 내려 재겸을 쳐다보았다. 멍하니 굳어 있던 조영우가 뒤늦게 정신을 차리고 엉거주춤 자리에서 일어나더니 "재, 재겸아, 휴지랑, 물, 물 가져다줄게!" 하며 후다닥 식수대로 달려갔다.

그러자 윤태희는 조영우가 앉았던 의자를 허락도 없이 차지했다. 별안간 거하게 사레들려 버린 재겸은 한참 동안 잔기침을 하고 있었다. 고개를 푹 숙이고 있어 표정은 보이지 않았으나 양쪽 귓바퀴가 유난히 새빨갰다.

"와 주실 거죠? 도서실."

아침에 말하려고 했는데 먼저 가 버려서.

윤태희가 입을 가리고 은밀히 속삭였다. 그러자 재겸이 슬쩍 고개를 들고 잠시 양옆을 곁눈질했다. 주변의 눈치를 살피다가, 들릴 듯 말 듯 한 목소리로 조그맣게 대꾸했다.

"야, 너 지금 나 엿 먹이냐?"

사서 선생을 노려보는 눈빛이 살벌했다.

"설마요. 나 그렇게 싹바가지 없는 새끼는 아닌데."

윤태희가 상체를 숙이며 진지한 얼굴로 속삭였다.

"허락 없이 이름 부르지 말라고 하셨잖아요. 전처럼 친구라고 부르면 또 화내실 테고요. 그렇다고 애들 앞에서 나으리, 하고 부를 수도 없고. 그래서 이름 부르듯이 자연스럽게 불러 봤는데… 마음에 안 들어요? 아, 애들이 놀려서?"

윤태희가 웃음기 어린 목소리로 정중하게 덧붙였다.

"대가리에 든 게 없어서 그러는 거니까 이해하세요."

"……."

재겸이 이를 악물었다. 일부러 성질 긁으려고 그런 줄 알았는데, 듣다 보니 묘하게 수긍이 가는 느낌이었다. 그래서 더 기분이 나빴다.

"아니면, 뭐 따로 원하는 호칭이라도?"

윤태희가 얄밉게 고개를 옆으로 까딱거렸다. 의견을 묻는 일상적인 제스처에 불과했지만 재겸의 눈에는 그저 얄미워 보이기만 했다.

그날, 재겸은 금기를 어긴 대가로 고통스러워하는 윤태희의 모습을 보았다. 동정이나 연민을 느낀 것은 아니었다. 다만 이해는 했다. 죽음과도 같은 그 고통을. 그 고통이 어떤 것인지 재겸은 아주 잘 알고 있었다. 저 역시 몇 번이나 겪어 보았으니까.

화살을 비껴 쏜 것은 그래서였다. 만약 그것이 정말 환심을 사기 위한 '개수작'에 불과할지라도, 그 정도 노력이면 제법 가상하다는 생각이 들었던 것이다. 물론 그것은 어디까지나 메산이가 무사했기 때문에 가능한 일이었지만. 하지만 그밖에 다른 의미는 없었다. 그리고 재겸은 지금 이 순간, 그날 밤의 선택을 뼈저리게 후회했다.

쟤를 죽여 살려…?

재겸이 수저를 움켜쥐고 윤태희를 노려볼 때였다. 식수대에서 물컵을 들고 달려오는 조영우의 모습이 눈에 들어왔다. 재겸이 다급하게 쏘아붙였다.

"나중에 얘기해. 꺼져."

윤태희가 순순히 자리에서 일어났다.

"그럼 도서실 와 주신다는 거죠?"

그러나 재겸은 들은 척도 않고 밥을 먹었다.

묵묵부답 대답을 회피하는 모습에, 윤태희의 얼굴에 장난기가 떠올랐다.

"……."

윤태희는 흠, 목을 가다듬더니 양손을 입에 대고 나팔처럼 만들었다.

"나리야! 도서실에서 기다릴…."

"아! 알았다고! 요!"

결국 재겸이 씩씩거리며 수저를 내던졌다.

5교시가 끝난 직후, 재겸은 가방을 챙겨 일어서는 조영우를 따라 1층까지 내려왔다. 재겸이 조영우를 이끈 곳은 매점이었다. 재겸은 조영우를 매점 앞에 세워 두고, 빵이며 봉지 과자며 온갖 주전부리를 거의 쓸어 담다시피 한 아름 사 들고 나왔다. 전부 조영우의 몫으로 산 것들이었다.

조영우는 대체 이게 뭐냐며 어리둥절했지만, 재겸은 "돈이 남아돌아서 그래." 하고 이상한 핑계를 대며 조영우의 품에 간식을 몽땅 안겨 주었다. 받네 마네 가벼운 실랑이가 이어졌다. 하지만 정문 앞에서 어머니의 차가 대기 중인 것을 발견한 조영우는 하는 수 없이 간식을 받아 들고 손을 나풀나풀 흔들었다.

"재겸아, 잘 먹을게. 그럼 내일 봐!"

"그래. 조심히 잘 가라. 건강하고….'

재겸이 고개를 끄덕이며 대꾸했다. 조영우가 배시시 웃으며 교문으로 뛰어갔다. 사실 재겸은 아주 잠깐 고민을 했었다. 휴대폰이 생겼으니 번호라도 알려 주고 연락이나 주고받을까. 하지만 이내 그게 무슨 소용인가 싶어서 그냥 관두기로 했다. 어차피 조영우의 세월과 재겸의 세월은 달랐다. 아무것도 밝힐 수 없고, 솔직할 수 없는 관계는 아무렴 한 달이 적당했다.

"건강하고….'

혼잣말을 중얼거리며, 재겸은 조영우가 없는 2학년 3반으로 돌아갔다.

마침내 하루 수업이 전부 끝이 났다. 재겸은 가져갈 만한 짐들을 가방에 챙겨 넣고, 아이들과 인사를 나눈 뒤 세월아 네월아 느린 걸음으로 계단을 올랐다. 조영우를 보러 온 건데 왜 도서실에 가고 있는지. 아무리 생각해 봐도 모를 일이다. 운과 때라는 것이, 사람 간의 연이 이토록 얄궂을 노릇인가.

문을 열고 도서실에 들어선 재겸은 바로 옆 데스크부터 곁눈질했다. 재겸과 시선이 마주치자 사서 청년은 예전에 하던 '왔어요?'라든지, '또 보네요.'라는 인사 대신 입 모양으로 말했다.

'거기 잠깐 앉아 있어요.'

재겸은 아무런 대꾸도 하지 않고 도서실을 배회했다. 책장을 옮겨 다니며 책 구경을 했다. 교내 봉사를 명목으로 몇 번

드나들었던 덕에 낯설거나 어색한 느낌은 없었다. 도서실은 여느 때처럼 평화롭고 나른한 분위기였다.

윤태희는 모니터 앞에 앉아 학생들의 책 대출을 도와주고 있었다. 오른손에 반깁스를 한 상태여서 그런지 움직임이 부자연스러워 보였다.

"쌤, 쌤. 『오후의 밤』 읽어 보셨어요?"

"아, 데인 스코필트가 쓴 거 말하는 거죠."

"와! 맞아요. 지난달에 나온 신간이요."

"네, 읽어 봤어요. 음, 그런대로 재밌었어."

책 한 권을 꺼내 들고 후루룩 훑어보던 재겸이 저도 모르게 쫑긋 귀를 세웠다. 학생들과 윤태희는 꽤나 허물없이 대화를 주고받았고, 분위기는 화기애애했다. 꿍꿍이를 숨기고 학교에 잠입한 주제에 진짜로 사서 선생님 같다. 게다가 애들하고 제법 친하게 지내는 모양이다.

"쌤, 근데 어쩌다 계단에서 넘어지신 거예요. 조심 좀 하시지…."

계단? 홀린 듯이 대화를 엿듣던 재겸이 눈을 깜빡였다.

"나? 계단에서 넘어진 거 아닌데, 누가 그래요?"

그에 윤태희가 재밌다는 투로 웃으며 대꾸했다.

"진짜요? 8반에 준혁이 아시죠, 걔가 그랬는데?"

"어? 난 우리 담임 쌤한테 들었는데. 아니에요?"

"그럼 어쩌다가 그렇게 다치신 거예요?"

마구 뒤엉킨 소문의 출처에 아이들이 혼란스러워할 때였다.

"아, 패싸움했어요."

순간, 책을 꽂아 넣던 재겸의 손이 삐끗했다. 그와 동시에 아이들이 와하하, 웃음을 터뜨렸다. 패싸움을 했다는 허세 어린 주장을 그대로 믿을 만큼 순진한 나이는 아니었다. 사서 선생이 건넨 농담에 반응이 뜨거웠다.

"아, 대박. 이건 진짜 예상 못 했다."

"으하하! 쌤, 몇 대 몇이었는데요?!"

윤태희가 눈을 감고 숫자를 되짚어 보았다.

"몇 대 몇이었지…. 아, 6 대 1이었어요."

"혼자서 여섯 명이요? 와, 그니까 그렇게 다치죠!"

"와. 그래서 이겼어요? 네? 맨주먹으로요?"

"아니 아니, 내가 6이었어."

윤태희가 웃으며 내용을 정정해 주었다.

"쌤, 진짜 웃겨!"

10대 후반의 소년들은 손뼉까지 치며 웃어 댔다. 물론 책장 뒤에 동떨어져 있던 소년 한 명만은 예외였다. 쟤 진짜 미쳤나. 뭔 소리를 하는 거야. 그리고 너넨 뭐가 그렇게 웃기냐…? 재겸은 입술을 깨물며 책장 옆으로 고개를 쏙 내밀었다. 데스크 한쪽에 걸터앉은 윤태희는 뒤통수만 보였다. 한 명한테 여섯 명이 덤볐다가 쪽도 못 쓰고 얻어터졌다는 감동 실화 스토리는 어느덧 절정에 다다르고 있었다.

"하마터면 죽을 뻔했는데, 그분이 마음씨가 착하셔서….'
저 새끼 지금 일부러 저러는 거 같은데?
재겸이 애써 침착하게 책 페이지를 넘겼다.

· 🕊 ·

"잘 가요."
 학생들은 대출한 책을 품에 끼고 한참 만에야 도서실을 나섰다. 윤태희는 곧바로 데스크에서 걸어 나와 도서실 문부터 걸어 잠갔다. 철커덕, 무거운 쇳소리가 나는 것을 확인한 윤태희가 조용히 뒤를 돌았다.
"거기, 마음씨 착하신 분?"
재겸이 책장 뒤에서 모습을 드러냈다.
"……."
 재겸과 윤태희의 시선이 마주쳤다. 역시, 일부러 저 들으라고 한 소리가 맞는 것 같았다. 그날 밤 화살을 저 주둥이에 쐈어야 했는데….
"입으로 매를 버는 거 보니까 살 만한가 보네."
재겸이 못마땅한 눈빛으로 윤태희를 노려보았다.
"마음씨 착하신 분이 봐주신 덕분인 것 같아요."
"까부는 것도 정도껏 하는 게 좋을걸."
 무심한 경고에 윤태희가 말없이 웃었다. 단둘만 남은 도서실은 고요했다. 조용한 가운데 기묘한 긴장감이 들어찼다. 재겸은 가방을 어깨에 멘 채로 평소 앉던 자리에 어정쩡하게 엉덩이를 붙이고 앉았다. 용건만 끝나면 이곳을 뜰 것이라는 강경한 의지가 엿보이는 자세였다.

"와 주셔서 고마워요, 나으리."

윤태희가 재겸의 맞은편에 놓인 의자를 꺼내어 앉았다. 뾰로통하게 앉아 있던 재겸이 신경질적인 말투로 쏘아붙였다.

"내가 왜 네 나으리야? 나으리라고 하지 마."

"왜요? 나는 나으리라고 부르는 거 좋은데."

네가 좋다니 그럼 더 싫거든. 재겸이 눈꼬리를 세웠다.

"놀리는 것 같아서 기분 나빠."

"제가요? 그럴 리가요…."

윤태희가 느슨하게 턱을 괴더니 곰곰이 생각에 잠겼다.

"그럼 나으리 말고 뭐라 부를까요? 아니면, 어르신?"

뭐? 어르신?! 윤태희가 내뱉은 단어를 듣자마자 재겸의 표정이 기묘하게 굳었다. 화가 났다기보다는 예상치 못하게 뒤통수를 얻어맞은 사람처럼 충격을 받은 얼굴이었다.

"얼, 어르, 어르신…."

댕, 이상한 타격감에 재겸이 말을 더듬거렸.

사실 재겸은 자신이 늙었다거나 나이가 많다고 '자각'해 본 적이 별로 없었다. 일단 외양 자체가 늙지 않았기 때문이다. 재겸은 저 스스로를 '늙었다'가 아니고 '멈춰 있다'고 받아들이고 있었다. 거울을 봐도 언제나 한결같은 얼굴인 데다가, 함께 생활하는 메산이와 정주 역시 인간의 흐름과는 달라 오래전부터 그 모습 그대로였으므로 변화를 체감하기가 어려웠던 탓이다. 오랜 세월을 살았다는 자각과 늙었다는 자각은 결이 살짝 달랐다.

"내가 왜 어르신이야? 얼굴은 네가 더 늙어 보이거든?"

재겸이 저도 모르게 주먹을 움켜쥐며 말했다.

"네? 갑자기 얼굴 얘기가 왜 나오는지 모르겠네요. 그럼 제가 뭘 어떻게 하면 될까요. 이것도 싫다, 저것도 싫다 하시면…."

윤태희가 턱을 매만지며 중얼거렸다. 재겸이 윤태희에게 반말을 하지 말라고 했던 것은 허물없이 친한 척을 해 대는 게 괘씸하고, 또, 아무튼 그냥 괘씸했기 때문이었다. 그런데 막상 존대를 받으려니 이건 이거대로 기분이 나빴다. 똑같은 존대였지만 전과는 느낌이 살짝 달랐기 때문이다. 어디까지나 말투가 아니라 태도의 문제였다. 예의 바르고 정중한 말씨가 오히려 더 불손하게 느껴지니, 같은 말이라도 존댓말이 더 재수 없게 느껴졌다.

"어차피 넌 뭘 해도 짜증 나니까, 그냥 하던 대로 하라고."

잠시 고민하던 윤태희가 진지하게 물었다.

"그래도 되나요? 나으리에 비하면 대가리에 피도 안 마른 제가 어떻게 감히 반말을 찍찍…."

끝내 욱한 재겸이 멱살이라도 잡을 기세로 손을 뻗었다. 그러자 윤태희가 한발 빠르게 상체를 뒤로 물리며 "응, 해야지." 순순히 납득했다. 재겸이 반쯤 내리깐 눈으로 윤태희를 지그시 노려보았다. 그러자 윤태희가 벽으로 시선을 돌리더니 별안간 시계 보는 척을 했다.

"됐으니까 용건이나 말해."

짜증을 억누르며 쏘아붙이자, 윤태희가 물었다.

"이사 준비는 잘되어 가고 있어?"

재겸은 무표정한 얼굴로 윤태희를 흘겨보았다. 어떠한 언급도 하지 않았는데 윤태희는 벌써 행보를 읽어 내고 있었다. 역시 상황 판단이 뛰어난 녀석이다. 거처를 옮겨야만 안전할 것이라는 사실을 전제로, 당연히 거처를 옮길 것이라고 일찌감치 내다보고 있는 것이었다.

"아마 동자님한테 전해 들었겠지만, 그때 그 남자들은 당분간 잠잠할 거야. 기억은 확실히 날아갔어. 혹시 몰라 떠봤는데 널 기억하고 있는 사람은 아무도 없었고. 네가 말했던 내용들도 새어 나갈 일 없을 거야."

제구부 제1팀은 나례청 치료실에서 불철주야 씻김을 받는 중이었다. 몸을 회복하고 다시 동자삼을 찾아 나서면 된다며 칠전팔기의 정신으로 열심히 치료에 전념하고 있었지만, 그때가 되면 이미 행적은 끊겨 있을 것이다.

재겸이 심드렁한 태도로 대꾸했다.

"나한테 그걸 말해 주는 이유가 뭔데?"

윤태희는 본인도 나자면서 '나자들'이라고 멀찍한 표현으로 지칭하고, 묻지도 않았건만 스파이를 자처하여 친절하게 나자들의 동태를 살펴 주고 있었다.

"그냥. 네 비밀들 잘 간수해 놨으니 안심하라는 뜻에서."

"그러니까 뭘 바라고 그런 얘길 하는 거냐고 묻잖아."

재겸이 삐딱한 눈으로 윤태희를 응시했다. 물론, 재겸으로선 알 수 없는 그쪽 상황을 짚어 주면 확실히 도움이 된다. 하지만 그 말을 곧이곧대로 믿고 안심하는 것은 어리석은 짓이었다. 재겸은 여전히 윤태희를 불신했다.

"나는 그냥 순수하게 걱정 덜어 주려고 한 말인데…."

윤태희가 비스듬히 턱을 괴며 말을 이었다.

"다른 의도는 없었어. 왜? 못 미더워?"

"입장 바꿔 생각해 봐. 너 같으면 널 믿겠냐?"

"나? 나야 당연히 날 믿지. 믿어야 하고."

윤태희가 웃으며 대꾸하자 재겸이 눈을 치켜떴다.

"아침에 분명히 얘기했지. 한 번 봐줬다고 해서 네가 한 짓이 전부 없던 일이 된 건 아니라고. 적당히 눙치고 넘어갈 수 있을 거라고 생각하지 마."

재겸이 싸늘하게 선을 그었다. 이렇게 마주 앉아 있긴 하지만, 그렇다고 둘 사이에 없던 신의가 생겨난 것은 아니었다. 말을 섞어 준다고 해서 같은 편이 되었다고 착각하면 곤란했다. 꼴같잖은 아군 행세를 받아 줄 생각은 없었다.

"처음부터 날 속여 놓고, 내가 믿어 주길 바라는 거야? 네가 어디서 어떻게 굴러먹던 놈인지도 모르는데, 메산이를 도와줬다는 그 사실 하나만으로?"

재겸이 날카롭게 쏘아붙이자 윤태희가 선뜻 수긍했다.

"아, 그러네. 너한텐 정보가 너무 부족한가…."

새삼스럽다는 투로, 윤태희는 상체를 바로 세웠다. 그리고는 긴 다리를 꼬아 앉으며 뭔가 골똘히 궁리하는 표정을 지어 보였다. 잠시 말이 없던 윤태희는 고개를 숙인 채로 발끝을 살랑거리는가 싶더니, 이내 차근차근 말을 꺼냈다.

"이름은 윤태희, 서류상으로 나이는 스물여섯. 소속은 나례청 축역부 제1팀, 직급은 수석. 집은 자가, 차는 세단 몰고. 연봉은 기본급 팔천에 생명 수당, 특활비, 성과급에 각종 상여 포함하면 평균 2억 정도. 음, 그리고 가족 관계는 없음."

"……"

세단에 상여에 갑자기 뭔 소리야. 윤태희가 나열한 신상 명세는 재겸의 귀에 영 난해하기만 했다. 짧은 정적을 깨고 윤태희가 고개를 기울이며 말했다.

"아, 키랑 몸무게도 말해야 하나?"

그럴 리가 있겠냐?

"그럼 그밖에, 뭐 또 궁금한 거?"

말을 말자. 재겸은 입을 다물고 고개를 돌렸다. 팽팽하게 날

세웠던 경계심과 긴장감이 한순간에 탁 풀려 버렸다. 윤태희가 픽 웃더니 말을 건넸다.

"없어? 그럼 이제 내 차례."

"뭐."

"나한테 궁금한 거 없다며."

"어."

"난 궁금한 거 많거든, 너한테."

재겸이 뭐라 할 틈도 없이 곧바로 질문이 날아왔다.

"나 동티 안 났어. 알고 있어?"

그렇게 물으며, 윤태희가 화살에 꿰뚫렸던 자기 오른쪽 어깨를 턱짓으로 가리켰다. 재겸은 멈칫하며 윤태희를 빤히 쳐다보았다. 익히 전해 들은 내용이었다. 화살에 맞아 검게 물들었어야 할 살갗이 깨끗하기만 했다고, 메산이가 말했었다.

"알아."

재겸이 시큰둥한 얼굴로 답했다.

"이유가 뭐야?"

"몰라. 나도."

"직접 화살을 쏘신 분인데, 모를 리가 있나?"

"진짜 모른다고. 두 번 말하게 하지 마."

성의라곤 느껴지지 않는 쌀쌀맞은 답변에 윤태희의 눈썹이 비뚤어졌다. 곰곰이 생각에 잠긴 눈을 하던 윤태희가 손끝으로 테이블을 톡톡 건드렸다. 불쑥 입을 열었다가 그대로 다물기를 반복하며, 혹시나 하는 마음에 망설인 끝에 윤태희가 말을 던졌다.

"혹시 나 봐줬어?"

어딘지 모르게 묘한 기대감이 묻어나는 질문이었다.

"아니, 죽일 생각으로 쐈는데."

뭔 소리냐는 듯, 소년이 멀뚱멀뚱 대답했다.

"원랜 이마에 쏘려고 했는데 네가 한 발자국 움직였어."

"……."

"정 그렇게 궁금하면 한 번 더 맞아 볼래? 말만 해. 언제든지 다시 쏴 줄 테니까."

"……."

이번엔 재겸의 눈에서 묘한 기대감이 묻어났다. 아니, 꼭 그럴 필요까지는… 윤태희가 난감한 얼굴을 했다. 재겸은 보기보다 실험 정신이 투철한 편이었다. 어디까지나 실험 정신이었다.

"어때? 해 볼래?"

재겸이 대답을 재촉하자, 윤태희는 시선을 돌려 다시 한번 시계를 쳐다보는 척을 했다. 초침 소리가 유난히 크게 들렸다. 윤태희는 발끝을 까딱이며 조용히 눈썹 끝을 매만졌다.

"근데, 너 그 활은 어디서 난 거야?"

정적이 깊어지기 전에 윤태희가 말을 돌렸다.

"어딜 봐도 인간의 손에 있을 물건이 아니던데."

화제가 바뀌자 재겸의 기세가 눈에 띄게 가라앉았다. 활의 출처를 묻자마자 도서실 분위기가 살짝 싸해진 느낌이었다. 재겸을 물끄러미 응시했다.

팔을 갈라서 끄집어낸 볼품없는 나무 활대. 처음엔 뼈를 꺼내는 줄 알고 깜짝 놀랐을 정도였다. 피에서 저절로 생겨나던 화살이며, 화살촉이 파고든 자리에 먹물이 번지듯 흉이 들던 광경은 두 눈으로 보고도 믿기지 않았다.

"그건 내 스승이 쓰던 활이야."

재겸의 입에서 흘러나온 대답에 윤태희의 눈이 살짝 커졌다. 막상 질문해 놓고도 재겸이 선뜻 대답해 줄 거라곤 생각하지 않았기 때문이었다. 그러나 재겸은 예상외로 순순히 대답을 내놨고, 그 활의 출처란 놀랍기만 했다.

"네 스승… 인간 아니었어?"

윤태희가 상체를 가까이 숙이며 물었다.

"아니, 인간 맞아."

재겸이 느리게 고개를 저었다.

"그럼, 네 스승은 어떻게 그 활을 가졌지?"

"본인 말로는 선물로 받은 거라고 했어."

윤태희가 설핏 눈가를 찌푸렸다.

"선물로 받았다니… 대체 누구한테?"

"자세한 건 나도 몰라. 말을 안 해 줬으니까."

재겸이 무미건조한 억양으로 말을 덧붙였다.

"그러다가 나중에 나한테 물려준 거야."

"근데 너는 그 활을 왜 굳이 팔 속에 넣어 둔 거야?"

"네 말대로 그건 인간의 손에 있어선 안 되는 물건이니까."

스승과 관련된 모든 흔적을 내버리고 싶었으나 활을 버릴 수 없었던 건 너무나 위험해서였다. 흥이 든다는 것은 신벌의 영역으로, 다시 말해 인간이 가질 수 없는 권능이다. 따라서 이 활은 아무나 감당할 수 있는 물건이 아니었다. 남의 손에 들어갔다간 필시 화를 불러일으킬 것이었다.

없애 버리면 좋았겠지만, 스승이 물려준 활은 보통의 활대 치곤 제법 가늘었음에도 아무리 힘을 줘도 부러지지 않았고, 심지어 불 속에 집어넣어도 멀쩡했다. 도무지 없앨 수 있는 방법이 없었다. 그렇다고 아무 데나 보관할 수도 없고, 평소에 쓸 일도 없는 노릇이었다. 이렇게 되면 남은 선택지는 하나뿐이었다.

"네 손안에 있는 건 괜찮다는 거야?"

윤태희가 턱을 괴며 물었다.

"뭐, 어쨌든 이 활의 주인은 나니까."

"그래서 네 스승은 지금 어디에 있지?"

무감하던 재겸의 낯이 일순 싸늘해졌다.

"우문(愚問)이네."

재겸의 대답에 윤태희가 픽 웃었다.

"네 스승이 평범한 사람이었다면, 어디에 있냐고 묻는 건 당연히 어리석은 질문일 거야. 하지만 네게 저주를 걸었다고 했잖아. 자기 제자를 불로불사로 이 세상에 남겨 둔 사람이라면 충분히 할 법한 질문이라고 생각하는데…."

 몇백 년 전에 살았던 사람의 행방을 묻는 건 바보 같은 짓이다. 하지만 상대는 소년의 스승이다. 여태껏 죽지 않고 살아 있다고 해도 이상할 것은 없었다. 상식선에선 말도 안 되는 일이지만 눈앞의 소년이 바로 그 말도 안 되는 일이다.

 "게다가 다른 누구도 아닌 널 가르친 스승이라면 당연히 강한 귀재였을 거고, 그럼 만약에 죽었다고 하더라도 영귀가 되었을 가능성이 남아 있지."

 이성적이고도 날카로운 지적이었다. 재겸이 윤태희를 빤히 쳐다보았다.

 "너… 머리 잘 돌아간다."

 윤태희가 빙그레 미소를 짓더니 코를 찡긋거렸다.

 "그런 말 많이 들어요."

 "……."

 재겸이 떨떠름하게 눈을 흘기다가 입을 열었다.

 "내 스승은 죽었어."

 "죽었다고?"

 "영귀가 되지도 않았고."

 "확신해? 어떻게 알아?"

 재겸이 무표정한 얼굴로 대꾸했다.

"내 손으로 죽였으니까."

윤태희가 짧게 멈칫하더니 묘한 눈으로 재겸을 뚫어져라 바라보았다.

내 손으로 죽였다? 과연, 직접 봤으니 안다는 건가….

"역시. 우리 나으리시네."

윤태희의 낯에 매력적인 웃음이 번진 것은 한참 뒤의 일이었다.

· 🕊 ·

그날은 사내에게 활을 선물받은 날이었다.

소년과 사내는 이날도 어김없이 조반을 챙겨 먹고 산에 올랐다. 쾌청한 하늘엔 뭉게구름이 넉넉하였고, 살찐 토끼 몇 마리가 풀숲을 헤집고 돌아다녔다. 여린 잎을 뜯어 먹는 입이 바쁘게 움직였다.

"겸아, 뭐 하니."

앞서 걷던 사내가 토끼에 한눈이 팔려 걸음이 늦는 소년을 돌아보았다.

"토끼 고기."

소년이 눈을 빛내며 손짓하자 사내가 에휴, 한숨을 쉬었다.

"수련하러 온 것이지, 사냥하러 온 것이 아니지 않느냐."

요사이 소년과 사내는 무술을 연마하는 데 한창 열을 올리고 있었다. 조그맣기만 하던 제자의 몸집은 점점 자라서, 사내의 허리춤에 오던 키가 이젠 가슴팍까지 닿았다. 잘 먹고 잘 자고, 날 때부터 까칠한 성미는 어디 가지 않았어도 웃기는 잘 웃었다.

"우리 제자가 달이 뜰 때까지 수련하고 싶은 모양이구나."

상냥한 협박에 소년이 툴툴대며 얌전히 뒤를 따랐다.

어느덧 이곳에 자리를 잡은 지 일 년이 다 되어 가고 있었다. 소년과 사내는 일 년에 적으면 한 번, 많으면 서너 번씩 수시로 거처를 옮겨 생활했다. 새 둥지를 틀 때마다 사내는 주변의 지형을 살펴 수련하기 좋은 곳을 찾아내곤 했다. 둘은 곧 산을 하나 넘어서 평소 수련하던 장소에 도착했다. 땅이 평탄하고 인적이 없는 곳이라 수련하기에 아주 적합했다.

오늘은 검으로 실제 대련을 하기로 했다.

"덤벼, 이 찌끄래기야. 나부랭이야."

검을 든 소년이 호기롭게 외치며 자세를 잡았다.

"……"

칼집에서 칼을 꺼내던 사내가 황당한 얼굴을 했다.

"어허, 이 녀석이. 스승한테 그게 무슨 말버릇이냐."

"어허어? 어디서 스승 흉내냐! 자네와 나는 지금 적일세!"

"……"

사내가 고개를 도리도리 저었다. 아. 그런 거였니…. 그러니까, 역할 놀이를 할 거면 미리 상의라도 좀 하고…. 그러거나 말거나, 소년은 진지한 표정을 지으며 칼자루를 고쳐 쥐었다. 정신을 집중한 소년이 눈앞에 선 스승을 또렷이 응시했다. 무게감이 느껴지는 눈빛이었다.

이제 소년은 제법 강해졌다. 처음엔 금세 끝나던 대련이었다. 그러나 사내를 곧잘 상대하게 되면서 갈수록 대련이 길게 이어졌다. 지금의 소년은 혼자서도 부적을 술술 쓰고, 어쩌다 귀찮게 구는 잡귀가 있으면 손쉽게 물리칠 줄 알았다. 기운을 갈무리하는 데 애를 먹던 예전과는 달리 지금은 기운을 감추는 것은 물론이요, 귀기를 아주 능숙하게 다뤄서 더 이상 사내의 지적을 받지 않게 되었다.

가끔은 민가로 내려가서 소소한 의뢰도 해결할 정도였다. 물론, 당연히 스승 몰래 벌이는 일이었다. 종종 나무를 해 오겠다며 뻥을 쳐 놓고 마을로 가서 돈을 벌었다. 그래 봤자 푼돈이었지만, 그래도 소년은 언젠가 차곡차곡 이 돈을 모아서 저의 스승에게 무언가 값진 선물을 해 주고 싶다는 원대한 포부를 가지고 있었다. 몰래 마을로 쏘다닌다는 사실을 들켰다간 혼쭐이 날 테지만, 다행인지 불행인지 사내는 아직 그 사실을 모르고 있었.

대련이 시작되자마자 검이 맞붙었다. 쳉! 날카로운 금속성이 끊임없이 울려 퍼졌다. 소년이 땅을 박차며 검을 휘둘렀다. 사내는 거칠고 강인한 손길로 소년의 검을 막아 냈다. 소년이 상체를 숙이며 한 번 더 발돋움을 했다. 다가올 공격을 피해 사내가 뒤로 훌쩍 물러섰다.

"이야아, 내 칼을 받아라."

소년이 달려들며 장난기 가득한 기합을 내질렀다.

"내 부모를 죽인 원수!"

검을 휘두르던 사내의 팔이 멈칫했다. 빈틈이 생겼다. 사내가 한 호흡 뒤늦게 몸을 틀었다. 사내가 틈을 파고드는 소년의 검을 매섭게 쳐 냈다. 그 힘을 이기지 못하고 결국 소년의 손에서 검이 튕겨 나갔다. 잘 벼린 장검이 섬뜩한 소리를 내며 허공을 몇 번 돌더니 땅바닥에 꽂혔다.

사내의 검이 그대로 다가와 소년의 목을 겨눴다. 서슬 퍼런 칼날이 금방이라도 목을 파고들 듯했다. 사내가 무표정한 얼굴로 소년을 내려다보았다. 어쩐지 싸늘한 눈빛이었다.

"……."

"……."

소년은 굳은 낯으로 예리한 칼날을 곁눈질하다가,

"아, 이번엔 이길 수 있을 줄 알았는데!"

끝내 분한 기색으로 땅에 철퍼덕 주저앉았다.

"부모를 죽인 원수라 하였느냐?"

화풀이 반, 애교 반, 손에 잡히는 자잘한 돌멩이를 던져 대며 투덜거리던 소년이 고개를 들었다. 대련은 끝났다. 하지만 사내는 아직도 소년에게 겨눈 검을 거두지 않고 있었다. 냉랭한 음성에 소년이 멍하니 눈을 깜빡거렸다. 어디까지나 역할

놀이의 연장선에서 꺼낸 말이었다.

"왜 그래? 화났어?"

소년이 슬쩍 눈치를 살폈다.

"부모를 죽인 원수를 상대로 너는, 칼을 놓치자마자 곧바로 포기하였다. 그런 어설픈 마음가짐으로 앙갚음을 하겠다는 것이냐? 방금 손을 늦추지 않고 그대로 찔렀다면, 칼은 놓쳤을지언정 내게 상처 하나쯤은 냈을 것이다."

차가운 눈동자가 소년을 내려다보았다. 소년은 자신이 손을 늦췄다는 것을 깨닫지 못하고 있었다. 무의식적으로 주저한 것이었다. 찰나의 순간이었으나 사내는 그 망설임을 놓치지 않고 읽어 냈다. 내가 그랬나? 매서운 질책에 소년이 긴가민가하며 자신의 행동을 복기할 때였다. 사내가 말했다.

"복수할 기회를 잡거든, 단 한 순간도 망설이지 말거라. 알겠느냐?"

장난인데 뭐 저리 심각해…. 소년이 뚱한 얼굴로 사내를 올려다보며 마지못해 고개를 끄덕일 때였다.

"어?"

무언가를 발견한 소년이 내뜸 삿대질을 했다. 흙바닥에 앉아 있던 소년은 환한 얼굴로 몸을 일으키더니, 사내가 입고 있던 흑색 장포의 옷고름을 덥석 움켜쥐었다.

"이거. 이거 내가 한 거지? 그치? 맞지?"

사내가 한쪽 눈썹을 들어 올렸다. 고개를 내려 옷고름을 살펴보았다. 고름 자락 끄트머리가 사선으로 살짝 잘려 나갔다. 소년이 찔러 넣은 검에 베인 것이었다.

"어? 맞지! 맞지? 내가 한 거지?"

소년이 사내의 가슴팍을 퍽! 퍽! 때리며 물었다.

"……."

묵묵히 소년을 바라보던 사내가 결국 피식 웃음을 흘렸다.

"그래. 그런 모양이구나."

방금 전까지만 해도 불퉁하던 소년은 만세를 하듯 양팔을 벌리며 신나 했다. 사내는 손에 들고 있던 칼을 휙, 옆으로 내던졌다.

"잘했다."

사내는 손을 들어서 제자의 뒤통수를 슥슥 쓰다듬어 주었다.

"그리 좋으냐?"

"당연하지. 더 칭찬해. 더 칭찬하라고."

소년은 지금껏 사내를 상대로 한 번도 이긴 적이 없었다. 그래도 오늘의 패배는 어제의 패배와 달랐다. 비록 졌지만 손끝 하나 대지 못한 것은 아니었다.

"오냐. 장하다."

소년은 키득거리며 사내의 옷고름을 가지고 손장난을 쳤다. 그때였다.

"움직이지 마라."

바로 뒤에서 처음 들어 보는 낯선 목소리가 끼어들었다. 화들짝 놀란 소년이 옆을 돌아봤다가 그대로 얼어붙었다. 누군가 사내와 저 사이에 검을 들이밀고 있었다. 정확히 말하면 칼날은 사내의 목덜미를 노리고 있었다. 아까 전까지만 해도 소년이 들고 있던 검이었다. 이를 데 없이 고요하면서도 매서운 살기였다. 미소를 머금었던 사내의 표정이 삽시간에 굳었다.

도대체 어느 틈에….

소년의 눈동자가 거세게 경련했다. 낯선 자가 접근할 때까지 전혀 기척을 눈치채지 못했다. 스승은 강한 이였으므로 적이 노리는 게 이상하진 않았다. 하지만 저야 그렇다 쳐도, 스승까지 알아차리지 못했다니 믿을 수 없었다. 상대는 상당한 실력자인 것이 분명했다. 소년이 새파랗게 질린 낯으로 사내를 쳐다보았다. 시선이 마주치자 사내가 천천히 눈을 감았다.

사내가 항복하듯 양손을 어깨높이로 천천히 들었다. 낯선 객은 삿갓을 쓴 탓에 얼굴이 보이지 않았다. 객은 행색이 깔끔하였고 커다란 행낭을 메고 있었는데, 장신인 사내와 비교하면 다소 몸집이 왜소했다. 그러나 기백만은 용맹한 범과도 같았다. 목덜미를 겨눈 검은 금방이라도 스승의 숨통을 꿰뚫을 것 같았다. 소년의 손이 덜덜 떨렸다. 뼛속까지 위기감이 엄습했다. 숨을 제대로 쉴 수 없을 정도로 두려웠다.

그때, 얌전히 있던 사내가 눈 깜짝할 사이에 객의 손목을 붙잡고 메치듯이 몸을 틀었다. 한순간에 중심을 잃은 객의 몸이 넘어질 듯 앞으로 쏠렸다. 객은 날렵하게 한 손으로 땅을 짚으며 몸을 지탱하더니 그대로 사내의 오금을 걷어찼다. 그 충격에 다리 힘이 풀린 사내가 그대로 무릎을 꿇었다.

객이 다시금 사내의 목에 검을 겨눌 때였다. 그 틈을 타서 사내가 바닥에 굴러다니던 남은 검 하나를 주웠다. 객이 멈칫했다. 그러나 객과 검을 겨루기엔 사내의 자세는 불안정하고 위태로웠다. 사내는 곧바로 소년을 향하여 허공으로 검을 던졌다.

"검아!"

소년이 숨을 들이켜며 뒷걸음질을 했다. 소년의 손에 칼자루가 정확히 잡혔다. 그러자 객이 사내에게 검을 겨눈 채로 작게 웃음을 터뜨렸다.

"저런 애송이한테 빌붙는 거야?"

사내는 객의 조롱에도 아랑곳없이 가만히 소년을 응시했다. 소년이 후들거리는 손으로 칼자루를 움켜쥐었다. 그때, 객이 대뜸 허리를 숙이더니 사내에게 뭐라 귓속말을 했다. 무슨 수작을 부린 건지, 사내가 그대로 잠잠해졌다.

객이 소년을 향해 성큼성큼 걸어오기 시작했다.

"실력 좀 보자, 애송이야."

객이 삿갓을 고쳐 쓰며 검을 들어 올렸다. 범이 노리는 토끼의 처지를 십분 이해한 순간이었다. 지독한 공포감이 뇌중까지 들어찼다. 마음 같아선 당장이라도 도망을 치고 싶었다. 하지만 그럴 순 없었다. 침착해야 했다. 필시 스승에게 무슨 수가 있을 것이다. 저렇게 자포자기할 리 없었다. 분명히, 일부러 저에게 시선을 끌게 해 놓고 뒤에서 허점을 노리려는 거다.

 마침내 소년의 떨림이 멎었다. 그와 동시에 객이 나비처럼 뛰어올랐다. 검이 사정없이 쇄도하였다. 챙! 소년이 필사적으로 팔을 휘둘렀다. 뒤에서 나서 줄 거라고 생각했던 스승은 감감무소식이었다. 사내의 검술이 거칠고 투박하다면 객의 검술은 아주 유려하고 매끄러웠다. 마치 검무를 추는 듯했다. 미끄러지는 듯 신묘한 보법이었다.

 객의 검이 뱀처럼 소년을 제압했다. 사내와 대련을 할 때도 이렇게까지 무력하진 않았다. 하지만 객을 상대론 속수무책이었다. 결국 소년의 손에서 칼자루가 허무하게 떨어져 나갔다. 소년이 뒤로 엉덩방아를 찧었다. 면전으로 살벌한 칼끝이 소리 없이 다가왔다. 소년의 눈에서 독기가 흘렀다.

 "흐음, 눈빛은 살아 있네."

 객이 삿갓을 눌러 쓰며 중얼거렸다.

 "죽는 게 무섭지 않은 거야?"

 객의 질문에 소년이 이를 악물고 뇌까렸다.

 "그래, 무섭지 않아. 나는 죽어서 어마어마한 악귀가 될 거거든. 원한을 품고 이 세상 끝까지 널 쫓아가서 하는 일마다 그르치게 할 거야. 네 주변 사람들 전부 괴롭힐 거고, 후손들 대대로 고통스럽게 만들어 줄게. 그러니까 죽여. 나와 내 스승을 죽인 걸 뼈저리게 후회하게 해 줄 테니까, 죽이라고."

뭐라. 객이 삿갓 속에 가려져 있던 눈을 멍하니 끔뻑거렸다. 소년은 마치 귀신에 씐 것처럼 흰자위를 희번덕거리며 온갖 저주와 쌍욕을 철철 늘어놓고 있었다.

"세상에."

객이 칼을 거두고 한 발짝 뒤로 물러섰다. 그런 다음 고개를 들어 뒤에 얌전히 무릎을 꿇고 있던 사내를 향해서 시선을 던졌다.

"……."

"……."

객과 눈이 마주치자 사내는 말없이 입술을 깨물었다. 웃음을 꾹 눌러 참는 표정이었다. 객이 손에 들고 있던 검을 땅에 푹 꽂았다. 삿갓 속에서 작게 쿡쿡대는 소리가 들렸다.

"나, 참. 살다 살다…."

마침내 객이 삿갓을 벗어 던지며 활짝 웃었다.

"묘정, 뭐 이런 애가 다 있습니까?!"

햇살처럼 빛나는 따스한 웃음이었다.

삿갓을 벗어 던진 객이 환하게 웃으며 묘정을 돌아보았다. 삿갓 속에 감춰져 있던 용모는 아주 수려했다. 객의 입에서 스승의 이름이 나오자, 신들린 듯 살벌한 저주와 욕설을 줄줄 쏟아 내던 소년이 말을 뚝 그쳤다.

"묘정? 둘이, 둘이 아는 사이야?"

소년의 질문과 동시에 무릎을 꿇고 앉아 있던 묘정이 몸을 일으켰다. 가까이 마주 선 객과 묘정은 누가 먼저랄 것도 없이 서로를 힘껏 부둥켜안았다. 소년의 눈이 화등잔처럼 커졌다.

묘정이 객의 어깨를 꽉 끌어안고 말했다.

"대체 이게 얼마 만이지요…."

반갑게 포옹하는 둘의 모습에 소년은 어안이 벙벙해졌다. 방금 전까지만 해도 적이었는데 둘이 아는 사이였다니…. 소년이 놀란 이유는 그뿐만이 아니었다. 삿갓을 벗고 본모습을 드러낸 객은 머리가 무척 짧았다. 귀밑에 닿을 정도로 짧게 친 길이였다. 저렇게 두발을 자른 이는 처음이었다.

"하하, 그간 잘 지내셨습니까?"

객이 활짝 웃으며 물었다. 미소에서 느껴지는 기운이 맑고 따스했다. 산자락을 타고 내려온 바람에 객의 짧은 머리칼이 부드럽게 나부꼈다.

"나야 언제나 무탈하지요."

묘정이 상냥히 대답했다. 객이 묘정의 등을 툭툭 두들겨 주다가, 멍하니 앉아 있는 소년에게로 시선을 던졌다.

"근데 묘정, 이러다 뼈가 부러지든, 숨이 막혀 죽든, 둘 중 하나일 것 같으니 만약 송장 치를 생각이 없다면 일단은 좀 놔주시는 게 어떻습니까?"

객의 말에 소년이 얼떨떨한 눈을 했다. 분명 다정한 말씨인데 묘하게 신랄하다. 서로 마주 안은 자세였음에도 묘정의 품에 객이 파묻혀 있는 꼴이었다. 묘정의 키가 큰 탓이었다.

묘정의 품에서 빠져나온 객이 소년을 쳐다보았다. 흠칫한 소년은 그대로 눈을 치켜뜨고 객을 빤히 노려보았다. 적이 아니라는 사실에 안심하긴 했지만, 아직까지는 경계심이 남아 있었다.

'저 아이가 바로 그 아이입니까?'

아까 전, 객이 묘정의 귓가에 속삭인 내용은 이러했다. 서로 시치미를 떼며 주먹을 섞던 와중에 묘정은 대뜸 소년에게 검을 넘겨주었다. 묘정은 아무런 말도 하지 않았지만 객은 단번에 그 행동의 의미를 눈치챘다.

우리 제자에게 한 수 가르쳐 주시지요.

묘정은 짓궂은 스승이었다. 객은 소년에 대해 이미 알고 있었다. 일전에 묘정이 몇 번이고 서신을 보냈기 때문이었다. '그 아이를 제자로 거두었다'고. 글로만 전해 듣던 소년을 직접 만나는 것은 이번이 처음이었다.

"이름이 겸이라 하였던가요?"

객이 확인차 질문을 던졌다. 묘정은 대답 대신 눈을 까딱였다. 그러자 객이 짧은 머리칼을 쓸어 넘기며 소년을 향해 성큼성큼 다가섰다. 엉덩방아를 찧은 자세 그대로 앉아 있던 소년의 앞에 쪼그려 앉으며, 객이 말을 건넸다.

"네가 말로만 듣던 묘정의 제자구나."

"너 누군데?"

소년이 쏘아붙이자 객이 몸을 뒤로 젖히며 하하하, 호쾌하게 웃었다. 이윽고 묘정에게 시선을 던지더니 들었냐는 듯 손가락을 들어 소년을 가리켰다.

"성질머리 한번 유별난 제자를 두셨습니다?"

흡사 놀리는 투로 날아든 질문에 묘정이 빙그레 미소를 짓고는 "그러게나 말입니다." 하고 가볍게 받아쳤다.

"반갑다. 나는 휘림이라 한다."

자신의 이름을 밝힌 객이 악수를 청하듯 손을 뻗었다. 소년은 불퉁한 낯으로 휘림의 손을 노려보기만 했다. 그에 휘림의 눈썹이 삐딱해졌다. "어쭈? 요놈." 신경전이 이어지자, 휘림이 슬쩍 손을 뻗어 허락도 없이 소년의 볼을 주물렀다. 소년이 움찔하며 휘림의 손을 떼어 냈다.

"이야, 어려서 그런가? 찹쌀떡 같으다."

휘림이 쿡쿡 웃으며 다시 손을 뻗으려고 했다. 소년이 후다닥 몸을 일으켜 묘정에게 달려갔다. 소년은 묘정의 옷소매를 꽉 움켜쥐고 물었다.

"뭐, 뭐, 뭐 하는 사람인데…."

묘정이 미소를 지으며 대답했다.

"휘림은 나의 오랜 지우(知友)다."

뭐? 친구였어? 소년은 깜짝 놀랐다. 묘정에게 벗이 있을 줄 몰랐던 것이다. 소년은 새삼 제 스승에 대해서 아는 게 별로 없다는 사실을 깨달았다. 그도 그럴 것이, 묘정은 과거를 비롯해 본인과 관련된 화두를 꺼리는 눈치였다. 어쩌다 얘기가 나와도 자연스럽게 피해 가곤 했다. 그러니 이렇게 몇 년을 함께 살았어도 오랜 지우가 있다는 것조차 모르고 있던 거다.

스승에 대해 새로운 사실을 알았는데 기쁘기는커녕 오히려 살짝 섭섭하려고 했다. 또 내심 부럽기도 했다. 나만 친구 없어. 묘정은 친구 있어서 좋겠다. 제자의 마음을 아는지 모르는지, 묘정은 빙그레 웃으며 소년의 머리통에 손을 얹는가 싶더니, 휘림을 향하여 질문을 던졌다.

"휘림, 내 제자와 검을 섞어 보니 어떻더이까? 쓸 만은 하더이까?"

그 말에 휘림이 소년을 물끄러미 응시했다. 순간 소년은 저도 모르게 침을 꼴깍 삼켰다. 대답을 기다리는데 희한하게 긴장이 되었다. 턱을 매만지며 생각에 잠겨 있던 휘림이 이내 눈웃음을 치며 입을 열었다.

"아무렴, 그 스승에 그 제자라 하였지요."

차분한 칭찬에 소년의 눈이 살짝 빛날 때였다.

"스승을 닮았는지 검술은 영. 둔치요, 둔치."

휘림이 설레설레 손사래를 치며 장난스레 덧붙였.

"……"

"……"

소년이 가만히 묘정을 올려다보았다. 방금 잘못 들은 것 같아. 그러자 묘정이 태연한 표정으로 살포시 뒷짐을 지었다.

아니, 네가 들은 게 맞다….

"누구더러 둔치래? 네가 그렇게 잘났냐?"

결국 소년이 붉으락푸르락한 표정으로 씩씩거렸다. 금방이라도 휘림을 향해 달려들 기세였다. "어허." 묘정이 난감하게 웃으며 소년의 어깨를 붙잡았다. "묘정이 얼마나 강한데! 넌 한주먹이야!" 백번 양보해서, 나야 그렇다 쳐도 묘정까지 깎아내리는 건 못 참는다.

"묘정, 뭐 해? 빨리 칼 가져와!"

소년이 아등바등 발을 굴렀다.

"겸아, 되었다, 진정하여라…."

묘정이 한숨을 쉬며 어린 제자를 뜯어말렸다.

"쟤가 무시하잖아! 한판 붙어서 이겨 버려!"

"겸아, 그랬다간 이 스승님 목이 날아간다."

엉? 소년이 멈칫하며 묘정을 올려다보았다.

"나라도 검술로는 휘림을 당해 낼 재간이 없거든."

스승은 제자에게 담담히 진실을 알려 주었다. 덧붙여 넌지시 사과도 했다. 미안하게 되었다…. 사실 미안할 일은 아니었지만 그냥 그래야 할 것 같았다.

"뭐? 진짜로?"

소년이 믿을 수 없다는 표정으로 멍하니 되물었다.

묘정이 소년의 귓가에 대고 작게 속삭였다.

"휘림은 천하제일검이니라."

천하제일검. 소년의 눈이 휘둥그레졌다. 휘림의 인상이 완전히 뒤바뀌는 순간이었다. 갑자기 마음이 크게 부풀었다. 소년은 저도 모르게 휘림에게 시선을 던졌다. 그러자 휘림이 심술궂은 낯으로 씩, 웃어 보였다.

"검을 다루는 데 있어서는 같은 하늘 아래 누구도 견줄 자가 없지. 그러니 실은 웬만한 준재라도 휘림의 눈엔 둔치로 보인단다. 허니 상심치 말거라."

그럴 리야 없었다. 상심하거나 스승에게 실망한 것은 절대 아니었다. 오히려 묘정이 더 대단하게 느껴졌다. 묘정의 벗이 되려면 저만치 강해야 되는구나. 그런 생각이 들었다.

소년의 눈이 묘하게 초롱초롱해지자, 묘정이 웃음기 어린 목소리로 말을 건넸다.

"휘림이 달리 보이는 모양이구나."

소년은 딱히 별 대꾸는 하지 않고 손가락을 꼼지락거렸다. 괜히 휘림을 힐끔 훔쳐보았다. 사실이었다. 갑자기 휘림이 멋있어 보였다. 묘정은 그 기회를 놓치지 않고 나긋한 목소리로 은근슬쩍 바람을 넣기 시작했다.

"휘림의 머리칼이 왜 저리 짧은 줄 아느냐? 검을 휘두를 때마다 모양이 흐트러지니 번거롭다는 까닭에서, 제 손으로 단발을 한 것이란다. 모름지기 천하제일검이 할 만한, 그 드높은 칭호를 얻기에 손색이 없는 기상이지."

멋지다! 본인 손으로 단발을 하다니!

소년이 감탄했다. 묘정도 살짝 들뜬 표정이었다. 평소 묘정은 자신이 강하다는 것은 알고 있어도, 그걸 직접 말하거나 드러내는 성격은 아니었다. 성정이 담백한 탓도 있겠으나 원체 스스로에 관해선 함구하는 묘정이었다.

그러나 제 벗인 휘림에 대해선 제법 말이 많았다. 본받으라 조언을 하는 건지, 내 벗 잘났다고 자랑을 하는 건지는 몰라도 묘정은 휘림이 얼마나 강하고 멋진 사람인지 알려 주고 싶어 하는 눈치였다. 적당히 딴청을 피우던 휘림은 이러다 끝도 없겠다 싶어서 헛기침을 했다.

"그 정도로 해 두시지요. 더 듣기 낯부끄럽습니다…."

휘림이 목덜미를 매만지며 중얼거렸다. 그러자 묘정이 말을 멈추고 휘림을 물끄러미 바라보았다. 휘림은 슬쩍 시선을 피하며 "아, 이건 묘정이 일전에 맡겨 둔 물건들인데…." 하며 어깨에 메고 있던 행낭을 통째로 건넸다. 천으로 된 행낭에는 웬 두꺼운 회초리 같은 것이 눈에 띄게 삐져나와 있었다. 행낭을 받아 든 묘정이 긴 막대를 슥 끄집어냈다.

"뭐야?"

소년이 호기심 가득한 얼굴로 총총 다가왔다.

"아, 이건 묘정이 예전부터 쓰던 활이야."

옆에 선 휘림이 친절하게 대꾸해 주었다.

"활? 무슨 활대가 이렇게 곧아? 게다가 시위도 없고…."

묘정이 빙그레 웃는가 싶더니 "잘 보렴." 막대 양 끝을 잡고는 부러트릴 기세로 확 꺾어 보였다. 소년이 토끼 눈을 떴다. 뚝 부러졌어야 할 막대는 멀쩡하기만 했다. 힘을 준 그대로 유연하게 휘었다. 말도 안 되는 탄성이다.

"보기엔 이래도, 그 어떤 활보다도 값지고 쓸 만하단다."

묘정이 활대를 이리저리 살펴볼 때였다. 휘림이 대뜸 손을 뻗더니 아까처럼 소년의 뺨을 주물럭거렸다.

"둔치야, 활은 좀 쏘냐?"

또 둔치래. 소년이 얌전히 뺨을 내어놓은 채로 불퉁하게 꿍얼거리자 묘정이 웃음을 터뜨렸다.

"우리 겸이가 검은 다소 서툴러도 활에는 아주 능합니다. 활 쏘는 데 유달리 재주가 뛰어나니, 이 역시 부덕한 스승을 닮아서 그런 모양이지요."

말을 마친 묘정이 소년의 손에 활대를 쥐여 주었다.

"그러니 나를 닮은 내 제자에게 이것을 물려주마."

소년이 흠칫 놀라며 눈을 동그랗게 떴다.

"옷고름을 베어 냈으니 그 상으로 주겠다."

"진짜? 좋은 거라며. 내가 가져도 돼?"

묘정이 웃으며 고개를 끄덕였다.

"제법 다루기 까다로운 물건이나 차근차근 앞으로 알려 주도록 하마."

우아! 소년이 활짝 웃으며 양손으로 활대를 쥐고 하늘 높이 들어 올렸다. 이건 내 거다. 묘정이 내게 준 활이다. 덜 자란 소년이 쓰기에 나무 활대는 다소 길었지만, 그래도 소년은 기쁘기만 했다. 검에 둔치여도 상관없다. 나는 스승을 닮았으니 이 활로 더 강해질 것이다.

"이야, 잘됐다. 나는 검에 능해도 활은 잘 못 쏘는데, 네 스승은 검도 잘 다루고 활도 아주 잘 쏜단다. 열심히 배워 봐. 묘정은 무엇이든 못 하는 게 없으니까."

휘림이 소년의 어깨를 탁탁 두드리며 응원해 주었다.

"알면 됐어."

소년이 웃으며 말하자, 휘림이 어이없어 하며 대꾸했다.

"내가 너보다 먼저 알고 있었다."

묘정이 고개를 돌려 휘림을 빤히 바라보았다. 먼 데서 불어온 산들바람이 휘림의 짧은 머리칼을 헤집고 지나갔다.

"……."

잠시 말이 없던 묘정이 행낭 안에서 빈 수통을 꺼냈다.

"겸아, 샘터에 가서 마실 물 좀 떠 와 주련?"

묘정이 태연히 부탁했다.

"어? 응, 알았어."

소년이 고개를 끄덕거리며 수통을 받아 들 때였다. 휘림이 곧바로 바지춤에 매달아 놓은 간이 행낭을 뒤적이며 소년을 만류하려고 했다. 미리 챙겨 온 수통에 물이 남았기 때문이었다.

"잠깐만, 여기…."

뭐라고 말을 꺼내려는 순간이었다. 뒤에 서 있던 묘정이 휘림의 소맷자락을 확 잡아당겼다. 그 바람에 어리둥절한 눈으로 묘정을 돌아볼 때였다. 묘정이 눈을 빠르게 떴다 감더니, 아주 살짝 고개를 저었다.

"아."

휘림이 그대로 입을 다물었다.

묘정과 휘림은 수통을 들고 총총 멀어져 가는 소년의 뒷모습을 말없이 바라보았다. 근처에 오가던 샘이 있으니 그리 오래 걸리진 않을 터였다. 마침내 소년의 뒷모습이 보이지 않을 정도로 작아졌다. 주변을 두리번거리던 묘정은 울창한 나무 뒤편으로 걸음을 옮겼다. 휘림이 휘적휘적 그 뒤를 따랐다.

"묘정, 아이와 아주 잘 지내 온 모양입니다?"

휘림이 밝은 목소리로 입을 열었다. 말로만 듣던 소년은 성미가 까칠하고 악바리 기질이 있었다. 검을 겨눴을 때 바락바락 쌍욕을 해 대서 휘림은 깜짝 놀랐다. 온화한 묘정 아래서 어찌 저런 녀석이…. 여간해선 손을 태우긴 힘들 것처럼 보였는데, 소년은 묘정을 아주 잘 따랐다.

"아이의 이름은… 손수 지으신 겁니까?"

"그렇지요, '재겸'이라고 지었습니다."

무언가 떠올린 묘정이 사르르 미소를 지었다.

"언젠가는 왜 저는 성이 없냐고 따져 묻더이다. 저도 성씨가 가지고 싶다며 졸라 대기에, 길가에 나가서 마음에 드는 성씨가 있거든 주워서 붙여 보라 하였더니, 김씨가 마음에 든다며 그때부터 스스로를 김재겸이라 합니다."

그 말을 듣자마자 휘림이 푸하하, 박장대소를 했다.

"귀여워라."

다소 포악하고 사납긴 하지만… 아이는 본디 맑고 따듯한 성정을 지녔으리라. 직접 보고 나니 묘정이 소년에게 각별한 정을 붙인 이유를 알 것도 같았다.

"앞으로는 저 아이를 어쩌실 작정입니까."

한참을 웃던 휘림이 웃음기를 지워 내며 물었다.

"……."

묘정은 아무런 대꾸도 하지 않았다. 휘림의 질문을 끝으로 둘 사이에 무거운 정적이 내려앉았다. 묘정은 가라앉은 눈빛으로 휘림을 내려다보다가 조용히 입을 열었다.

"참으로 무정도 하지요. 그렇지 않습니까."

묘정의 말에 휘림이 멀뚱멀뚱한 눈으로 대꾸했다.

"알면 되었습니다. 6년 전에 뒤도 안 돌아보고 그리 사라져 놓고는…."

묘성은 고개를 내밀고 소년이 사라진 방향으로 슬쩍 눈길을 주었다가, 이내 마주 선 휘림을 내려다보았다. 몇 년 만의 재회였다. 나례청이 무너진 그때 이후로 처음 만나는 것이었다. 휘림은 그때와 하나도 달라진 게 없었다.

"휘림은 지난 6년간 어찌 지냈습니까."

묘정이 나지막한 목소리로 물었다.

"저는 산천을 여행하다가 얼마 전에야 오랜 객지 생활을 마쳤습니다. 다양한 사람들을 만나 보았지요. 세상이란 참으로 넓더이다. 참, 근래에 꽤나 걸출한 재주를 지닌 영귀 하나를 알게 되었는데 아주 물건입니다. 하하, 묘정 또한 귀여운 제자를 보여 주었으니 나도 언젠가 기회가 된다면 소개를 해 주도록 하겠습니다."

휘림이 미소를 지으며 묘정의 등을 토닥거렸다.

건재하던 나례청이 하루아침에 무너지고, 그날로부터 어느덧 6년의 시간이 흘렀다. 6년. 묘정과 소년이 처음 만나 지금껏 함께 산 세월이기도 했다. 그 시간 동안 어리기만 하던 아이는 무럭무럭 자라서 소년이 되었다.

"내게 할 말은 그것뿐입니까?"

묘정이 넌지시 묻자, 휘림이 대뜸 손뼉을 쳤다.

"아! 묘정, 혹시 수향에 관한 소식을 들었습니까? 얼마 전, 어찌 연이 닿았는지 수향이 내게 찾아와 묘정의 행방을 묻기에 그 까닭을 되물었지요. 수향은 나례청을 재건할 계획으로 뜻이 맞는 나자들을 소집하고 있습니다. 그래서 수향은 묘정을 애타게 찾아 헤매고 있다, 이 말입니다. 잠깐… 묘정? 내 말 듣고 있긴 합니까?"

묘정과 휘림, 수향은 어려서부터 알고 지낸 오랜 지기이자, 나례청에서 함께 동고동락한 사이이기도 했다. 그러나 나례청이 해체됨에 따라 기존에 소속되어 있던 나자들은 전부 뿔뿔이 흩어져 각자도생의 길을 걷게 되었다. 휘림과 수향도 마찬가지였다. 나례청 생활을 청산한 뒤로 묘정은 홀연히 모습을 감추었고, 지금껏 전국 팔도를 돌며 방랑 생활을 하고 있었다.

"아니, 모르겠는데…."

묘정이 고개를 푹 숙이더니 휘림의 한쪽 어깨에 이마를 툭 박았다.

발길이 닿는 대로 떠돌다 보면 원치 않았음에도 지나간 나자들의 소식을 듣는 경우가 종종 있었다. 누구는 절에 들어갔다고 하고, 누구는 신령을 모시는 만신이 되었다고 하고, 누구는 그저 평범하게 농사를 지으며 살고 있다고. 딱히 궁금하지 않았던 소식은 귀에 잘도 들렸다. 반면에 내심 바라고 또 바라고, 애타게 기다린 소식은 가뭄철의 소나기만큼이나 찾아오질 않으니 얄궂을 따름이었다.

"무정한 건 내가 아니라 그대가 아닌지…. 지난 세월 동안 내 몇 번이고 서신을 보냈는데… 지금껏 단 한 번도 답을 보내주지 않았으면서…."

묘정은 휘림의 어깨에 이마를 박은 채 혼잣말을 중얼거렸다. 그러자 휘림이 다소 머쓱한 얼굴로 짧은 머리를 긁적거렸다.

"아니, 어쨌든 이렇게 만나러 왔으니 된 거 아니오?"

묘정이 웅얼거리는 투로 대꾸했다.

"응, 아니요."

휘림이 저도 모르게 주변을 두리번거렸다.

"아, 알았으니 일단 좀 비킵시다!"

멀리, 샘에서 돌아온 소년의 목소리가 메아리처럼 맴돌았다.

묘정… 어디 갔어….

그날 소년은 제 스승을 부르고 또 불렀다.

· 🕊 ·

"내 스승은 죽었어."

그리고 오랜 세월이 흘러서, 소년이 대답했다.

"내 손으로 죽였으니까."

윤태희의 입술이 천천히 호선을 그렸다.

소년은 믿고 따르던 스승에게 배신을 당했고, 스승은 제자에게 불멸이라는 저주를 선물했으며, 제자는 스승에게 죽음을 안겨 주었다.

"그래서 복수를 해낸 기분은 어때?"

윤태희가 비스듬히 턱을 괴며 물었다. 재겸이 무표정한 얼굴로 윤태희를 물끄러미 응시했다. 도서실 창가로 노을빛이 번져 들었다. 시계 초침 소리가 유난히 크게 들렸으며, 커다란 서가마다 빽빽이 꽂혀 있는 책들이 차분하고 묵직한 내음을 만들어 냈다. 복수라. 내가 한 게 복수였나. 보통은 어쩌다 그렇게 되었는지를 물을 법도 하건만, 윤태희는 엉뚱하게도 복수를 하고 난 뒤의 '기분'을 묻고 있었다. 윤태희는 언제나 방점을 이상한 곳에다가 찍는다.

"그냥 그랬어."

내내 말이 없던 재겸이 한참 만에 대꾸했다.

"왜? 나라면 후련하거나 짜릿했을 것 같은데."

"몰라. 후련하지도 않았고 짜릿하지도 않았어."

윤태희가 한쪽 입꼬리를 올리며 장난스레 속삭였다.

"역시 마음씨가 착하신 분이라."

윤태희가 곧고 단정한 손가락을 테이블에 튕기며 덧붙였다.

"원수를 죽였으니 충분히 기뻐해야지."

다정한 말투와는 어울리지 않는 내용의 조언이었다. 재겸은 무미건조한 낯으로 윤태희의 손을 가만히 바라보았다.

"나도 처음엔 기뻤어. 아니, 기쁜 줄 알았어. 근데 원수를 죽이고 나서 알았지. 내 진짜 원수는 따로 있다는 걸. 그래서 기쁘지가 않았어…"

윤태희가 설핏 눈가를 찌푸리며 되물었다.

"원수가 따로 있다니, 그게 무슨 말이야?"

재겸이 상념에 잠긴 얼굴로 중얼거렸다.

"내가 내 원수였던 거야. 이 생(生)이 원수였어."

배신감, 증오, 분노. 피로 물든 감정들은 눈덩이처럼 불어나서 소년의 가슴을 억눌렀다. 명치끝이 답답하고 무거웠다. 처음엔 사내에게 앙갚음을 하고 나면 이 무게감을 떨쳐 내고 홀가분해질 것이라고 믿었다.

하지만 이 손으로 사내를 죽인 뒤에야 비로소 깨달았다. 자신이 착각하고 있었음을. 원수라고 생각했던 사내가 사라지면서, 사내가 남겨 둔 이 삶 자체가 저 자신에게 원수로 남았다.

'네 삶의 주인은 나란다.'

사내가 남긴 그 말을 이제는 이해할 수 있다. 정말이지 뼈저리게 이해했다. 복수는 끝났으나 복수의 잔여물로 남은 이 삶은 영영 끝나지 않을 테니까. 나는 이것을 가질 수도, 버릴 수도 없다. 모든 것이 스승의 그늘 안에 있다.

스승은 세상에 없지만 이 삶의 주인은 여전히 스승이었다.

"'자기 자신이 진짜 원수였다.'라…."

곰곰이 되새기던 윤태희가 지나가는 투로 물었다.

"스승을 죽인 걸 후회해?"

예전엔 종종 했던 것도 같다. 하지만 지금은….

"아니, 안 해."

"그럼 된 거야."

재겸이 간결하게 대꾸하자 윤태희가 빙그레 미소를 지었다. 재겸의 대답이 마음에 든 것 같았다. 윤태희가 옅은 볼우물을 머금고 말을 덧붙였다.

"이미 지나간 일을 후회해 봤자 감정만 낭비할 뿐이니까."

둘의 시선이 또렷하게 맞물렸다. 내내 무감한 얼굴로 앉아 있던 재겸은 어느 순간 미간을 구겼다. 문득 이 얘길 얘한테 왜 하고 앉아 있나 싶어서 정신이 들었다. 새삼 심기가 뒤틀렸다. 저도 모르게 휩쓸려서는, 윤태희가 이끈 불유쾌한 화제에 졸졸 따라가 버리고 말았다.

"야."

재겸이 눈을 치켜뜨며 쏘아붙였다.

"넌 아까부터 뭘 잘했다고 그렇게 당당해?"

맞는 말이라도 윤태희가 하니 괘씸했다. 사과를 받는 건 기대도 하지 않았으나 아무 일도 없었다는 듯이 태연하게 구는 게 영 거슬렸다. 지난 일에 대해 미안해하거나 뉘우치는 기색이라곤 눈곱만큼도 찾아볼 수 없다.

"넌 후회 좀 해야 되지 않겠냐?"

윤태희가 가만히 턱을 괴고 대꾸했다.

"후회하는 건 뭔가를 잘못했을 때 하는 거잖아."

"그래, 근데?"

"나는 내가 잘못했다고 생각하지 않는데."

재겸이 미간을 힘껏 모은 채로 "뭐?" 하고 되물었다.

"만약 시간을 되돌려서 일주일 전으로 돌아간다고 해도, 나는 너한테 똑같이 할 거거든. 그래서 후회하지 않아. 내 선택은 언제나 최선이니까."

"……."

재겸의 낯이 한층 험악해졌다.

"넌 나를 속이고 협박했어. 그런데도 잘못이 없어?"

"그래. 말했듯이 그때로 돌아가도 똑같이 할 거야."

윤태희가 테이블 위로 상체를 걸치며 팔짱을 꼈다. 넓고 탄탄한 어깨가 꽉 조이며 셔츠가 터질 듯 팽팽해졌다. 어느덧 웃음기가 완전히 사라진 눈매는 날카롭고 서늘하기만 했다.

윤태희가 낮은 목소리로 말했다.

"만약 내가 처음부터 사서로 잠입한 나자라고 사실대로 밝혔으면? 널 만나러 서점에 갔을 때, 말을 섞는 것조차 싫어하고 거부하던 널 두고 그대로 뒤돌아 나왔다면? 그랬으면 네가 지금 나랑 이렇게 마주 앉아 있었을까?"

선명한 눈동자가 마주 앉은 재겸을 올곧게 응시했다. 윤태희는 재겸과 저 사이에 얼마간의 앙금이 남아 있다는 것을 잘 알고 있었다. 그런데도 이렇게 대화에 응해 준 것은 아마 동자님을 도와줬기 때문일 것이다.

"맞아. 나는 널 속이고 협박했어. 그리고 너는 지금 내 앞에 앉아서 나를 보고, 내 말을 듣고, 이렇게 나랑 얘기하고 있잖아. 나한테 중요한 건 이거야."

윤태희는 이미 지나간 일에 목매는 것을 아주 싫어했다. 지난날의 과오를 발판으로 삼아서 앞으로 나아갈 수 있다고 믿는다면 그건 함정에 빠진 거다. 발판이 아니라 발목을 붙잡는 족쇄나 되지 않으면 다행일 것이다. '그때 그러지 않았다면'으로 시작하는 무의미한 가정을 따라가 봤자 그 끝에 있는 건 자기 연민과 자기혐오뿐이다. 과거의 늪이란 그런 것이다.

"네가 그랬지, '네가 한 짓은 사라지지 않아.'라고. 네 말이 맞아. 그러니까 더더욱 후회를 하면 안 되는 거지. 후회와 반성이 왜 좆같은 줄 알아? 고작 과거를 뉘우치고 반성한 정도로, 자기 자신이 더 나은 사람이 되었다고 착각을 하게 만든다는 거야. 한 거라곤 가만히 앉아서 대가리나 굴린 게 전부인데도, 갑자기 죄의식이 옅어지고 스스로에게 너그러워져."

엎지른 물은 주워 담을 수 없고, 과거는 사라지지도, 변하지도 않는다. 그러니 뒤돌아볼 필요는 없다. 모든 죄는 지나간 것이 아니라 이미 나와 함께 살고 있으므로. 멋대로 과거에 버려두고 오면 곤란하다. 그러니 후회는 하지 않는다. 반성도 하지 않는다. 그저 순순히 안고 갈 뿐이다. 그렇게 하기로, 윤태희는 아주 오래전에 다짐했다.

"그래서, 내가 지나간 일을 사과하고 내 잘못이라고 말하면 넌 나를 받아들여 줄까? 아니면, 마음을 돌려서 나자가 되어 줄 건가? 아니잖아."

돌이킬 수 없는 일을 붙잡고, 붙잡히고, 돌아본다 한들 뭐기 달리진다는 말인가? 과거의 늪에 빠져 허우적서릴 바에야 다가올 날을 도모하고 대책을 강구하는 게 맞다. 그게 훨씬 더 이롭고 영양가 있는 일이므로.

"그리고 내가 후회하고 사과해 봤자 그게 너한테 무슨 도움이 되겠어? 그래 봐야 언 땅에 삽질하는 것밖에 더 되나. 잘해 봐야 본전치기고. 그럴 바에는 너한테 현실적인 이득을 주는 게 낫지. 그게 훨씬 생산적이니까."

말을 마친 윤태희가 눈앞의 소년을 응시할 때였다.

"너…."

재겸이 한쪽 눈가를 찡그리며 입을 열었다.

"진짜 상종도 못 할 개새끼구나."

딱히 비난조로 꺼낸 말은 아니었다. 그저 순수하게 느낀 그대로를 내뱉은 거였다. 애초에 심지가 비뚤어진 놈이라는 것은 알고 있었다. 그러나 막상 터놓고 대화를 해 보니 생각했던 것 그 이상이었다.

재겸은 윤태희가 싫었다. 나자가 되어 줄 생각도, 친구로 사이좋게 지내고 싶은 마음도 없었다. 어느 편인지를 떠나서 좌우지간 저와는 아무런 상관이 없다고 생각했다. 그리고 오늘, 재겸은 조영우를 만나러 학교에 왔다. 학교에 오면 윤태희와 마주칠 것이라는 사실을 알고 있었음에도.

재겸은 윤태희와의 만남을 적극적으로 피하지 않았다. 정말 만나기 싫었다면 어떻게든 뿌리칠 수 있었을 것이다. 직접 불러낼 때는 가지 않았으면서, 재겸은 못 이기는 척 도서실로 왔다. 그렇다면 어째서? 스스로에게 의문을 품었으나, 재겸은 애써 딴청을 피웠다.

윤태희는 동티가 옮지 않았다고, 그 이유가 궁금해서 성치 않은 몸을 이끌고 집에 찾아왔다고 했다. 그래 놓고 스티커를 다섯 개 모으면 준다던 선물을 머리맡에 남겨 두고 갔다. 모은 스티커는 세 개뿐이었는데도.

'많, 많이 수척해 보이셨어요. 그래서 상처를 치유해 드리겠다고 했더니 그분이 말씀하시길… 치유가 통하지 않는 나리께서는 오로지 자력으로 눈을 뜨실 테니, 그렇다면 자신도 제힘으로 직접 낫겠다고 하셨습니다.'

메산이에게서 그 말을 들었을 때. 재겸은 초여름에도 눈보라가 몰아치는 돔 속의 오두막집을 바라보며 문득 생각했었다. 처음이자 마지막으로 한 번쯤은 얘기를 들어 줄 수 있지 않을까? 왜냐면. 왜냐면 메산이를 도와줬으니까. 그리고 선물도 줬으니까. 그리고 또….

아마 확인을 하고 싶었던 것 같다. 정확히 그게 뭔지는 모르지만.

"……."

하지만 이젠 전부 잡쳤다는 생각이 든다. 재겸은 자리에서 일어섰다. 의자가 끌리며 끽, 불쾌한 소리가 났다. 그러자 윤태희가 팔을 뻗어 재겸의 손목을 강하게 틀어쥐어 왔다.

"그래, 맞아. 개새끼야."

윤태희가 말했다.

"근데 몰랐던 거 아니잖아. 새삼 실망하기라도 했어?"

윤태희가 무표정한 얼굴로 낮게 덧붙였다.

"개새끼니까 역적질을 하겠지. 안 그래?"

이어진 말에 재겸이 눈을 가늘게 떴다.

'나례청은 무너질 거야. 내가 부술 거니까.'

'자꾸 너였으면 좋겠어, 이 역모에 가담해 줄 사람이.'

재겸은 제 손목을 옭아맨, 핏줄이 불거져 나온 손등을 말없이 바라보았다.

"……."

살갗에 닿는 온기가 뜨겁고 묵직했다. 재겸이 삐딱한 눈으로 윤태희를 쳐다보았다. 윤태희와 눈이 마주치는 순간, 피에 젖은 그날의 얼굴이 겹쳐 보이는 듯했다.

"그래, 잘해 봐."

재겸이 싸늘하게 대꾸하며 잡힌 손목을 비틀었다. 놓으라는 의미였다. 그러나 윤태희는 손을 놓지 않았다. 윤태희가 눈을 내리뜨고 말했다.

"나한테 거짓말했어, 너."

"헛소리 집어치우고 손 치워."

"나한테 궁금한 거 없다는 말, 너 그거 거짓말이야."

재겸이 인상을 쓰며 손목을 거칠게 잡아 빼려고 했다. 그러나 윤태희를 뿌리치기는커녕 뿌리치는 힘으로 오히려 가깝게 끌어당긴 꼴이 되었다. 테이블을 사이에 둔 윤태희의 상체가 밀착하듯 붙었다. 가까워진 거리에 재겸이 반사적으로 몸을 물릴 때였다.

"넌 내가 궁금해졌어. 그래서 여기에 온 거야."

"미쳤냐? 너 같은 거 관심도 없어."

재겸이 눈꼬리에 날을 세우며 싸늘하게 받아쳤다.

"그래? 그럼 궁금하게 만들어 줄게."

무감한 눈으로 재겸을 내려다보던 윤태희가 말했다.

"나는 나례청을 부수고, 나례청장의 목을 딸 거야. 내 원수거든, 그 사람. 사연은 간단해. 눈앞에서 가족이 몰살당했어. 흔해 빠진 복수극이지."

재겸이 멈칫하며 윤태희를 올려다보았다.

"네가 내 복수를 도와준다면, 나도 네 복수를 도와줄게."

윤태희가 덧붙였다.

"…뭐?"

재겸이 낯을 굳혔다. 윤태희가 무슨 말을 하고 있는 건지 이해가 되지 않았다. 복수를 도와주겠다니? 복수는 이미 오래전에 끝났다. 그때, 윤태희가 재겸의 손목을 확 잡아당겼다. 이번엔 재겸의 상체가 윤태희에게 안기듯 쏠렸다. 거리가 지나치게 가까웠다. 재겸이 저도 모르게 윤태희의 어깨를 짚고 몸을 지탱했다. 셔츠 너머로 단단하고 넓은 어깨가 만져졌다.

"네 진짜 원수는 따로 있다고 했잖이."

윤태희가 고개를 숙이더니 재겸의 귓가에 속삭였다.

"내가 죽여 줄게, 널."

숨결과 함께 아릿한 잔향이 맴돌았다.

2장

 넓은 창가를 가득 메운 불타는 저녁놀이 액자처럼 걸려 있었다. 규칙적인 시계 초침 소리 사이로, 재겸은 자신의 심장이 쿵 떨어지는 듯한 묵직한 소리를 들었다.
 "너, 방금… 뭐라 그랬어?"
 날카롭고 또렷한 시선이 재겸을 응시해 왔다.
 "죽고 싶은 거잖아. 내가 도와줄게."
 젖어 드는 노을 속에서 둘의 시선이 빈틈없이 맞물렸다.
 "……."
 잠시 침묵하던 재겸이 한참 만에 목소리를 냈다.
 "아니, 넌 못 해. 나는 뭘 해도 안 죽어."
 지금껏 죽고자 안 해 본 것이 없었다. 숱한 시도의 결론은 무슨 짓을 해도 죽지 않는다는 사실이었다. 그런데 죽여 주겠다고? 믿어지지도 않고, 믿을 수도 없는 말이었다.
 윤태희는 터무니없는 말로 자신을 현혹하려는 것이 분명했다. 그걸 알고 있음에도 재겸의 눈이 정처 없이 흔들리고 있는 것은, 윤태희의 낯이 이를 데 없이 무표정하기 때문이었다.

윤태희는 미소가 꽤나 헤펐기에, 늘 희미한 미소를 매달고 있었다. 그래서인지 처음엔 다정하고 친절한 인상이 강했다. 하지만 서점에서 맞닥뜨린 그날 이후로, 그 웃음기 속에 한 톨의 감정조차 내비치지 않는 날카로운 눈매가 숨어 있음을 알았다.

윤태희는 때때로 나무 꼭대기에 앉아 광활한 대지를 내려다보는 맹금류와 같은, 냉연한 얼굴이 된다. 그리고 이것이 윤태희의 본연이라는 것을 재겸은 알고 있었다.

"너, 이번엔 또 무슨 수작인지 모르겠는데…."

재겸이 입술을 달싹이자, 윤태희가 재겸의 말을 끊었다.

"방상시(方相氏)에 대해서 들어 본 적 있어?"

"…뭐?"

"방상시는 과거 선대 나례청의 주인이야. 처음으로 나례청을 세운 것도 방상시였고, 선대 나례청이 무너지기 전까지는 우두머리 노릇을 했어."

오랜 역사를 이어 오던 선대 나례청이 해체된 것은 약 200년 전의 일이다. 역사의 뒤안길로 사라졌던 나례청이 공식적으로 재건된 시기는 20세기 중반 무렵으로, 현대의 나례청이 자리를 잡은 지 반세기 정도가 흐른 셈이다. 과거 선대 나례청의 수장은 방상시였으나, 현대에 이르러서는 나례청장이라는 이름이 그 자리를 대신하여 나례청을 이끌고 있었다.

"현대 나례청의 수장은 나례청장이지만, 방상시와 나례청장은 달라. 나례청장은 직함에 불과하고 그래 봐야 다른 나자들과 똑같은 인간이거든. 하지만 방상시는 악귀를 쫓는 신(神)의 이름이었어. 애초에 인간이 아니었지."

나례청 내부에서도 방상시에 대해 알려진 내용은 극히 드물며 공개된 정보 외에는 기밀로 다뤄진다. 그러니 재겸으로선 방상시에 관해 아는 바가 없는 것이 당연했다. 사내는 나자였던 과거를 숨겼던 데다가, 그땐 선대 나례청이 무너진 뒤였으니 여러모로 접근하기 힘들었던 영역이었다.

"그래서 방상시에게는 인간으로선 넘볼 수 없는 특별한 권능이 있었어. 그 힘은 방상시가 쓰고 다니던 탈에 숨겨져 있었지. 그 탈을 쓰고 혼에 새겨진 이름을 세 번 부르면, 귀신이든 인간이든 이름을 불린 그 대상은…."

윤태희가 재겸과 눈을 맞추며 천천히 덧붙였다.

"이 땅에서 사라지는 거야."

한 호흡 느리게 흘러나온 말에 재겸이 눈을 크게 떴다. 그와 동시에 윤태희의 어깨를 짚고 있던 손이 곱아들며 셔츠 사락을 험악하게 움켜쥐었다. 윤태희는 제 어깨를 쥔 손에 힐끗, 시선을 던졌다가 재겸을 바라보았다. 역시 소년은 이해가 빨랐다. 윤태희가 입꼬리를 올렸다.

"그래. 그 탈, 나례청장이 가지고 있어."

재겸의 눈가 한쪽이 일순 경련했다. 거대한 창 하나가 머릿속을 꿰뚫는 느낌이었다.

윤태희는 나례청장에게 복수를 하고 싶어 한다. 그리고 나례청장의 손에는 이 삶을 끝낼 수 있는 방상시의 탈이 있다. 윤태희의 입에서 나온 이 모든 이야기가 사실이라면….

"그 탈을 빼앗아서 널 죽여 줄게. 네가 무슨 저주에 걸렸는지는 모르겠지만, 어쨌든 혼이 있는 존재라면 방상시의 탈은 반드시 통할 테니까."

모든 생명에는 혼이 있다. 비단 인간뿐만이 아니라 이지가 없는 미물에 불과할지라도, 생명이 있는 존재는 반드시 혼을 지니고 있다. 생이 다한다는 것은 이 혼이 혼불이 되어 몸에서 빠져나간다는 것을 의미했다.

즉, 혼이 혼불이 된다는 것은 명백한 사망 선고였다. 몸이 약하거나 생기가 흐려지면 육체에서 혼이 빠져나오기도 하고 혼을 떼어 낼 수도 있지만 그건 어디까지나 '생혼(生魂)'이고, 혼불은 죽은 혼이었다.

따라서 생자의 몸에서 한번 빠져나온 혼불은 절대 다시 살려 낼 수 없다. 하늘로 승천하여 이승을 떠나거나, 땅에 들러붙어 이승에 남거나. 후자가 바로 귀신이다. 귀신은 이미 생이 다해 한 번 죽었던 혼불에서 생겨난다. 그리고 방상시는 혼불을 하늘로 돌려보낼 수 있는 권능을 지닌 존재였다.

방상시의 탈을 쓰면 황금사목(黃金四目)을 통해 혼에 새겨진 이름을 볼 수 있다. 그 이름을 세 번 호명하면 생자인 인간의 혼을 비롯하여 혼불 그 자체인 귀신까지도, 모든 혼을 이승에서 사라지게 할 수 있다. 섭리를 다스리는 절대적인 힘. 악귀를 쫓는 신(神)이라는 수식에 걸맞은 권능이었다.

"왜… 왜 이제 와서 이런 얘기를 하는 거야?"

윤태희의 셔츠 자락을 힘껏 움켜쥔 재겸의 손등에 뼈가 불거졌다. 재겸은 지금 힘겹게 의심을 하고 있었다. 잔혹하게도 선택지는 하나뿐이었다. 그렇기에 재겸은 혼란스러웠다.

믿어지지 않아도 믿어야만 했고, 믿고 싶었으며, 믿을 수밖에 없었다.

그날 재겸은 스스로 약점을 내버렸다. 그렇게 협박은 무효가 되었고 나자가 되어야 할 명분 또한 사라졌다. 또한 윤태희는 다른 나자들의 기억을 지움으로써 재겸이 내던진 비밀을 손수 주워서 되돌려 주었다. 결국 돌고 돌아 다시 원점이었다. 그리고 윤태희는 여전히 끈질겼다. 이번엔 협박도, 회유도 아니었다.

도와줘.

윤태희는 자신의 복수를 도와 달라고 했다. 그 보상으로 널 죽여 주겠노라고. 그렇게 말하고 있었다. 이번 제안은 아찔할 정도로 달콤했다.

"왜… 왜 지금에서야 이런 말을 하는 거야? 나를 속이고 협박하고, 그러다 아무것도 통하지 않으니까 이제 와서… 이제 와서?"

언젠가 윤태희는 물었다. '박제가 된 기분은 어때?' 그건 궁금해서 물어본 게 아니었다. 윤태희는 그 시점에 이미 정확하게 답을 알고 있었다. 하지만 윤태희는 지금에서야 입을 열었다. 온갖 불신을 심어 놓고서, 믿지 못하게 만들어 놓고는 믿지 않으면 안 될 얘기를 꺼낸다.

윤태희는 소년의 얼굴을 물끄러미 내려다보았다.

"맞아. 협박도 안 먹히고, 약점을 잡은 것도 도루묵이 되어 버리고, 하다 하다 안 통해서 이제 와서 얘기하는 거야. 이걸로 더는 물러설 곳이 없어."

사실 윤태희로선 본래 나례청을 부술 계획을 털어놓을 생각이 전혀 없었다. 나례청이 아니라 저에게 충성하는 후임을 만드는 데 성공했다면 말이다. 어차피 하라는 대로 할 테니 굳이 위험하게 계획을 공유할 이유는 없었다.

윤태희는 마치 스도쿠를 하듯이 치밀하게 가능한 수를 헤아렸다. 재겸이 나자를 싫어한다는 사실 하나에 이 모든 계획을 털어놓기엔 토대가 빈약하고 위태로웠다. 어쨌든, 윤태희 자신도 일단은 나자였다. 제 말을 들어 줄지 확신이 없는 상황이었다. 게다가 재겸이 나자를 싫어하는 이유는 원수가 나자였기 때문이다. 나자 모두가 원수인 저와는 결이 달랐다. 그러니 나례청을 부수려는 계획에 협조해 줄지는 미지수였다.

"나는 나례청을 부수기 위해서 아주 오랫동안 계획을 세워 왔어."

윤태희가 무표정한 얼굴로 입을 열었다.

"자칫하다간 모든 일이 물거품이 돼. 사방에 널린 게 나자야. 당장 네가 밖으로 나가서 윤태희가 나례청을 부술 거라고 말할지도 모르는데, 아무런 담보도 가지지 못한 상황에서 내 목덜미를 갖다 바칠 순 없었어."

재겸이 윤태희를 믿지 못하듯이, 윤태희 또한 마찬가지였다. 윤태희도 재겸을 믿지 못했다. 원래대로라면 계획을 밝히지 않는 선에서 끌어들일 생각이었다. 하지만 그간의 시도들은 전부 실패로 돌아갔다.

"네가 나를 못 믿는다는 건 알아. 굳이 믿을 필요 없어. 넌 네 손에 쥔 것을 믿으면 돼. 나도 내 손에 쥔 것을 믿을 테니. 이제 우린 서로의 약점을 쥐고 있잖아."

그렇다면 이제 남은 건 하나였다.

"친구가 되긴 글렀고 겸상할 사이도 아니라면, 서로의 목덜미를 쥐고 있는 사이로 하자."

다정한 손이 재겸의 목뒤를 천천히 감쌌다.

"내가 살면 넌 죽고, 네가 죽으면 내가 사는 거야. 어때? 꽤 각별하고 낭만적이지 않아?"

윤태희가 고개를 내리고 재겸에게 시선을 맞췄다. 목덜미를 감싼 손바닥으로 살아 숨 쉬는 맥박의 진동이 고스란히 전해져 왔다. 손에 닿은 살갗이 생각보다 훨씬 여리고 뜨거웠다.

"……."

재겸은 천천히 눈을 감았다.

윤태희는 지나간 일을 후회하지 않는다고 말했다. 사과를 해 봤자 너에게 도움이 되는 건 없을 테니 차라리 그럴 바엔 현실적인 이득을 안겨 주겠다고. 윤태희는 그 무엇 하나 부정하지도 않았고 제 선택을 아쉬워하지도 않았다. 그저 차곡히 쌓아 올린 실패를 그대로 안고, 또다시 재겸의 앞에 섰다.

마지막이 될, 새로운 패를 손에 들고서.

'넌 네 손에 쥔 것을 믿으면 돼.'

'내가 죽여 줄게, 널.'

긴 정적을 깨고 재겸이 한참 만에 입을 열었다.

"내가…."

재겸은 눈에 힘을 주고 윤태희를 노려보았다.

"내가 뭘 하면 되는데?"

소년의 온기가 눌어붙어 있던, 윤태희의 손끝이 전율했다.

"……."

윤태희는 폐부를 깊숙이 찔러 오는 기묘한 희열을 느꼈다. 말없이 고개를 내려 제 손바닥을 바라보았다. 느리게 손을 쥐었다 폈다 해 보았으나, 소년의 목덜미에서 옮아 온 맥동하는 감각이 여전히 손안에 잔류하고 있는 것만 같은 착각이 들었다. 마치 환상통처럼.

"묻잖아. 뭘 하면 되냐고."

"우선은 '윤태희'를 훔쳐 줘."

난해한 답변이었다. 재겸이 뭐라 되묻기도 전에, 윤태희가 검지를 들더니 자신의 가슴팍을 가리켜 보였다.

"내 이름 석 자 말이야."

이름을 되찾아 오는 것.

이것이 역모의 첫 단추가 될 것이다.

"기억해? 그때 비마가 했던 말."

일전에 윤태희는 같은 편인 나자들에게 흑망조를 날려 보냈고, 그 대가로 죽음과도 같은 고통을 겪었다. 그에 비마가 고통의 원인을 짚어 주었는데, 그것은 실로 정확한 진단이었다.

"나례청에 소속된 모든 나자들은 피의 계약을 맺어야 해. 같은 나자를 향해 예고 없이 귀기를 쓰거나 위해를 가해선 안 된다는 거야. 만약 계약을 위반하고 금기를 깰 경우, 그 반동으로 큰 고통을 겪게 돼."

재겸은 피를 토하며 신음하던 윤태희의 모습을 떠올렸다. 정신을 차리지 못할 정도로 고통스러워하며 제 어깨에 몸을 기대 오던, 그 묵직한 감각이 되살아나는 듯했다. 그리고 윤태희는 그런 고통을 직접 겪었음에도 마치 남 일인 양 별다른 내색 없이 태연하게 설명하고 있었다.

"이 계약의 요지는 간단해. 같은 나자를 공격해선 안 된다는 건데, 말로는 안전을 위해서라고 하지만 실상은 내부의 적을 경계해서 만든 최소의 방어선인 셈이야. 나처럼 역적질 못 하게 하려고 목줄을 채워 둔 거지."

말을 이어 나가는 윤태희의 낯이 냉철했다.

굳이 이런 제약이 없더라도 나자들은 원체 충성심이 높았다. 하지만 어딜 가나 돌연변이는 존재하는 법이다. 그리고 아주 희박한 가능성조차 용납하지 않을 정도로 치밀한 곳이 나례청이다. 나례청이란 그런 곳이었다.

 분열과 반란을 봉쇄하는 거대한 철문. 이 철문을 뚫지 않는 이상 역모는 불가능하다. 이 역모의 최종 도착지는 나례청장이다. 나례청장에게 가기 위해선 당연히 그 길목을 지키고 있을 많은 적수를 상대해야만 한다. 이 '계약'을 떨쳐 내지 못한 상태에서 나례청에 맞서는 건 자살행위에 가깝다.

 "정식 나자가 되면 반드시 목패(木牌)에 피로 이름을 새겨서 제출해야 해. 그 목패를 매개로 계약을 맺는 거야. 그리고 그 목패는 나례청 명부실에서 보관하지. 그리고 네가 해 줄 일은 '윤태희'를 윤태희에게 돌려주는 거야."

 이것이 바로 윤태희가 그려 온 밑그림의 화룡점정(畵龍點睛)이었다. 오랫동안 설계해 왔던 모든 계획의 시작을 알리는. 묶인 이름을 되찾으면 계약을 파훼할 것이다. 족쇄가 사라지면 자유의 몸이 된다. 그리하여 마침내 눈을 얻은 용은 기나긴 잠에서 깨어나 지축을 울리며 하늘로 날아오를 것이다.

 "내 이름이 새겨져 있는 목패를 빼돌리는 것. 그게 네가 할 일이야."

 굳게 닫힌 빗장을 열어 줄 문지기. 그건 바로 소년이었다.

 "그러면, 그다음엔?"

재겸의 물음에 윤태희가 부드럽게 말을 덧붙였다.

"전쟁을 시작해야지."

전쟁. 두 글자를 입에 담는 얼굴은 태연자약했다.

"나례청에 쳐들어갈 거야."

이어진 말에 재겸이 고요한 눈으로 윤태희를 보았다. 잠시 정적이 흘렀다. 재겸의 시선을 받아 내던 윤태희가 어느 순간 빙그레 미소를 짓는가 싶더니, 무겁고 심각해진 분위기를 환기하려는 듯 엄지와 중지를 부딪쳐 딱 소리를 냈다.

"자, 여기까지가 대략적인 개요라고 생각하면 되고."

윤태희가 테이블에 반쯤 걸터앉으며 느슨한 자세로 입을 열었다.

"자세한 내용은 천천히 얘기해 줄게. 일단은 나례청에 입청하는 게 먼저일 테니까."

당장 서두를 필요는 없었다. 오랫동안 공들여 설계한 판이 무너지지 않도록 운과 때를 잘 맞춰야 했다. 우선은 나례청이 어떻게 굴러가는 곳인지 파악하고 분위기를 익히는 것이 중요했다. 초반 한두 달은 적응기가 될 것이었다. 그 시간 동안에 윤태희 역시 따로 해야 할 일이 있었다.

"알았어."

묵묵히 이야기를 듣던 재겸이 마침내 고개를 끄덕였다. 그에 윤태희의 눈매가 부드럽게 휘었다.

"좋아, 그럼…."

윤태희가 산뜻하게 운을 떼며 데스크 안쪽으로 향했다. 한쪽에 밀어 두었던 휴대폰을 집어 들더니 액정을 건드렸다.

"이사할 집은 지금 사는 집이랑 비슷하면 되나?"

난데없는 질문에 재겸이 슬쩍 눈을 들었다.

"뭐?"

윤태희는 휴대폰에 시선을 고정한 채로 중얼거리듯 말을 건넸다.

"산에 붙어 있고 외진 곳이면 돼?"

윤태희가 입술을 매만지며 한 손으로 액정을 스크롤했다.

"나례청에서 제일 가까운 산은 북악산이긴 한데. 여긴 워낙 개발이 많이 돼서, 북악산보다는 인왕산이 나아. 훨씬 조용하니까. 대신 여긴 좀 낮고⋯."

· 🕊 ·

아침 일찍 학교에 나섰던 재겸은 어둑한 저녁 무렵이 되어서야 집으로 돌아왔다. 마당을 가로질러 현관에 들어서자 다다닥, 바닥이 가볍게 울리는 소리가 났다. 메산이가 함박웃음을 지으며 부랴부랴 마중을 나왔다.

"나리! 다녀오셨습니까?"

재겸은 컨버스 운동화를 훌훌 털어 내듯 벗고는 집 안으로 들어섰다. 그러자 곧바로 메산이가 허리춤에 찰싹 달라붙어

왔다.

"잘 놀았냐?"

"네!"

"뭐 하고 놀았는데?"

"어어, 너구리랑요!"

"또 너구리?"

"예에."

"이제 못 보니까 섭섭하겠네."

"예에…."

둘은 시시콜콜한 대화를 나누며 거실로 갔다. "재겸아, 왔어?" 소파에 앉아 노트북을 하고 있던 정주가 반가운 얼굴로 재겸을 돌아보았다. "응, 뭐 하냐?" 재겸이 어깨에 멘 가방을 내려놓으며 대수롭지 않게 물었다.

"어, 뭐 좀 보느라…."

인터넷 창에는 굵직한 헤드라인이 떠올라 있었다. 정주 건강 회복 중, '잠적설' 정주 복귀할까, 정주 최근 근황은…. 본인 기사를 보고 있었다는 사실이 약간 민망했는지, 정주는 헛기침을 하며 노트북을 덮었다.

"그 친구랑 밥은 잘 먹고 왔어?"

정주가 무릎에서 노트북을 치우며 물었다.

"아, 뭐. 어…."

재겸이 뺨을 긁적이며 애매하게 대답했다. 정주는 당연히 재겸이 조영우와 저녁을 먹은 줄로 알고 있었다.

"뭐 먹었는데?"

"그냥, 뭐. 근처에서 파는 거."

평소의 무심함을 가장하며, 재겸이 애써 태연하게 대답을 할 때였다.

"재겸아, 혹시 학교에서 무슨 일 있었어?"

아니나 다를까, 정주가 곧바로 질문을 던져 왔다. 아침에 비해 재겸의 분위기가 눈에 띄게 가라앉아 있었던 것이다.

"어? 아니… 별일 없었는데."

뜨끔한 재겸은 괜히 넥타이를 매만지며 딴청을 피웠다.

"에이, 무슨 일 있었지?"

마지막 등교라서 아쉬웠나? 감이 예민한 여우는 의심의 눈초리를 했다. 정주가 미묘한 변화를 눈치챈 것처럼, 재겸은 지금 머릿속이 복잡하고 우중충한 상태였다.

그리고 이렇게 둘의 얼굴을 보게 되어서 더 심란해졌다.

지금껏 재겸은 정주와 메산이를 밀어내기만 했었다. 혼자 남을 것이 두려워서 좀처럼 곁을 내어 주질 못했다. 다가올 작별이 그림자를 상상하고 겁내느라 저를 속이고, 또 속였다. 그 랬던 재겸이 아직 찾아오지 않은 슬픔을 미리 슬퍼하지 말자고, 애써 결심한 것이 바로 며칠 전의 일이다.

그리고 오늘. 눈앞에 새로운 길이 생겨났다. 길의 시작에는 윤태희가 있다. 그리고, 그 길 끝에는 꿈에 그리던 죽음이 있다.

 이제야 한결 편하게 온기를 끌어안을 수 있게 되었다. '세식구'라는 울타리 안에서 비로소 몸을 누일 수 있게 되었다고 생각했다. 그러나 윤태희로부터 '죽음'이라는 두 글자를 듣는 순간, 재겸은 형용할 수 없을 정도로 거대한 위력을 느꼈다. 그것은 지금의 평안함과는 비교도 되지 않을 안식 그 자체였으므로.

 만일 이 세상이 끝나는 순간이 오더라도 자신만은 버젓이 남아 있을 거라고 생각했다. 그런데 이 고단한 삶을 끝낼 방법이 있다는 게 믿기지 않았다. 오래도록 바라 온 일이었다. 그런데 왜 마음껏 기뻐할 수 없는 걸까? 재겸은 이 싱숭생숭한 감정의 정체를 어렴풋이 가늠해 냈다. 바로 죄책감이었다.

 내가 기쁘면 너희도 기쁠까? 그럴 것이다. 착한 녀석들이니 제 일처럼 기뻐해 줄 것이다. 내게 좋은 일은 너희에게도 좋은 일일까? 당연히 누구보다 열렬히 축하해 줄 것이 틀림없는데. 근데 그게 죽음이라면? 내가 죽는다면…?

 너네는 내 죽음을 반겨 줄까?

 "나는… 나는 너네가 기뻐해 줬으면 좋겠어."

 재겸이 흘리듯 중얼거렸다.

 "응? 뭐라고? 잘 안 들렸어."

 정주가 귀를 쫑긋거리며 되물어 왔다. 재겸은 아무것도 아니라는 듯, 조용히 고개만 저었다. 자꾸만 상념에 잠기게 된다. 잠시 침묵하던 재겸이 소파에 털썩 앉았다.

그래. 원랜 진작 죽었어야 한다. 그러니까 이제라도 그래야 한다. 어차피 시간이 지나면 정주도 메산이도 사라질 것이다. 순서만 다를 뿐이지, 이래야 맞는 거니까. 재겸은 애써 죄책감을 흩트리며 마음을 다잡았다.

"나 하고 싶은 거 생겼다."

엉? 뜻밖의 말에 정주가 눈을 동그랗게 뜰 때였다.

"서울로 가서 나자 할 거야."

때때로 어떤 결심은 말로 꺼내야 굳건해진다.

"…뭐?"

소파에 앉아 있던 정주가 벌떡 일어났다. 메산이도 멍하니 입을 벌렸다.

"……."

"……."

재겸이 바닥으로 시선을 내리며 목덜미를 매만졌다.

"그동안 내가 생각을 좀 해 봤는데, 나는 할 수 있는 일이 아무것도 없잖아. 안 그래도 이렇게 지내는 거 너무 심심하고 지루했어. 너네두 내가 집 밖에 나가길 원했잖아. 그리고 나자가 되면 너랑 메산이를 지켜 줄 수도 있고, 지난번과 같은 일은 더 이상 일어나지 않을 거야."

정주는 얼빠진 표정으로 재겸을 응시했다.

"윤태희가 도와주겠다고 했어. 그리고 이사할 수 있는 집도 소개해 준대. 북한산 기슭에 있는 집인데, 북한산은 서울의 주산(主山)이라 정기도 맑다고 했어. 바로 뒤에 산도 있고, 마당도 넓고, 담장도 높고, 동네에서도 외진 곳에 있어서 지나다니는 사람도 없대. 빈집이라 당장 이사해도 된다고 했어."

재겸이 손을 꼼지락거리며 덤덤히 말을 이어 나갔다.

"다 같이 서울에서 살면 정주 너도 지금보다 훨씬 편할 거야. 지금처럼 힘들게 왔다 갔다 안 해도 되잖아. 사람이 많아서 위험할 수도 있지만 그건 어차피 내가 나자가 되면 해결될 문제니까 어쩌면 지금보다 더 안전할 수도 있어."

정주의 얼굴이 새파랗게 질렸다.

애가, 애가 지금 무슨 소리를 하는 거지.

"자고로 직장인은 출퇴근이 편해야 하는 거라고 윤태희가 그랬어."

재겸은 진지했다. 윤태희가 농담조로 건넨 말까지 토씨 하나 빠트리지 않고 그대로 옮기면서 이상한 줄도 몰랐다.

"……."

마침내 사색이 된 정주의 입가가 파들파들 경련했다.

"거봐, 내 감이 맞았어…."

학교에 보내고 싶지 않았더랬다. 무슨 사달이 날 것만 같아서 이상하게 걱정이 되었고, 마음이 불안했었다. 안 좋은 예감이 들었지만 노파심이겠거니 애써 무시했다. 그저 알아서 잘하겠거니, 믿어 주면 된다고 생각했는데…. 정주가 느끼던 막연한 위기감은 현실이 되었다.

"재겸아! 너 대체 무슨 얘길 듣고 온 거야?"

정주는 피가 거꾸로 솟는 느낌이었다.

"그 개자식이, 대체 무슨 말로 널 꼬드겼는진 몰라도, 그거 아니야, 재겸아."

정주가 얼굴을 일그러트리며 재겸의 어깨를 와락 붙잡았다.

"잊었어? 메산이를 데려간 게 그놈들이야. 나자들이라고. 그날, 너 그렇게 다치게 만든 것도 걔네야. 근데도 어떻게 나자가 되겠다는 생각을 해?"

"알고 있어. 그리고 내가 나자가 되면 앞으로는 그럴 일 없을 거야."

재겸의 어깨를 쥐고 있던 정주의 손에 힘이 들어갔다.

"걔가 그래? 나자가 되면 안전해진다고, 나랑 메산이 핑계라도 댔어?"

"아니, 너랑 메산이 때문에 나자 되려는 거 아냐."

재겸이 손을 들어 정주의 손등을 그대로 덮었다. 정주를 올려다보는 눈동자는 흔들림 없이 단단했다. 꺾을 수 없는 강경한 억지가 깃들어 있었다.

"나 때문이야. 오로지 나를 위해서야."

"……."

"나도 한 번쯤은 내가 원하는 대로 해 보고 싶어."

"……."

정주는 후회했다. 학교에 보내지 말 것을. 아니, 학교에서 무슨 일이 있었냐고 캐묻지 말 것을. 재겸은 허락을 구하거나 의견을 나누기 위해 말을 꺼낸 것이 아니었다. 오히려 일방적인 통보에 가까웠다. 전의를 상실할 수밖에 없게 만드는 그야말로 반칙과도 같은 말이었다.

정주의 손에서 힘이 빠져나갔다. 아찔할 정도로 탈력감이 들어서, 정주는 비틀거리며 뒤로 물러섰다. 허망한 낯으로 고개를 숙이던 정주가 그대로 쪼그려 앉더니 무릎에 얼굴을 묻었다. 중간에 끼어 안절부절못하던 메산이는 숨을 죽인 채 둘에게 번갈아 시선을 던졌다.

"재겸아, 그 사람, 믿으면 안 돼…."

정주가 애원하듯 읊조렸다. 재겸이 고개를 뒤로 젖히고 멍하니 천장을 올려다보았다. 소파에 기댄 몸이 무겁게 늘어졌다. 새하얀 천장을 바라보며 재겸은 윤태희의 말을 떠올렸다.

'너는 네 손에 쥔 것을 믿으면 돼.'

"걱정 마. 나 걔 안 믿어."

재겸이 조용히 중얼거렸다.

"그냥, 홀린 것뿐이야."

그 말을 끝으로, 재겸은 눈을 감았다.

· 🕊 ·

 이튿날 아침, 정주는 활기찬 목소리로 재겸을 깨웠다.
 "재겸아! 메산아! 밥 먹자!"
 이불을 둘둘 말고 잠에 빠져 있던 재겸이 비몽사몽 상태로 몸을 일으켰다. 메산이가 멍한 재겸의 손을 잡고 침대 밖으로 이끌었다. 그렇게 질질 끌려 부엌에 이르자 식탁에는 이미 한 상 가득 아침밥이 차려져 있었다. 멀뚱멀뚱 서 있던 재겸이 자리에 앉자마자 정주가 기다렸다는 듯이 숨을 후, 크게 내쉬었다. 준비한 말을 꺼내려 할 때면 흔히 볼 수 있는 전조였다.
 "재겸아, 어제는… 내가 미안했어."
 느릿느릿 물컵에 손을 가져가던 재겸이 눈을 들었다.
 "……."
 어젯밤, 내내 쪼그려 앉아 있던 정주는 한참 만에 몸을 일으켰다. 재겸은 방으로 들어가는 정주의 뒷모습을 묵묵히 바라보았다. 정주는 화가 난 것처럼 보이기도 했고, 상처받은 것처럼 보이기도 했다. 탁 소리와 함께 방문이 힘없이 닫혔다. 그러나, 재겸은 이미 알고 있었다.
 '나도 한 번쯤은 내가 원하는 대로 해 보고 싶어.'
 정주는 절대로 이 말을 넘어설 수 없을 것이라는 사실을.
 "네가 원한다면 너는 뭐든지 해도 돼."
 왜냐면 넌 나를 위하니까. 언제나 그랬으니까.

"…그래."

재겸은 올곧은 시선으로 정주를 바라보았다.

결국 정주는 언제나처럼 한 보 뒤로 물러서기로 했다. 어차피 재겸이 마음을 먹었다면 정주로서는 그 뜻을 꺾을 도리가 없었다. 연예인이 되겠다는 자신의 선택을 재겸이 두말없이 존중해 준 것처럼, 저 역시 그래야만 한다. 이것이 정주가 밤새 고민하여 내린 결론이었다.

물론, 여전히 이해는 되지 않았다. 어제까지만 해도 세 식구에게 나자는 적이었으니까. 하지만 존중하는 데 있어서 반드시 이해가 선행되어야만 하는 건 아니었으므로, 선택을 받아들이는 건 결국 마음가짐의 문제였다.

"그래, 서울로 가자, 재겸아."

그리하여 정주는 재겸의 판단을 믿어 줄 수밖에 없다고 생각했다.

"대신에 이사할 집은 내가 알아보면 안 돼?"

서울은 인구가 밀집되어 있어서 애당초 선택지에 없던 도시였다. 예전에야 셋이서 같이 서울에서 살면 좋겠다고 해맑은 생각을 가졌던 적도 있지만, 나자를 맞닥뜨린 이후로는 죽어도 절대 사양이었다. 사람이 많으면 그만큼 나자도 많을 것이니, 혹시나 전처럼 덜미를 잡힐까 봐 두려웠다.

하지만 상황이 급변했다. 이렇게 된 이상 서울행은 불가피했다. 하지만 정주는 윤태희가 소개해 준 집에 들어가서 살고 싶지 않았다. 어딘지 불안하고 찜찜했기 때문이다. 어차피 서울 전체로 범위를 넓힌다면 조건에 맞는 집을 찾는 건 훨씬 쉬울 터였다. 도시 외곽과 도심 안팎으로 산이 많으니 금방 집을 구할 수 있을 것이다.

"솔직히, 나 그 사람 못 믿겠어. 마음에 안 들어."

물론, 그날의 일을 돌이켜 보면 윤태희는 아무런 이득이 없는 상황에서 메산이를 도와주었고, 위험을 감수하면서 나자들의 기억을 지워 주었다. 있는 그대로의 정보만 놓고 보면 윤태희가 딴 나자들과 뭔가 다르다는 건 사실이긴 했다. 게다가 재겸은 쉽게 방심하거나 마음을 여는 성격이 아니었다. 그건 다른 누구도 아닌 정주가 제일 잘 알고 있었다. 그러나….

정주는 어쩐지 윤태희에게서 불길한 위화감을 느꼈다.

"그래. 알았어."

다행히 재겸은 별말 없이 고개를 끄덕여 주었다.

셋은 평소처럼 도란도란 이야기를 나누며 식사를 했다. 어제만 해도 살얼음판 같던 분위기는 금세 사라졌다. 사이좋게 한 보씩 양보하고 나니 내내 마음을 짓누르던 돌덩이가 가벼워진 느낌이었다. 여느 때와 같은 식탁 풍경에 메사이도 한결 안색이 환해졌다.

메산이가 좌우로 몸을 흔들거리며 발을 동동 굴렀다.

"서울에요, 서울에 가면요, 셋이서 사는 거지요?"

그러고는 들뜬 목소리로 물었다.

"네? 정주 님도 같이요, 전처럼요? 네?"

"응, 그렇지. 우리 셋이 사는 거야."

젓가락질을 하던 정주가 웃으며 대꾸했다. 메산이가 수저를 내려놓고 손뼉을 쳤다. 다시 셋이 산다니 아주 기쁜 모양이었다. 믿기지 않는다는 듯, 묻고 또 물었다. 재겸은 입을 우물거리며 몇 번이고 고개를 끄덕여 주었다.

그때, 어디선가 전화벨 소리가 울렸다.

정주는 당연히 제 휴대폰에서 나는 소리인 줄 알고 소파에 던져두었던 휴대폰을 집어 들었다.

"어? 이거 아닌데."

소리를 찾아 두리번거리던 정주의 시선이 반쯤 열려 있는 방문에 닿았다. 벨 소리는 재겸의 방 안에서 들려오고 있었다.

"재겸아, 휴대폰 어디에 뒀어?"

"교복 바지 주머니 안에."

정주는 재겸의 방에서 휴대폰을 갖고 나왔다. 액정에 떠오른 번호는 저장되지 않은 번호였다. 그도 그럴 것이, 이 휴대폰의 번호를 알고 있는 건 가까운 지인 몇 명뿐이다. 여기로 전화 걸어 올 데가 없는데. 뭐지….

정주가 고개를 갸우뚱했다.

"재겸아, 너 누구, 번호 알려 줬어?"

"아니, 번호를 알아야 알려 주지."

난 그거 번호 어떻게 보는지도 몰라. 재겸은 태평하게 대꾸하며 계란말이를 집었다.

"아, 맞네."

정주가 순순히 수긍하며 고개를 끄덕였다. 재겸의 학습 진도는 아직 거기까지 미치지 않은 상태였다. 그렇다면 스팸인가. 그래도 혹시나 하는 마음에, 정주는 통화 버튼을 누른 뒤 휴대폰을 귓가로 가져가 보았다.

"여보세요."

몇 초 사이에 건너편에서 목소리가 들렸다.

— 안녕하세요. …정주 씨?

상대가 아는 척을 해 오자 정주는 살짝 당황했다. 어? 아는 사람인가? 적당히 낮은 목소리는 제법 울림이 있어서 듣기 좋았다. 순간 정주는 동료 배우와 연락처를 주고받았을 때 실수로 이 번호를 눌렀나 싶어서 황급히 기억을 되짚어 보았다. 누구지? 휴대폰이 여러 개라서 난처한 상황이 되어 버렸다.

일단 정주는 상대를 알아본 척, 반색을 했다.

"아아, 네. 안녕하세요. 웬일로 전화를 다 주시고."

— 요즘 주변이 꽤 시끄럽죠. 잘 지내요?

아무리 들어도 낯선 목소리인데? 인사하다가 안면만 튼 사이일 가능성이 높다…. 정주의 머리가 팽팽 돌아갔다.

"네에, 저야 뭐. 하루 이틀인가요. 하하."

— 마음 편하게 가져요. 괜찮을 거예요.

이 바닥이 다 그렇죠, 뭐. 정주가 둥근 말투로 능숙하게 아는 척 받아쳤다. 누구길래 저러나 싶어 재겸은 밥을 먹다 말고 정주를 힐끔 쳐다보았다. 정주는 지금 사회생활이란 무엇인가, 그 바람직한 자세를 그대로 보여 주고 있었다.

"요즘 일은 어떠세요? 그, 뭐 하신다고 했죠?"

- 아, 어제부로 다 정리했고 이제 슬슬 복귀하려고요.

힌트를 캐내려는 시도는 수포로 돌아갔다. 아, 맞다 맞다. 정주가 최대한 밝은 목소리로 너스레를 떨었다. 물론 표정은 우거지상이었다.

"언제 편할 때 밥 한 끼 하셔야죠."

- 아, 그럴까요. 저야 영광입니다.

상대는 예의 바르게 감사를 표하는가 싶더니,

- 근데, 지금은 뭐 하고 있어요?

별안간 화제를 틀어 불쑥 질문을 던져 왔다.

"음, 공부도 할 겸 시나리오도 보고요."

- 아. 그럼 바쁘시겠네요.

"네, 네, 그렇죠."

통화를 하는 동안, 정주는 후다닥 소파로 가서 본인이 쓰던 휴대폰을 집어 들었다. 액정을 간간이 확인하며 상대의 번호를 눌러 보았다. 혹시나 저장이 되어 있나 알아보기 위해서였다. 그냥 누구냐고 솔직하게 물어볼까? 근데 이제 와서 묻자니. 아, 처음부터 물어볼걸….

미치겠네. 누구야, 대체!

정주가 머리를 벅벅 긁으며 휴대폰을 뒤질 때였다.

- 바쁘신 와중에 실례지만….

"아닙니다, 네, 네."

- 현관문 좀 열어 줄래요?

"네, 네, 그래야죠."

- 감사해요.

"아이고, 별말씀을…."

웃으며 대꾸하다 말고, 정주가 순간 멈칫했다.

"네?"

- 네?

뭐. 잠깐만. 정주가 휴대폰을 고쳐 쥐었다.

"……."

- …….

짧은 침묵을 깨고 정주가 더듬거리며 되물었다.

"무, 무슨 문이요?"

- 현관문이요.

"저기, 죄송한데, 어디시죠?"

- 현관문 앞이겠죠.

당황한 정주가 황망히 덧붙였다.

"아니, 전화 거신 분이 누구시죠?"

뒤이어 흘러나온 대답에 정주가 돌처럼 굳었다. 귀에 대고 있던 휴대폰을 천천히 떨어뜨리더니 그대로 팔을 뻗어 재겸을 향해 슥 내밀었다.

"뭐 이런…."

엄청난 쪽팔림에, 정주의 얼굴이 시뻘겋게 불타올랐다.

찌개에서 두부를 건지던 재겸이 얼떨결에 휴대폰을 받아 들었다. "왜. 뭔데?" 그러자 휴대폰에서 뭐라 말하는 목소리가 들려서, 재겸은 일단 휴대폰을 귓가로 가져갔다.

- 나리야, 나 문 좀 열어 줘.

귀에 익은 음성에 재겸이 눈을 동그랗게 떴다.

· 🕊 ·

"알겠어? 초장부터 확 잡아 놔야 된다구."

현관 앞에서 정주가 비장한 얼굴로 속닥거렸다. 정주는 흡사 스포츠 팀의 코치라도 된 것처럼, 재겸과 메산이의 어깨에 손을 얹은 채로 진지하게 당부를 이어 나갔다.

정주는 아까 전, 전화를 끊고 문을 열어 주러 나가는 재겸을 허둥지둥 붙잡았다.

"재겸아! 뭐 하는 거야!"

"왜?"

"왜라니! 만만하게 보일 거 아냐!"

정주는 윤태희에게 어려운 인상을 심어 주고 싶었다.

"기선 제압을 확실히 해야 돼. 숙이고 들어오게끔."

알아들었지? 작전 사항을 지시한 정주는 심각한 눈빛으로 재겸과 메산이의 어깨를 두드렸다. 밥을 먹다가 끌려 나온 재겸이 무표정한 얼굴로 코를 긁적거렸다.

"야, 국 식어. 그냥 열어 주면 안 되냐."

정주가 정색을 했다.

"그게 문제야? 국은 렌지에 돌리면 돼."

메산이는 뭐가 뭔지도 모르면서 고개를 끄덕였다.

"안녕하세요. 좋은 아침이네요."

현관문을 열자마자 윤태희가 산뜻하게 인사를 건네 왔다. 정주는 아무런 대꾸 없이 윤태희를 위아래로 훑어보았다. 품이 큰 카키색 면 재킷에 회색 후드 티를 받쳐 입고, 청바지에 워커를 신은 윤태희는 평소보다 앳되게 대학생처럼 보였다.

야이 씨. 개자식. 되게 잘생겼네….

정주는 포커페이스를 유지한 채 속엣말로 투덜거렸다. 정주와 윤태희는 그날 이후로 처음 만나는 것이었다. 그땐 윤태희가 얼굴에 피를 흘리고 있던 탓에 지금처럼 이목구비를 자세히 볼 기회가 없었다. 정주가 목을 가다듬었다.

현관에 들어선 윤태희가 먼저 예의 바르게 말을 꺼냈다.

"밥 냄새가 나네요. 식사 중이었어요?"

그렇게 말하며, 윤태희는 뒤집어쓰고 있던 후드를 벗었다. 씻은 지 얼마 안 된 상태에서 바로 나온 건지, 평소보다 향수 냄새가 축축하게 끼쳤다. 윤태희가 슬쩍 웃으며 살짝 덜 마른 머리칼을 가볍게 흩트렸다. 시원한 샴푸 향이 났다.

"……."

"……."

"……."

그 누구도 윤태희가 건넨 말에 대꾸를 하지 않았다. 정주의 지시였다. 재겸, 정주, 그리고 메산이. 세 식구는 현관 앞에 일렬로 주르륵 서서, 정면에 선 윤태희를 말없이 바라보고 있었다. 셋과 마주 선 윤태희가 문득 소리 없이 웃었다.

"키 순인가요?"

윤태희가 아무렇지 않게 농담을 던졌다.

그때, 메산이가 해맑게 발꿈치를 들었다.

야, 너 뭐 하냐구 진짜.

정주가 팔꿈치로 메산이를 살짝 건드리며 말없이 눈치를 줬다.

"저기요, 이게 지금 무슨 상황이죠."

마침내 정주가 말꼬를 끼며 무표정한 얼굴로 밀했다.

"재겸이한테 얘기는 들었습니다. 근데 연락도 없이 이렇게 다짜고짜 찾아오시면 곤란하죠. 저번에도 그렇고. 게다가 지금 아침 8시인 거, 알고 계시죠?"

냉랭한 지적에 윤태희가 정주를 빤히 쳐다보았다.

"와… 말로만 듣던 호족을 직접 만나니 신기하네요…."

윤태희가 워커를 벗기 위해 허리를 숙이며 말했다.

"그리고 역시 화면보다는 실물이 훨씬 멋지고. 연예인은 다 그래요? 보이는 그대로 화면에 못 담아서 속상하겠어요. 아, 얼마 전에 정주 씨 영화 봤는데…."

뭐? 내 영화를 봤다고?

주제에서 벗어난 이야기에 정주가 슬쩍 낯을 구길 때였다.

"제목이, 「별을 구해 줘」. 섬세한 감정 연기가 정말 감명 깊었어요."

흥, 잘도 입에 바른 말을….

정주의 눈썹이 송충이처럼 꿈틀거렸다.

"이전 필모그래피 보니까 주로 로맨틱 코미디를 많이 하셨던데. 이 작품에선 아예 다른 이미지여서 많이 놀랐어요. 전에 찍으셨던 「사랑의 질주」, 「시크릿 부띠끄」 다 봤거든요."

정주의 눈이 휘둥그렇게 되었다.

뭐? 「시크릿 부띠끄」? 그건 흥행 쫄딱 망해서 본 사람 몇 명 없는데….

"특히 후반부에 고뇌하면서 조용히 눈물 흘리는 장면이 너무 좋았어요."

"아, 그 장면… 몇 번을 다시 찍은 거라 나중에 눈물이 안 나와서 고생했…."

헉, 속으로 생각한다는 걸 나도 모르게!

정주는 재빨리 입을 다물었으나, 윤태희는 눈을 동그랗게 뜨며 정주를 쳐다보았다.

"아 진짜요? 너무 자연스러워서 전혀 몰랐어요. 그런 뒷이야기가 있었네요."

윤태희는 놀랍다는 표정을 하더니, 신발을 벗고 아주 자연스럽게 마루로 올라섰다. 그러자 정주가 홀린 듯이 몸을 옆으로 비키며 통로를 마련해 주었다.

"아, 근데 연기는 따로 배우신 거예요? 아니면 독학?"

"어… 음, 그… 몇 번 트레이닝 받긴 했는데…."

"제대로 배우지도 않았는데 그 정도인 거예요? 재능이 엄청나시네요. 기로에 선 인물이라 감정선 잡기가 힘드셨을 텐데, 인물 탐구에 엄청난 공을 들이시는 것 같고…."

윤태희가 빙그레 웃으며 현관 복도 안으로 진입했다.

"어후, 아닙니다…."

정주가 홀린 듯이 옆으로 따라붙으며 손사래를 쳤다.

"진짜 그 배역 자체인 것 같았어요. 사실 지금도 신기해요. 정주 씨가 아니라 꼭 그 캐릭터랑 말하고 있는 것 같아요. 맞다, 혹시 실례가 안 된다면 사인 한 장 받을 수 있을까요?"

"으음… 사인 정도야 뭐어, 어렵지 않죠…."

"아 진짜요? 정말 영광입니다."

둘은 도란도란 이야기를 나누며 현관 복도를 지나 거실로 사라졌다.

"……."

"……."

신발장 앞에 덩그러니 남은 재겸과 메산이는 한동안 말이 없었다.

· ✲ ·

어느새 정주는 윤태희를 식탁으로 안내하고 있었다.

"어서 앉으세요. 아침 식사 아직 안 하셨죠?"

가여운 메산이는 여직 정주의 지시를 따르느라 입을 꾹 닫고 묵언 수행 중이었고, 재겸은 한심한 눈빛으로 정주를 흘겨보고 있었다.

초장부터 확 잡아야 한다는 둥, 기선 제압을 하자는 둥, 말이나 말든가. 엄한 척은 혼자 다 하다가 홀라당 넘어가 버린 꼴을 보니 재겸은 어이가 없어서 웃음이 나올 지경이었다.

그러고도 네가 여우냐? 이건 뭐 손바닥 뒤집는 것도 아니고….

하긴 생각해 보면 저 녀석은 처음부터 저랬다. 재겸은 정주가 지금보다 덩치가 작은 여우였던 때를 떠올렸다. 첫 만남 당시, 여우는 이를 드러내며 금방이라도 달려들 것처럼 굴었다. 그런데 주먹밥 하나 던져 주고 머리 한 번 쓰다듬어 줬더니, 그새 배를 홀랑 까뒤집고 깽알 깽알 애교를 부렸었다.

오히려 여우 같은 건 윤태희 쪽이고, 정주는 곰 같다.

"모처럼 권해 주셨는데 죄송해서 어쩌죠. 제가 곧바로 서울로 올라가 봐야 하는데…. 식사할 여유까지는 없을 것 같아서요. 마음만 감사히 받을게요."

호족보다 더 여우 같은 윤태희가 반듯하게 웃으며 손을 저었다.

어젯밤, 본청에 복직 의사를 밝히자마자 석 부장으로부터 명일 오전 내로 입청하라는 긴급 호출을 받았기 때문이었다. 정식으로 복직서를 제출하기도 전이었다. 사서로 잠입한 기간 동안 밀리고 쌓인 업무가 얼마나 될지는 불 보듯 훤했다. 이제부터 한동안은 바쁠 것이었다.

약속한 기간인 두 달을 꽉 채웠더라면 아마 석 부장은 학교 도서실까지 찾아오고도 남았을 것이다. 이 정도면 석 부장 성격에 오래 참아 준 것이었다. 어쨌든 원하는 바는 이뤄 냈으니 더는 잠입해 있을 이유가 없다. 공석이 된 사서직은 본청에서 알아서 수습 처리를 해 줄 거고, 한시라도 빨리 복귀하는 편이 나았다.

"오늘은 인사를 하러 왔어요. 대충 얘기는 된 것 같은데, 그래도 직접 설명하는 게 나을 것 같아서… 이제 저는 나으리의 동료가 됐으니까요."

그에 깔때기를 세우고 좀 더 본격적으로 본인 칭찬을 주워들을 계획이었던 정주가 김빠진 얼굴을 했다. 잠적 이후 줄곧 관심과 사랑에 굶주렸던 정주였다. 드디어 내 진면목을 알아주는 사람을 만났구나 싶었는데….

"그런 의미에서 우리 제대로 통성명부터 할까요, 정주 씨."

상심한 정주를 향해 윤태희가 웃으며 한 발자국 다가섰다.

"나례청 축역부 제1팀, 수석 나자 윤태희입니다."

윤태희가 반깁스를 한 오른손 대신에 멀쩡한 왼손을 들어 정주에게 악수를 청했다. 능숙한 리드에 이끌려 정주가 얼떨결에 손을 맞잡았다.

"아. 어, 네. 전 정주라고 해요. 아시다시피 호족이구요…."

"나례청이나 나자에 관해선 어느 정도 알고 계시리라 생각합니다."

윤태희가 손을 거둔 뒤 차분히 말을 이었다.

"우선은 먼저 사과부터 드리고 싶어요. 그날 있었던 일은 유감입니다. 제구부 나자들이 큰 피해를 끼쳤습니다. 비록 저와는 관련 없는 일이라고는 해도, 그와 별개로 저 역시 같은 나자로서 도의적인 책임감을 느낍니다."

어느새 윤태희의 표정은 진지했고, 목소리는 담담하면서도 낮았다. 정주는 내심 놀란 눈치였다. 이렇게 갑자기 정면으로 부딪쳐 올 줄은 몰랐기 때문이다. 반면에 재겸은 황당한 얼굴로 윤태희를 바라보고 있었다.

어제 단둘이 있었을 때 보여 준 태도와는 영 딴판이었다. 후회도 반성도 안 하고 잘못한 것도 없다더니. 무슨 꿍꿍이로 저러는 건지는 대충 감이 잡혔다. 번지르르하게 꾸며 낸 말로 상대를 구슬려 호감을 사려는 거다.

"간혹 나자들 중에선 그렇게 남을 핍박하고, 어떻게든 이용하고자 혈안이 되어 있는 사람들이 있어요. 인간의 이기심이 빚어낸 비극이죠. 안타까운 일입니다. 하지만, 모든 나자들이 그렇진 않다는 걸 알아주셨으면 해요."

기가 찬다, 기가 차… 재겸이 불퉁한 얼굴로 고개를 돌렸다. 마음만 같아선 너도 그랬잖아, 하고 삐딱하게 어깃장을 놓고 싶었지만 그냥 참기로 했다. 어쨌든 윤태희와 손을 잡았으니까. 같은 편이라면 정주와 메산이로 하여금 의심보다는 신뢰를 얻도록 하는 쪽이 나았다.

"그럼 왜 재겸이한테 나자가 되어 달라고 하신 거죠?"

그때, 정주가 이해가 되지 않는다는 낯으로 물었다. 듣자 하니 본인도 나자에 대해 그다지 긍정적으로 생각하진 않는 것 같은데…. 정주의 질문에 재겸이 슬쩍 윤태희의 눈치를 봤다. 설마 사실대로 얘기할 건 아닐 테고.

그러자 윤태희가 기다렸다는 듯이 입을 열었다.

"저는 나례청이 올바른 방향으로 나아가길 바랍니다. 나으리 같은 분과 함께한다면 좋은 변화를 이끌어 낼 수 있으리라고 믿어요. 그래서 동료가 되어 달라고 부탁을 드린 거예요. 나으리는 올곧은 분이시니까요."

청산유수와 같은 말에 재겸은 어안이 벙벙한 눈으로 윤태희를 바라보았다. 아니, 쟤는 입에 무슨 기름칠을 했나…. 윤태희가 말하는 '올바른 방향'이 나례청을 박살 내겠다는 의미라는 걸, 정주는 꿈에도 모를 것이다.

워낙 그럴싸하게 들리는 말이어서, 정주는 어느새 윤태희의 말에 수긍을 하고 있었다. 그치. 우리 재겸이가 올곧긴 하지. 메산이도 옆에서 고개를 끄덕끄덕끄덕 흔들고 있었다.

"우려가 많으시다는 건 알아요. 이해합니다. 앞으로 다시는 지난번과 같은 일은 발생하지 않을 거라고, 수석의 이름을 걸고 약속드릴게요. 여러분의 신변을 보호하고, 안전하게 지내실 수 있도록 도와드릴 생각입니다."

윤태희가 품 안에 끼고 있던 서류 봉투를 건넸다.

"봉투 열어 보면 문서 세 개가 들어 있을 거예요. 하나는 정주 씨 복귀작 시나리오, 하나는 재겸, 아니, 나으리 신상. 하나는 이사할 집 관련된 서류."

봉투를 받아 들던 정주가 어리둥절한 낯으로 입을 열었다.

"네? 제 복귀작 시나리오라니, 그게 무슨 말씀이시죠?"

"원인 제공을 했으니 같은 나자로서 제가 책임지려고요."

빙그레 웃던 윤태희가 불쑥 질문을 던졌다.

"정주 씨, 혹시 권순철 감독이라고 알아요?"

멈칫하던 정주가 얼떨떨하게 고개를 끄덕였다.

"어? 네, 당연히 알죠 영화계 젊은 거장이시잖아요."

윤태희가 입에 담은 권순철 감독은 완성도가 높은 영화를 만들기로 정평이 나 있는 인물로, 정주에겐 선망의 대상이었다. 권 감독은 해외 영화제에도 출품을 많이 했고, 세계적인 명성을 지니고 있었다. 하지만 외골수 기질이 있어 평소엔 두

문불출하기로 유명했다.

배우라면 누구나 권 감독과 함께 작업하는 게 꿈이었다. 그러나 권 감독이 배우를 기용하는 기준은 워낙 난해하여 그 기회를 잡을 수 있는 사람은 많지 않았다. 그건 정주 또한 마찬가지였다. 그저 연줄이라도 만들고 싶은 마음에 여기저기 수소문해 봤지만 전부 허사였다.

윤태희가 미소를 짓는가 싶더니, 슬쩍 목소리를 낮췄다.

"사실 그분, 귀재거든요. 예전에 그분이 골치 아픈 일에 엮인 적이 있는데, 제가 어쩌다 우연히 도와주게 돼서 그때부터 알고 지냈어요. 아, 어디 가서 말하면 안 돼요, 비밀이에요. 순철이 누나가 알았다간 나 혼나요."

친근한 호칭에 깜짝 놀란 정주의 눈이 휘둥그레졌다.

순철이 누나?! 그냥 아는 사이라는 것도 놀라운데 순철이 누나라고…?! 누나라고 부를 정도면 보통 아는 사이가 아니라는 얘긴데. 정주가 어안이 벙벙한 얼굴로 침을 꼴깍 삼키자, 윤태희는 자연스럽게 쐐기를 박았다.

"하반기에 새 작품 들어간다고 들었어요. 괜찮으시면 제가 다리 좀 놔 주려고요. 복귀작으로 나쁘지 않을 것 같은데. 어때요? 권 감독 영화라면 여론 반응도 꽤 괜찮을 거예요. 시나리오 넣어 놨으니 한번 읽어 보세요."

저 새끼… 재겸이 눈을 가늘게 뜨고 윤태희를 바라보았다.

"말도 안 돼, 권순철 감독님의 신작이라니…."

어느새 정주는 감격한 얼굴로 시나리오를 품에 꼭 끌어안고 있었다.

그러고도 네가 여우냐…?

"꼬리 떼라, 넌."

재겸이 작게 중얼거리며 혀를 찼다. 윤태희의 귀에도 들렸는지, 윤태희는 눈동자를 굴려 재겸을 힐끔 보았다가 눈썹을 까딱 움직였다. 무슨 생각을 하는지 단번에 눈치챈 듯했다.

"그리고 우리 나으리 신상은, 제가 손을 좀 봤는데."

윤태희가 손목을 걷어 시계를 확인한 뒤 태연하게 말을 이었다.

"간략하게 설명하면 서류상으로 정주 씨와의 연결 고리를 없애고, 신상을 새로 팠어요. 어느 한쪽의 정보에 접근하더라도 서로가 연관이 있다는 걸 모르게끔. 정체를 숨기기에 수월할 겁니다. 나중에 찬찬히 살펴보세요."

재겸이 나자가 되면 본청에선 재겸의 신상 정보를 조회할 것이었다. 그렇게 되면 서류상 친인척 관계에 있는 정주가 본청의 레이더에 걸리는 건 당연한 일이었다. 일전에 윤태희 본인이 둘이 관계를 캐냈던 것처럼.

윤태희는 직급이 높은 만큼 지닌 권한 역시 많았다. 어제의 적에서 오늘의 아군이 된 윤태희는 든든한 지원을 자처했다. 내 편이 되어 준다면 나도 네 편이 되어 주겠다던 말은 이런 걸 두고 얘기한 모양이었다.

"앞으로 공적 사항에 손댈 일 있으면 저를 통해서 하세요. 그편이 훨씬 안전할 거예요. 그밖에 도움이 필요하면 언제든지 편하게 연락하시고요."

윤태희는 그간의 실점을 제대로 만회했다.

윤태희가 소개해 준 집에선 살기 싫다고 찡찡대던 정주는 어느새 서류를 뒤적거리며 이사할 집의 등기부 등본을 살펴보고 있었고, 메산이는 묵언 수행을 유지하면서도 뭔가에 홀린 것처럼 윤태희의 주위를 서성거리고 있었다. 그에 윤태희가 씩, 웃으며 손을 살랑거렸다.

"동자님."

메산이가 눈치를 보더니 쭈뼛쭈뼛 다가갔다. 윤태희가 메산이 앞에 쪼그려 앉으며 눈높이를 맞춰 주었다. 그러고는 잠시 후드 티 주머니를 뒤적거리는가 싶더니 짠, 하며 손바닥을 내보였다. 손바닥 안에서 한입 크기로 포장된 초콜릿이며 사탕이 몇 개 나왔다. 단것을 아주 좋아하는 윤태희는 가방이며 옷 주머니 속에 군것질거리를 넣어 다니곤 했다.

눈이 휘둥그레진 메산이가 손바닥을 내려다볼 때였다. 뭔가를 발견한 윤태희가 아, 외마디 소리를 냈다. 단것들 사이로 작은 라이터가 섞여 있었다. 윤태희가 입꼬리를 삐뚜름히 올리며 라이터를 슥 골라낸 뒤 재빨리 감췄다.

"이건 빼고…."

윤태희가 멋쩍게 웃으며 라이터를 다시 주머니 속에 집어넣었다.

"자, 받아요."

메산이가 저도 모르게 양손을 나란히 펼쳤다. 윤태희는 메산이의 손에 단것들을 한가득 쥐어 준 뒤 "이건 안에 잼이 들었고, 이건 안에 아몬드가…." 하며 설명을 해 주었다. 재겸은 그 모습을 멀뚱히 서서 바라보았다. 윤태희는 오늘따라 놀라울 정도로 정상적인 모습을 보여 주고 있었다. 상식적이고, 정중하고, 다정했다. 마치 도서실에서 처음 만났던 그때처럼.

"……."

재겸은 불현듯 윤태희와 처음 만났던 순간을 떠올렸다. 만약 윤태희의 본연을 보지 못했다면, 저 역시 지금까지도 속고 있지 않았을까 하는 생각이 들었다. 하지만 이제는 안다. 저 친절 뒤에는 서늘한 얼굴이 있다는 것을. 그걸 몰랐을 땐 이미 몇 번이고 속았던 것 같다. 재겸은 언젠가 윤태희에게 느꼈던 실망감을 어렴풋이 떠올려 냈다. 까슬까슬하던 그때의 기분을.

반창고를 붙여 주고 자주 놀러 오라던 윤태희. 넥타이를 빌려주고 친구가 되자고 했던 윤태희. '참 잘했어요.'라고 말하던 윤태희. 잠든 사이에 재겸이 머리맡에 오르골을 놓고 갔던 윤태희….

도대체 어디서부터가 진짜고, 어디까지가 꾸며 낸 걸까?

"…야."

도서실 풍경을 떠올리던 재겸이 저도 모르게 입을 열었다.

쪼그려 앉아 메산이에게 초콜릿을 까 주던 윤태희가 고개를 들었다.

"네?"

말을 걸어 놓고, 재겸이 슬쩍 시선을 내렸다.

"그럼… 이제 너도 학교 안 가냐…?"

시들시들한 질문에 윤태희가 잠시 아무 말 없이 재겸을 바라보았다.

"네, 안 가요."

정주를 의식해서인지 윤태희는 아까부터 예의 바르게 존댓말을 쓰고 있었다.

"그러면 이제 도서실엔 누가 있어?"

"글쎄요… 잘 모르겠는데…."

윤태희가 눈썹을 올리며 말을 흐리다가, 작게 속삭였다.

"나리가 없는 학교는 이제 관심 없어서."

이 새끼가….

인상을 쓰며 뭐라 쏘아붙이려던 재겸이 곁눈질로 정주를 힐끔거렸다. 정주는 눈을 초롱초롱 빛내며 서류를 펄럭거리고 있었다.

"……."

재겸은 떨떠름한 낯으로 다시 윤태희를 바라보다가, 입을 열었다.

"근데. 너 내 번호는 어떻게 알았어?"

"어떻게 알긴요. 다 방법이 있죠."

"뭐? 뒤에서 또 무슨 짓 했지, 너."

"뒤에서가 아니라 앞에서 했지, 요."

윤태희가 후드 주머니에 손을 집어넣으며 장난스럽게 대꾸했다. 그에 재겸이 어리둥절한 얼굴을 했다. 앞에서? 휴대폰 초심자인 재겸은 윤태희가 눈앞에서 번호를 따 갔다는 사실을 알지 못했다. 워낙 순식간이었으므로.

"앞에서 뭘 어떻게 했는데?"

재겸의 질문에 윤태희가 그렇게 궁금하면 직접 보여 주겠다고 대답했다.

"휴대폰 줘 봐요."

휴대폰을 건네받은 윤태희가 재겸에게 가까이 어깨를 붙이더니 나지막한 목소리로 설명을 하기 시작했다.

"여기. 내 번호를 눌러서. 이렇게 전화를 걸면…."

윤태희가 제 휴대폰을 꺼냈다.

"이렇게 여기로 전화가 오니까…."

재겸이 눈을 깜빡이며 고개를 끄덕였다. 번호를 어떻게 갈 처당했는지, 그 과정을 안 재겸의 소감은 이러했다.

"약았네."

심드렁하게 꼬집는 말에 윤태희가 픽 웃었다.

"새삼?"

능청스레 넘기는 말에 재겸이 눈을 흘기다가, 서로 어깨가 닿아 슬쩍 몸을 물렸다.

· 🕊 ·

 윤태희가 서울로 떠나고 이틀이 흘렀다. 음력 19일이 되자 산 밑 이층집에 이사를 도와줄 작업자들이 방문했다. 대문과 이어지는 산길을 따라 커다란 용달 트럭 몇 대가 늘어섰다. 윤태희의 지시를 받고 온 것이었다.
 이사는 순조롭게 진행되었다.
 윤태희는 집만 소개해 준 것이 아니라 이사 전반에 신경을 써 주었다. 재겸은 내심 놀랐다. 윤태희가 생각보다 아주 세심했기 때문이었다. 윤태희는 서울까지 편하게 오라며 세 식구가 탈 승용차와 운전기사까지 보냈다.
 작업자들에겐 미리 주의를 준 것인지, 그들은 연예인인 정주를 보고도 아는 척은커녕 이렇다 할 반응을 내비치지 않았다. 작업자들은 이삿짐을 실어 나르는 것은 물론이고, 가구 배치와 청소까지 완벽하게 끝낸 뒤 물러갔다.
 이틀이나 기다려 가며 음력 19일에 맞춰 이사를 한 것도 윤태희의 제안이었다. 그날이 손(損) 없는 날이었기 때문이다. 손 없는 날이란 악귀가 돌아다니지 않아 복된 기운이 내린다는 길일(吉日)을 말했다. 기십 년 전만 해도 결혼이나 이사와 같은 한 집안의 대소사를 치를 때면 손 없는 날에 맞춰 움직이는 것이 관례였으나, 현대에 이르러서는 이러한 택일(擇日) 풍속이 많이 희미해져 있었다.

그러나 이 바닥에 능통한 귀재들은 아직도 길흉일을 따지고 손 없는 날을 꼭 지켰다. 당연히 윤태희도 마찬가지였다. 범인과 달리, 보고 겪는 것이 있으니 그만큼 조심하는 것이었다.

미처 예상치 못한 부분까지 윤태희의 손길이 닿는 것을 보고, 재겸은 기분이 묘해졌다. 이렇게까지 철두철미하게 신경을 쓰고 행동한다는 점이 새삼 놀랍기도 했다.

윤태희가 어떤 사람인지 희미하게 윤곽이 그려지는 느낌이었다. 어떤 삶을 살아왔기에 저럴까. 빈틈 하나 보이지 않는 집요함과 치밀함. 아군이 되었기에 망정이지, 영영 적수로 남았다면 꽤나 성가신 상대였을 것이라고, 재겸은 생각했다. 아무튼 윤태희 덕분에 세 식구가 손을 거들어야 할 일은 없었다. 굳이 이럴 필요까지 있나 싶으면서도, 솔직히 편하긴 했다.

새로이 둥지를 튼 집은 세 식구의 조건에 딱 들어맞는 장소였다. 기사의 안내를 따라 마당에 들어서자마자 정주의 눈이 휘둥그레질 수밖에 없었다. 한눈에 보기에도 아주 고급스러워 보이는 단독 주택이었기 때문이다

북한산 기슭과 맞닿아 있는 새집은 종로구의 어느 한적한 부촌 꼭대기에 위치해 있었다. 전에 살던 집에 비하면 모든 것이 훨씬 크고 넓었다. 잔디가 깔린 앞마당과 잘 가꾼 풍성한 정원으로 꾸민 뒷마당이 있었다.

"정주 님! 나리! 여기요, 꽃과 나무가 가득해요!"

낯선 집에 어색해하던 것도 잠시, 메산이는 집이며 마당이며 구석구석을 뛰어다니고 있었다. 우아, 히야아 하며 감탄사를 쏟아 냈다. 마당 한쪽엔 원목으로 만든 그네도 있었다. 마룻바닥은 매끈한 대리석으로 되어 있고, 거실 한 면은 전면 유리창이었으며, 2층엔 큼직한 테라스까지 있었다.

지은 지 얼마 안 되어 보이는 데다가, 눈에 보이는 벽돌 하나며 문고리 하나까지 전부 값비싼 자재로 이루어진 집이었다. 이사에 관한 모든 비용은 윤태희가 사비로 지출한 상태였다. 당연히, 이 집 역시 마찬가지였다.

경제력이 상당히 좋은 편에 속하는 정주는 괜찮다며 연신 사양했지만, 윤태희는 대수롭지 않은 투로 자신이 제안한 것이니 자신이 부담하는 게 맞다며 편하게 생각하라는 말을 남겼다.

그때까지만 해도 정주는 정말 편하게 생각했었다.

뭐, 정 그렇다면야 받은 만큼 나중에 돌려주면 되겠지 싶었다. 하지만 막상 집을 실물로 보고 나니 정주는 아찔함을 느꼈다. 비유하자면 이쪽에선 대충 금반지 정도를 상상했는데, 다이아몬드 반지를 받아 버린 것 같은… 받은 만큼 돌려주려면 예상보다 훨씬 큰 출혈이 있으리라는 건 자명했다. 넋 놓고 집을 둘러보던 정주가 눈가를 파르르 떨며 말했다.

"재겸아, 태희 씨 말인데, 돈이 엄청 많으신가 봐…?"

멀뚱히 서 있던 재겸이 벽을 툭툭 건드리며 심드렁하게 말했다.

"응, 걔 부자야. 저번에 자기 연봉 2억이라고 그랬어."

"말도 안 돼! 2억 버는 사람이 어떻게 이런 집을…!"

정주가 펄쩍 뛰었다. 메산이는 정원으로 달려가 새로운 꽃과 나무 친구들에게 인사를 건네느라 바빴다. 현실적으로 파고드는 것은 오직 사회인 정주뿐이었다.

"왜? 2억 가지고는 이런 집 못 사냐?"

남들에 비해 경제관념이 현저히 빈약한 재겸은 이런 부분에 대해서 잘 몰랐다.

"가끔 티브이 보면 국밥 팔아서 억대 부자, 이런 말 나오던데…."

재겸이 태평하게 중얼거리자, 정주가 이마를 짚었다.

"재겸아, 너 「여섯 시 내 고향」 이런 것만 보지 말고, 뉴스 좀 보자. 어? 이런 집은, 재벌들이나 정치인들이 살 법한 집이라구. 연봉 2억 받는 사람이 이런 집을 어떻게! 말이 되는 소리 해야지. 게다가 요즘 집값이…."

흥분한 정주는 물정에 어두운 재겸에게 하나하나 열심히 설명해 주었다.

"연봉 2억도 고소득이긴 하지만, 그 정도 재력으로는 이런 집을 살 수 없어! 내가 알기로는 이 동네는 평당 매매가가…."

정주는 자본주의 사회에 완벽 적응해 있었다. 물론 재겸은 눈을 반쯤 감고 듣는 둥, 마는 둥 했다.

"무, 무슨 재테크라도 하시나?"

정주는 값비싼 호의에 부담을 느끼는 모양이었지만 재겸은 별생각이 없었다. 고맙다거나 부채감을 느끼지도 않았다. 윤태희가 뭔가를 베푸는 데에는 다 이유가 있기 때문이다. 정주의 복귀를 도와주는 것도 그랬다. 언뜻 보면 남을 위해 주는 것 같아도, 실상은 윤태희 본인을 위해서 그러는 것일 터였다. 어차피 서로가 필요에 의해 서로를 이용하는 것뿐이니까.

· ⋆ ·

이사하고 며칠이 지나서 윤태희로부터 연락이 왔다.

잠시 마당에 나갔다가 돌아온 재겸은 휴대폰에 부재중 전화 두 건이 찍혀 있는 것을 보았다. 정주가 임시로 넘겨줬던 휴대폰은 어느덧 자연스럽게 재겸의 소유가 되어 있었다. 번호를 저장하지 않은 탓에 발신인의 이름이 뜨진 않았지만, 재겸은 상대가 윤태희라는 것을 금방 알아차릴 수 있었다.

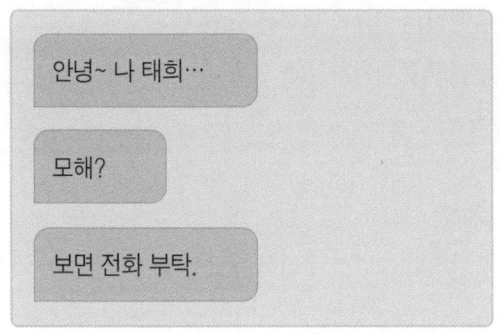

이라는 메시지가 와 있었기 때문이다. 잠시 고민하던 재겸은 통화 버튼을 눌렀다. 연결음이 몇 번 이어지더니 곧바로 익숙한 목소리가 들렸다.

― 여보세요.

재겸이 잠시 말없이 입술을 만지작거렸다.

― 나리야.

"…왜."

다정한 음성이 귓가에 흘러들었다.

― 뭐 하고 있었어?

"그냥 있었어."

― 이사는 잘했어?

"응."

재겸이 순순히 대꾸하자, 건너편의 목소리가 잠시 조용해졌다. 윤태희를 대할 적에 늘 싸늘하고 까칠하기만 했던 재겸은, 나자가 된다는 제안을 받아들인 그날 이후 한결 누그러진 태도를 보여 주고 있었다. 물론 재겸 스스로는 그 사실을 의식하지 못했으나 윤태희는 미묘한 변화를 느꼈다.

짧은 침묵을 깨고 윤태희가 입을 열었다.

― 집은 어때?

"뭐가?"

― 마음에 들어?

골똘히 눈을 굴리던 재겸이 무심히 대답했다.

"집이 너무 넓어서 물 마시러 갈 때 귀찮아."

그에 윤태희가 작게 웃는 소리가 들렸다.

- 그거 큰일이겠는데.

선뜻 공감해 주는 말에 재겸이 괜스레 볼을 긁적일 때였다. 건너편에서 윤태희가 누군가에게 뭐라 말하는 소리가 멀리 들렸다. 어딘지 부산한 현장감이 느껴졌다. 무언가 일을 하는 와중에 통화를 하고 있는 모양이다.

- 내일 입청하자.

윤태희의 목소리가 다시 가까워졌다.

- 점심쯤에 집 앞으로 사람을 보낼게. 원래는 내가 데리러 가려고 했는데, 쌓인 일이 많아서 아무래서 힘들 것 같아. 나 대신 나례청까지 데려다줄 거야.

원래대로라면 입청 전에 한 번은 만났어야 한다. 계획에 관한 구체적인 내용과 앞으로의 상황을 자세히 설명해 줄 생각이었다. 하지만 윤태희는 복귀 당일부터 눈코 뜰 새도 없이 바쁜 시간을 보내고 있었다. 지금 이렇게 연락을 하는 것도 간신히 짬을 내서 하는 거였다. 그렇다고 여유가 생길 때까지 미뤘다간 입청하는 시기가 많이 늦춰질 게 틀림없었다.

- 입청하면 가장 먼저 간단한 테스트⋯ 어, 시험이 있을 거야. 그냥 통과 의례니까 신경 쓰지 않아도 되고. 그다음엔 오리엔테이션⋯ 어, 안내 교육. 안내 교육을 받을 거고. 너 말고도 신입들 몇 명 있을 텐데 서너 시간 정도면 끝나니까, 그냥

앉아서 가만히 듣기만 하면 돼.

윤태희는 자연스럽게 튀어나오는 외래어를 재겸이 알아듣기 쉽도록 우리말로 정정해 가며, 서둘러 내일 일정을 요약해 주었다.

"알았어."

귀를 기울이던 재겸이 고개를 끄덕였다.

— 학교에 있을 때처럼 자연스럽게 행동하면 돼.

"응."

윤태희가 부드러운 목소리로 덧붙였다.

— 아, 한 가지. 첫날이니 너무 튀지는 말고.

사회성이 다소 부족한 재겸으로선 와닿지 않는 말이었다. 좀 더 설명이 필요했다.

"튄다는 게 어떤 건데?"

— 싸우면 안 돼. 사람 때리지 말고.

재겸이 저도 모르게 인상을 썼다.

"야, 내가 무슨. 애냐?"

이게 나를 뭘로 보고. 그건 너무나도 기본적인 이야기였다. 차리리 '밥 먹기 전에는 손을 씻어야 한다'가 더 영양가 있는 조언일 거다. 내가 아무나 때리는 줄 아냐? 너나 이주열 정도는 되어야 나한테 맞는 거야, 하고 말하려다 참았다. 게다가 평범한 학교에서 동급생이랑 싸우는 일과 나례청에서 누군가와 싸우는 일, 그 경중을 분간 못 할 정도로 바보도 아니고….

- 우리 나리는 손버릇이 험해서 좀 걱정되네.

윤태희가 평이하게 중얼거렸다.

- 만에 하나 싸움 붙을 것 같으면.

"뭐."

- 되도록이면 선빵은 맞아 줘.

"뭐?"

- 그게 그나마 수습이 편해서.

"……."

재겸은 어이가 없어서 말문이 막혔다.

- 사람 일은 모르는 거니까.

윤태희는 정말이지 세심하고 철두철미했다.

· 🕊 ·

이튿날, 점심이 되자 집 앞으로 흰색 차 한 대가 도착했다.

"재겸아, 첫 출근 파이팅!"

"나리, 조심히 다녀오세요."

재겸은 정주와 메산이의 열렬한 참견을 받으며 컨버스의 신발 끈을 묶었다. 윤태희의 연락을 받고 입청 소식을 알렸더니 정주와 메산이는 어제부터 긴장한 기색이 역력했다. 정작 재겸은 무덤덤한데 둘은 아주 난리법석이었다.

"갔다 올게."

재겸은 어깨를 가로지르는 작은 크로스 백을 메고 현관문을 나섰다. 아직은 낯설기만 한 커다란 대문을 열고 밖으로 나가자, 기다렸다는 듯이 흰색 차의 운전석에서 누군가 내렸다.

회색 정장을 입은 젊은 여성이었다.

"안녕하세요? 혹시, 재겸 씨?"

그는 입가에 미소를 지으며 재겸에게 다가왔다.

"아. 예에. 안녕하세요…."

재겸이 슬쩍 목례를 했다.

"처음 뵙겠습니다. 저는 나례청 축역부 제1팀, 주임 나자 강이빈이라고 해요. 반가워요. 윤 수석님이 부탁하셔서 제가 대신 픽업하러 왔어요."

화장기 없는 얼굴에, 긴 머리를 포니테일로 질끈 묶은 강이빈은 쾌활한 목소리로 자신을 소개하며 스스럼없이 손을 내밀었다. 재겸이 쭈뼛거리며 악수에 응하니, 강이빈이 맞잡은 손을 위아래로 크게 흔들어 보였다. 재겸이 당황하여 눈을 댕그랗게 뜨자 강이빈이 웃음을 터뜨렸다.

"으하! 놀랐어요? 귀여워."

재겸이 시선을 피하며 손을 슬쩍 빼다

"옷도 그렇고 병아리 같애."

재겸은 어리둥절한 기색으로 자신의 옷차림을 살폈다. 그날 정주는 재겸이 입고 나갈 옷을 일일이 골라 줬다. 패션에 관심이 많은 정주의 코디는 꽤나 디테일했다. 노란색 무지 맨투맨.

헐렁하게 찢어진 연청바지. 심지어 양말까지 골라 주었다. 재겸이 아무거나 신으면 안 되냐고 툴툴거리자 정주는 패션에서 제일 중요한 건 양말이라며 고집을 부렸다. 결국 재겸은 정주의 요구대로 바짓단을 롤업하고 버섯 캐릭터가 그려진 흰 양말을 올려 신었다. 아무렇게나 자른 앞머리는 삐뚤빼뚤한 데다 옷까지 이렇게 입혀 놓으니, 재겸은 한결 앳되고 멀뚱해 보였다.

"자, 자, 일단 타실까요?"

강이빈이 허물없이 재겸의 팔을 잡아끌었다. 재겸은 강이빈의 손에 이끌려 얼떨떨한 얼굴로 조수석에 올라탔다. 강이빈은 운전석에 앉자마자 곧바로 차를 몰았다.

"……."

재겸은 살짝 넋이 나간 얼굴로 정면을 바라보고 있었다. 마치 가시방석에 앉아 있는 기분이었다. 재겸은 은근히 낯을 가리는 편이었다. 이렇게 생판 모르는 사람과 좁은 공간에 단둘이 있으니 더 그랬다.

게다가 상대는 여자였다. 재겸은 지금껏 살아오면서 여자와 가깝게 지낸 경험이 별로 없었다. 그 때문에 여자를 상대하는 것을 유독 어려워했다. 어쩐지 저절로 기가 팍 눌려서, 툭하면 지금처럼 얼이 빠지곤 했다. 강이빈은 액셀을 팍팍 밟아 가며 콧노래까지 흥얼거렸다.

넓은 도로에 진입하자 강이빈이 입을 열었다.

"윤 수석님한테 얘기 들었어요. 멋지고 똘똘한 친구라고. 후임 찾는다고 한 달이나 넘게 두문불출하시더니, 귀엽고 잘생긴 후임을 찾아내셨구나."

석고상처럼 굳어서 정면만 바라보고 있던 재겸이 강이빈에게 슬쩍 시선을 던졌다. 멋지고 똘똘한 친구? 남의 입을 통해서 윤태희의 말을 전해 들으니 기분이 묘했다. 귀엽고 잘생겼다는 칭찬도 영 쑥스러웠다. 결국 마땅히 할 말을 찾지 못한 재겸이 조용히 고개를 끄덕거렸다.

"재겸 씨, 나 말 편하게 해도 돼요?"

"아. 그… 네."

강이빈은 앞으로 친하게 지내자는 말과 함께 자신을 '강 주임'이라고 부르면 된다고 하고는 "누나도 괜찮아."라고 농담조로 덧붙였다. "사실 우리 남동생도 너랑 또래거든." 그래서인지 강이빈은 재겸을 보자마자 한눈에 정이 갔다. 굳어 있는 재겸에게 말을 붙여 가며 친근하게 분위기를 풀어 주었다. 비록 운전은 거칠지언정 쾌활하고 친절한 사람이었다.

핸들을 쥐고 있던 강이빈이 웃으며 말했다.

"그나저나 안전 게 탔네!"

"뭐가요?"

강이빈이 어깨를 으쓱이며 재겸을 바라보았다.

"왜긴, 처음부터 윤 수석님이랑 같이 일하니까. 윤 수석님은 본청 안에서도 거의 스타거든. 누나도 윤 수석님 때문에 제

1팀으로 온 거야."

강이빈은 원래 암행부 소속이었다. 부서를 옮기고 제1팀에 들어오기까지 얼마나 고생을 많이 했는지 모른다. 축역부는 다른 부서들에 비해 문턱이 월등히 높아서 티오 자체가 잘 나지 않았거니와, 윤 수석이 있는 축역부 제1팀이 가지는 명성은 어마어마하여 경쟁이 아주 치열했기 때문이다.

"윤… 수석, 님이… 그렇게 대단해요?"

가만히 이야기를 주워듣던 재겸이 눈치를 보며 입을 열었다. 윤 수석이라고 부르려니 왠지 낯간지러운 느낌이었다. 쉽사리 입이 떨어지질 않아서, 재겸은 어색하게 질문을 마쳤다. 강이빈이 고개를 격하게 끄덕였다.

"그러엄! 윤 수석님, 언제부터 수석이었는지 알아?"

강이빈이 뿌듯한 얼굴로 물었다. 능력 있는 상관을 뒀다는 사실이 못내 자랑스러운 모양이었다. 그러나 재겸은 나례청의 직급 체계를 잘 알지 못했다. 윤태희의 위치가 상당히 높다는 정도만 대충 알고 있을 뿐이었다.

"아뇨, 모, 모르는데요…."

"열아홉 살 때야, 열아홉 살."

강이빈은 본인 입으로 직접 말해 놓고도 믿기지 않는다는 듯, 감탄하는 기색이었다. 재겸은 다른 의미에서 놀랐다. 열아홉 살이라고? 그렇다면 그보다 어린 나이에 나자가 되었다는 건가. 윤태희의 나이는 현재 20대 중반이므로, 나례청에 몸을 담았던 세월이 거의 10년 가까이 된다는 얘기다.

"그거 어려운 거예요?"

순진한 질문에 강이빈이 "당연하지!" 하며 큰 소리를 냈다.

"누나가 윤 수석님하고 동갑인데, 난 이제 주임이거든. 에휴. 난 열아홉 살 때 수능 공부하고 있었는데. 윤 수석님은 그때 최연소로 수석 달았다니까. 윤 수석님이 처음 입청했을 때 본청이 난리가 났대. 괴물이 왔다고."

많은 남자들에게 있어 윤 수석은 동경의 대상이었다. 그것은 같은 팀원인 강이빈도 마찬가지였다. 윤 수석은 멀리, 높은 곳에 있는 사람이었다. 제1팀이 되기 전까지는 맨얼굴 한 번 본 적이 없을 정도였으니 이만하면 말을 다 한 셈이었다. 제1팀을 뚫기까지 힘든 과정을 거친 만큼, 강이빈은 윤 수석이 직접 후임으로 낙점한 재겸이 부러우면서도 신기하기만 했다.

"대단하신 분이야. 정말로."

그렇게 강하다고? 재겸에겐 영 미심쩍게 들리는 이야기였다. 그도 그럴 것이, 재겸은 저에게 쥐어 터지던 윤 수석의 모습밖엔 몰랐기 때문이다….

"재겸이! 아직은 잘 모르겠지만, 시간이 지나면 알게 될 거야. 윤 수석님과 함께 일하는 건 행운이라는 걸. 윤 수석님, 정말 좋은 분이거든."

아까부터 윤 수석에 대한 칭찬이 이어지고 있었다.

평판이 좋네….

재겸이 눈썹을 꿈틀거리며 차창을 내다보았다. 아무렴 사람을 구워삶는 데 일가견이 있는 녀석이다. 다들 속고 있는 게 분명했다. 마치 내가 속았던 것처럼….

듣다 보니 어쩐지 속이 뒤틀려서, 재겸이 불퉁한 낯으로 손가락을 꼼지락거릴 때였다.

"작년에 누나네 엄마가 많이 편찮으셨거든? 당장 수술을 해야 하는데 돈이 없었어. 아, 누나가 집안 가장이거든. 음, 아무튼, 아무리 돈을 구하려고 해 봐도 방법이 없어서 정말 하늘이 무너지는 기분이었는데…."

강이빈이 밝게 웃으며 핸들을 탁탁 두드렸다.

"누구한테 말도 못 하고, 혼자 끙끙 앓고 있었지. 근데 어떻게 아셨는지, 윤 수석님이 병원비를 전부 내 주신 거야. 그때 정말 기절하는 줄 알았어."

창밖을 내다보던 재겸이 멈칫하며 강이빈을 바라보았다.

"간병인도 붙여 주시고 한 달 휴가도 주신 거 있지? 본인 휴가까지 빼서. 내가 당장 갚을 돈은 없어도, 시간만 주시면 전부 갚겠다고 했더니 이건 팀원한테 해 주는 복지니까 그러지 말라는 거야. 나한테 돈 받으면 앞으로 다른 팀원들한테도 돈 받아야 되니까 안 된다고…."

말을 잇던 강이빈이 갑자기 인상을 팍 썼다.

"이런 게 말이 되냐구! 아씨, 아직도 그때 생각하면 눈물 날 것 같애."

강이빈이 눈가 근처로 손을 파닥거리기 시작했다. 그에 재겸은 살짝 당황했다. 설마 우는 건가 싶었는데, 다행히 강이빈이 고개를 도리도리 젓더니 다시 핸들을 고쳐 잡았다.

"아, 미안해. 누나가 원래 말이 졸라리 많아요."

졸라리…? 재겸이 볼을 긁적거렸다. 말이 많은 건 딱히 신경 쓰이지 않았지만, 강이빈이 해 준 이야기는 의외였다. 강이빈이 말하는 윤태희는 자신이 아는 윤태희가 아닌 것 같았다. 타인의 불행에 발 벗고 나서는 윤태희…. 재겸이 알고 있는 윤태희는 그런 사람이 아니었다.

"아무튼, 누나는 윤 수석님을 위해서라면 뭐든지 할 수 있어. 다른 팀원들도 마찬가지고. 윤 수석님이 데려온 후임이라면 누구든지 환영이야."

윤 수석을 향한 제1팀의 신뢰는 단단했다. 그저 말을 전해 듣는 것만으로도 느껴질 정도라서 재겸은 기분이 묘했다. 윤태희가 베푸는 호의와 친절은 모두 불순할 뿐이고, 비뚤어지고 어두운 속내를 웃음 속에 교묘히 감추고 있다. 이것이 재겸이 알고 있는 윤태희의 본연이었다.

잠시 생각에 잠겨 있던 재겸이 슬쩍 입을 열었다.

"다들 윤 수석, 님을 좋아하나요?"

뜸을 들이던 강이빈이 살짝 상기된 얼굴로 말했다.

"응, 좋아하지."

윤태희는 나자를 싫어하며 나례청에 복수할 계획을 세우고 있다. 강이빈은 상상도 못 할 것이다. 윤태희가 나례청을 부수기 위해 후임을 데려왔다는 사실을. 왜인지 재겸은 약간 혼란스러워졌다. 그런 사람이 어떻게 팀원들에게 친절할 수 있으며 신뢰를 얻을 수 있었는지….

재겸은 처음으로 윤태희에 대한 희미한 궁금증이 솟아오르는 것을 느꼈다. 처음에는 다들 윤태희의 본모습을 모르고 있는 것이라고 생각했는데, 혹시 내가 모르는 또 다른 모습이 있는 건 아닐까… 이제껏 선명하기만 하던 형체가 갑자기 뿌연 안개에 휩싸이는 느낌이었다.

"솔직히 안 좋아할 이유가 없잖아."

강이빈이 수줍게 웃으며 말했다. 그에 재겸이 눈동자를 굴려 강이빈을 바라보았다. '나한텐 많아요.'라고 말했다간 차에서 내리라고 할 것 같았다….

"꼭 좋아해야 할 이유가 있나요?"

깽판을 놓는 대신 재겸이 심각하게 물었다. 그에 강이빈이 웃음을 터뜨렸다. 별 의도 없이 정말로 궁금해서 묻는 것처럼 들렸기 때문이었다.

"하긴. 남자의 매력이 무엇인지, 재겸이는 아직 뭘 모를 나이지."

강이빈이 음흉한 미소를 지으며 재겸의 팔을 쿡 찌르는가 싶더니 "어어, 시발. 빨간불. 빨간불." 하며 갑자기 속도를 줄였다. 재겸의 상체가 앞으로 픽 고꾸라졌다. 아까 전만 해도 수줍어하더니 호탕하기 그지없었다.

"자, 재겸이, 누나가 설명해 준다. 잘 들어. 우리 팀 신입으로 들어올 사람이니까 특별히 알려 준다. 일단 남자는 잘생기고 키가 커야 돼. 슈트도 잘 어울리면 더 좋고. 그리고 다정하고, 친절하고, 돈도 많아야 돼. 알겠어?"

윤 수석님처럼 말이야.

강이빈이 진지하게 강의를 이어 나갔다.

"자라날 새싹은 새겨듣고 본받도록 하렴."

아. 왜 이렇게 지치지….

재겸은 힘없이 자세를 바로 했다.

· 🕊 ·

이십여 분을 달리고 달려 목적지에 도착했다. 강이빈은 종묘 인근에 위치한 공원 주차장에 차를 세웠다. 여기서부턴 잠시 걸어야 했다. 강이빈은 재겸과 나란히 걸으며 나례청의 위치에 대해 간략히 설명해 주었다.

"종묘 안에 본청이 있다니, 신기하지?"

재겸이 조용히 고개를 끄덕였다.

얼마 지나지 않아 기와를 얹은 커다란 담장이 길게 펼쳐졌다. 마침내 종묘의 외대문이 모습을 드러냈다. 입구 근처에는 카메라를 든 관람객들이 모여 있었다. 여기가 바로 나라님이 선조들의 제사를 지냈다는 조선 왕가의 사당… 이젠 평범한 사람도 드나들 수 있구나. 예전 같으면 상상조차 못 했을 텐데…. 격세감을 느낀 재겸은 실로 묘한 기분이었다.

그때, 강이빈은 멍하니 서 있는 재겸을 향해 슬쩍 귓속말을 했다.

"재겸이! 이제부터 출근 어떻게 하는지 잘 봐 둬."

보통 나자들은 어둠이 내리고 종묘의 개방이 끝난 뒤에야 출근을 한다. 하지만 상황에 따라선 오늘처럼 환한 낮에 입청을 하는 경우도 흔했다. 종묘가 개방된 시간에는 보는 눈이 많으니 평범하게 입장을 해야 했다.

우선 강이빈은 재겸을 이끌고 오른쪽에 위치한 매표소로 갔다. 표를 사려는 관람객들을 따라 일단 줄부터 섰다. 차례가 다가오자 강이빈은 앞선 관람객들처럼 지갑을 꺼냈다.

"무료 관람이요. 두 명."

매표소에 앉아 있던 직원이 힐끔 눈을 들었다가, 여상한 투로 입을 열었다.

"신분증이요."

강이빈은 기다렸다는 듯 지갑을 뒤적거리기 시작했다. 신분증이 없는 재겸이 당황한 표정으로 강이빈을 바라볼 때였다. 강이빈이 지갑에서 무언가를 꺼내서 직원에게 건넸다.

그건 신분증이 아니라 티 머니 카드였다.

직원은 강이빈이 건넨 엉뚱한 카드를 살펴보다가 표 두 장을 건넸다.

"무료 관람 대상자 맞으시네요. 여기요."

"네, 감사합니다."

강이빈은 표를 받아 들며 태연하게 인사를 했다. 그러고는 "자, 갑시다." 하며 발랄하게 재겸의 등을 떠밀었다. 뭐지? 어리둥절한 얼굴로 서 있던 재겸이 주춤거리며 걸음을 뗐다.

종묘 안으로 들어가는 외대문으로 걸음을 옮기자, 수십 명의 관람객들이 대기하고 있는 모습이 보였다. 강이빈이 입구에 서 있던 검표원에게 표를 보여 주었다. 그러자 검표원이 사무적인 어투로 입을 열었다.

"바로 입장하시면 됩니다."

그때, 뒤쪽에서 대기하고 있던 관람객 한 명이 그 모습을 보고 검표원에게 다가왔다. 똑같이 표를 보여 주며 안으로 들어서려고 하자 검표원이 제지했다.

"입장은 2시 20분부터 가능하세요."

"네? 그럼 저 사람들은 뭔데요?"

검표원이 눈 하나 깜짝하지 않고 대답했다.

"견학 나오신 관계자분들이에요."

노란색 맨투맨을 입은 소년은 어딜 봐도 '관계자'라는 단어와 거리가 멀어 보였으나⋯ 관람객은 머쓱한 낯으로 돌아섰다. 강이빈이 당당히 재겸의 팔을 잡아끌었다.

"그럼 수고하세요."

그렇게 두 관계자는 외대문을 지나쳐 무사히 종묘 내부로 진입할 수 있었다.

"종묘는 시간제 관람이거든. 일반 관람객은 한 시간에 한 번 꼴로 정해진 시간에만 입장이 가능해. 종묘가 개방 중일 때는 이렇게 출근하는 거야."

강이빈이 재겸의 귓가에 설명을 불어 넣었다. 이제야 의문이 풀렸다. 그래서 저렇게 다들 기다리고 있었던 거였다. 재겸이 신기하다는 눈으로 주변을 두리번거렸다. 강이빈은 정전이 있는 방향으로 재겸을 안내했다.

"그리고 일반 관람객들이 관람할 때는 해설사와 반드시 동행을 하도록 되어 있어. 해설사의 동선이 있기 때문에, 우리는 그 동선을 피해서 입청하면 돼."

강이빈의 말에 재겸의 시선이 어느 한 곳으로 향했다. 멀리서 해설사를 따라 움직이는 관람객 무리가 보였다. 확실히 동선을 피해 움직이면 사람들과 마주치지 않으니 눈을 피하기 쉽다.

"혹시 나자들 때문에 일부러 그렇게 정한 건가요?"

재겸이 슬쩍 입을 열었다.

"응, 맞아. 사람들 눈에 띄면 안 되니까. 아, 근데 토요일은 아무 때나 입장이 가능하고 해설사 없이 자유 관람이다? 관람객들 막 돌아다니는데 입청했다간 다 들키지. 큰일 나. 그래서 토요일은 무조건 저녁 출근이야."

강이빈의 설명에 재겸은 내심 놀랐다. 윤태희가 말한 '넌 나례청이 어떤 곳인지 모르고 있어.'라는 말이 비로소 이해가 갔다. 국가 기관인 나례청은 은밀한 시스템 아래서 굴러가고 있었다. 관람을 제한하는 데는 나례청의 보안과 나자의 출입을 용이하게 하려는 의도가 포함되어 있었다.

"자, 여기가 정전이고."

강이빈은 재겸과 함께 정전의 계단을 올랐다. 길쭉하게 늘어선 정전은 한눈에 봐도 장엄해 보였다. 강이빈은 나례청과 통하는 스무 번째 칸 앞에 섰다. 주변 인기척을 가볍게 확인한 뒤, 목에 매고 있던 출입 키를 틈에 꽂았다.

"짠, 여기가 나례청입니다."

문이 열리자 재겸의 눈이 휘둥그레졌다. 오래된 건물 안에 이렇게나 넓고 현대적인 공간이 있을 줄은 꿈에도 몰랐다.

"강 주임님, 안녕하세요."

"오, 이빈아, 왔어?"

강이빈을 알아본 나자들이 인사를 건네며 지나갔다. 낯선 분위기에 압도된 재겸은 그대로 멍하니 굳었다.

"놀랐어?"

강이빈이 실실 웃으며 재겸의 어깨를 토닥거려 주었다. 재겸이 가슴에 멘 크로스 백을 꽉 붙들었다. 전부 평범해 보이는 저 사람들이 나자라고 생각하니 기분이 이상했다. 눈에 보이는 모든 이들이 정장을 입고 있었다. 편하게 옷을 입은 것은 재겸 한 명뿐이었다.

"자, 자, 긴장 풀고! 본청 구경은 나중에 시켜 줄게. 2시 정각에 시험 시작한다고 했으니까 지금은 시간이 별로 없거든. 늦으면 안 되니까 얼른 가자."

시간을 확인하던 강이빈은 서둘러 재겸을 별관으로 이끌었다. 본청 로비를 둘러보며 강이빈의 뒤를 졸졸 따르던 재겸이 불쑥 질문을 던졌다.

"저기, 무슨 시험을 보는 건가요?"

엥? 강이빈이 걸음을 멈추더니 놀란 표정을 지었다.

"아무것도 모르고 온 거야?"

느에. 재겸이 느리게 고개를 끄덕였다.

"윤 수석님이 말 안 해 주셨어?"

"그냥 통과 의례라고 했는데요."

맙소사. 그냥 통과 의례라고? 정말이지 윤 수석다운 발상이라서 강이빈은 웃음이 나왔다. 마치 '내가 데려온 사람이니 떨어질 리 없다.'라는 자신감이 엿보이는 듯한, 오만하고도 불친절한 설명이었다. 물론 강이빈도 그렇게 생각하긴 했다. 아무렴 윤 수석이 후임으로 지목한 귀재니까. 근데 아무리 그래도, 당사자한테는 제대로 설명을 해 줬어야지….

주변을 둘러보던 강이빈이 재겸을 끌고 구석으로 갔다.

"우선, 입청을 하려면 두 가지 노선이 있어."

강이빈은 손가락을 펼치며 빠르게 설명을 이어 나갔다.

"하나는 수련생 '초라니'로 입청을 해서 2년의 훈련 기간을 거치는 거고, 다른 하나는 기존 나자들의 추천을 받아서 입청하는 거야. 재겸이 네가 바로 후자의 경우야. 윤 수석님이 직접 지목했으니까. 무슨 말인지 알겠지?"

초라니는 암행부를 통해 1년에 한 번씩 정기적으로 모집하는데, 귀재라면 누구나 될 수 있기 때문에 기본기가 부족하거나 눈만 트인 귀재들이 상당수를 차지했다. 이들은 2년 동안 능력을 기르게 된다.

한편, 나자들은 연차 5년 이상이 되면 외부 인사를 지명하는 권한을 가진다. 이미 어느 정도 능력을 갖추고 있는 귀재라고 판단할 경우엔 직접 입청을 추천할 수 있다. 추천 입청자는 초라니 기간을 거치지 않는다.

"정식으로 나자가 되기 위해선 두 번의 시험을 통과해야 해. 2년이라는 초라니 생활을 채우고 나면 1차 시험에 응시할 자격이 생기지. 하지만 추천 입청자는 초라니를 거치지 않고도 곧바로 1차 시험에 응시할 수 있어."

재겸은 눈을 굴리며 강이빈의 설명을 소화했다.

"재겸이 네가 오늘 치를 시험이 바로 이 1차 시험이야. 1차 시험을 통과한 사람은 3개월의 시간 동안 팀의 '수습 나자'로서 활동하게 돼."

추천 입청자가 1차 시험에서 떨어지는 경우는 드물다. 일정 능력 이상을 지녔다면 1차 시험을 통과하는 일은 쉽기 때문이다. 윤 수석이 '통과 의례'라고 말한 것은 그런 이유에서였다.

차근차근 핵심을 짚어 준 강이빈은 재겸의 손목을 잡고 길을 재촉했다. 계단을 오르자 넓은 통로가 펼쳐졌다. 여기서 모퉁이만 돌면 별관이었다.

"가라, 축역부 제1팀의 막내가 되어서 돌아와."

무사히 픽업을 끝낸 강이빈은 재겸의 등을 탁, 치며 웃었다.

・⋈・

별관에 들어서자 '제3 회의실'이라는 팻말 아래, 커다란 문 앞에 서서 서류를 들여다보고 있는 사람이 보였다. 로비에서 본 사람들처럼 슈트 차림이었다. 그는 복도 끝에 멀뚱히 서 있는 재겸을 보고는 손짓을 했다.

"시험 보러 오셨죠? 이리 오세요."

낯선 남자는 서류를 뒤적이며 이름부터 물었다.

"성함이?"

"김재겸이요."

남자는 재겸의 이름을 찾아서 무언가 표시를 하더니 번호표를 건네주었다. 재겸이 받은 번호표는 77번이었다. 남자가 하품을 하며 제3 회의실의 문을 열었다.

"번호표는 왼쪽 가슴에 달면 되고요. 바로 입실하세요."

피곤해 보이는 기색이 역력한 그가 재겸을 향해서 휙휙 손짓을 했다.

"1번부터 10번까지. 11번부터 20번까지… 오른쪽에서 왼쪽부터, 번호 순서대로 열 명씩 일렬로 앉는 겁니다. 저어기, 제일 마지막 줄이네요."

피곤한 나자는 자리를 알려 준 뒤 곧바로 문을 닫았다. 재겸은 살짝 당황한 얼굴로 제3 회의실 내부를 훑어보았다. 윤태희는 분명 신입들 '몇 명'이 있을 거라고 말했었다. 그러나 재겸의 눈에 보인 것은 수십 명이 넘는 많은 인원이었다.

이게 어딜 봐서 '몇 명'이냐…?

다양한 연령대의 사람들은 재겸처럼 시험을 치르러 온 것이 분명해 보였다. 왜냐하면 로비에서 봤던 나자들과는 달리, 모두 재겸처럼 편한 사복을 입고 있었기 때문이다.

번호는 1번부터 70번대까지 있었다. 재겸이 제일 끝 번호인 것으로 봐서는 선착순으로 번호표를 나눠 준 듯했다.

제3 회의실은 칠십여 명을 수용할 수 있을 정도로 넓은 공간이었다. 대학 강의실과 비슷해 보이기도 했다. 프로젝터 스크린이 있을 법한 회의실 전면에는 커다란 암막 천이 드리워져 있었다. 분위기는 조용하고 무거웠다.

미리 자리에 앉아 있던 응시생들은 하나같이 긴장한 기색이 역력한 표정이었는데, 저마다 가슴팍에 번호표를 매달고 있었다. 문 앞에 어색하게 서 있던 재겸은 응시생들의 시선을 받으며 나자가 알려 준 위치에 가서 앉았다. 길게 이어진 테이블에는 마실 것이 담긴 종이컵이 자리마다 하나씩 놓여 있었다.

제일 끝줄에 앉아 있으니, 수십 명의 뒤통수가 빼곡히 보였다. 재겸은 멍하니 입을 벌리고 앉아 있다가 어느 순간 손에 번호표를 쥐고 있다는 사실을 떠올렸다. 이거 어떻게 하는 거지? 재겸은 골똘한 표정으로 뒤에 핀이 매달린 번호표를 만지작거렸다. 핀을 꾹 누르니 바늘처럼 뾰족한 침이 튀어나왔다. 맨투맨을 잡아당기며 번호표를 꽂기 위해 노력 중일 때였다.

"도와줄까요?"

옆에 앉아 있던 누군가가 손을 뻗어 왔다. 재겸이 흠칫하며 고개를 돌렸다. 샛노랗게 머리를 탈색하고 귀에 주렁주렁 피어싱을 매단 남자는 재겸과 비슷한 또래처럼 보였다. 재겸이 뭐라 말하기도 전에 탈색남은 야무진 손길로 번호표를 달아 주었다. 재겸이 멀뚱히 가슴팍을 내려다볼 때였다.

"저는 76번. 그쪽은 77번. 성격이 좀 칠칠치 못하신 편인가 봐요?"

탈색남은 자신의 번호표를 가리키며 속삭였다.

"……."

재겸이 험악한 얼굴로 탈색남을 노려보았다. 탈색남이 멋쩍은 낯으로 귓바퀴를 매만졌다. 정, 정색 오지네…. 탈색남이 화제를 바꿔 물었다.

"몇 살인지 물어봐도 돼요?"

재겸이 앞을 바라본 채 입을 열었다.

"아뇨."

무심한 대꾸에 탈색남이 당황한 표정을 짓는가 싶더니, 갑자기 킥킥 웃기 시작했다. 진심으로 말한 것이었으나 탈색남은 재겸이 농담으로 받아친 것이라 생각하는 모양이었다. 재겸이 슬쩍 인상을 쓸 때였다.

회의실 앞문이 벌컥 열리며 누군가 걸어 들어왔다.

조용하던 응시생들이 술렁거리기 시작했다. 반듯하게 슈트를 차려입은 나자는 옷차림과 어울리지 않게 맨발에 슬리퍼를 신고 있었다. 삭, 삭, 슬리퍼를 질질 끌어 가며 회의실 앞에 선 나자가 허리에 양손을 짚었다.

"안녀엉, 애기들아."

눈앞의 나자는 30대 중반 정도의 나이로 보이는 여성이었다. 응시생 가운데 그보다 연배가 높은 사람도 여럿 있었는데도 거침없는 반말에, 모두를 싸잡아서 '애기들'이라고 부르고 있었다. 누군가에겐 기분이 나쁠 법한 태도였으나, 회의실에 앉은 그 누구도 지적할 엄두를 내지 못했다.

"1단계 시험 감독관, 암행부 심기정이다."

심기정은 허스키한 목소리의 소유자였다. 머리는 거의 반삭 수준으로 짧았고, 입술에 어두운 보라색 립스틱을 발라서 아주 강렬한 인상을 주었다. 난해한 카리스마가 흘러넘치는 모습에 모든 응시생들이 일순 압도되었다.

"이제 시험 시작할 건데, 먼저 주의 사항부터 말해 줄게. 애기들. 딴짓하다가 못 듣고 나중에 질문하면 호온나. 나는 두 번 말하는 걸 제일 싫어해."

심기정이 짧은 머리를 긁적이며 말했다.

"우선, 1차는 블라인드 테스트가 원칙이다. 이름 대신에 번호로 호명하니까 자기 번호 똑바로 봐 둬라. 그리고 여기엔 2년 구른 초라니도 있고 추천 입청자도 있을 텐데, 특히 추천 입청자들. '나 누구 빽이야.' 입 털지 말아라. 인적 사항 까발리면 바로 탈락이야. 시험 형평성에 어긋나니까."

박력 넘치는 경고에 응시생들이 겁먹은 표정을 지었다. 윤태희를 빽으로 둔 재겸은 무념무상이었다. 시선을 내려 번호표를 한 번 더 확인했다.

칠칠찮은 칠칠이. 외워야지.

"테스트는 총 3단계로 이루어진다. 1단계는 눈이 제대로 트였는지, 2단계는 귀감이 확실히 열렸는지, 3단계는 귀기를 얼마나 능숙하게 다루는지를 본다. 각 단계마다 기준 미달인 애기들은 저쪽, 뒷문 보이지? 저거 열고 나가서 그대로 집에 가면 된다. 여기까지. 그밖에 질문 있는 애기 있니?"

"……."

"……."

"……."

애기들은 침을 꼴깍 삼키며 눈치만 봤다.

"없니? 그럼, 애기들아, 다들 앞에 종이컵 하나씩 있지? 원샷 해."

 눈치를 살피던 응시생들이 하나둘씩 쭈뼛거리며 컵을 들어 올렸다. 이게 뭐지… 잠시 컵을 들여다보던 재겸은 일단 시키는 대로 하기로 했다. 망설임 없이 초록색 액체를 들이켰다. 풀 냄새가 나면서 씁쓸한 맛이 났다. 힐끔 옆을 보니 탈색남은 코를 틀어쥐고 쩔쩔매는 중이었다. 힘들게 음료를 마시는 것을 보니 음료의 정체를 알 수 없어 두려운 모양이다.

"다 마셨니? 그럼 1단계 시작한다."

 고개를 쭉 빼고 컵이 비었는지 훑어보던 심기정이 그대로 뒤를 돌았다. 심기정은 회의실 앞, 전면에 매달려 있던 커다란 암막 천을 단숨에 벗겨 냈다. 천을 거두자 새하얀 스크린이 훤히 드러났다. 새것처럼 백지상태 그대로였다.

"거기, 너. 13번 애기. 여기에 뭐가 보여?"

 심기정이 앞쪽에 앉아 있던 응시생을 가리키며 말했다.

"저, 저요? 아… 아무것도 안 보입니다."

"저 뒤에 56번 애기, 넌 뭐가 보이니?"

"저, 저도 아무것도 안 보이는데…."

 심기정이 고개를 끄덕이며 바지 주머니에 손을 꽂았다.

"좋아, 그럼 첫째 줄. 1번 애기부터 10번 애기까지 나와."

 심기정의 명령에 따라 응시생들이 자리에서 일어나 앞으로 나왔다. 번호 순서에 맞춰 일렬종대로 늘어서자 심기정이 "더 가까이." 하며 손가락을 까딱거렸다. 응시생들이 눈치를 보며 스크린을 향해 한 발짝 다가갔다.

"바닥에 마스킹 테이프 붙여 놓은 거 있지? 그거 밟고 서."

심기정의 말대로, 바닥에는 마치 금을 그어 놓은 것처럼 마스킹 테이프가 붙어 있었다. 응시생들이 열을 맞춰 마스킹 테이프를 밟는 순간이었다. 그중 몇 명이 탄성을 흘렸다. 테이프를 밟고 서자마자 하얗기만 하던 스크린에 거짓말처럼 선명한 화질의 사진 한 장이 떠올랐다.

"어때, 이제 보이지?"

심기정이 테이블 한쪽에 털썩 올라앉았다.

"차례대로 꽃이 몇 송이 보이는지 말해 봐. 이게 1단계다. 눈이 트인 정도에 따라서 누군 꽃이 적게 보일 수도, 누군 많게 보일 수도 있어."

뒤쪽에 앉아 있던 응시생들이 웅성거리기 시작했다. 이들에겐 아무것도 보이지 않았기 때문이다. 오직 마스킹 테이프를 밟고 선 열 명의 눈에만 스크린 속 사진이 보였다. 사진 안에는 푸르른 초원이 펼쳐져 있었다.

"뻥 치면 호온나. 보이는 대로만 말하는 거야."

심기정이 보라색 입술을 달싹이며 턱짓을 했다.

"자, 그럼 1번 애기부터. 몇 송이?"

"여섯 송이가 보입니다."

1번 응시생이 차렷 자세로 말했다. 심기정이 엄지와 중지를 부딪쳐 딱, 소리를 냈다. 그러자 1번 응시생의 가슴팍에 매

달려 있던 번호표가 파란색으로 바뀌었다. 1번 응시생이 숨을 들이켜며 믿기지 않는다는 눈으로 번호표를 쳐다보았다.

"좋아, 다음. 2번 애기는?"

"한, 한 송이요…."

2번 응시생이 기어들어 가는 목소리로 대답했다. 이번에도 심기정은 똑같이 손을 놀렸다. 2번 응시생의 번호표는 빨간색으로 바뀌었다. 심기정은 순서대로 답변을 받아 냈다. 최소 한 송이에서 최대 여덟 송이까지 다양한 숫자가 나왔다. 바뀐 번호표의 색깔은 빨간색과 파란색, 두 종류였다.

순식간에 첫 번째 줄의 차례가 끝났다. 심기정은 두 번째 줄을 호명했다. 뒤에 앉은 재겸은 대체 이게 무슨 상황인가 싶었다. 아무리 눈에 힘을 줘 봐도 스크린은 새하얗기만 했다.

저 앞에 서야만 뭔가 보이는 모양인데….

그때, 옆에 앉아 있던 탈색남이 소곤소곤 말을 걸어왔다.

"색깔로 분류를 하는 걸 보면, 의미가 있는 것 같지?"

탈색남은 어느새 메모지를 꺼내서 기록을 하고 있었다. 응시생이 몇 송이라고 대답을 했고, 그에 무슨 색을 받았는지 일일이 체크를 하고 있었다.

"가만 보니까 네 송이를 기준으로 색깔이 나뉘는 것 같아. 네 송이 이하는 전부 빨간색을 받았고, 네 송이가 넘어가면 전부 파란색을 받았어."

탈색남이 진지한 얼굴로 메모지에 정리한 내용을 가리켰다.

생긴 거랑 다르게 의외로 꼼꼼하네…. 메모지와 탈색남을 번갈아 바라보던 재겸이 슬쩍 입을 열었다.

"그럼 빨간색이 탈락이야?"

탈색남이 고개를 끄덕거렸다.

"그렇지 않을까? 빨간색은 불길한 색이니까."

"빨간색이 왜 불길해? 딸기도 빨간색인데."

"……."

그럼 딸기도 불길하겠네. 재겸이 진지하게 의문을 표하자, 탈색남이 말없이 눈을 끔뻑거렸다. 아니, 갑자기 딸기가 여기서 왜 나와? 잠시 피어싱을 만지작거리던 탈색남이 "근데 말야." 하며 재겸을 유심히 바라보았다.

"너 왜 나한테 말 놔?"

"네가 먼저 말 놨잖아."

탈색남은 잠시 말문이 막혔다. 그야 한눈에 봐도 네가 나보다 어려 보이니까…. 재겸은 탈색남에게 가차 없이 굴었다. 강이빈처럼 같은 팀이 될 것도 아니거니와, 같은 성별이므로 어려울 이유도 없기 때문이었다. 게다가 나례청에 들어온 목적을 잊지 말아야 한다. 계속 상기해야 한다. 딱히 필요한 경우가 아니라면, 재겸은 이곳에서 연을 맺을 생각이 없었다.

"너 고등학생 아니야?"

재겸은 묵비권을 행사했다. 며칠 전엔 고등학생이었지만 지금은 아니야, 하고 사실대로 말했다간 귀찮은 질문이 따라붙을 게 뻔했다. 재겸의 침묵을 긍정의 의미로 받아들인 것인지, 탈색남이 말을 덧붙였다.

"나는 대학 다니는데."

"그래? 열심히 다녀."

재겸의 무성의한 응원에 탈색남이 벙찐 얼굴을 했다. 뭐 이런 녀석이…. '나이 어린 귀재는 사회성이 떨어진다.'는 소리는 꼰대들이나 하는 말인 줄 알았는데…. 직접 눈으로 보니 이제야 이해가 가려고 했다. 나도 10대 때 저랬었나? 그래도 저 정도는 아니었던 것 같은데….

"그으래, 뭐. 한두 살 차이야 친구지…."

탈색남은 편견 없이 재겸을 받아들이기로 했다. 일단은 같이 시험에 통과하면 동기가 될 사이였으니, 서로 좋게 좋게 지내는 편이 나으리라는 판단에서였다. 탈색남은 마음가짐을 너그러이 가진 뒤, 다시 메모장을 끄적거리기 시작했다.

"여튼, 내 추측은 꽃이 적게 보이면 탈락인 것 같아."

이러한 결론을 내린 것은 탈색남뿐만이 아니었다. 다들 생각하는 게 비슷하기 마련이었다. 어느덧 순서가 돌아서 시험은 30번대까지 진행이 되어 있었다. 빨간색을 받은 응시생들은 하나같이 탈락을 예감하고 절망적인 낯을 하고 있었다. 반면에 파란색을 받은 응시생들은 미소가 가득했다.

"다음. 38번 애기, 몇 송이?"

38번 응시생은 하얗게 질려 말이 없었다. 초조한 빛을 띠고 있는 눈동자가 흔들리고 있었다. 잠시 대답을 기다리던 심기정이 시니컬하게 물었다.

"혹시 꽃이 너무 많이 보여서, 아직까지 세고 있는 거니?"

38번 응시생이 침을 꿀꺽 삼켰다.

"일곱, 일곱 송이가 보입니다…."

심기정이 팔짱을 낀 채 응시생을 뚫어져라 바라볼 때였다. 차렷 자세로 서 있던 38번 응시생이 갑자기 펄쩍 뛰어올랐다.

"으악!"

난데없는 비명이 울려 퍼졌다. 뭐지? 재겸과 탈색남이 서로 시선을 주고받을 때였다.

"간지러워, 으으, 너무 간지러워요!"

38번 응시생이 소리를 지르며 회의실 안을 뛰어다니기 시작했다. 아까까지만 해도 멀쩡하더니, 온몸에 붉은 두드러기가 올라와 있었다. 너무 간지러워서 가만히 있는 것조차 불가능할 지경이었다. 그는 소리를 꽥꽥 질러 가며 몸을 벅벅 긁어 댔다. 그러자 심기정이 몸을 일으켰다.

보라색 입술에서 음산한 목소리가 흘러나왔다.

"애기야, 뻥치면 혼난다고 했지."

심기정이 손가락을 딱, 부딪쳤다. 그러자 38번 응시생의 번호표가 새까맣게 변했다. 빨간색도 파란색도 아닌, 검은색이었다. 번호표가 검은색으로 변하자마자 회의실의 앞문이 열리더니 피곤해 보이는 남자가 들어왔다. 남자는 후아암, 하품을 하며 회의실 안을 뛰어다니던 38번 응시생을 붙잡았다.

"38번 응시생, 1단계 실격입니다."

나자가 피곤해하는 얼굴로 응시생을 질질 끌고 나갔다.

"……."

"……."

"……."

회의실의 분위기가 싸늘하게 얼어붙었다.

"봤지? 애기들, 뻥치면 저렇게 된다."

심기정이 다시 테이블에 엉덩이를 붙였다.

"아까 원샷 한 물 있지? 그거 마셔서 그래. 대충 거짓말 탐지기랑 비슷한 원리라고 보면 돼. 땀, 맥박, 호흡, 혈압. 생리적인 변화가 일시에 급격하게 일어나면 두드러기가 올라오게 되어 있어. 물론, 오줌 싸면 끝이지만."

정화부에서 공수한 액체는 각종 약초와 버섯을 우려서 만든 것이었다. 심기정의 설명에 재겸이 눈가를 구겼다. 38번 응시생은 꽃이 적게 보이자 빨간색을 받을 것을 예감하고 탈락을 피하려 거짓말을 한 모양이었다.

"시험 결과를 떠나서 자기 자신을 믿지 못하는 애기는 이곳에 있을 자격이 없다. 애기들아, 너네는 지금껏 눈에 보이는 걸 보이지 않는다고 속이며 살아오지 않았니. 여기선 그러지 마라. 나자라면 배짱이 있어야지."

심기정이 허스키한 목소리로 호령했다. "자, 다음!" 시험이 재개되었다. 그에 상황을 주시하던 탈색남이 고개를 젓더니, 재겸에게 귓속말을 했다.

"어쩐지, 대체 뭘 믿고 보이는 대로 말하도록 두나 했어."

탈색남이 피어싱을 만지작거리며 말을 덧붙였다.

"응시생들 모두가 지켜보는데 휜히 결과를 보여 주는 게 이상하다 싶었어. 마음만 먹으면 가짜로 꾸며 낼 수 있을 텐데, 이렇게 허술하진 않을 것 같았지. 이미 나름의 장치를 해 둔 거였어. 역시, 호락호락하지 않다니까."

귀를 기울이던 재겸이 못마땅한 얼굴로 턱을 괴었다.

하여튼, 나자들은….

그럴 거면 미리 말을 해 주든가. 역시 음침하다. 무슨 사람 시험하는 것도 아니고. 아, 시험하는 거 맞구나…. 아무튼. 사람을 가지고 노는 것도 아니고. 하나같이 마음에 안 든다.

재겸은 38번 응시생이 여러모로 안됐다고 생각했다.

· ✦ ·

이후 시험은 순조롭게 진행되었다.

빨간색과 파란색, 번호표에 각각 다른 색깔을 받은 비율은 정확히 반반이었다. 1단계 시험에서 응시생 절반이 탈락하게 된다는 것을 짐작할 수 있었다. 윤태희는 '통과 의례'라고 쉽게 단언했으나, 서툰 귀재들에겐 문턱이 꽤 높게 느껴졌다.

어느덧 순서는 돌고 돌아 재겸의 차례였다.

"자, 다음! 맨 마지막 줄 나와."

으아. 떨리네…. 탈색남이 심호흡을 하며 자리에서 일어났다. 제일 끝 번호인 재겸은 탈색남의 뒤를 졸졸 따랐다. "꼭 붙자." 정렬하던 탈색남이 주먹을 불끈 쥐어 보이며 속삭였다. 재겸이 말없이 고개를 끄덕거렸다.

"77번 애기가 끝이니? 마지막 줄은 일곱 명이네."

심기정이 손가락을 까딱거렸다. 스크린 앞에 일렬로 선 70번대 응시자들이 한 보 전진하며 바닥에 붙여 놓은 마스킹 테이프를 동시에 밟았다. 금을 제대로 밟았는지 발치를 내려다보던 재겸이 천천히 고개를 들었다.

"……."

시선이 스크린에 닿는 순간이었다. 재겸의 낯이 딱딱히 굳었다. 뒤에 앉아 있을 땐 하얗게만 보이던 스크린에 선명한 화질이 떠올랐다. 놀란 건 옆에 서 있던 탈색남도 마찬가지였다. 하지만 태평하게 감탄하고 있을 시간이 없었다. 탈색남이 빠르게 스크린을 훑기 시작했다.

"그럼, 71번 애기부터 차례대로 간다."

심기정이 바지 주머니에 손을 꽂은 채 턱짓을 했다.

"다 셌어? 몇 송이?"

응시생들이 대답을 하기 시작했다.

"다섯 송이가 보입니다."

71번 응시생이 웃으며 말했다.

"…세 송이가 보입니다."

72번 응시생은 고개를 숙였다.

"일곱 송이가 보입니다."

73번 응시생은 어깨를 폈다.

심기정이 부지런히 손을 놀렸다. 번호표의 색깔이 하나둘씩 바뀌어 나갔고, 그때마다 희비가 교차했다. 마침내 76번 탈색남의 차례가 왔다. 탈색남은 실망한 기색이 역력했다.

탈색남은 대답을 주저하며 입술을 깨무는가 싶더니,

"한, 한 송이…."

결국 말을 잇지 못하고 고개를 떨궜다. 심기정이 자비 없이 손가락을 튕겼다. 탈색남의 번호표가 빨간색으로 변했다. 그에 재겸이 당황한 표정으로 탈색남을 쳐다볼 때였다. 심기정이 고개를 까딱거렸다.

"마지막. 77번 애기."

재겸이 흠칫하며 황급히 스크린에 시선을 던졌다. 재겸의 눈동자가 사진 속의 푸른 초원을 빠르게 스캔했다. 몇 번을 다시 봐도 똑같을 뿐이다. 눈을 비벼 보기도 하고, 꾹 감았다 떠 보기도 했지만 보이는 것에는 변함이 없었다.

"……."

재겸은 한동안 입을 열지 못했다. 눈빛이 사정없이 흔들리고 있었다. 회의실에 정적이 감돌았다. 모두가 재겸을 바라보고 있었다. 실망한 얼굴로 고개를 숙이고 있던 탈색남도 눈을 들어 힐끔, 재겸을 바라보았다.

"애기야, 너도 꽃이 너무 많아서, 아직 세는 중이니?"

38번 응시생에게 농담처럼 했던 질문이, 이번엔 재겸을 향해 날아들었다. 등골로 식은땀이 흘렀다. 왜 38번 응시생이 그런 선택을 했는지 살짝 알 것도 같다. 이어지는 침묵에 심기정이 손목시계를 확인할 때였다.

"꽃… 한 송이도 안 보이는데요…."

결국 재겸이 사실대로 털어놓았다.

꽃이 많아서 세는 중이냐고? 아니, 오히려 정반대였다. 눈을 씻고 찾아봐도 꽃이라고는 단 한 송이조차도 보이지 않았다. 정말이지 봐도 봐도 믿을 수가 없었다. 다들 짜고 치는 것이 아닌지 의심이 될 정도였다.

재겸의 대답에 회의실 안이 소란스러워졌다. 여태껏 꽃이 한 송이도 보이지 않는다고 말한 사람은 재겸이 유일했다. 모든 대답은 한 송이에서 여덟 송이 안에서 나왔다.

재겸은 당연히 제 눈에 여덟 송이가 보일 줄 알고 있었다. 아니면 그보다 더 많거나. 내가 눈이 트이지 않았을 리가 없잖아…. 그런데 설마 꽃이 보이지 않을 거라고는 상상도 못 했다. 심지어 탈색남도 한 송이는 찾아냈다.

"한 송이도 안 보인다?"

심기정이 재겸을 빤히 바라보는가 싶더니, 이내 손을 딱 부딪쳤다. 그러자 재겸의 번호표가 빨간색으로 변했다. 색깔을 확인한 재겸은 기가 막혔다.

내가 탈락이라고? 너네가 뭔데? 찌끄래기 나부랭이 새끼들이….

재겸은 주먹을 부들거리며 스크린을 노려보았다.

"오케이, 1단계 끝. 다들 자리로 돌아가."

일렬로 서 있던 마지막 응시생들이 하나둘씩 대열을 이탈했다. 그러나 재겸은 하도 기가 막혀서 도무지 발길이 떨어지질 않았다. 나례청을 부수려면 나자가 되어야 한다. 여기서 떨어질 리도 없고, 떨어져서도 안 됐다. 재겸은 갑자기 윤태희의 멱살을 잡고 싶었다. 그냥 통과 의례라고 했는데 어떻게 이런 일이… 설마, 또 속은 건가? 또 날 농락했구나. 이 씹새끼를 그냥….

"가자, 칠칠아…."

넋이 나간 얼굴로 그 자리에 그대로 못 박힌 재겸을, 탈색남이 기운 없이 이끌었다. 재겸이 씨근거리며 뒤를 따라갔다. 탈색남이 한숨을 푹 쉬며 속삭였다.

"재시험 치면 되지. 괜찮아."

재겸이 쏘아붙였다.

"너나 쳐."

얼마 전만 해도 나자가 되는 걸 싫어했는데, 사람 일은 정말 모르는 거다. 설마 나자가 되고 싶어도 될 수 없는 입장이 되리라고는 꿈에도 몰랐다.

"칠칠아, 근데 너, 이 정도면 그냥 범인 아닐까."

그때, 탈색남이 조그만 목소리로 소곤거렸다.

"그니까, 내 말은… 범인이나 다름없으면 굳이 이렇게 험한 바닥에 있을 이유가 없으니까. 꽃 한 송이도 보이지 않을 정도면 눈이 닫힌…."

탈색남을 따라 자리로 돌아가던 재겸이 그 자리에 걸음을 멈췄다.

"야, 내가… 진짜 어이가 없어서…."

살다 살다 그런 소린 처음 듣는다. 탈색남은 나름대로 속 깊은 조언이랍시고 꺼낸 말이었지만, 재겸은 너무 어이가 없어서 웃음이 나올 지경이었다. 범인이면 내가 이렇게 살고 있겠냐? 나도 그랬으면 좋겠다.

"그래. 내 꽃은 사슴이 다 뜯어 먹었나 보다."

재겸이 씩씩거리며 중얼거렸다. 그에 탈색남이 이해한다는 듯이 재겸을 달래며 어깨를 토닥거려 주었다. 재겸이 탈색남의 손을 치울 때였다.

"잠깐, 거기 노란 옷 애기야."

심기정이 자리로 돌아가는 재겸을 멈춰 세웠다. 재겸과 탈색남이 움찔하며 뒤를 돌아보았다. 테이블에 앉아 있던 심기정이 몸을 천천히 일으켰다.

"너 방금 뭐라 그랬니?"

심기정이 슬리퍼를 찍찍 끌며 다가왔다.

"뭐, 뭐가, 요…?"

"방금 뭐라 그랬냐고. 다시 말해 봐."

"내가 진짜 어이가 없어서…."

재겸이 불퉁한 표정으로 시선을 내리며 대꾸했다.

"아니, 그거 말고, 마지막에."

"내 꽃은 사슴이 뜯어 먹었다."

심기정이 낯을 굳히며 눈을 가늘게 떴다. 회의실 안에 이상한 긴장감이 흘렀다. 둘 사이에 낀 탈색남이 가만히 눈치를 살필 때였다. 심기정이 갑자기 재겸의 팔을 확 잡아 이끌었다. 재겸이 휘청거리며 끌려갔다.

"뭐가 보이니."

재겸은 다시 마스킹 테이프를 밟고 서 있었다.

"말해 봐."

심기정이 보라색 입술을 달싹였다. 모두가 재겸을 바라보고 있었다. 난데없는 상황에 멀뚱하게 서 있던 재겸이 심기정을 한 번, 스크린을 한 번, 번갈아 응시했다.

"꽃 없다고요."

뽀로통한 대꾸에 심기정이 팔짱을 끼며 말했다.

"꽃 말고. 보이는 걸 전부 말해 봐."

재겸이 힐끔, 스크린을 쳐다보았다.

"사슴이 보여요."

심기정의 눈이 커다랗게 뜨였다.
 재겸의 대답에 회의실 안이 눈에 띄게 술렁거리기 시작했다. 응시생들이 웅성거리는 목소리가 들려왔다. 뭐래요, 사슴이 보인다는데요, 난 못 봤는데, 저도 못 봤어요. 꽃밖에 없었는데, 관심 끌려고 저러는 거 아닌가요….
 "시끄러워. 애기들, 입 다물어라."
 심기정이 응시생들을 향해 싸늘한 목소리로 경고를 했다. 수군대던 응시생들의 목소리가 뚝 그쳤다. 심기정이 다시 재겸에게 시선을 던졌다.
 "어떤 사슴? 더 자세히 설명해 봐."
 "몸통에 하얀 점이 있어요. 한 마리는 암컷이고, 한 마리는 뿔이 달린 걸 보니 수컷이네, 요. 암컷은 앉아 있는데 수컷은 서 있어요."
 "……"
 "……"
 "……"
 회의실에 깊은 침묵이 내려앉았다.
 "왜… 왜 그러는데요?"
 재겸이 미심쩍은 눈으로 주변을 둘러보았다. 분위기가 이상했다. 사슴은 다 보이는 거 아니었어…?
 "왜 말하지 않았니? 사슴이 보인다고."
 재겸이 심드렁하게 대꾸했다.

"꽃이 몇 송이 있느냐고 물었잖아요."

마침내 심기정의 보라색 입술이 씩, 휘어졌다.

"하!"

심기정이 미소를 지으며 뒤를 돌았다. 탈색남은 이게 당최 무슨 일인가, 하는 눈으로 상황 파악에 힘을 쓰고 있었다.

그때, 심기정이 대뜸 손뼉을 마주쳐 짝 소리를 냈다.

"어어…?"

순식간이었다. 응시생들의 번호표에 변화가 일어났다. 꽃이 적게 보인다고 하여 빨간색을 받은 번호표는 변함없이 그대로였다. 하지만 꽃이 많이 보인다고 답하여 파란색을 받은 번호표는 전부 다른 색으로 뒤바뀌었다.

"파란색 받은 애기들은, 눈 더 뜨이면 와."

아까 전에 실격당한 38번 응시생과 똑같이 새까만 검은색이었다.

"……."

"……."

"……."

검은색 번호표를 내려다보는 응시생들은 뒤통수를 얻어맞은 것 같은 표정을 하고 있었다. 심기정의 말이 끝나자마자 뒷문이 활짝 열렸다. 복도에 서 있던 피곤해 보이는 남자가 한 발자국 들어섰다.

"수고하셨습니다."

나자는 하품을 쩍쩍하며 인사말을 건네더니, 빨리 나오라는 듯이 휙휙 손짓을 해 보였다.

"저, 그, 그럼, 빨간색이 합격인가요?"

예상을 뒤엎는 결과에 탈색남이 당황한 얼굴로 물었다.

"그렇지. 파란색은 1단계 탈락이야."

합격이라고?! 재겸의 눈이 휘둥그레졌을 때였다.

"빨간색 받은 애기들은 2단계로 넘어간다. 꽃이 적게 보이면 적게 보일수록 눈이 좋은 거야."

심기정은 허스키한 목소리로 스크린에 떠오른 이미지에 대해 설명을 해 주었다. 한 송이를 발견한 탈색남도 선방을 한 셈이다. 탈색남의 얼굴이 달처럼 환해졌다.

"우아! 칠칠아! 대박!"

탈색남이 뛸 듯이 기뻐하며 하이 파이브를 신청했다. 그러나 재겸은 고개를 돌려 스크린을 보고 있었기 때문에 탈색남의 하이 파이브는 싹둑 무시를 당했다. 크흠…. 그에 탈색남은 자연스럽게 손을 거두며 박수를 쳐 댔다.

역시, 뭔가 이상하다 싶었다. 탈락일 리가 없지….

재겸은 번호표를 만지작거렸다. 뭐야, 괜히 열 냈네. 당연히 통과하겠거니 콧방귀를 뀌며 마음 놓고 있었다가, 그다음엔 설마설마 탈락인 줄 알았다가, 그렇게 돌고 돌아서 통과했다는 사실을 알았다. 그래서일까? 재겸은 묘하게 기뻤다. 과연, 윤태희가 통과 의례라고 말한 데는 이유가 있었다. 처음부터 그 말을 믿었으면 됐는데, 괜히 빨간색이 뭐니 파란색이 뭐니 하는 말에 휩쓸리고 말았다.

"이, 이게 어떻게 된 일이죠?"

그때, 파란색에서 검은색으로 변한 번호표를 매달고 있던 응시생이 다급하게 말했다. 당연히 합격이라고 생각했는데, 예상과는 정반대의 결과가 나와서 이해가 되지 않는다는 표정이었다.

"파란색이 합격이어야 되는 거 아닙니까? 눈이 뜨인 만큼 보이는 게 다르다고 했잖아요. 그럼 당연히 많이 보여야 좋은 거 아닌가요?"

응시생이 황당하다는 얼굴로 항의를 했다.

"나는 많이 보여야 좋은 거라고 말한 적 없는데?"

"네? 하, 하지만! 그럼 왜 파란색을 주신 거예요? 파란색은 긍정적인 색이고, 빨간색은 불길한 의미가 담긴 색이잖아요. 왜 사람을 착각하게…."

응시생의 말을 끊고, 심기정의 눈은 느리게 떴다.

"애기야, 그건 사람마다 다른 거지."

심기정이 자신의 까까머리를 슥슥 매만지며 덧붙였다.

"빨간색이 왜 불길해? 나한테 빨간색은 정열의 색인데? 게다가 이 바닥은 얼마든지 상식이 뒤틀리는 곳이야. 애기는 선입견부터 깨는 게 좋겠다."

심기정이 정색을 하며 말했다. 옆에 서 있던 재겸이 고개를 돌려 탈색남을 바라보았다.

"들었냐? 딸기는 불길하지 않아."

그에 탈색남이 황당하다는 눈빛을 했다.

아니, 그러니까 아까부터 딸기가 대체 왜 나오는 건데….

"77번 애기야, 잠깐 나 좀 봐."

탈락자들이 회의실을 털레털레 빠져나가는 사이, 심기정은 슬리퍼를 끌며 재겸에게 가까이 다가왔다. 재겸은 아직도 마스킹 테이프를 밟고 서 있었다.

"애기는 이름이 뭐니? 추천 입청자, 맞지?"

심기정은 팔짱을 끼고 재겸을 빤히 쳐다보았다.

"누구 추천이지?"

대꾸를 하려던 재겸이 문득 입을 다물었다.

인적 사항을 밝히지 말라고 분명히 주의를 줘 놓곤, 심기정은 마치 시험이 끝나기라도 한 것처럼 신상을 물어 왔다. 대답하면 탈락시키는 거 아냐? 엉뚱한 의구심이 번뜩 솟아오른 재겸이 말없이 눈을 치켜떴다. 재겸의 경계를 알아차린 심기정이 혀를 차며 웃음을 흘렸다.

"꽃이 아예 보이지 않는다니 제법이라고 생각했는데…."

심기정은 재밌다는 눈으로 재겸을 바라보았다. 삐뚤빼뚤한 앞머리에 노란색 맨투맨을 입은 소년은 까칠하면서도 평범해 보였다.

"꽃이 보이지 않는다는 애기는 백 명 중 한두 명꼴로 있어.

꽃이 하나도 안 보인다는 건 완벽한 눈을 가졌다는 건데, 이 정도면 타고난 거지."

담백한 칭찬에 재겸이 볼을 긁적거리며 시선을 피했다.

"근데 설마 사슴까지 봤을 줄은, 나 깜짝 놀랐어."

심기정이 까슬까슬한 머리를 매만지며 중얼거렸다.

"사슴을 보는 애기는 몇 년에 한 번 나올까 말까야. 난 시험 감독관 한 지 올해로 3년째인데 사슴을 봤다는 건 77번 애기가 처음이니까. 수십 년 동안 사슴을 봤다는 사람은 나례청 통틀어 한 스무 명 정도 되려나…."

회의실 안에 있던 1단계 통과자들의 눈이 휘둥그레졌다. 이목이 집중되었다. 감탄하는 시선, 신기해하는 시선, 부러워하는 시선, 다양한 시선들이 재겸에게로 따갑게 박혀 들고 있었다.

"저, 저기, 말씀 중에 실례지만…."

그때, 탈색남이 눈치를 보며 손을 들었다.

"사슴이 보인다는 게 어떤 의미죠?"

심기정의 시선이 스크린으로 향했다.

"저 사진은 특별한 사진이야. 사진 속의 사슴은 평범한 사람에겐 보이지 않는 영물이었는데, 저 장소를 좋아했지. 사슴은 오래전에 죽었어. 실제 사진에는 사슴이 찍혀 있지 않아. 77번 애기는 사슴의 잔상을 본 거야."

심기정의 눈에는 사슴의 희미한 그림자만 보였다. 사슴 두

마리가 있다는 사실은 알았지만 사슴의 무늬나 자세, 상세한 형태는 보이지 않았다. 이마저도 시험을 치르는 응시생의 입장이었을 때는 보이지 않았고, 꽃 한 송이만 보였다. 하지만 77번은 정확하고 구체적인 묘사를 했다.

"잔상을 볼 정도가 되려면 눈이 완벽히 트여 있어야 해. 그리고 귀신을 듣고 보는 것만이 아니라 아예 만질 수도 있어야 하고. 이건 귀감이 열려 있어야 한다는 얘기야. 가지고 있는 귀기의 그릇이 커야 하고."

이어지는 설명에 탈색남이 얼떨떨한 낯으로 재겸을 바라보았다. 딸기 얘기나 하던 칠칠이가 갑자기 대단해 보였다. 재겸은 심드렁한 표정으로 애먼 번호표만 만지작거릴 따름이었다.

뭐 이 정도 가지고… 흠….

"아마 77번 애기처럼 어린 나이에 선명하게 사슴을 본 사람은, 10년 전 이후로 처음일 거다. 음, 축역부에 윤태희 수석님이라고 계시는데."

보라색 입술에서 흘러나온 이름 석 자에, 재겸이 저도 모르게 고개를 들었다. 윤태희도 나랑 같은 걸 봤구나. 그렇게 생각하니 왠지 감회가 묘하다. 재겸이 홀린 듯이 스크린을 다시 바라볼 때였다. 심기정이 미소를 지으며 재겸의 어깨에 손을 얹었다.

"나중에 만나게 되면, 애기야, 너도 사슴 봤다고 말해 봐. 아마 반가워하실 거야. 얼굴 보기 힘든 분이라 만나기 어렵겠지만? 혹시 기회가 되면은."

말을 마친 심기정은 검지를 들더니 재겸의 가슴팍에 매달린 빨간 번호표를 톡, 건드렸다. 그러자 번호표의 색깔이 변했다. 탈색남을 비롯한 이들이 어리둥절한 표정을 지었다. 바뀐 색깔은 눈부신 황금색이었다.

"이게 뭐, 뭐예요."

재겸이 멈칫하며 번호표를 내려다볼 때였다.

"설명했듯이 사슴의 잔상을 봤다는 건 귀감도 열려 있고, 귀기의 그릇도 훌륭하다는 거야. 물론 귀기를 다루는 게 미숙하다고 해도, 그건 훈련하면 될 일이고, 애기가 떨어지면 본청도 손해거든. 그래서 사슴을 본 사람은 그대로 1차 시험에서 합격시켜. 우리끼리 우스갯소리로 골드 패스라고 해. 나도 써 먹는 날이 오네."

골드 패스? 심기정의 말을 이해하지 못한 재겸이 탈색남에게 시선을 던졌다. 탈색남은 영 우스꽝스러운 표정을 짓고 있었다.

"77번 애기는 2단계, 3단계 면제야."

때 이른 합격자의 출현에 회의실이 발칵 뒤집어졌다.

"1등으로 수습 나자가 된 걸 축하해."

통과 의례. 실로 윤태희의 말 그대로였다.

3장

2단계에서는 제구부 나자가 감독관으로 참여했다.

시험 내용은 안이 보이지 않는 항아리에 손을 넣고 잡히는 공을 꺼내는 것이었다. 1단계에선 눈이 얼마나 트였는지를 보았다면, 2단계에선 시각 외에도 다른 감각들, 즉 귀감(鬼感)이 얼마나 열려 있는지를 보았다.

귀감이 열린 정도에 따라 감각을 느끼는 범위가 달라진다. 청각, 후각, 촉각 순서대로 확장이 되었다. 이를테면 귀신을 마주할 적에 목소리를 듣고, 냄새를 맡고, 손으로 만질 수도 있게 되는 것이다. 귀감을 예리하게 벼리면 누군가의 귀기를 느끼거나 기척을 알아차리는 것도 가능했다.

항아리 속에 담긴 공은 제구부에서 제작한 물건으로, 총 세 가지의 재질로 나뉘었다. 고무와 나무, 그리고 쇠였다. 귀감이 흐린 사람의 손에는 고무 공이 만져지고, 적당히 열린 사람에겐 나무 공이, 제대로 열린 사람에겐 쇠공이 만져졌다. 2단계에선 고무 공을 꺼낸 귀재들이 탈락을 했다. 3단계에서는 부적부 나자가 감독관으로 참여했다.

3단계는 귀기를 얼마나 능숙하게 다룰 수 있는지를 확인하는 시험이었다. 그 확인 방법은 개인별로 주어진 석판에 글씨를 쓰는 것이었다. 네모난 석판에는 경전의 구절들이 한문으로 음각되어 있는데, 먹붓을 가지고 움푹 파인 글자 모양 그대로 따라 써야 했다.

시험의 관건은 먹붓에 있었다. 이 붓은 반드시 귀기를 실어야만 먹이 묻어 나오기 때문이었다. 귀기를 전혀 쓰지 않은 상태에서 붓을 써 봤자 투명한 물 자국만 날 뿐이다. 반대로 귀기가 넘쳐 나면 먹물이 줄줄 흘렀다.

과하지도, 모자라지도 않게 귀기를 싣는 것이 중요했다. 석판에 새겨진 정자 그대로 채워 쓰기 위해선 먹물의 양을 조절해야 하는데, 그러기 위해선 귀기를 익숙하게 다룰 수 있어야 했다. 3단계 탈락자들은 먹이 흐리거나, 번지거나 하여 알아보기 힘든 글씨를 쓴 이들이었다.

2단계, 3단계 시험이 진행되는 동안, 황금색 번호표를 받은 재겸은 피곤해 보이는 나자의 안내에 따라 제1 회의실로 자리를 옮겼다. 시험이 전부 끝나면 이곳에서 오리엔테이션이 있을 예정이었다.

재겸은 회의실에 덩그러니 앉아 시험이 끝나길 기다리고 있었다. 넓은 회의실 안은 재겸이 앉은 앞쪽에만 불이 켜져 있었다. 나머지 시험을 면제받은 것은 좋았으나, 할 일도 없이 가만히 앉아 있으려니 아주 지루했다.

재겸은 가슴에 메고 있던 크로스 백의 지퍼를 열었다, 닫았다 하며 의미 없는 행동을 반복했다. 그러다 문득 윤태희 생각이 났다. 강이빈의 말에 의하면 윤태희는 현재 외근 중이라고 했다. 게다가 아주 바쁘다고. 늦은 밤쯤에야 본청에 돌아올 것이며, 오늘은 얼굴 보기가 힘들 거라고 했다.

흠… 지퍼를 여닫는 재겸의 손길이 느려졌다.

잠시 눈을 굴리던 재겸이 크로스 백 안에서 휴대폰을 꺼냈다. 어쩌면 윤태희에게서 연락이 와 있을지도 모른다는 생각이 들어서였다. 이를테면 나례청에 잘 도착했냐라든가, 시험은 끝났냐라든가.

그러나 휴대폰을 확인해 보니 전화나 문자가 온 흔적은 없었다.

"……."

재겸이 입술을 만지작거렸다. 윤태희와 동료가 되었으니 이쪽 상황이 어떻게 돌아가고 있는지 알려 줄 필요가 있지 않을까. 사실 좀 심심해서 뭐라도 할 일을 만들고 싶은 마음도 있었다. 재겸은 메시지 함으로 들어갔다. 윤태희가 보냈던 메시지를 괜히 한번 쭉 읽어 보았다.

이내 재겸은 서툰 손길로 메시지를 입력하기 시작했다.

용건은 시험에 합격한 사실을 알리는 것이다. 재겸은 집중을 기울이며 글자를 차근차근 조합해 나갔다. '시험 합격했다.'라고 보낼 생각이었다. 사투 끝에 실험, 까지 완성되었을 때였다. 재겸의 손이 멈칫했다.

불현듯 심기정의 목소리가 귓가에 둥실거렸던 탓이다.

'축역부에 윤태희 수석님이라고 계시는데.'

'애기야, 너도 사슴 봤다고 말해 봐.'

그러고 보니 윤태희도 사슴을 봤다고 했었지….

심기정은 재겸의 재능을 칭찬하며 사슴을 본 사람은 나례청 통틀어 스무 명도 채 되지 않는다고 말했다. 이제 그 안에 저도 포함되는 것이다. 사슴을 봤다고 말할까? 재겸은 잠시 고민한 끝에, 실험에 멈춰 있던 글자를 원래의 목표대로 이어 나가기로 했다. 사슴을 봤다고 말하려니 왠지 살짝 쑥스러웠기 때문이다. 담백하게 용건을 전달하는 게 중요했다.

> 실험합격햇ㅅ다

꼼꼼히 작성한 메시지를 전송했다.

재겸은 테이블 위에 휴대폰을 올려 두고, 입술을 질겅거리며 답장을 기다렸다. 얼마 지나지 않아 띠링! 소리와 함께 액정이 환해졌다. 바빠서 연락할 시간도 없는 건가 싶었더니 생각보다 답장이 빨랐다.

재겸이 잽싸게 휴대폰을 주워 들었다.

> 역시… ㅎㅎ

재겸의 눈꼬리가 샐쭉 올라갔다.

"……."

달랑 이게 끝이라고? 이제 보니 바빠서 연락이 없었던 게 아니라, 구태여 따로 연락할 필요를 느끼지 못할 정도로 이쪽 상황에 태평했던 모양이다. 윤태희는 재겸의 합격을 아주 당연하게 받아들이고 있었다.

쉬운 난도이긴 했지만 그래도 1단계에서 절반이 넘게 탈락했다. 일흔 명이 넘는 사람 중에 2단계, 3단계도 면제를 받은 건 저 혼자다. 다른 누구도 아닌, 이 내가 시험에 붙어 줬는데! 그것도 아주 뛰어난 성적으로.

어쩐지, 재겸은 윤태희의 반응이 못마땅했다. 윤태희가 '역시'라는 두 글자로 가볍게 넘겨 버리자 왠지 모르게 빈정이 상했다. 쉽게 합격한 건 맞지만, 그래도 나름대로는 소소한 굴곡이 있었다고 생각했기 때문이다. 재겸은 액정을 노려보다가 메시지를 하나 더 보냈다

> 사슴도봤ㅅ다

띠링! 곧바로 말풍선 하나가 새롭게 떠올랐다.

> 섹시한데?

가만히 내용을 들여다보던 재겸이 눈썹 한쪽을 삐딱하게 들어 올렸다.

"섹시…?"

재겸은 외래어에 다소 약한 편이었다. 물론, 그렇다고 아예 무지한 것은 아니었다. 대체할 말이 없을 정도로 일상적으로 쓰이는 외래어라면 대충은 알고 있긴 했다. 이를테면 샴푸, 커피, 게임, 샤워, 핸드폰, 커플 등등.

이 정도라도 따라올 수 있었던 건 현대 사회에 완벽히 편입한 정주 덕분이었다. 현대인과 함께 생활하니 자연스럽게 습득하게 되었다. 물론, 집돌이로서 티브이 시청 경력이 쌓이며 틈틈이 주워들은 영향도 컸다. 한글이야 예전부터 언문으로 깨우쳤으니 금세 익힐 수 있었고.

그나저나, 아무리 생각해도 '섹시하다'는 말이 무슨 뜻이었는지 기억이 나질 않는다. 티브이에서 몇 번 들어 본 것 같고, 묘하게 익숙한데… 1등으로 합격했다는 얘기에 답변으로 온 것이니 아마 추켜세우는 뜻이 아닐까 싶다. 잠시 생각에 잠겼던 재겸이 문자를 입력했다.

> ㅅ색시가머야

이런저런 추측을 해 보다가 그냥 직접 물어보는 것으로 결론을 냈다. 모르는 건 죄가 아니니까. 오랜 세월을 살아왔는데도, 정말이지 배움이란 끝도 없다는 생각이 든다….

새삼 감회에 젖었던 재겸이 휴대폰을 힐끔거렸다. 방금 전까진 재깍재깍 문자가 왔는데, 이번엔 텀이 길게 이어졌다. 어두운 액정에 대고 재겸이 까칠하게 채근을 했다.

"야, 섹시가 뭐냐니까."

띠링! 5분 만에야 액정이 환해졌다. 내용을 확인한 재겸이 설핏 눈가를 구겼다.

윤태희의 답장은 이러했다.

> ㅋㅋ

질문에 대한 설명은 없고 자음 몇 개만 덩그러니 있었다. 혹시 뒤이어 답이 올까 싶어서 기다려 봤지만 이후 문자는 오지 않았다. 일전엔 외래어를 지양해 가며 일부러 우리말로 바꿔서 말하는 배려를 보여 주던 윤태희가, 이번에는 적당히 대답을 무마했다. 감이빈의 말대로 아주 바쁜 모양이었다.

· ✦ ·

1차 시험의 전 단계가 무사히 종료되었다.

"1차 시험에 합격하신 것을 축하드립니다. 5시 정각에 합격자 오리엔테이션이 시작될 예정입니다. 합격자들은 앞쪽 자리에 앉아 대기해 주세요."

제1 회의실의 앞문이 열리며 합격자들이 줄줄이 들어왔다. 테이블의 맨 앞줄에 앉아서 꾸벅꾸벅 졸고 있던 재겸이 번뜩 고개를 들었다. 아까보다 훨씬 피곤해진 기색의 나자는 버석한 공지를 남겨 놓고 그대로 사라졌다.

그때, 합격자들 틈에서 샛노란 탈색 머리가 튀어나왔다.

"칠칠아!"

탈색남은 활짝 웃으며 재겸에게 아는 척을 해 왔다.

시험에 응시한 일흔일곱 명 중 1차 합격자 스물세 명이었다. 그중엔 탈색남도 끼어 있었다. 그는 몹시 기뻐 보였다. 상기된 얼굴로 재겸을 향해 후다닥 다가오더니 마치 친구라도 되는 양 자연스레 옆자리를 차지하고 앉았다.

탈색남의 가슴팍엔 '임효문'이라는 이름이 적혀 있었다.

합격자들은 더 이상 가슴에 번호표를 지니고 있지 않았다. 번호표 대신 이름표를 매달고 있었다. 블라인드로 진행되었던 1차 시험이 끝남과 동시에 저절로 변한 것이다. 숫자가 사라진 자리엔 각자의 이름이 쓰여 있었다.

"너도 붙었냐."

재겸이 힐끔, 시선을 던지며 말했다. 탈색남이 갑자기 콧대를 틀어쥐었다. 이제 시험이 끝났으니 신상을 숨겨야 할 이유는 없었다.

"2년이 헛되지 않았어. 뜨하, 눈물 난다. 눈물 나."

탈색남은 초라니 출신이었다. 낮에는 학업을, 밤에는 수련을 하며 2년을 견뎌 냈다. 그렇게 열심히 귀기를 갈고 닦은 결과, 탈색남은 나름대로 상위권으로 첫 번째 관문을 넘을 수 있었다. 수습 나자가 되었다고 생각하니 감격이 휘몰아쳤다.

"잘됐네. 고생한 보람이 있어서."

재겸이 무심히 입을 열었다.

"우리 이제 동기 사이다, 칠칠아. 그치."

재겸이 마지못해 고개를 끄덕였다. 탈색남은 재겸의 이름을 알게 되었음에도 여전히 '칠칠이'라고 불렀다. 딱히 듣기 좋은 호칭은 아니었지만 이제 와서 참견을 하는 것도 귀찮았으므로, 재겸은 그냥 내버려 두기로 했다.

합격자들은 앞쪽 테이블에 모여 앉았다. 오리엔테이션이 시작되려면 아직 시간이 좀 남아 있었다. 시험에 지쳤을 합격자들을 위해 일부러 쉴 틈을 만들어 준 듯했다. 합격자들은 비로소 숨을 돌리고 휴식을 취했다.

모두들 긴장이 싹 풀린 상태였다. 이어지는 시험을 치르는 동안 나름대로 안면이 생겼는지라, 1단계 때만 해도 딱딱하고 서먹했던 분위기는 조금씩 옅어지고 있었다. 합격자들은 개별적으로 인사를 나누고 통성명을 했다.

그때, 눈이 길게 찢어진 남자가 일어나더니 목소리를 냈다.

"어, 여러분들? 시간도 남는데 서로 인사나 할까요?"

그의 이름은 황승수였다. 황승수는 마치 사회자라도 되는 것처럼 스크린 앞쪽으로 걸어 나왔다. 사람들 앞에 나서고 상황을 주도하는 것에 익숙해 보였다. 황승수가 미소를 지으며 합격자들을 찬찬히 훑어보았다.

"앞으로 3개월 동안은 자주 볼 사이잖아요. 각자 돌아가면서 간단하게 자기소개라도 하면 좋을 것 같은데. 어떠세요? 다들 괜찮으시죠?"

황승수는 회의실 안의 기류를 단숨에 휘어잡았다. 합격자들은 고개를 끄덕이며 동의를 표했다. 누군가 적극적으로 나서서 판을 벌여 준다면 얹혀 가는 입장에서야 편했다. 친화력이 좋은 탈색남은 "좋아요우!" 하며 크게 호응까지 했으나 딱 한 명, 재겸만은 그러든가 말든가, 하는 표정으로 무관심하게 앉아 있었다. 황승수가 자신감 넘치는 태도로 입을 열었다.

"일단 저부터 할게요. 저는 황승수라고 하고요. 추천 입청자예요. 제 친형이 축역부 선임으로 있어요. 뭐, 그래서 저도 당연히 축역부 지망하고 있네요."

황승수는 첫 타자를 자처하여 자기소개를 끝낸 뒤 손짓을 했다. "시계 방향으로 쭉 돌죠." 황승수의 리드에 따라, 옆에 앉아 있던 합격자가 쭈뼛거리며 자리에서 일어섰다. 그는 어색하게 웃으며 고개를 꾸벅 숙여 보였다.

"제 이름은 노병준입니다. 나이는 스물일곱이고, 정화부 지망이에요."

 노병준이 소개를 끝내자, 누군가 눈치를 보며 박수를 쳤다. 그러자 다른 합격자들도 따라서 박수를 치며 "반갑습니다.", "반가워요." 하고 인사를 건넸다. 화기애애해진 분위기 속에서 노병준이 자리에 앉았다. 그에 다음 사람이 의자에서 몸을 일으킬 때였다.

 "저기, 병준 씨!"

 황승수가 갑자기 입을 열었다.

 "네? 저요?"

 "초라니 출신이세요?"

 "아, 네. 맞아요."

 "아아, 그렇구나."

 황승수가 우쭐하게 웃으며 고개를 끄덕였다.

 "그냥 궁금해서요."

 이때까지만 해도 다들 황승수의 질문을 대수롭지 않게 넘겼다. 합격자들은 순서대로 자기소개를 이어 나갔다. 어떤 이는 황승수처럼 제 입으로 출신을 밝히는가 하면, 노병준처럼 출신을 밝히지 않는 사람도 있었다. 출신을 언급하는 건 그저 선택 사항일 뿐이었다. 그러나 황승수는 누군가 출신을 말하지 않고 소개를 끝내면 그때마다 토를 달듯이 질문을 던졌다.

 "세민 씨. 추천받아서 입청하셨죠?"

 "어? 어떻게 아셨어요?"

"하하, 2단계에서 쇠공 뽑으시길래."

"아. 네…."

"현송 씨는요? 초라니? 추천 입청자?"

"음. 저는 초라니 출신이에요."

"아, 맞다. 3단계에서 살짝 위험했죠?"

화기애애하던 분위기가 점차 이상해지기 시작했다. 일일이 출신을 확인하는 의도가 어딘지 모르게 속물적이었다. 마치 편을 가르고 등급을 매기는 것 같았기 때문이다. 범인들이 학연이나 지연을 걸고넘어지는 모습과 겹쳐 보였다.

추천 입청자들 가운데 대다수는 황승수와 마찬가지로 나자들과 혈연인 경우가 많았다. 피를 물려받아 재능이 탁월하기도 했고, 가족 중에 나자가 있으니 자연스럽게 귀기 다루는 법을 익혔다든가, 이쪽 바닥에 대한 여러 지식들에 능통한 사람이 많은 까닭이었다. 물론 언제나 예외는 있는 법으로, 생판 남남인 경우도 있었다. 재겸이 그렇듯이.

황승수는 저와 같은 추천 입청자를 보면 눈에 띄게 반가워하며 "혹시 누구 추천이에요?", "아, 제구부 신 주임님? 저희 형이랑 동기예요." 하며 노골적으로 아는 척을 해 댔고, 초라니 출신자에게는 "귀기를 다룰 땐 이미지 트레이닝이 중요해요.", "귀감을 열려면 명상을 해 보세요." 하며 한마디씩 조언을 덧붙였다.

초라니 출신들은 서서히 불쾌함을 느꼈다.

어느덧 탈색남이 인사할 차례가 되었다. 황승수는 탈색남 앞에 멈춰 서며 손바닥을 펼쳐 보였다. 탈색남이 마지못해 몸을 어정쩡하게 일으켰다.

"저는 임효문이고요, 암행부 지망입니다."

"효문 씨, 혹시 초라니 출신이신가?"

어김없이 황승수의 질문이 따라붙었다. 탈색남은 짝다리를 짚은 채, 피어싱을 만지작거리며 황승수를 빤히 쳐다보았다. 저돌적인 눈빛이었다.

"저기요, 그거 대체 왜 물어보는 거예요?"

탈색남은 못마땅한 티를 숨기지 않았다.

"네? 그냥요, 궁금해서 그렇죠."

"그러니까 왜 궁금하냐고요. 출발선만 다르지, 어차피 다 같은 1차 합격생인데 굳이 따져 대는 저의가 뭔데요? 유치하게 진짜. 나잇값 좀 합시다."

탈색남이 짜증스러운 투로 받아쳤다. 탈색남은 평소엔 유순하고 활달했지만, 약간의 다혈질 기질이 있는 편이었다. 분위기가 한순간에 싸해졌다. 내내 빙글빙글 미소를 머금고 있던 황승수의 얼굴이 살짝 굳었다. 황승수가 애써 웃으며 입을 열었다.

"대답하기 싫으시면 안 하셔도 되는데…."

"그래요? 그럼, 뭐. 대답 안 합니다."

탈색남은 껄렁하게 대꾸하며 털썩 자리에 앉았다. 잠시 침묵이 흘렀다. 사람들 앞에서 면박 아닌 면박을 입은 황승수는 체면이 말이 아니었다.

"하하, 불편하시면 말씀을 하시지 그러셨어요. 모처럼 동기 간에 서로 알아 가자는 건데, 왜 그렇게 예민하게 반응하시지? 혹시 자격지심 있으신가?"

황승수는 웃음을 흘리며 대수롭지 않게 너스레를 떨었다. 의자 등받이에 몸을 기댄 채 무념무상으로 앉아 있던 재겸이 슬쩍 눈을 들었다. 농담처럼 내뱉은 말에는 뼈가 있었다.

그때, 탈색남이 자리에서 벌떡 일어났다.

"야, 너 다시 말해 봐."

"뭐요? 야아? 너어?"

황승수가 험악한 얼굴로 성큼 다가섰다.

"이 양아치 새끼가 언제 봤다고 반말이야?"

"존댓말 듣고 싶으면 나잇값을 처하시든가."

황승수는 탈색남의 멱살을 그대로 움켜쥐었다. 그러자 탈색남도 지지 않고 손을 뻗어 황승수의 멱살을 잡았다. 난데없는 상황에 합격자들이 당황하여 숨을 들이켰다.

"너 초라니지? 정곡 찔렸나 보네?"

황승수는 조롱하듯이 말끝을 올리며 탈색남을 밀쳤다. 길쭉한 테이블이 사선으로 밀리며 우당탕, 소리가 났다. 탈색남의 눈빛이 일변했다.

"하, 이 새끼 봐라?"

탈색남은 금방이라도 달려들 기세였다. 심상치 않은 기류에, 얼어붙어 있던 합격자들이 그만하라며 황급히 둘을 말리기 시작했다. 재겸은 턱을 괴고 시큰둥하게 상황을 관전 중이었다.

조용하던 회의실 내부가 금세 난장판이 되었다. 덕분에 뒷문이 열리며 누군가 기척 없이 들어왔는데도 아무도 그 사실을 알아차리지 못했다. 회의실 뒤쪽은 불이 꺼져 있어서 어두웠다.

장신의 인영은 신입들의 소란을 말릴 생각은 없이, 맨 뒷줄의 의자를 꺼내 다리를 꼬고 앉았다. 마치 누구를 찾는 듯하던 시선이 어느 한 곳에 머물렀다.

"우리 나리가 개나리 옷을 입었네."

소란스러운 회의실 안, 웃음기가 어린 혼잣말은 소리 없이 묻혔다.

"어어, 쳐 봐, 쳐. 쳐 보라고."

"왜? 가서 형한테 이르게?"

황승수와 탈색남은 서로의 멱살을 붙들고 신경전을 벌여 댔다. 합격자들은 둘의 충돌을 막느라 여념이 없었다. 어쩌다 보니 추천 입청자들은 황승수의 곁에, 초나리 출신들은 탈색남의 곁에 달라붙어서 싸움을 뜯어말렸다.

"저기, 진정들 좀 하세요. 네?"

"첫날부터 왜 이래요, 대체…."

황승수는 뇌까리듯 빈정거렸다.

"초라니 주제에 어디 건방지게 기어올라?"

재겸은 까칠한 눈으로 황승수를 바라보았다. 연령과 장소를 떠나서 어딜 가나 저런 사람들이 꼭 있기 마련이다. 무리를 나누고 우위를 선점하기 위해 애쓰는 사람들. 자신과 남은 다르다고 생각하며 그 차이를 차별의 근거로 여기고 어떻게든 머리를 밟고 올라서려고 기를 써 댄다.

황승수의 작태를 보니 누군가와 겹쳐 보인다. 재겸은 태평하게 팔짱을 낀 채, 속엣말로 최상급의 욕설을 중얼거렸다.

이주열 같은 놈일세….

재겸은 둘의 싸움에 끼어들 생각도 없었고, 딱히 말리고 싶은 생각도 없었다. 누구의 편을 들어 줄 이유도 없었다. 어차피 저와는 상관없는 일이었기 때문이다. 탈색남이나 황승수나 재겸의 눈엔 나자 그 이상, 그 이하도 아니었다. 나자들의 일에 휘말리는 것도, 나자들과 필요 이상으로 엮이는 것도 사양이었다. 나는 내 할 일이나 잘하면 된다고, 재겸은 그렇게 생각했다.

"아, 진짜! 두 분 다 그만들 좀 하시라구요!"

그때, 합격자 중 한 명이 울컥 화를 냈다.

"누가 보면 어떡하려고 그래요? 이러다가 첫날부터 문제 일으켰다고 저희까지 덤터기 쓰면 책임지실 거예요? 만약 전원 합격 취소라도 시키면!"

전원 합격 취소라도 시키면.

전원 합격 취소라도 시키면….

전원 합격 취소라도 시키면….

귓가에 박혀 든 말이 메아리처럼 뇌리를 떠돌아다녔다. 마침내 재겸의 표정이 딱딱하게 굳었다. 뭐? 아니, 이 잡놈의 새끼들이… 감히 누구 앞길을 가로막어! 내내 심드렁한 얼굴로 의자에 퍼져 있던 재겸이 벌떡 몸을 일으켰다. 갑자기 온몸에 열의가 솟구쳤다.

"그만. 야, 그만. 그만하라고."

재겸이 탈색남의 옷을 후다닥 잡아당겼다. 그러나 나름대로 한 성깔 하는 탈색남은 들은 척도 않고 씩씩거렸다. 좋은 말로는 안 된다.

"야, 그만하라니까!"

재겸은 미간을 잔뜩 구기며 탈색남의 발을 콱 짓밟았다.

"끼야악, 새끼발가락, 아악!"

탈색남이 비명을 지르며 풀썩 주저앉더니 발을 움켜쥐었다. 마침내 황승수와 탈색남이 떨어졌다. 탈색남을 뜯어말리던 초라니 출신들이 당황한 얼굴로 "왜, 왜 그래요? 괜, 괜찮아요?" 하고 서둘러 부축을 했다.

문지방에 발을 찧은 것 같은 악랄한 고통이었다….

"칠칠아악, 왜 내 발…."

재겸이 탈색남의 등을 두어 번 톡톡 건드렸다.

"됐어. 괜찮아."

사과는커녕 의젓한 위로에, 탈색남은 아픔을 호소하는 와중에도 어이가 없었다. 아니, 발을 밟힌 사람이 괜찮다고 해야지. 발을 밟아 놓고 괜찮다고 하면은….

일단은 휴전이었다.

"하여간에 꼴값을 떨어요."

황승수는 마치 먼지라도 묻은 양, 탈색남의 손이 닿았던 부분을 탁탁 쳐 냈다. 그러고는 한심하다는 눈빛으로 탈색남을 얼마간 내려다보는가 싶더니, 이내 빙긋 웃으며 재겸에게 시선을 던졌다.

"고마워요, 재겸 씨."

황승수는 보나 마나 같은 추천 입청자일 재겸이 제 편을 들어 준 것이라 생각했다.

"첫날부터 재수 없게, 진짜. 꼭 이렇게 쥐뿔도 없는 것들이 자격지심 가지고 덤벼요, 덤비길. 멀쩡하게 대해 줄 때 감사할 줄은 모르고…."

안 그래요? 황승수가 주변에 있던 추천 입청자들을 돌아보며 천연덕스럽게 너스레를 떨 때였다. 추천 입청자 중 한 명이 정색하며 쏘아붙였다.

"이봐요, 황승수 씨. 무슨 말을 그렇게 해요?"

아까 전에 소개를 마쳤던 김세민이었다. 이번엔 김세민이 나서자 황승수는 이건 또 뭐야, 하는 표정으로 눈을 가늘게 뜨고 김세민을 바라보았다.

"적당히 좀 합시다. 지금 뭐, 편 나누고 싸우자는 거예요? 뭐가 그렇게 불만인데요, 대체? 왜 초라니 출신들한테 시비를 못 걸어서 안달이에요?"

그에 황승수가 피식 웃으며 말꼬리를 잡고 늘어졌다.

"시비라뇨, 이게 왜 시비예요? 난 객관적인 팩트만 보는 거예요. 솔직히 초라니랑 같이 1차 시험 본 것도 난 이해가 안 돼요. 우린 따로 선별받은 사람들이고 이미 한 번 걸러졌는데, 우리가 저 사람들이랑 같아요?"

김세민은 순간 말문이 막혔다. 어이가 없어서였다. 합격의 기준은 공평했고 출신은 달라도 모두가 합당한 조건을 충족했기에 이 자리에 있는 것이었다.

추천 입청자와 비슷하거나, 그보다 더 훌륭한 성적으로 합격한 초라니들도 많았다. 하지만 황승수는 재겸처럼 압도적인 능력을 보여 준 것도 아니고, 그냥저냥 한 실력으로 합격을 했음에도 남들을 낮잡아 보기 바빴다.

김세민이 차가운 음성으로 말했다.

"황승수 씨는 내세울 게 그거밖에 없는 모양이네요."

그 말을 끝으로, 김세민은 그대로 등을 돌려 탈색남을 걱정하는 무리에 합류했다. 반면에 다른 추천 입청자들은 가만히 눈치만 살폈다. 황승수의 친형이 현직 축역부 선임이라는 사실을 쭉 의식하고 있었기 때문이었다.

황승수가 이렇게 기세등등하게 뻗대는 데는 다 이유가 있었다. 선임은 제법 높은 직급이었다. 한 계단만 승진하면 수석인 데다가 하물며 소속이 축역부라면 그 권력과 위상이 대단하기에, 훗날을 생각하면 연줄을 닦아 놓는 편이 이로웠다. 축역부는 나례청의 핵이었다. 추천 입청자 가운데서 축역부 나자의 지명을 받았다고 말한 것은 황승수가 유일했다.

"하하, 세민 씨는 사회생활 안 해 보셨나…."

조소를 흘리던 황승수의 시선이 재겸에게 닿았다. 눈이 마주치자 피식거리며 웃음을 흘리더니, 이내 시키지도 않은 조언을 늘어놓기 시작했다.

"재겸 씨. 재겸 씨는 나이가 어려서 아직 잘 모르겠지만. 사회생활에서 가장 중요한 건 인맥이에요. 인맥. 끼리끼리라고 하죠? 저런 사람들이랑 어울릴 필요 없다구요. 원래 각자 수준이 맞는 물에서 노는 법이니까."

재겸이 심드렁한 낯으로 귀를 후비적거렸다.

"재겸 씨도 추천 입청자잖아요? 동기 중에 골드 패스를 빈은 사람이 나오다니 이거 완전 영광인데요. 아, 혹시 어디 지망이에요? 재겸 씨는 능력이 좋으니까, 만약 축역부 지망이라면 저한테 말해요. 제가 형한테 얘기 잘해 놓을게요."

황승수가 서글서글하게 웃으며 말을 이었다.

"그나저나 누구 추천이야? 말 편하게 해도 되지?"

황승수가 살갑게 말을 건네며 재겸의 어깨에 손을 올렸다.

그에 재겸은 냅다 미간을 구기며 어깨에 얹힌 손을 쳐 냈다.

"들러붙지 마."

눈이 휘둥그레진 주변 사람들이 재겸을 바라보았다. 양말을 벗고 발가락을 확인하던 탈색남도 놀란 표정으로 고개를 들었다. 황승수의 얼굴에서 웃음기가 싹 사라졌다.

재겸이 눈을 흘기며 싸늘하게 덧붙였다.

"똥물에서 놀아 줄 생각 없으니까 꺼져."

회의실 안에 얼마간의 정적이 찾아왔다.

"……."

"……."

"……."

황승수가 한참 만에 헛웃음을 터뜨렸다.

"하하, 쌍으로 가지가지 하네."

제법 태연하게 들리는 목소리였지만 얼굴만은 살짝 붉어져 있었다.

"골드 패스를 받은 잘난 분이시라서, 역시 남다르네."

황승수가 싸늘하게 빈정거리며 가까이 다가왔다. 재겸은 소란을 막으려고 나선 것이었는데 황승수의 성질을 더 돋운 셈이 되었다. 황승수는 탈색남을 상대할 때보다 훨씬 기세가 험악했다. 재겸이 심드렁한 투로 말을 받아쳤다.

"야, 나는 꼭 나자가 되어야 하거든. 여기서 다 망치긴 싫으니까, 부탁인데 남의 인생에 훼방 놓지 말고 가서 얌전히 찌그러져 있어."

합격자들이 당황하여 눈을 끔벅거렸다. 앳된 소년이 거침없이 대거리를 해 대는 것이 놀라웠다. 탈색남의 눈이 휘둥그레지며 재겸을 바라보았다.

"너네 형이 얼마나 대단한 사람인지는 모르겠는데, 너한테 설치지 말라는 얘기는 안 해 줬냐? 내 뒷배는 나한테 조용히 있으라고 했는데."

한숨을 쉬던 재겸이 무신경하게 중얼거렸다.

어둠 속에 앉아 있던 재겸의 뒷배는, 현 상황을 흥미진진하게 관전 중이었다. 턱을 괴고, 재밌어 죽겠다는 눈빛으로 한 사람만을 보고 있었다.

"아이고. 뒷수습도 못 해 줄 만큼 상당히 별 볼 일 없는 빽을 두셨나 보다. 골드 패스까지 받으신 분인데, 몸이나 사리게 만들고, 많이 답답하시겠네."

황승수가 약을 올리듯 웃음을 흘렸다. 어떻게든 재겸을 뭉개고 싶어서 애쓰는 것 같았다. 황승수가 자꾸만 말꼬리를 붙잡고 늘어지는 탓에 재겸은 점점 짜증이 났다.

"아까부터 말끝마다 골드 패스 타령이네."

재겸이 삐딱한 시선으로 황승수를 빤히 올려다보았다.

"혹시, 자격지심 있으신가?"

그 순간, 황승수의 낯이 딱딱하게 굳었다.

빡—!

결국 황승수가 분을 이기지 못하고 재겸의 머리통을 후려갈 겼다. 불시에 날아든 손길에 재겸의 상체가 크게 휘청거렸다. 마치 시간이 멈춘 것처럼, 회의실 내부가 싹 얼어붙었다.

"아, 씨발…."

그대로 굳어 있던 재겸이 머리를 감쌌다. 황승수의 손길엔 제법 강한 귀기가 실려 있었다. 불시에 얻어맞은 머리통에 무거운 통증이 따라왔다. 얼얼하다 못해 쓰라릴 지경이었다.

"이런 또라이 새끼가!"

탈색남이 벌떡 일어나 황승수의 어깨를 강하게 밀쳤다.

"이봐요, 황승수 씨! 당신 미쳤어?"

초라니고, 추천 입청자고, 합격자들이 앞다투어 재겸을 에워쌌다.

"귀기까지 싣다니, 제정신입니까?"

"훨씬 어린 사람한테 이게 무슨 짓이에요!"

"재겸 씨, 괜찮아요? 어, 어떡해."

재겸은 마음속으로 칼을 갈며, 일단은 둔통을 삭여 냈다.

아, 저 씹새끼를… 넌 죽었어….

그때였다. 갑자기 뒤쪽에서 쾅, 소리가 났다. 모두의 시선이 일제히 뒤로 향했다. 회의실 앞쪽에만 불이 켜져 있는 탓에 어두워서 잘 보이진 않았으나, 맨 뒷줄에 누군가 앉아 있었다. 앉은 상태로 테이블을 걷어찬 것인지 일정한 간격으로 있던 테이블이 줄줄이 밀려나 있었다.

당황한 합격자들이 서로 시선을 주고받을 때였다.

"첫날부터 개싸움인가요."

다리를 꼬고 앉아 있던 윤태희가 가뿐히 몸을 일으켰다. 걸음을 내디딜 때마다 뚜벅뚜벅, 구두 굽이 부딪히는 소리가 났다. 밝은 곳까지 이르러서 윤태희가 걸음을 멈췄다.

대치 중이던 탈색남과 황승수가 후다닥 거리를 벌렸다. 재겸을 에워싸고 있던 다른 합격자들도 눈치를 보며 물러섰다. 합격자들은 윤태희가 누군지 몰랐다. 만약 탈을 쓰고 있었다면 적어도 축역부 소속이라는 사실은 알아차릴 수 있었겠지만, 윤태희는 평소와 다르게 탈을 쓰지 않은 채 맨얼굴을 훤히 드러내고 있었다.

재킷도, 넥타이도 없이 타이트한 검은 셔츠에 정장 바지를 입은 윤태희가 합격자들을 휘둘러보았다.

"동기 사랑 나라 사랑 몰라요? 왜 싸우고들 그래요."

장난기가 묻어나는 윤태희의 말에 합격자들의 얼굴에 낭패감이 서렸다.

망했다….

언제부터 이곳에 있었으며, 언제부터 보고 있었던 걸까. 정장 차림인 것을 보니 선배 나자임이 분명했다. 아마 오리엔테이션을 하러 온 나자일 가능성이 컸다.

"안녕하세요. 우선 1차 합격 축하드립니다."

선배 나자가 뒤늦게 인사를 건넸다. 눈치를 보며 어정쩡한 얼굴로 서 있던 합격자들은 곧바로 고개를 숙이며 "안, 안녕하십니까." 하고 인사에 답했다. 그 틈에 윤태희는 빙그레 미소를 머금고 제 후임을 바라보았다.

"……."

뒤늦게 윤태희를 발견한 재겸이 눈을 크게 떴다. 밤이나 되어야 복귀할 거라고 했는데, 네가 여기 왜…. 재겸이 뭐라 입술을 달싹이려 하자 윤태희가 기민하게 눈짓을 보냈다. 마치 아는 척을 하지 말라는 것처럼 보였다.

재겸은 윤태희를 뚫어져라 쳐다보았다. 그러고 보니 며칠 만에 보는 것이었다. 오랜만에 봐서 그런지 윤태희의 모습이 낯설게 느껴졌다. 자세히 보니 평소와 다르게 앞머리를 올렸네….

이상하게 기분이 들떴다. 마치 반가운 것처럼.

재겸의 시선이 윤태희의 오른손에 닿았다. 손의 반깁스가 사라져 있었다. 복직하고 나서 치료실을 들락거리며 정화부의 케어를 받은 덕이었다. 부러진 손가락이며, 몸에 남아 있던 상처며 어느새 거진 다 나은 상태였다.

그때, 잠시 말이 없던 윤태희가 입을 열었다.

"황승수 씨?"

긴장한 얼굴로 서 있던 황승수가 두 손을 모아 쥐었다. 올 것이 왔구나. 끝내 예상대로 덤터기를 쓴 합격자들은 마치 벌을 기다리는 듯 표정이 어두웠다. 첫날부터 이 모양 이 꼴을 보였으니… 선배 나자는 처음 본 순간부터 반듯한 미소를 매달고 있었다. 하지만 왠지 모를 위압감이 느껴져서, 회의실 분위기는 살얼음판과도 같았다.

"친형이 축역부 나자시라고."

윤태희가 테이블에 느슨히 걸터앉으며 입을 열었다. 그에 황승수가 흠칫하며 고개를 들었다. 당연히 왜 싸웠냐, 무슨 일이 있었냐, 방금 전의 상황을 문제 삼을 줄 알았는데. 윤태희는 대수롭지 않게 질문을 던졌다.

"네, 그렇습니다."

"실례지만 형 성함이?"

"황. 황현수입니다."

"아, 제3팀 황 선임님…."

윤태희가 알겠다는 듯이 고개를 끄덕였다. 그에 공손하게 시선을 내리고 있던 황승수가 침을 꿀꺽 삼켰다. 혹시 형이랑 아는 사이인가…?

"유능한 분이세요. 실력도 출중하시고."

운이 좋았다. 황승수의 얼굴이 눈에 띄게 환해졌다. 형이랑 아는 사이에, 어떤 사람인지도 잘 알고 있다면, 저와도 인맥이 닿아 있다는 얘기다. 그렇다면 생각보다 상황이 쉽게 풀릴지도. 갑자기 덜컥 안도감이 들었다.

그때, 윤태희가 웃으며 덧붙였다.

"뭘 믿고 나대나 했더니 그럴 만하네요."

엥? 황승수가 번쩍 고개를 들었다.

"황승수 씨."

"예, 예?"

윤태희가 먼지를 훑듯이 검지로 테이블 위를 쓸며, 나지막한 목소리로 입을 열었다.

"사회생활에서 가장 중요한 건 인맥이라고 하셨죠."

뜬금없는 말에 황승수가 당황한 표정을 지었다. 아까 전, 황승수가 재겸에게 건넸던 조언을 그대로 가져온 것이었다.

"인맥도 물론 중요하죠. 근데 그보다 중요한 건…."

윤태희가 검지를 들더니 제 눈가를 톡톡 건드렸다.

"눈치예요, 눈치. 알겠어요? 이 눈치가 좋아야…."

말을 흐리던 윤태희가 황승수의 눈을 쳐다보았다.

"기어올라도 되는지 안 되는지 분간을 하죠."

황승수에겐 영 아리송하게 들리는 말이었다. 멀찍이 떨어진 자리에서 머리를 문지르던 재겸이 눈을 가늘게 뜨고 윤태희를 바라보았다. 시선을 느낀 윤태희가 고개를 돌려 재겸을 응시했다.

윤태희의 얼굴에서 차츰 웃음기가 사라졌다.

"기어오르는 거, 딱 싫어하시는데. 우리 나리는…."

혼잣말처럼 흘러나온 말에 합격자들은 어리둥절하기만 했다. 재겸은 멀뚱히 눈을 깜빡였다. 무표정한 얼굴로 테이블에 느슨히 걸터앉아 있던 윤태희가 바지 주머니에 손을 꽂으며 물었다.

"황승수 씨, 여기가 어디죠?"

황승수가 당황하여 입을 달싹였다. 여기가 어디냐니, 그야….

"나, 나례청…입니다."

"그래요, 나례청이에요."

윤태희가 비스듬히 고개를 기울이며 말했다.

"이곳이 어딘지 알고 있다면 좀 더 현명하게 처신하는 편이 좋을 텐데요. 미꾸라지 한 마리가 물 흐리도록 내버려 두는 곳이 아니거든요. 제 성질대로 주먹 휘두르고 그러면 쓰나요."

웃음기 어린 지적에 황승수가 침을 삼켰다. 제 형과 아는 사이이니 어쩌면 적당히 넘어가 줄지도 모른다고 생각했는데… 얼핏 들었을 땐, 친절하면서도 예의 바른 어조로 건넨 말이었지만 그 내용은 날카롭고 신랄했다.

"사회생활 운운하는 것치고는 사리 분별하는 데 제법 큰 문제가 있으신 것 같은데. 혹시 훌륭한 뒷배를 둬서 그런 건가요? 뭐, 황 선임님이라면 확실히 이 정도쯤은 쉽게 수습할 수 있는 위치긴 해요."

상냥한 비아냥에 황승수의 얼굴이 딱딱하게 굳었다.

"그래도 눈치를 좀 기르는 게 어때요? 여기가 무슨 길바닥도 아니고… 아, 혹시 눈치를 볼 필요가 없을 정도로 능력이 뛰어나신가…."

윤태희가 턱을 매만지며 곰곰이 중얼거리더니,

"맞다, 축역부 지망한다고 했죠? 어디 확인 좀 해 볼까요."

걸터앉은 테이블에서 가뿐히 몸을 일으켰다. 윤태희는 별안간 오른팔을 들어 소매의 단추를 풀고, 성의 없는 손길로 셔츠 소매를 끌어 올리듯 걷어붙였다. 그러고는 걸음을 옮겨 근처에 서 있던 황승수에게 가까이 갔다.

갑자기? 확인하겠다고? 뭘?

황승수가 당황한 눈으로 윤태희를 바라볼 때였다.

"황승수 씨. 얼굴에 귀기를 덧대 보세요."

말이 끝나기가 무섭게 윤태희가 손을 휘둘렀다.

짜악―!

황승수의 고개가 세차게 돌아갔다. 순식간에 일어난 일이었다. 갑작스러운 상황에 모두가 멍하니 입을 벌리고 윤태희를 바라보고 있었다. 재겸 또한 마찬가지였다. 실력을 보겠다던 윤태희는 황승수의 뺨을 때렸다.

"……"

"……"

"……"

회의실 안의 분위기가 삽시간에 얼어붙었다.

"어땠죠, 방금? 귀기 없이 때린 건데."

윤태희가 고개를 모로 기울이며 물었다. 어디까지나 실력을 확인할 목적으로 한 행동이라는 걸 일깨워 주려는 듯이. 넋이

나간 표정으로 서 있던 황승수는 한참 만에야 얻어맞은 뺨을 감쌌다. 윤태희가 말했다.

"맨손으로 때린 건데, 혹시 아팠습니까?"

"이, 이게 대체 무, 무슨…."

황승수가 얼떨떨한 낯으로 말을 더듬거렸다.

"축역부는 몸으로 부딪치는 일이 많아요. 현장에서 뛰는 전투직이니까요. 당연히 귀기를 잘 다뤄야 합니다. 공격할 땐 귀기를 몸 바깥으로 방출하고, 방어할 땐 살갗에 귀기를 씌우고 그 상태를 유지하는 거예요. 다가올 충격을 경감시키는 거죠. 갑옷이나 보호대를 찬다고 생각하면 됩니다."

윤태희가 친절히 설명을 이어 나갔다.

"그래서 공격보다 방어하는 게 훨씬 어려워요. 귀기를 내보내는 건 쉽지만, 방어할 땐 일정량의 귀기를 그대로 정체시켜야 하니까요. 고도의 집중력이 필요해요. 귀기 컨트롤을 잘한다면 같은 대미지를 받더라도 덜 다칠 수도 있고, 대미지를 아예 무화시킬 수도 있어요. 이해가 됩니까?"

선배 나자의 세심한 가르침이 이어졌다. 합격자들은 낯빛이 하얗게 질려 있었고, 재겸은 벙찐 얼굴로 윤태희를 바라보고 있었다.

윤태희는 웬만하면 선빵은 맞아 주라고 말했다. 그래서 재겸은 한 번 참았다. 이번엔 제 차례였다. 하지만 하필 딱 그 순간에 윤태희가 끼어들어서 황승수에게 돌려주질 못했다. 한

대 맞아 줬으니 나도 한 대 때렸어야 했는데. 때리고 난 뒤에 끼어들 것이지, 왜 하필 그때 수습에 나섰나 싶어 재겸은 살짝 분할 뻔했었다.

설마, 일부러 저러는 건가? 혹시 나 때문에 화가 나서….

"그럼 설명이 되었으리라 믿고? 다시."

그때, 윤태희가 옅은 볼우물을 머금고 말했다.

"이번엔 손에 귀기를 실을 거예요."

짜악—!

황승수가 뭐라 입을 열기도 전에 또 한 번 매서운 손길이 날아들었다. 이번엔 반대쪽 뺨이었다. 예고처럼 귀기가 실린 싸대기였다. 아까보다 소리도 훨씬 컸다. 충격의 반동으로 황승수의 몸이 짧게 비틀거렸다.

"어, 이번엔 아까보다 잘 막은 것 같은데요. 좋습니다. 생각보다 귀기를 잘 다루시네요."

윤태희가 제 손을 내려다보며 해맑은 투로 칭찬을 건넸다.

"……"

"……"

합격자들은 하나같이 어쩔 줄 몰라 하는 기색으로 조용히 시선을 주고받았다. 어쩐지 상황이 심상치 않게 돌아가고 있었다. 이젠 모두가 확신할 수 있었다. 이건 어딜 봐도 단순히 실력을 확인하는 차원에서 비롯된 행동이 아니었다. 선배 나자는 황승수에게 수모를 주고 있었다. 다분히 의도적이었다.

결국 황승수는 붉게 부어오른 뺨을 감싼 채 이를 악물었다.

"아무리 선, 선배라도 이, 이러시면 안, 되는 거 아닙니까?"

황승수가 붉으락푸르락하며 윤태희를 노려보았다. 뺨이 불타오르는 것처럼 아팠다. 하지만 아픈 건 둘째 치고 치욕스러운 감정이 더 컸다. 모두가 지켜보는 앞에서 뺨을 두 대나 맞았다.

"실력을 확, 확인한다는 건 핑계고, 화풀이하는 거 아니냐고요!"

윤태희가 의외라는 듯이 황승수를 쳐다보았다.

"어… 아예 눈치가 없진 않은가 보네…."

뭐라고? 황승수의 얼굴이 종잇장처럼 일그러졌다.

"맞아요, 화풀이하는 거. 누구는 감히 손도 못 대는데, 남이 손대니까 사실 좀 빡돌았어요."

윤태희가 꺼낸 말은 지칭이 불분명하여 그 내용을 쉽사리 이해할 수 없었다. 알아들은 것은 오로지 재겸뿐이었다. 윤태희는 화나 게 맞았다. 나 때문에 화가 나서 일부러 지기는 거다. 그게 무슨 소리냐며 평소대로 능청스레 무마할 줄 알았는데 의외였다. 재겸이 멍하니 눈을 깜빡였다.

그때, 윤태희가 한쪽 눈썹을 삐딱하게 들어 올렸다.

"근데 어쩌죠. 나 아직 화가 덜 풀렸는데."

낮은 목소리로 싸늘하게 흘러나온 말과 동시에,

짜악—!

윤태희가 예고 없이 황승수의 뺨을 후려쳤다. 얼마나 세게 때렸는지 입술이 터지고 황승수의 몸이 한쪽으로 쏠렸다. 근처에 있던 합격자들이 반사적으로 황승수에게 손을 뻗었다가 눈치를 봤다.

"아, 윽…."

황승수가 바닥에 주저앉은 채로 끙끙 신음하며 머리를 감싸쥐었다. 골이 깨지는 듯한 엄청난 고통이었다. 그 모습을 내려다보던 윤태희가 살짝 미소를 지었다.

"그래도 실력을 확인해 보고 싶다는 건 진심이었어요. 같은 축역부 나자로서요."

단조로운 어투로 흘러나온 말에, 합격자들이 놀란 눈으로 윤태희를 바라보았다. 축역부였다니.

"기대 이상이긴 했습니다. 뭐, 우리 팀에 들일 일은 없을 테지만."

윤태희가 바지 주머니에 손을 꽂으며 중얼거렸다.

"왜냐면 우리 팀은 인성을 보거든요."

황승수를 내려다보던 윤태희가 고개를 들었다. 오묘한 표정으로 이쪽을 바라보고 있던 재겸과 눈이 마주쳤다. 그에 윤태희는 말없이 재겸을 쳐다보는가 싶더니 슬쩍 덧붙였다.

"아, 그리고 얼굴도."

윤태희가 장난스럽게 콧잔등을 찡긋해 보였다.

"……."

재겸은 순간 저도 모르게 시선을 슥 피했다.

그때, 황승수가 간신히 목소리를 쥐어 짜냈다.

"제, 제가 아무리 잘못을 했어도 그렇지, 절, 절차대로 처분을 주시는 거면 몰라도 이런 식으로 손, 손찌검을 하시는 건 명, 명백히 부당한…."

윤태희는 이번에도 어김없이 황승수의 말을 잘랐다.

"꼬우면 승진하세요."

군더더기 없이 깔끔하고도, 무성의하기 짝이 없는 대꾸였다.

"오늘 일은 더는 문제 삼지 않고 이만 넘어가도록 하겠습니다. 여기까지 말했으면 대충 알아들으셨으리라 믿어요. 합격 취소하거나 그럴 일은 없을 테니 안심하셔도 좋습니다. 단, 다시는 이런 일이 없기를 바랍니다."

윤태희는 손목시계를 확인하며 사무적인 어조로 상황을 정리했다. 이대로 오늘 일을 불문에 부쳐 주겠다는 말에 합격자들은 안도의 한숨을 내쉬었다. 만약 누구 말마따나 합격 취소라도 시키면 어떡하나 조마조마했는데 다행이었다. 화풀이를 끝낸 윤태희는 너그러운 상관이었다.

말을 마친 윤태희가 재겸을 향해 다가왔다. 점점 거리가 가까워지자 이제서야, 향수 냄새가 끼쳐 오는 듯했다. 재겸은 아까부터 아무 말이 없었다.

그때, 때마침 회의실 앞문이 열리며 낯선 남자 한 명이 들어왔다.

"안녕하세요! 합격자 여러분, 어?"

회의실 내부의 풍경은 한눈에 봐도 어지러웠고, 살갗에 와 닿는 분위기 또한 어딘지 산만했다. 서류 파일을 품에 낀 채, 어리둥절한 얼굴로 회의실 안을 훑어보던 나자의 시선이 바닥에 앉아 있던 황승수에게 가서 닿았다.

"무슨 일이에요? 왜 그러고 계시죠?"

황승수는 말없이 신음만 흘렸다. 자리에 앉아 있어야 할 합격자들은 흡사 목석처럼 뻘쭘한 자세로 서 있었다. 그때, 낯선 나자가 윤태희를 발견했다. 그러고는 의아한 눈을 했다. 정장 차림인 것을 보니 합격자가 아니라 나자인 듯한데, 왜 여기에? 낯선 나자는 윤태희의 맨얼굴을 몰랐다.

"저는 오리엔테이션을 진행하러 온 정화부 도나영입니다."

여러 의문을 뒤로한 채, 도나영은 일단 자기소개부터 했다. 그에 합격자들은 어안이 벙벙해졌다. 당연히 먼저 온 선배 나자 쪽이 오리엔테이션을 진행하러 온 사람이리라 생각했기 때문이다. 도나영이 물었다.

"실례지만 누구시죠? 소속이…."

도나영의 질문에 황승수를 제외한 합격자들의 시선이 일제히 윤태희를 향해 쏠렸다. 오티 하러 온 게 아니었다고? 그럼 대체… 그에 윤태희가 잠시 눈을 굴리며 뭔가 생각을 하는 듯하더니, 대뜸 고개를 홱 돌려 재겸을 바라보았다. 그에 재겸이 어리둥절한 얼굴로 시선을 마주쳐 왔다.

윤태희가 불쑥 입을 열었다.

"내가 누구죠?"

"뭐? 뭐, 요."

이것이 며칠 만에 만난 윤태희와 처음으로 섞은 말이었다. 윤태희는 본인에게 날아든 질문을 별안간 재겸에게 토스했다. 당황한 재겸이 눈가를 설핏 구겼다. 언제는 아는 척하지 말라며? 재겸의 눈빛을 읽어 냈는지, 윤태희가 이젠 괜찮다는 듯, 고개를 까딱해 보였다.

눈치를 보던 재겸이 마지못해 입을 열었다.

"윤… 윤태희…."

누구?! 도나영이 흠칫 놀라 토끼 눈을 떴다. 윤태희는 여전히 재겸에게 시선을 고정하고 있었다. 그리고? 하라는 대로 대답을 했는데도 아직 더 남아 있다는 것처럼, 이어질 말을 기다리는 듯했다.

아, 이 십새끼….

의중을 눈치챈 재겸이 힘익하게 말을 덧붙였다.

"쑤. 석. 님."

그에 윤태희가 소리 내어 웃는가 싶더니, 도나영을 바라보았다.

"그렇다네요."

남의 말을 인용하는, 불친절한 자기소개였다.

텅 빈 복도에 구두 굽 소리가 울려 퍼졌다.

"어디 가?"

윤태희는 얼빠진 표정으로 굳어 버린 도나영과 합격자들을 뒤로한 채, 재겸의 손목을 잡고 제1 회의실을 빠져나온 참이었다. 재겸은 어리둥절한 얼굴을 하고서 윤태희가 이끄는 대로 졸졸 끌려가고 있었다.

별관 복도를 오가던 나자들이 의아한 눈으로 윤태희와 재겸을 힐끔거렸지만 별다른 아는 척은 해 오지 않았다. 윤태희의 얼굴을 모르기 때문이다. 탈을 쓰고 오지 않은 것이 잘한 일이었다. 일일이 붙들리며 귀찮게 인사를 받았다간 걸음이 늦어질 것 같아서 맨얼굴로 입청한 것이 다행이었다. 윤태희는 대꾸도 없이 시원스레 보폭을 유지했다. 주변의 눈치를 살피던 재겸은 혹여 누가 들을세라, 목소리를 한껏 낮추고 윤태희에게 다시 물었다.

"야, 묻잖아. 어디 가냐니까…."

"단둘이 있을 곳이라면 어디든?"

윤태희가 웃음기 어린 목소리로 말했다. 뭐라는 거야. 영양가 없는 대답에 재겸이 슬쩍 눈을 찡그릴 때였다. 복도 모퉁이를 돌자마자 윤태희는 빈 소회의실을 찾아냈다. 문을 열고 안으로 들어가자 재겸의 손목을 붙잡고 있던 손이 떨어져 나갔다. 불 꺼진 소희의실 안은 어두컴컴했다.

 마주 선 둘은 어둠 속에서 서로를 응시했다. 짧은 침묵이 흐른 끝에 윤태희가 긴 팔을 뻗어 벽을 느리게 더듬었다. 달각, 스위치를 켜자 아담한 회의실 내부가 환해졌다. 윤태희가 길쭉한 테이블에 비스듬히 걸터앉더니, 손바닥으로 제 옆을 가볍게 두드렸다.

 "앉으세요."

 윤태희가 빙그레 웃으며 멀뚱히 선 재겸에게 고갯짓을 했다. 장난스러운 존대에 재겸이 윤태희를 보며 샐쭉 눈을 흘겼다. 잠시 크로스 백의 끈을 만지작거리던 재겸이 테이블 위에 가볍게 올라앉았다.

 "오랜만이네, 이렇게 얼굴 보는 거."

 윤태희가 몸을 틀어 시선을 빤히 부딪쳐 왔다. 머리를 올려서 그런가? 뭔가 오늘따라 느낌이 좀 다른데. 오랜만에 봐서 그런 걸지도 몰랐다. 향수 냄새가 진하게 났다. 재겸은 괜히 정면을 응시했다.

 "오랭테이션인가 뭔가, 그거 한다고 했잖아. 근데 이렇게 나와도 돼?"

 "아, 오랭테이션…. 그건 수석님이 직접 일대일로 해 드릴 예정입니다."

 윤태희가 작게 웃으며 대꾸하자, 재겸이 눈가를 구기며 못마땅한 눈초리를 했다. 윤태희는 '쑤석님' 소리를 듣고 나서부터 꽤나 기분이 좋아 보였다. 물론 윤태희는 평소 직급에 연연하는 편이 아니었고, 자신의 위치를 크게 의식하고 있는 편이 아니었다. 오히려 무신경한 쪽에 가까웠다.

그러나, 굳이 재겸의 입을 빌어 대리로 소개를 맡긴 것은 노골적인 메시지가 포함된 행동이었다. 일종의 경고이기도 했다. 내가 이 사람의 뒷배이며, 이 사람은 나의 후임이라는 것을 포고한 셈이다. 이후 얘기가 퍼져 나간다면 그 누구라도 재겸을 함부로 대할 리는 없을 것이므로.

오늘처럼 하찮은 날파리가 맴도는 꼴은 보고 싶지 않았다.

"아프니?"

윤태희가 불쑥 손을 뻗어 재겸의 머리를 건드렸다. 조심스럽고 부드러운 손길이었다. 재겸이 작게 멈칫하며 윤태희를 바라보았다. 아직 얼얼하긴 했지만 통증은 거의 가라앉은 참이었다. 황승수의 귀기는 투박하고 서툴렀기에 내상으로 이어지진 않았다. 약간 부어오른 정도였다.

"치료실 가서 얼음찜질이라도 하는 게 좋겠어."

재겸이 고개를 옆으로 휙, 기울여 윤태희의 손길에서 벗어났다

"됐어. 이제 안 아파."

"왜 가만히 있었어?"

윤태희가 군말 없이 손을 거두며 물었다.

"네가 첫날이니까 튀지 말라고 했잖아."

"옷부터 엄청 튀는데?"

윤태희가 조그맣게 웃으며 말했다. 옷이 튄다고? 이게 왜 튀어? 뜬금없는 말에 재겸이 멀뚱히 시선을 내려 노란색 맨투맨을 잡아당겨 보았다.

"옷이 왜? 정주가 이렇게 입으랬어."

잠시 말이 없던 윤태희가 혼잣말처럼 중얼거렸다.

"옷까지 골라 줄 정도면 아주 돈독한 사이인가 봐."

"난 밖에 잘 안 나가니까. 정주가 많이 도와줘."

그래…? 윤태희가 느리게 고개를 끄덕였다.

"이거 옷 이상한 거야?"

"아니, 개나리 같고 좋은데."

웬 개나리. 재겸이 눈꼬리를 세우고 윤태희를 바라보았다.

"의외야. 이렇게 말을 잘 듣는 분인 줄 몰랐네."

윤태희는 걷어붙인 소매를 정리하며 빙그레 미소를 지었다.

"개소리만 아니면 난 원래부터 말 잘 들었어."

"……."

윤태희가 눈썹 끝을 매만졌다. 왠지 내가 여태껏 개소리를 했다는 말처럼 들리는데….

"아무튼, 오늘 잘 참았어."

나직한 칭찬에 재겸이 대꾸 없이 입술을 만지작거렸다. 속삭이는 듯 흘러나온 목소리가 몹시도 다정했다. 방금 전까지 살벌하게 황승수의 뺨을 후려갈기던 사람과 동일 인물이라는 게 믿기지 않을 만큼…. 얼마 전까지만 해도 만나기만 하면 날을 세우고 싸우기 바빴다. 하지만 여태 만난 이래로, 이렇게 아무렇지 않게 평화로운 대화를 주고받은 적이 있나 싶다.

"골드 패스 받았다면서?"

"응, 별거 아니던데."

"역시 우리 나으리세요."

재겸은 시선을 내린 채, 말없이 손을 꼼지락거렸다.

'누구는 감히 손도 못 대는데 남이 손대니까.'

'그나저나 어쩌죠. 나 아직 화가 덜 풀렸는데.'

윤태희의 본모습을 알고 있는데… 오늘따라 헷갈리는 느낌이었다. 자꾸 저 미소가 진짜처럼 보이려고 한다. 왜지? 앞머리를 올려서 그런가? 이상하게 적응이 되질 않는다. 재겸은 정면을 응시하며 무뚝뚝하게 물었다.

"근데 너 왜 나섰어?"

"응?"

"왜 끼어들었냐고."

눈을 굴리던 윤태희가 장난스레 고개를 기울였다.

"글쎄… 나으리께 보탬이 되어 드리고 싶어서?"

재겸이 여전히 정면에 시선을 고정한 채 말했다.

"내가 해도 됐거든. 씨발 뒤지게 패 줄라고 했어."

"그래, 그럴까 봐 그랬어. 누구 하나 실려 나갈까 봐."

윤태희가 픽 웃으며 가볍게 받아넘겼다. 그에 재겸은 어째선지, 살짝 김이 빠졌다. 뭐냐. 결국은 일이 크게 번질까 봐 나섰다는 말처럼 들렸다. 황승수는 윤태희에게 고마워해야 한다. 아주 반 죽여 놓으려고 했는데….

"앞으로 또 누가 건들면 나한테 일러."

윤태희의 말에 재겸은 눈을 흘겼다.

"나 신경 쓰지 말고 너나 잘해."

이르긴 뭘 일러. 그랬다간 황승수랑 똑같은 그릇이 되는 꼴이다. 윤태희가 제법 좋은 감투를 쓰고 있다는 것은 잘 알겠다. 아까 전에 '윤태희 수석님'의 정체를 알렸을 때 모두가 믿기지 않는다는 눈을 했으니까. 얼굴은 모를지언정 그 이름이 가진 명성이 드높다는 건 대충 체감했다.

"너 신경 쓰는 일이 내가 할 일이야."

작게 웃던 윤태희가 걷어붙인 소매를 정리하며 여상히 대꾸했다.

"실패에 실패를 거듭해서 어렵게 모신 분인데, 어떻게 신경을 안 쓰지? 게다가 역모의 첫 단추까지 성공적으로 끼워 주신 마당에. 이제 시작인데."

나례청에서 윤태희는 꽤나 평판이 좋았다. 여태껏 윤태희를 언급한 대다수의 사람들은 전부 윤태희에게 호감을 가지고 있었다. 아마 회의실에서 보여 주었던 살벌한 면모에 대해 합격자들이 말을 옮긴다고 하더라도, 사람들은 쉬이 믿지 않을 것이었다. 윤 수석은 다정하고 친절하기만 했다.

"……."

재겸은 말없이 크로스 백의 끈을 만지작거렸다. 역모의 첫 단추. 그 말을 들으니 갑자기 현실감이 선명하게 살아났다. 맞다. 나는 윤태희의 역모에 가담하여 나례청을 부수기 위해서 이곳에 들어온 거다. 나는 윤태희를 이용하고, 윤태희는 나를 이용한다는 거리감을 유지하고 익숙해져야 한다.

정면을 바라보고 있던 재겸이 고개를 돌려 윤태희와 눈을 마주쳤다.

"알았으니까, 오랭테이션인가 뭔가, 그거나 해."

무뚝뚝하게 흘러나온 말에 윤태희가 눈썹 한쪽을 쑥 들어올렸다. 대화에 서려 있던 온기가 갑자기 미지근해진 느낌이었다. 우리의 목적의식에 충실해지자는 듯이. 물끄러미 재겸을 응시하던 윤태희가 느리게 말했다.

"그건 딱히 서두르지 않아도 되는데…."

"당장 그거 말고 우리가 할 일이 뭐가 있는데?"

쌀쌀맞은 대꾸에 윤태희가 웃었다.

"많지. 우리 할 일이 태산이에요."

"그러니까 그게 뭐냐고."

"우선은…."

잠시 고민하던 윤태희가 고개를 기울였다.

"쇼핑?"

· 🕊 ·

"여기가 어디야?"

재겸은 뾰로통한 얼굴로 조수석 의자에 파묻혀 있었다. 이곳은 시동이 멈춘 윤태희의 차 안이었다. 본청을 빠져나온 것은 약 30분 전이었다.

"백화점."

윤태희는 필요한 물건부터 사자며 자신의 검은색 세단으로 재겸을 안내했다. 마뜩잖은 기색이 역력한 재겸을 조수석에 앉히고 곧바로 차를 몰았다. 차는 미끄러지듯 달려 어느 백화점의 지하 주차장에 도착했다.

"내리세요."

재겸은 안전벨트를 풀고 곧바로 차 문을 벌컥 열었다. 좁은 공간에 단둘이 있으니 숨이 막혀 죽는 줄 알았다. 윤태희는 뒷좌석에 벗어 둔 슈트 재킷을 걸치고 차에서 내렸다. "나리야, 이쪽으로 와." 꿉꿉한 지하의 냄새를 킁킁거리던 재겸이 딴청을 피우듯 어슬렁거리며 윤태희에게 다가갔다.

"와 본 적 있어? 백화점."

"아니."

윤태희는 건물로 들어서는 유리문을 열고, 신사처럼 예의 바르게 손짓을 해 보였다. 재겸은 시큰둥한 얼굴로 입장했다.

윤태희가 엘리베이터의 버튼을 눌렀다. 백화점은 처음이라,

재겸은 엘리베이터를 기다리는 동안 주변을 두리번거렸다. 벽이며 바닥이며 온통 빤딱빤딱한 광택이 흘렀다.

"야, 뭐 사러 온 건데?"

"응, 슈트. 너 입을 거."

슈트가 머냐.

엘리베이터에 타자마자 윤태희는 아주 자연스럽게 버튼을 눌렀다. 행선지를 익숙하게 꿰고 있는 것을 봐서는 백화점에 자주 드나들었던 모양이다. 엘리베이터가 출발하자 눈이 휘둥그레진 재겸이 귀를 움켜쥐었다. 웅, 몸이 붕 떠오르는 듯한 이상한 느낌이 들면서 귓속이 멍멍해졌던 것이다.

"뭐야…."

재겸이 당황하며 벽에 붙은 봉을 붙잡았다. 티브이에서 자주 보긴 했는데 엘리베이터를 직접 타는 건 난생처음 있는 일이었다. 주머니에 손을 꽂고 비스듬히 기대어 서 있던 윤태희가 고개를 숙이고 소리 없이 웃었다.

"침 삼켜 봐."

윤태희가 입가를 톡톡 가리켰다. 윤태희의 말대로 침을 삼키자 갑자기 귓속이 뚫리는 느낌이었다. 와… 신통하네…. 재겸이 어리둥절한 얼굴로 눈을 깜빡일 때였다. 엘리베이터가 지상으로 올라왔다. 뒷면이 투명한 창이라 건물 바깥이 훤히 내려다보이기 시작했다.

"어, 뭐, 뭐야."

그냥 벽인 줄 알고 뒤쪽에 붙어 서 있던 재겸은 화들짝 놀랐다. 갑자기 낭떠러지가 펼쳐지니 기절초풍이었다. 펄쩍 뛰어올랐던 재겸이 후다닥 윤태희의 곁으로 다가섰다. 하도 놀라서, 저도 모르게 한 행동이었다. 윤태희가 재겸의 팔을 가볍게 끌어당겼다.

"놀랐어?"

놀란 가슴을 다스리던 재겸은 윤태희를 노려보았다.

"야, 나도 티브이에서 다 봤어."

"응?"

"촌뜨기라고 무시하지 말아라."

"나 아무 말도 안 했는데…."

그때, 지상으로 올라온 엘리베이터가 띵! 소리와 함께 어느 한 층에서 멈춰 섰다. 엘리베이터 문이 열리며 사람들이 물밀듯이 밀려들어 왔다. 낯선 사람들이 우르르 다가오자 재겸이 움찔하며 벽에 달라붙었다. 그러자 윤태희가 손을 뻗어 재겸을 잡아당겼다.

"이리로…."

밀려드는 인파에 뒤쪽으로 휩쓸릴 뻔했던 재겸이 엉겁결에 윤태희의 품으로 끌려들어 왔다. 엘리베이터 안은 흡사 콩나물시루와도 같았다. 어느새 서로의 몸이 바짝 붙었다. 거리가 지나치게 가까웠다. 윤태희의 숨결이 느껴질 정도였다.

향수의 잔향이 뒤섞인 숨결이 이마에 닿았다가 흩어졌다.

재겸의 낯이 살짝 굳었다. 잡힌 손목을 빼내고 상체를 뒤로 물릴 때였다. 뒤쪽에서 팔 하나가 튀어나왔다. "잠시만요." 원하는 층 버튼을 누르지 못한 모양인지, 누군가가 양해를 구하며 몸을 기울였다. 끼인 사람들이 덩달아 떠밀렸다.

간신히 윤태희와 거리를 벌려 놓은 참이었다. 뒤에서 밀어대니 발 디딜 틈도 없이 비좁아졌다. 더는 물러설 자리가 없었다. 엘리베이터 벽에 기대어 있던 윤태희가 손을 들어 재겸의 뒤통수를 감싸더니 그대로 제 쪽으로 당겼다. 재겸은 결국 윤태희의 어깨에 제 머리를 기댈 수밖에 없었다.

"머리 만지지 마."

내내 말이 없던 윤태희가 물었다.

"샴푸 뭐 써?"

귓가가 간지러워서, 재겸이 눈을 찡그리며 대꾸했다.

"몰라."

"그래."

윤태희는 고개를 숙여 코끝으로 재겸의 머리칼을 살짝 건드려 보았다. 물론 재겸은 그 사실을 알지 못했다. 빨리 내리고 싶다는 생각뿐이었다.

· 🕊 ·

윤태희와 재겸은 남성 정장이 모여 있는 명품관에서 내렸다. 브랜드별로 매장이 나뉘어 있고, 각 잡힌 슈트를 입은 마네킹들이 눈에 띄었다. 넓은 층을 가볍게 훑어보던 윤태희는 느긋하게 걸음을 옮겼다. 윤태희와 나란히 걸으며, 재겸은 곁눈질로 주변을 구경했다. 복작하던 엘리베이터 안과는 달리 정제된 듯하면서도 차분한 분위기였다. 한적해서 좋았다.

원하는 매장을 찾아낸 윤태희가 재겸에게 따라오라는 듯이 눈짓을 했다.

"안녕하세요, 옷 좀 보려는데…."

직원이 다가오자 윤태희가 예의 바르게 목례를 했다. 둘이 몇 마디 말을 나누는 동안 재겸은 입구에 선 마네킹을 툭툭 건드리고 있었다. 얼마 지나지 않아 윤태희가 손짓을 했다.

"나리야."

재겸이 샐쭉 눈을 흘기며 쏘아붙였다.

"죽고 싶냐? 사람들 앞에서 그렇게 부르지 마."

재겸의 사이즈를 확인하기 위해 다가오던 남직원이 방긋 미소를 지어 보였다.

"동생분이신가 봐요, 별명이 귀엽네요."

직원의 말에 재겸이 정색을 하며 대꾸했다.

"저 동생 아닌데요."

"네, 네…?"

직원은 순간 당황한 기색이 역력했다.

서로 닮은 얼굴은 아니었지만, 재겸이 앳되어 보이기도 하고 남성 둘이 왔으니 직원 입장에선 나름대로 가능성 있다고 생각할 법한 추측이었다. 게다가 윤태희가 입에 담은 별명이 '막내야.', '애기야.'처럼 어린 동생을 대하는 듯 다정하게 들렸기 때문이기도 했다. 그러나 재겸은 단칼에 반박하며 질색을 했다.

"아, 형제분인가 해서…."

곁에 서 있던 윤태희가 작게 웃음을 터뜨렸다. 그냥 그런가 보다, 하고 넘어가면 되는데 소년은 요령이 없었다. 윤태희가 장난스럽게 끼어들었다.

"그냥 아는 동생이에요."

직원이 머쓱하게 웃으며 "그러시군요…." 할 때였다.

"제 쪽이요."

윤태희가 웃으며 말을 덧붙였다. 윤태희의 말을 이해하지 못한 직원이 어리둥절한 얼굴을 했다.

"네?"

그에 윤태희가 말했다.

"제가 더 어려요."

제 쪽이 동생이라고, 윤태희는 말했다. 그에 살짝 당황한 재겸이 뭐라 입술을 달싹이며 윤태희를 바라보았다. 윤태희가 주머니에 손을 꽂으며 재겸을 돌아보았다.

"그쵸, 형?"

직원이 벙찐 얼굴로 둘을 번갈아 바라보았다.

"……."

"……."

뒤늦게 재겸이 낯을 살벌하게 굳혔다. 이젠 하다 하다, 뭐? 형? 재겸이 미간에 힘을 주며 윤태희를 노려보았다. 재겸은 눈으로 욕을 하는 중이었다. 윤태희의 얼굴은 진지했지만 눈매에선 장난기가 꿀처럼 떨어지고 있었다.

그때, 정신을 차린 직원이 황급히 미소를 장착했다.

"에이, 농, 농담이시죠?"

윤태희는 모르쇠로 일관하며 어깨를 으쓱해 보였다.

"아뇨. 형이 좀 동안이에요. 아니, 좀이 아니라 아주 심각하게…."

참다못한 재겸이 윤태희에게 다가갔다. 그러고는 허리 부근을 은밀하게 팔꿈치로 찍었다. 살벌하게 언어맞은 윤태희가 옆구리를 감쌌다. 그러면서도 소리 없이 웃고 있었다. 윤태희는 사람 속을 뒤집어 놓는 데 천부적인 재능이 있었다. 혹시 맞는 걸 좋아하나 의심이 들 정도였다. 대체 뭘 처먹길래 패고 싶은 짓만 골라서 하나.

"미쳤냐? 누가 네 형이야? 까불지, 또."

재겸이 씨근덕거리며 낮게 속삭였다.

"틀린 말 했나? 내가 더 어리잖아."

윤태희가 능청스레 대꾸했지만 동의할 수 없었다. 저렇게 덩치 크고 키 크고 주둥이만 살아서 약 올리는 동생은 둔 적도 없고, 두기도 싫다. 작고 소중한 메산이라면 모를까. 윤태희가 형이라고 부르니 소름이 쫙 돋는다. 언제는 친구에, 나으리에, 이번엔 형이란다. 윤태희는 순 제멋대로 호칭을 바꿔 댔다. 생각해 보면 저 녀석은 처음부터 항상 늘 자기 멋대로 굴었다.

"그만하랬지. 이번엔 진짜로 맞는다."

"나 방금 여기 진짜로 맞았는데…."

"갈비뼈 나가기 싫으면 조용히 하라고."

"……."

윤태희가 갑자기 손목시계를 들여다보는 척을 했다. 그러는 와중에도 뺨 한쪽에는 여전히 옅은 볼우물이 남아 있었다.

"어때? 마음에 드는 거 있어?"

윤태희는 능숙한 손길로 옷을 골랐다.

"별로. 내 눈엔 다 똑같아 보여."

재겸은 시큰둥하기만 했다. 쇼핑에 큰 관심도 없거니와, 옷이나 신발은 항상 정주가 알아서 사다 줬기 때문에 직접 봐도 뭐가 뭔지 잘 몰랐다. 게다가 정장이라면 더더욱. 일평생 입어 본 적도 없는 종류의 옷이었다.

윤태희는 이따금 옷걸이를 꺼내서 그대로 재겸의 몸에 받쳐 보기도 했다. "아무거나 갖다 대도 다 잘 받으시네." 그건 정주도 가끔 하는 얘기였다. 재겸은 단정하고 곧은 체격에 어깨가 일직선으로 뻗어서 눈대중으로 대충 주워 입혀도 옷태가 좋았다.

그러거나 말거나 재겸은 따분한 표정을 유지했다.

"굳이 이런 옷을 입어야 하는 이유가 뭐야?"

그때, 재겸이 불쑥 물었다. 문득 궁금증이 일었다.

"나랏일 한다는 곳은 대개 융통성이 없고 보수적이거든."

되도 않는 격식 차리는 거지. 윤태희가 옷에 시선을 고정한 채 태평한 투로 말했다. 나자가 된다는 것은 업무만 다를 뿐, 크게 보면 여느 직장인과 다를 바가 없었다. 공무 수행을 표방하는 국가 기관인 만큼 수직적인 분위기에 형식과 절차를 중요시했고, 당연히 복장도 신경을 써야 했다.

"그렇게 따지면 갓 쓰고 한복을 입는 게 맞지 않냐?"

재겸이 삐딱하게 팔짱을 끼며 이해할 수 없다는 듯 못마땅한 얼굴을 했다. 그에 윤태희가 작게 웃었다. 엉뚱하긴 하지만 나름대로 일리가 있는 말이다. 옷을 고르던 윤태희가 재겸을 바라보며 넉살 좋게 한 수 거들었다.

"그럼 구두 대신에 짚신 신고 다녀야겠네."

짚신…. 재겸의 입꼬리가 삐죽 올라갔다.

"응, 비 올 땐 나막신."

"자동차 대신에 가마 타고 다니고."

"아니면 말 타거나."

윤태희가 장난스레 이어받았다.

"가방 대신에 지게 메고 다니고."

주거니 받거니 하던 재겸이 피식 웃었다.

"지게? 지게를 왜 메냐, 멍청아."

요즘 사람들이 지게를 메고 다니는 상상을 하니까 아주 웃겼다.

"그건 농사하고 나무할 때나 메는 거고, 보통은 봇짐을 메겠지."

"아. 그렇네."

윤태희가 흐트러진 웃음을 흘렸다. 둘은 서로를 바라보며 피식거렸다. 그렇게 잠시 웃고 나니, 얼마 지나지 않아 자연스럽게 웃음기가 다 떨어졌다. 문득 침묵이 흘렀다. 방금 전까지 웃다가 이렇게 마주 보고 있으니 분위기가 몹시 이상하게 느껴졌다.

"한번 입어 보시겠어요?"

그때, 때마침 직원이 가까이 다가왔다.

윤태희가 재겸을 향해 고개를 까딱하더니 "네. 이걸로." 하며 미리 골라 둔 옷을 가리켰다. 적절한 때에 끼어들어 준 덕분에 어색한 기류를 떨쳐 낼 수 있었다. 직원의 안내에 따라 재겸은 떠밀리듯 탈의실로 이동했다.

탈의실 안은 제법 넓었다. 전면에 커다란 거울이 있고 한쪽에는 작은 소파까지 있었다. 직원은 벽에 매달린 고리에 입을 옷을 차근차근 걸어 준 뒤에야 탈의실을 나갔다. 남색 슈트 재킷에 셔츠, 바지까지 한 세트였다.

홀로 남은 재겸이 거울을 바라보며 머리를 긁적거릴 때였다. 갑자기 탈의실 문이 열리더니 윤태희가 들어왔다. "왜?" 재겸이 묻자 윤태희가 손에 든 것을 흔들어 보였다. 검은색 구두와 땡땡이가 새겨진 넥타이였다. 윤태희가 입꼬리를 삐뚜름히 끌어 올렸다.

"이왕 입는 김에 제대로 입어 봐."

"거기 놓고 나가."

재겸이 망설임 없이 입고 있던 맨투맨을 훌러덩 벗었다. 소파 위에 구두와 넥타이를 내려놓으려던 윤태희가 그대로 멈칫했다. 무엇 하나 걸치지 않은 상반신에 시선이 갔다.

"너 운동해?"

조용하던 윤태희가 불쑥 입을 열었다. 늘 무기력하고 시큰둥한 얼굴을 하고 있으면서, 몸에는 잔근육이 착실히 붙어 있었다. 한눈에 보기에도 날렵해 보이는 몸 선이었다. 적당히 날씬한 듯하면서도 강골임이 느껴졌다.

"아니, 안 해."

재겸은 벽에 걸린 셔츠를 집더니 셔츠 단추를 풀기 시작했다. 어느새 윤태희는 소파에 다리를 꼬고 앉아 있었다. 한 손에는 넥타이와 구두를 들고, 한 손으로는 비스듬히 턱을 괴고 있었다. 재겸이 셔츠에 팔을 끼우며 윤태희에게 힐끗 시선을 던졌다. 왜 안 나가냐는 눈빛이었다.

"운동도 안 하는데 몸이 좋으시네…."

나갈 생각이 없는 윤태희가 혼잣말처럼 중얼거렸다.

어느새 셔츠를 다 입은 재겸이 청바지의 버클을 풀었다. 헐렁한 바지를 쑥 내리자 검은색 드로어즈가 나왔다. 윤태희가 다시 질문을 던졌다.

"속옷도 그분이 골라 줘?"

"응, 정주가."

재겸이 고개를 끄덕이며 슈트 바지를 입었다. 교복을 입는 방식과 다를 게 없어서 처음 입어 봄에도 순조롭게 착의가 이루어졌다.

"옆구리에 큰 흉터가 있던데."

바지 지퍼를 올리던 재겸이 전면에 펼쳐진 거울을 보았다. 거울 안에서 윤태희와 눈이 마주쳤다. 윤태희는 무표정한 얼굴로 저를 보고 있었다.

"동자님은 흉터 못 없애나?"

"없앨 수 있는데 이건 안 없어져."

메산이는 갓 생겨난 상처며 흉터까지 전부 치유할 수 있었다. 그래서 재겸은 몸을 험하게 굴렸음에도 깨끗한 살갗을 지니고 있었다. 흉터라고는 옆구리에 남은 하나가 전부였다. 왜 이것만은 없어지지 않는지 이유는 몰랐다.

"어쩌다 다친 거야?"

"예전에 칼 맞아서."

"…누구한테?"

"내 스승한테."

알면서 왜 묻느냐는 투였다. 아. 윤태희는 한 박자 늦게 눈치챘다. 이 흉터는 일전에 새로를 통해 엿봤던, 과거의 한 토막 속에서 생겨난 것이었다. 피를 흘리며 쓰러져 있었다고 했던가. 옆구리에 칼을 찔렸었다는 건 이미 알고 있는 사실인데, 직접 그 흔적을 보니 기분이 묘했다.

"……."

윤태희는 한동안 말이 없었다.

"많이 아팠겠네."

한참 만에 흘러나온 말이었다. 슈트 재킷을 집어 들던 재겸의 손이 짧게 멈칫했다. 당연히 많이 아팠다. 죽는 게 낫겠다 싶을 정도로 아팠었다.

"어? 어…."

말을 주고받는 동안 재겸은 슈트를 다 입었다. 기성복이었지만 몸에 딱 맞춘 것처럼 몹시 잘 어울렸다. 노란색 맨투맨을 입었을 때와는 비교도 안 될 만큼 훨씬 성숙해 보였다. 윤태희가 기다렸다는 듯이 몸을 일으키더니, 재겸의 발치에 새 구두를 가지런히 놔 주었다.

"그대로 서 있어. 슈트 구겨지니까 내가 신겨 줄게."

윤태희가 한쪽 무릎을 굽혀 앉더니 광택이 나는 검은색 구두의 끈을 풀었다. 잠시 머뭇거리던 재겸이 구두에 발을 구겨 넣었다. 양말에 그려진 버섯 캐릭터가 눈에 띄었다. 옥에 티를 발견한 윤태희의 뺨에 옅은 볼우물이 패었다.

"양말도 골라 줬어야 했는데 깜박했네."

윤태희가 손가락을 끼워 넣더니 자리가 남는지 확인했다.

재겸이 이를 악물었다. 뒤꿈치 부근에 손가락이 쑥 들어와서 간지러웠던 탓이다. 간간이 발목을 건드리는 윤태희의 손길도 마찬가지였다. 재겸이 살짝 고개를 숙였다. 무릎을 꿇고 앉은 윤태희의 정수리가 보였다. 오른 가마네…. 좀 더 시선을 내렸다. 팽팽하게 당겨진 검은색 셔츠 위로 윤태희의 등 근육이 탄탄한 윤곽을 드러내고 있었다. 굴곡이 움직인다.

구두끈까지 꼼꼼히 묶어 준 뒤, 윤태희가 몸을 일으켰다.

"그럼, 마지막으로 넥타이."

윤태희가 손을 뻗어 재겸의 셔츠 깃을 반듯하게 세웠다. 재겸이 움찔하며 턱을 움츠렸다. "턱 들어야지." 윤태희가 웃으며 재겸의 목에 넥타이를 둘렀다. "간지러워? 저번엔 안 그러더니." 윤태희의 말대로였다. 언젠가 가로수 뒤에서 넥타이를 매 줬을 때는 멀쩡했는데 오늘은 아주 간지러웠다.

"한 바퀴 돌려서, 좁은 자락을 위로, 고리를 만들면…."

그때처럼 윤태희가 재겸의 가슴팍을 가볍게 두들겼다. 재겸이 시선을 내려 단정하게 묶인 넥타이를 바라보았다. 윤태희는 재킷 자락을 잡아당기며 옷매무새를 정돈해 주었다.

"다 됐지?"

재겸이 무심한 눈으로 제 옷차림을 확인했다. 윤태희가 뒤로 한두 발짝 물러섰다.

"응, 됐어."

윤태희는 재겸을 찬찬히 뜯어보았다. 마치 잘 만든 작품이라도 감상하는 듯한 눈빛이었다. 눈앞에 선 소년을 머리부터 발끝까지 훑어보았다. 마침내 기묘한 만족감이 솟았다. 이상하리만치 충만한 느낌이 들었다.

눈에 보이는 모든 것들이 전부 내가 고른 거다.

너도, 너마저도….

그렇게 생각하니 손끝이 저렸다.

이보다 더 완벽할 수는 없겠다는 생각이 든다. 견딜 수 없을 정도로 등골이 서늘했다. 태어나서 처음 느끼는 기분이었다. 새삼 눈앞의 광경이 믿기지 않았다. 소년이 서 있다. 불사의 소년이 서 있다. 저를 바라보며 서 있다. 머리부터 발끝까지 자신이 골라 준 옷을 입고서….

윤태희는 천천히 팔을 뻗었다. 검지를 들어 재겸의 이마를 조심히 쓸어 보았다. 삐뚤빼뚤한 앞머리를 따라 손끝이 천천히 일직선으로 움직였다. 재겸이 인상을 쓰며 고개를 빼려고 할 때였다.

"그런 느낌 알아?"

윤태희가 나지막한 목소리로 운을 뗐다.

"세상이 나한테 친절을 베풀어 주는 느낌."

기대하지 않은 순간마다 우연한 기회가 따라오곤 했다. 헤매고 넘어지고, 과정이 순탄치는 않더라도 그 끝에는 언제나 원하던 결말이 자신을 기다리고 있었다. 물론, 남들보다 집요하고 끈질긴 성격 탓일 수도 있었다.

그래서인지 윤태희는 기회를 잡으면 한 번도 놓친 적이 없었다. 그건 확실히 윤태희의 소관 안에 있는 일이었다. 그러나 윤태희를 골몰하게 만드는 지점은 그보다 근본적인 차원에 있었다. '그 기회란 어디서 오는가'였다.

"평소처럼 도서실 문을 열었더니 네가 서 있었어. 별생각 없이 창문을 내다보면 네가 체육복을 입고 운동장을 달리고 있고. 혹시나 싶어서 넥타이를 하고 왔더니 넌 넥타이가 없어. 함께 붙어 있을 시간을 만들어야겠다고 생각했더니 마침 네가 교내 봉사를 해."

윤태희는 재겸의 얼굴을 가만히 들여다보았다.

"꼭 세상이 힌트를 주는 것 같았어."

재겸이 고요한 눈으로 윤태희를 응시했다.

"너라고. 너를 따라가라고…."

윤태희는 때때로 그런 느낌을 받아 왔다. 세상의 모든 이정표가 나의 방향을 따라오는 느낌. 돛을 펼치면 어김없이 순풍이 불어오는 것처럼, 알 수 없는 힘이 등을 밀어 주고 있는 듯한, 기이하고도 소름 끼치는 그 느낌을.

"그래서 가끔은 의심이 들 때가 있어."

윤태희의 눈동자가 어둡게 가라앉았다.

"어쩌면 나는 속고 있는 걸지도 몰라. 아무리 어긋나도 결국엔 내가 바라는 대로 맞아떨어진다는 게 이상해. 사실은 이 모든 게 함정이고, 세상은 나를 패망으로 유인하고 있는 게 아닐까…."

그때, 잠자코 있던 재겸이 입을 열었다.

"하나도 안 이상한데."

재겸이 이마를 맴도는 손을 가볍게 밀어내며 말했다.

"나한테 세상은 이유 없이 악의적이야."

윤태희는 세상이 친절을 베풀어 주는 느낌을 알고 있느냐고 물었다. 아니, 모른다. 그 어떤 설명을 듣더라도 영영 이해할 수 없을 것이다. 윤태희와 재겸은 양극단에 서 있었다.

"그럼 반대로 누군가한텐 이유 없이 호의적일 수도 있는 거겠지."

재겸이 이마를 긁적거리며 무심히 덧붙였다.

"설사 만에 하나 잘못되더라도 넌 패망하지 않아."

단언하는 말에 윤태희가 느리게 물었다.

"…왜 그렇게 생각해?"

"너한텐 내가 있으니까."

평이한 대꾸에 윤태희가 멈칫할 때였다.

"나는 사활을 걸었어. 근데 난 뭘 해도 안 죽잖아. 세상이 망해도 나는 살아 있어. 영원히 닳지 않는 목숨을 바쳐서 내가 널 이기게 해 줄게."

어디선가 쿵, 떨어지는 소리가 들리는 듯했다. 오로지 윤태희의 귓가에만 들리는 소리였다. 그야말로 차원이 다른 사활이었다. 가볍게 하는 말이 아니었다. 재겸은 진심이었다. 흔들림 없는 또렷한 눈동자가 윤태희를 응시해 왔다. 갑자기 시야가 어그러지는 듯했다. 심장이 거세게 뛰었다.

윤태희가 저도 모르게 눈을 질끈 감았다.

'아.'

함락당할 수밖에 없는, 지독한 현기증이었다.

4장

 재겸이 집으로 돌아온 것은 늦은 저녁 무렵이었다.
 쇼핑을 끝낸 뒤 윤태희는 재겸을 집 앞까지 데려다주었다. 원래 목적이던 '오랭테이션'은 하지 못했다. 윤태희가 본청으로부터 호출을 받았기 때문이다. 그에 하는 수 없이 다음 날로 미뤘다. 윤태희는 내일 데리러 오겠다는 말을 남기고 차를 돌려 골목을 빠져나갔다.
 재겸은 대문에 붙어 멀어져 가는 윤태희의 차를 바라보았다. 윤태희는 탈의실에서 나온 뒤로 말수가 부쩍 줄어들었다. 돌아오는 차 안에서도 별말이 없어 아주 어색했다. 왠지 신경이 쓰여서, 재겸은 차가 완전히 떠나는 모습을 지켜보다 대문을 열었다. 현관에 들어서자 재겸의 퇴근만을 오매불망 기다리고 있던 정주와 메산이가 한달음에 달려 나왔다.
 "나리, 다녀오셨어…요?!"
 "어서 와! 재겸… 어? 어?"
 현관에 들어서는 재겸을 보자마자 메산이가 떡하니 입을 벌렸다. 그건 정주 역시 마찬가지였다. 재겸이 머리부터 발끝까지 완벽한 슈트 차림을 하고 있어서였다. 잠시 굳어 있던 정주가 재겸을 위아래로 훑어보았다.

"다녀왔어."

가볍게 인사를 건넨 뒤, 재겸이 구두를 탈탈 벗어 던졌다. 새 구두가 낙엽처럼 데굴데굴 굴러다녔다. 재겸은 살짝 피로해 보였다. 손에 들고 있던 쇼핑백을 마룻바닥에 와르르 내려놓았다. 족히 열댓 개는 되어 보였다.

"대박… 재겸아, 너! 이게 무슨 일이야?"

"이제부턴 출근할 때 이렇게 입어야 된대."

재겸은 심드렁한 얼굴로 설명을 해 주었다. 덧붙여 윤태희와 함께 백화점에 다녀왔다는 사실도 말했다. 어차피 입은 거, 굳이 또 갈아입기도 귀찮아서 그냥 이대로 온 참이었다. 순수한 귀찮음에서 비롯된 것이지만 결과적으로는 정주와 메산이에게 뜻밖의 서프라이즈를 선사해 준 셈이 되었다.

"와, 살다 살다. 너 슈트 입는 것도 다 보고…."

정주가 믿기지 않는다는 얼굴로 재겸의 슈트를 매만졌다. 몸에 딱 맞는 정장을 입혀 놓으니 재겸에게서 보다 확연한 청년미가 풍겼다. 옷이 날개라는 말은 이럴 때 쓰는 것이다. 정주는 감탄을 금치 못했다. 메산이 역시 눈을 초롱초롱 빛내며 저의 나리를 바라보고 있었다.

재겸이 메산이의 머리를 슬슬 쓰다듬었다.

"잘 놀았냐?"

"네!"

"뭐 하고 놀았어?"

"정주 님이랑 이것저것 하고 놀았어요!"

"또?"

"새들한테 인사도 했어요, 근데 인사를 안 받아 줬어요!"

"왜?"

"모르겠어요!"

"…서울 새들은 싸가지가 없나?"

메산이와 재겸이 두런거리는 사이, 정주는 쇼핑백을 뒤적거리며 내용물을 하나씩 확인하고 있었다. 고급스러워 보이는 쇼핑백 겉면엔 금박으로 브랜드명이 쓰여 있었는데, 익히 알고 있는 비싼 명품 브랜드 중 하나였다. 세트로 맞춘 슈트 여러 벌에, 다양한 구두와 넥타이, 심지어 양말까지 있었다.

"재겸아, 그럼 이거 다 태희 씨가 사 준 거야?"

재겸이 슈트 재킷을 벗으며 고개를 끄덕였다. 정주가 황당하다는 눈을 했다. 그럼 이게 전부 다 얼마라는 얘기야? 가격표를 보니 슈트 한 벌에 이백만 원이 넘었다.

고맙기는 하지만 굳이 이럴 필요까진 없는데….

"내 카드 줬잖아. 그걸로 사지 그랬어."

정주는 괜히 미안해졌다. 돈이 없는 것도 아니거니와, 어차피 재겸이 입을 옷이니 이쪽에서 지불하는 게 맞다. 이미 집까지 받은 마당에 자꾸 이렇게 신세를 지는 것도 부담스러웠다.

"나도 그러려고 했는데 걔가 싫댔어."

안 그래도 재겸은 계산대 앞에서 카드를 꺼내 들었다. 정확히 얼마인지 모르니 그냥 카드로 하면 되겠지 싶었다. 그런데 윤태희는 재겸의 손을 슬쩍 밀어내더니 "내 카드로 할게." 하며 본인이 직접 계산을 했던 것이다. 그에 재겸이 의아한 얼굴로 질문을 던졌다.

"왜? 내가 입을 옷인데 왜 네가 사?"

"내가 골라 준 옷이니까 내가 사야지."

이상한 논리였지만 그럴싸했다. 재겸이 물었다.

"너 돈 많아?"

"응. 많은데."

윤태희가 순순히 고개를 끄덕였다.

"그래? 근데 나도 돈 많아."

재겸은 별 감흥 없다는 투로 대꾸했다.

"그거 정주 씨 돈 아닌가?"

"정주 돈이 내 돈이야."

"그럼 내 돈도 네 돈 해."

그리하여 계산대의 승자는 윤태희가 되었다는, 그런 이야기였다.

"뭐지, 대체? 무슨 주식이라도 하시나…?"

가만히 얘기를 듣던 정주가 심각한 얼굴을 했다. 아니면 부동산인가. 아무리 생각해도 연봉 2억 정도로 가질 수 있는 경제력이 아닌데…. 언제 좋은 투자 정보라도 있는지 슬쩍 물어볼까?

"아무튼, 자꾸 이렇게 받기만 하니까 좀 그렇네. 이게 다 꽁으로 받는 것 같아도 뒤돌아보면 전부 빚이에요, 빚. 받은 만큼 다 돌려주게 돼 있다?"

자본주의 사회에 완벽히 녹아든 여우가 쇼핑백을 뒤적거렸다. 메산이도 옆에 쪼그리고 앉아서 쇼핑백에 머리를 집어넣고 구경을 하고 있었다.

"그래서 말인데, 언제 한번 집에 초대해야 되지 않겠어? 집들이 겸해서 식사 대접도 하고. 재겸아, 태희 씨한테 언제 시간 되시는지 물어봐 봐."

"뭘 또 초대를 해. 돈이 썩어 나서 퍼 주는가 보지. 그냥 내버려 둬."

재겸이 심드렁한 얼굴로 넥타이를 잡아당겼다.

"아이, 오고 가는 정이 있지. 그리고 솔직히 네 얘기만 들었을 땐 느낌이 별로였어도 막상 만나 보니까 예의도 바르고 상식적인 분인 것 같던데."

정주가 쇼핑한 물건들을 차곡차곡 정리하며 말을 이었다.

"역시 감보다는 직접 겪어 보고 판단하는 게 맞나 봐."

"언제는 촉이 어쩌고 하더니. 꼬리 떼라, 새끼야."

재겸이 한심하다는 눈빛으로 정주를 흘겨보았다.

"에헴, 원숭이도 나무에서 떨어질 때가 있는 법이고…."

정주는 멋쩍은 표정으로 작게 꿍얼거리다 "아, 맞다." 하며 화제를 돌렸다.

"태희 씨랑 악수했을 때 좀 신기했는데."

"뭐가 신기해?"

"뭐랄까. 기분이 이상했어."

빈 쇼핑백을 착착 접고 있던 재겸이 고개를 들었다.

"기분이 이상했다니, 그게 뭔 소리야."

"어, 말하자면 심장이 꽉 조여드는 기분?"

정주가 제 손바닥을 바라보며 말했다.

"뭐라고 표현해야 될지 모르겠는데, 뭔가 철렁했어. 위압감 같은 게 느껴졌다고 해야 하나?"

재겸이 의아한 표정으로 되물었다.

"위압감?"

정주가 얌전히 고개를 끄덕였다.

"응. 근데 불쾌하고 그런 건 아니었는데, 뭔가… 가슴이 조여들면서 피가 후끈거리는 느낌이었어. 재겸아, 너도 태희 씨랑 악수했을 때 이런 느낌 받았어?"

재겸이 눈을 굴리며 곰곰이 생각에 잠겼다. 그런 느낌은 한 번도 받아 본 적 없는데. 그보다 내가 걔랑 악수를 한 적이 있었나? 간략하게 지난날을 돌이켜 봤으나 아무렴 두들겨 팬 기억밖엔 나지 않았다….

· 🕊 ·

"부장님, 윤 수석님 오셨습니다."

노크 소리와 함께 문 너머에서 한주영의 사무적인 음성이 들려왔다. 축역부장실, 너른 데스크에 앉아 업무를 보고 있던 석주련은 서류를 넘겼다.

"들여보내."

소리 없이 문이 열렸다. 석주련의 호출을 받고 온 윤태희가 들어와 묵례를 했다. 그러나 석주련의 시선은 여전히 서류에 고정되어 있었다. 윤태희가 걸어왔다. 데스크 앞에 서자 윤태희가 뒷짐을 지고 느리게 말했다.

"부르셨어요."

상명하복을 보여 주는 절도 있는 자세와는 다르게 느슨한 말투였다. 석주련은 윤태희에게 시선 한 톨 주지 않았고, 인사는커녕 별다른 아는 척도 하지 않았다. 마치 넓은 부장실에 본인 혼자만 있는 것처럼 묵묵히 서류만 살펴볼 따름이었다.

"……."

"……."

묘한 긴장감이 흐르고 있었다. 윤태희는 뒷짐을 진 자세 그대로 정면을 응시하고 있었다. 누가 먼저 입을 여나 내기라도 하는 것 같았다. 평소 같으면 윤태희가 먼저 운을 뗐겠지만, 지금 윤태희는 기분이 별로였다. 긴 정적이 흘렀다. 한참 만에야 석주련이 태연히 중얼거렸다.

"웬일로 탈을 안 썼구나."

윤태희가 온 이후로 석주련의 시선은 한 번도 서류를 벗어나지 않은 상태였다. 뒷짐을 지고 서 있던 윤태희가 자신의 맨얼굴을 슥 쓸어 보았다.

탈은 축역부의 상징이었다. 축역부 나자라면 누구나 전통 탈을 부여받는다. 탈은 방상시의 의지를 잇는다는 표식 그 자체이자, 귀기의 충격을 막아 주는 보호구 역할을 했다. 따라서 축역부 나자들은 현장에서 필수적으로 탈을 착용해야만 한다. 물론, 범인으로 위장을 해야 한다거나, 혹은 보는 눈이 많은 곳에 잠입해야 하는 식의 특수한 상황이라면 예외였다. 일반적으로 탈을 써야 하는 경우는 전투직으로서 현장에 나설 때의 얘기다.

따라서 본청 안에선 굳이 탈을 쓰지 않아도 됐다. 대부분은 본청에 와선 탈을 벗었다. 그러나 본청 안에서도 탈을 쓰고 다니는 사람이 아예 없는 건 아니었다. 이유야 가지각색이었다. 하루에도 몇 번씩 불려 나가는데 매번 벗었다 썼다 하기 귀찮아서, 혹은 벗어 두기만 하면 자꾸 잃어버려서, 축역부 나자인 것이 자랑스러워서, 탈이 내 맨얼굴보다 잘생겨서, 등등….

윤태희도 탈을 벗지 않는 사람 중 하나였다.

평소 윤태희는 탈을 잘 벗지 않았다. 같은 팀원들을 비롯해 평소 알고 지내는 몇 명을 제외하면 남들 앞에서 맨얼굴을 드러내는 일이 별로 없었다. 언젠가 석주련이 그 이유를 물었을 때 윤태희는 잘난 얼굴 닮을까 봐요, 하는 대답을 내놨고, 석주련은 그날부로 더는 묻지 않았다.

"흠, 차에 놓고 왔어요."

윤태희가 느릿느릿 대꾸했고,

"신입 때렸다면서."

석주련은 조용히 서류를 넘겼다.

"누가 그래요?"

"대답이나 해."

뒷짐을 지고 있던 윤태희가 슬쩍 입꼬리를 올렸다.

"소문 빠르네요, 발이라도 달렸나."

장난스러운 대꾸에 석주련이 잠시 눈을 감았다. 이내 손에 든 서류철을 탁, 소리 나게 내려놓았다. 석주련이 작게 한숨을 쉬고는 입을 열었다.

"윤 수석."

그에 윤태희가 뒷짐을 풀더니 눈가를 매만졌다.

"아, 알 만하네요. 보나 마나 황 선임이겠죠. 동생 맞았다고 그새 부장님한테 달려와서 일러바쳐요? 보면 꼭 무능한 새끼들이 고자질은 잘해요."

"윤 수석."

석주련이 싸늘하게 입을 열었다. 화를 꾹꾹 눌러 참는 듯한 음성이었다. 윤태희가 태연한 얼굴로 데스크 한쪽에 놓인 볼펜을 집어 들었다. 볼펜을 이리저리 살펴본다. 뻔뻔한 태도에 석주련이 윤태희를 노려보았다.

"제멋대로 행동할 나이는 지나지 않았나?"

"제 말이 그 말이에요. 그래서 팼어요."

결국 석주련이 매서운 낯으로 벌컥 쏘아붙였다.

"황승수 말고 너 얘기하는 거야, 이 자식아!"

알죠. 윤태희가 볼펜을 딸깍거리며 작게 웃었다.

"야 이 새끼야, 너 그렇게 상식 없는 놈이야?"

"가끔? 상식 없는 사람 앞에선 저도 상식 없어요."

아, 편두통…. 석주련이 이마를 짚었다.

"가서 사과해."

윤태희가 볼펜을 제자리에 돌려놓으며 대꾸했다.

"싫어요."

"윤태희."

윤태희가 옆에 있던 의자를 끌어와 앉았다.

"제 후임을 건드렸어요, 그래서 그랬어요."

"그렇다고 때려? 이제 막 들어온 신입을?"

화난 석주련이 눈에 힘을 주고 윤태희를 바라볼 때였다.

"네, 부장님도 예전에 그러셨잖아요. 옛날에 제가 처음으로 입청했을 때 기억 안 나세요? 저도 시험장에서 싸움 났었잖아요. 그때 저 입술 터진 거 보고 부장님이 그 새끼 찾아가서 팔 부러트리셨잖아요. 저야 약과죠."

"……."

석주련은 순간 말문이 막혔다. 가만히 과거를 되짚어 보니 그랬던 것도 같다. 기억이 날 듯 말 듯 했다. 조용해진 석주련을 바라보던 윤태희가 보란 듯이 눈웃음을 지었다. '그죠?' 하고 묻는 눈빛이다.

"저도 부장님 보고 배운 거예요."

"…배울 게 없어서 그런 걸 배워?"

윤태희 역시 추천 입청자였다. 그리고 윤태희를 추천한 사람은 석주련이었다. 빙그레 웃고 있는 윤태희를 향해 석주련이 짧게 핀잔을 주었다.

"이 자식아, 지금 웃음이 나오지?"

하는 수 없이 석주련의 기세가 누그러졌다.

"언제는 웃고 다니라고 하셨으면서."

"뭐? 내가 언제 그런 말을 했다고."

"네, 처음 만났을 때 그러셨잖아요."

윤태희가 데스크 위로 편하게 턱을 괴며 말했다.

"'너는 눈에 칼이 들었구나'라고 하셨죠."

석주련이 윤태희를 처음 만났던 것은 10년 전의 일이었다. 당시 길에서 만난 윤태희는 출생 신고조차 되어 있지 않은 부랑아였다. 이후 집으로 데려와 3년을 함께 살았고 이제는 완전히 장성하여 떨어져 산 시간이 훨씬 길었다.

"칼은 눈이 아니라 뱃속에 숨기는 거라고."

나직한 말에 석주련이 눈을 가늘게 좁혀 뜰 때였다. 턱을 괴고 석주련을 바라보던 윤태희가 서서히 미소를 지웠다. 석주련은 어느새 웃음기가 완전히 사라진 윤태희의 얼굴을 응시했다. 낯선 듯, 기시감이 느껴졌다.

마침내 이를 데 없이 무표정한 낯으로, 윤태희가 물었다.

"어때요, 지금도 눈에 칼이 보입니까?"

· ✾ ·

때는 추운 겨울, 자정이 훌쩍 지난 야심한 새벽이었다.

석주련은 날카롭게 파고드는 찬바람에 코트 깃을 여미고 텅 빈 거리를 걷고 있었다. 이따금 휘이잉, 바람이 휘몰아치며 가로수의 잔가지들이 파들파들 떠는 소리가 났다. 어느 틈엔가 석주련은 자신의 뒤를 밟는 기척이 있다는 걸 알았다. 일정한 거리에서 따라오는 기척은 꽤 은밀하였다.

귀신인가, 아니면 인간인가….

적이 많은 석주련은 태연하게 걸음을 옮겼다. 멀리 불 밝힌 가게 하나가 눈에 띄었다. 24시 편의점이었다. 석주련은 우선 편의점 안으로 들어갔다. 유리문을 열고 들어서자 딸랑, 종소리가 났다. 카운터에 앉아 꾸벅꾸벅 졸고 있던 점원이 반사적으로 인사를 건넸다.

석주련이 점원을 힐끗 곁눈질했다. 반쯤 고개를 숙이고 있는 점원의 어깨에 얼굴 하나가 더 붙어 있었다. 귀신이었다. 예닐곱 먹은 어린애처럼 보이는 귀신은 점원의 어깨에 턱을 걸치고 있었다. 어린 귀신은 눈을 커다랗게 뜬 채 순진무구한 표정으로 석주련을 쳐다보았다.

 석주련은 시선을 돌리며 음료가 진열된 투명한 냉장고 앞으로 갔다. 태평하게 음료를 고를 때였다. 딸랑, 편의점 문이 열리며 찬 기운이 훅 끼쳤다. 누군가 들어왔다. 석주련은 냉장고의 유리문을 빤히 응시했다. 유리에 비친 상으로 뒤이어 들어온 사람의 인상착의를 확인했다. 머리가 어깨에 닿을 정도로 길어서 처음엔 여자인 줄 알았으나 자세히 보니 남자다.

 대충 열댓 살 정도 되어 보이는 소년이었다. 소년의 행색은 한눈에 보기에도 남루했다. 잔뜩 해진 야구 점퍼를 입은 소년은 유제품이 진열된 매대 앞에 서서 물건을 골랐다.

 혹시 뒤를 밟은 것이 저 아이인가….

 잠시 생각에 잠겨 있던 석주련은 일단 맥주 한 병과 생수 한 병을 꺼냈다.

 석주련은 계산대로 맥주와 생수를 가져갔다. 점원은 졸기 바빠서 손님이 계산을 하러 온 것도 몰랐다. 고개도 가누지 못하고 거의 상모를 돌리다시피 꾸벅거리고 있다. 정신을 차리지 못할 만큼 피곤한 모양이었다. 그 이유로는 물론 야간 근무가 고된 탓도 있겠지만, 그보다는 어깨에 붙은 저 귀신 때문일 것이다. 저리 귀신이 붙으면 몸이 무겁고 졸음이 밀려든다.

석주련은 점원을 깨우는 대신, 무표정한 얼굴로 장지갑을 열었다. 수북한 지폐 사이에 지폐와 비슷한 형태로 만든 축퇴부(縮退符)가 섞여 있었다. 석주련은 만 원 한 장을 꺼낸 뒤, 그 밑에 부적을 겹쳐 계산대 위에 올려 두었다. 보아하니 악의가 없고 힘이 약한 잡귀임이 분명했다. 점원의 손에 부적이 닿는 것만으로도 쉽게 물리칠 수 있을 것이었다.

"계산해 주세요."

석주련이 입을 열었다. 그러자 점원이 화들짝 놀라 고개를 들더니 굼뜨게 몸을 일으켰다. 잠기운이 가득한 눈동자는 총기가 없이 탁했다. 점원은 석주련이 가져온 맥주를 먼저 집어 들고 바코드를 찍었다. 그때, 갑자기 계산대에 놓인 생수 옆으로 우유 팩 하나가 끼어들었다.

베리베리 드링킹 요거트.

석주련은 고개를 돌려 옆을 쳐다보았다. 어느 틈에 야구 점퍼를 입은 소년이 와서 서 있었다. 소년은 한 치의 물러섬도 없이 석주련의 시선을 받아 냈다. 예리하게 날이 선 눈매, 깊고 어두운 눈동자. 석주련은 단번에 알아보았다. 소년의 눈 속에 뱀처럼 따리를 틀고 있는 짙은 적대와 분노를.

점원이 나머지 생수의 바코드를 찍으며 물었다.

"이것도 같이 하시는 거예요?"

점원이 가리킨 것은 소년이 가져온 드링킹 요거트였다. 잠이 덜 깬 점원의 눈에는 석주련과 소년이 일행으로 보였다. 석주련이 고개를 저었다. 뭐라 입을 달싹이려는데, 소년이 말했다.

"네."

석주련이 멈칫하며 소년을 바라보았다. 점원은 우유 팩을 집어 들어 바코드를 찍었다.

"4,700원입니다."

점원이 지폐로 손을 뻗을 때였다. 점원의 손이 닿기 전에 소년이 먼저 만 원에 손을 댔다. 한발 빠르게 돈을 채간 소년은 점퍼 주머니에 지폐를 욱여넣었다. 당연히 겹친 부적도 함께였다. 점원이 어리둥절한 표정을 지었다.

"……."

그에 석주련이 눈을 가늘게 뜨고 소년을 응시했다. 소년은 다른 쪽 주머니에서 돈을 꺼냈다. 꼬깃꼬깃하게 구겨진 오천 원짜리 한 장이었다. 소년이 점원에게 돈을 건넸다. 점원은 석주련과 소년을 번갈아 바라보다가 소년이 내민 돈을 받았다.

소년은 물건을 담을 비닐 한 장을 달라고 했다. 그길로도 모자라 점원이 거슬러 준 동전까지 아주 자연스럽게 받아 챙겼다. 뻔뻔하기 짝이 없는 행동이었다. 소년은 비닐 안에 제 몫의 드링킹 요거트뿐만 아니라 석주련이 산 맥주와 생수까지 몽땅 집어넣은 뒤에야 석주련을 향해 말을 건넸다.

"가요."

소년은 유리문을 활짝 열더니 석주련에게 눈짓을 했다. 따듯하던 편의점 내부로 찬바람이 밀려 들어왔다. 점원이 팔을 감싸며 소년을 보았다. 빨리 문을 닫아 주길 원하는 눈치였다. 귀신도 달달 떨었다. 석주련은 점원의 어깨에 붙어 있는 귀신에게 시선을 던졌다가 말없이 편의점을 나섰다.

"이게 뭐 하는 짓이지?"

석주련은 비스듬히 팔짱을 끼고 소년을 바라보았다. 소년은 전부 제 것인 양 손목에 비닐봉지를 걸고 있었다. 혹한의 바람이 소년의 긴 머리칼을 헤집었다. 마주 선 소년은 태연한 얼굴로 주머니 안에서 부적을 꺼냈다.

"날이 추워서요."

반쯤 구겨진 부적이 소년의 손바닥 위에서 후루룩 타올랐다. 그에 석주련이 설핏 눈가를 좁혔다. 소년은 자신이 귀재임을 숨기지 않았다. 게다가 부적을 태울 수 있는 것을 보면 제법 좋은 자질을 지니고 있는 모양이다.

소년이 손에 남은 재를 탈탈 털어 내며 말했다.

"저 귀신이요. 원귀도 아닌데 그냥 내버려 둘 수 있잖아요. 바깥이 추워서 저렇게 붙어 있는 건데. 좀 있다가 해 뜨면 어련히 알아서 갈걸요."

석주련이 소년을 향해 가까이 다가섰다.

"아까부터 뒤를 따라왔지. 내가 누군지 아는 모양이구나."

"나자 지망하는 귀재 중에 당신 모르는 사람이 있을까요."

그렇게 중얼거리며, 소년이 비닐을 뒤적거릴 때였다.

짜악―!

석주련이 무표정한 얼굴로 소년의 뺨을 올려붙였다. 겁이 없는 것은 봐줄 수 있으나 무례한 것은 넘어가 줄 생각이 없었다. 소년은 뺨을 감싼 채 고개를 숙였다. 차갑게 얼어붙은 뺨이 깨질 듯이 아팠다.

"건방진 새끼."

석주련이 낮게 말했다. 그러자 소년이 천천히 눈을 들었다. 바람에 머리칼이 휘날렸다. 머리카락에 반쯤 가려진 눈동자가 형형하게 번뜩거렸다. 날것의 감정이 고스란히 엿보일 정도로 서툴고 투박한 가시였다.

"너, 눈에 칼이 들었구나."

석주련은 저런 눈을 잘 알았다. 자신도 한때 저랬으니까. 저 나이 정도 되는 어린 귀재에게선 흔히 찾아볼 수 있는 눈빛이었다. 귀재로 산다는 것은 세상의 변두리를 맴돈다는 뜻이다. 어디에도 속할 수 없고 뿌리내릴 수 없는 삶. 이유 없이 울화가 치밀고 걷잡을 수 없이 분노가 들끓던 시절이 있었다. 그 시절을 오래전에 지나온 석주련에겐 그저 우습기만 했다.

"저를 데려가세요."

소년이 말했다. 석주련이 싸늘하게 물었다.

"내가 왜 그래야 하지?"

"날이 추우니까요."

석주련이 코웃음을 쳤다. 제법 괜찮은 대답이었다. 녀석은 제 눈에 들기 위해 일부러 주변을 맴돌았다. 다른 노선을 제쳐두고 직접 접근을 할 정도면 배포가 상당하다는 얘기다. 그건 마음에 들었으나, 건드리자마자 곧바로 이를 드러내는 짐승이라면 사양이었다. 그래 봤자 자신이 범인 줄 착각하고 겁도 없이 덤벼 오는 하룻강아지일 뿐이었다.

"칼끝 하나 제대로 감추지 못하는 녀석은 필요 없어."

말을 마친 석주련이 그대로 등을 돌렸다. 소년은 흔들림 없는 눈으로 석주련의 뒷모습을 응시했다. 석주련이 점점 멀어져 갈 때, 소년이 말했다.

"그럼 어떻게 하면 되는데요?"

우뚝 걸음을 멈춘 석주련이 소년을 돌아보았다.

"글쎄. 칼은 눈이 아니라 여기…."

석주련이 손가락으로 소년의 명치 아래를 가리켰다.

"보이지 않게 뱃속에 숨겨야 하지 않겠어?"

석주련의 말이 끝남과 동시에, 소년이 갑자기 입고 있던 점퍼를 벗었다. 살벌한 겨울바람이 얇은 티셔츠 차림이 된 소년을 휩쓸었다. 소년은 손목에 걸고 있던 비닐에서 맥주병을 꺼냈다. 그런 다음 맥주병을 두 손에 귀기를 실었다.

챙그랑!

한순간에 병이 깨졌다.

"……."

"……."

"이렇게요?"

소년이 물었다. 무언가를 예감한 석주련이 낯을 굳혔다.

"너, 잠깐…!"

석주련은 소년에게 다가서며 급히 손을 뻗었다. 그러나 한 발 늦었다. 반쯤 날아간 병목을 주워 든 소년이 그것을 그대로 제 배에 박아 넣었다. 깨진 유리병은 흉기 그 자체였다. 날카로운 단면이 파고들자 얇은 티셔츠가 삽시간에 붉게 물들기 시작했다. 피에 젖은 옷자락이 싸늘하게 얼어붙었다.

"저는 윤태희예요. 나이는 모르고, 부모는 없어요. 그러니 목줄을 채우고 나를 사냥개로 쓰세요. 언젠가 필요가 없어진다면 그대로 버려도 돼요."

당황한 석주련이 저도 모르게 소년의 양어깨를 붙들었다. 내내 무표정하던 소년은 처음으로 웃고 있었다.

"이게 무슨 짓이야!"

소년의 몸이 무너져 내렸다. 석주련이 황급히 소년을 상체를 받쳤다. 소년은 연신 피식거렸다. 조금씩 눈이 가물거렸다. 화난 석주련이 소년의 뺨을 매섭게 후려갈겼다.

이 건방진 새끼야, 눈을 떠….

그것이 석주련이 기억하는 윤태희와의 첫 만남이었다.

· 🕊 ·

 이후 녀석은 건방지게도 3일 만에야 눈을 떴다. 한 치만 더 들어갔어도 목숨이 위험했을 거라고 했다. 나이도 모르고 부모도 없다던 그 말은 사실이었다. 윤태희는 삶의 기억이 시작된 순간부터 길거리 생활을 하고 있었다고 말했다. 스스로에 대해 알고 있는 건 오로지 이름 석 자뿐이라고.
 그에 의심을 품은 석주련은 경찰에 따로 연락을 넣어 윤태희의 신원 조회를 요청해 보았으나, 공식적인 신분이 없는 무연고자라는 사실만 확인했다. 실종 신고도 없었다. 실체는 있으나 존재하지 않는 유령과도 같았다.
 나를 사냥개로 쓰세요.
 석주련은 그 말을 듣는 순간 마음에 균열이 가는 것을 느꼈다. 당당하고도 건방진, 되바라진 부탁이었다. 이상하리만치 쓸쓸하게 들리기도 했다. 석주련은 일면식도 없는 윤태희에게서 어린 날의 제 모습을 보았다.
 윤태희와 마찬가지로 석주련 또한 부모가 없었다. 아니, 정확히 말하면 낳아 준 사람은 있었으나 그건 부모가 아니었다. 석주련의 부모는 어린 석주련을 무당에게 팔아넘겼다. 부모의 손에 이끌려 당집의 문턱을 넘었던 그날도 날카로운 바람에 살갗이 에는 것처럼 추웠던 겨울날이었다.
 한때 신기가 떨어지거나, 신기가 떨어진다는 불안감에 시달리는 무당들 사이에선 어린아이를 데려와 태자귀로 삼는 일이 암암리에 횡행하였다. 그 방법인즉슨, 빛이 들지 않는 좁은 곳에 아이를 가두고 천천히 기를 빼앗아 죽인 후 아이가 원귀가 되면 그 힘을 부리는 것이었다.

햇빛 한 점 들지 않는 광에 갇혀 지내던 석주련은 마침내 무당이 자리를 비운 틈을 타서 죽을힘을 다해 도망쳐 나왔다. 그러나 막상 갈 곳이 없었다. 어린 석주련은 길거리를 전전하며 몇 날 며칠을 떠돌아다녔다. 그러다 운 좋게 누군가의 눈에 띄어, 그 길로 나자가 되었다.

석주련은 들개와도 같았던 소년을 데려와 신분을 만들어 주었다. 갈 곳이 없는 윤태희에게 방 한 칸을 내어 주었고, 성년이 될 때까지 이 집에서 지내도 좋다고 말했다.

16세. 그것은 윤태희가 처음으로 가진 나이였다.

석주련과 윤태희가 함께 산 세월은 3년 남짓이었다. 윤태희는 이듬해 봄에 입청하여 2년 만에 수석의 위치에 올랐고, 같은 해에 석주련은 축역부 부장이 되었다.

한 지붕 아래서 생활하긴 했지만, 가족 같은 사이는 아니었다. 식구라고 칭하기에도 어폐가 있었다. 가끔 때가 맞으면 식탁에 앉아 함께 밥을 먹기도 했으나, 그래 봤자 달에 한두 번이었다.

당시 석주련은 눈코 뜰 새 없이 바쁜 생활을 하고 있었기에 집에서 보내는 시간보다 본청에서 보내는 시간이 더 많았다.

한집에서 같이 살긴 했어도 함께 보낸 시간을 합쳐 본다면 석 달도 채 되지 않을 터였다.

3년 동안 윤태희는 아주 조용히 생활했다. 퇴근한 석주련이 집으로 돌아오면 새벽이든 낮이든 상관없이 언제나 현관 앞으로 나와서 '오셨어요.' 하고 인사를 하곤 했다.

그때마다 녀석의 눈높이는 하루가 다르게 높아져 있었다.

"어때요? 지금도 칼날이 보입니까?"

그렇게 녀석을 거둬들인 지 햇수로 10년이 지났다.

"……."

석주련은 눈앞에 마주 앉아 있는, 더는 이를 데 없이 완성된 청년을 물끄러미 바라보았다. 어느샌가 어깨가 탄탄히 벌어지고, 모든 선이 굵어져 있었다.

"역시 웃는 게 낫죠?"

무표정한 낯으로 질문을 던졌던 윤태희가 언제 그랬냐는 듯이, 빙그레 미소를 지으며 물었다. 윤태희가 저렇게 눈매를 허물어트리며 웃을 때마다 석주련은 가끔 묘한 위화감을 느꼈다. 그리고 때로 묻고 싶었다.

너는 숨기는 데 능숙해진 것일까, 아니면 칼을 내려놓은 것일까.

"그래. 넌 웃어야 그나마 봐 줄 만해."

석주련이 모르는 척, 서류를 집어 들며 중얼거렸다. 살갑게 곁을 내준 사이는 아니었다. 그러나 제아무리 사냥개로 삼았다고 한들 10년이라는 긴 세월은 서로에 대해 충분히 많은 것을 알 수 있는 시간이었다. 녀석은 웃음을 배웠다.

"웬일이에요. 우리 부장님이 나한테 칭찬을 다 해 주시고."

윤태희가 턱을 괸 채로 장난스레 말했다.

"칭찬은 무슨 칭찬…."

아아. 석주련은 후자였으면 좋겠다고 생각했다.

・🕊・

다음 날 점심, 재겸은 슈트를 입고 대문을 나섰다.

약속한 시각에 맞춰 나가니 어제 탔던 검은색 세단이 눈에 띄었다. 시동이 꺼진 것을 보니 미리 와서 기다리고 있던 모양이었다. 대문 계단을 내려오던 재겸이 윤태희를 발견하고 멈칫했다. 윤태희는 운전석이 아니라 차에서 약간 떨어진 곳에 서 있었다. 검은색 슈트를 빼입은 윤태희는 담벼락에 등을 살짝 기대고 있었는데, 자세히 보니 담배를 피우고 있었다.

시선을 느꼈는지 윤태희가 고개를 돌렸다.

"어… 안녕."

윤태희가 빙그레 웃으며 인사를 건넸다. 동시에 곧바로 들고 있던 담배를 휙 내버렸다. 재겸은 말없이 고개를 끄덕해 보였다. 윤태희는 정장 차림의 재겸을 찬찬히 뜯어보았다. 재겸은 어제 시착한 남색 정장을 입었다.

윤태희가 슬쩍 질문을 했다.

"넥타이 네가 맸어?"

재겸이 계단을 완전히 내려왔다.

"아니, 정주가."

윤태희가 눈짓을 했다.

"차 문 열려 있어. 먼저 타."

"넌? 안 타? 왜 그러고 있어?"

재겸이 의아한 얼굴로 물었다.

"바로 타면 담배 냄새 나니까."

윤태희가 얼굴 근처로 손을 들어 올리더니 휘휘, 가볍게 손짓을 했다. 재겸은 별말 않고 차로 걸어갔다. 재겸이 조수석에 앉은 지 몇 분이 지나서야 운전석 문이 열렸다. 윤태희가 운전석에 올라타자 차체가 기우뚱하는 게 느껴졌다. 담배 냄새는커녕 예의 그 향수 냄새만 풍겨 왔다.

윤태희가 곧바로 시동을 걸었다. 차가 부드럽게 골목을 빠져나갔다. 차 안이 몹시도 조용했다. 어색하면서도 팽팽한 긴장감이 돌았다. 윤태희는 오늘따라 차분한 느낌이었다. 고개를 숙인 채 손가락을 꼼지락거리던 재겸이 눈동자를 움직였다. 운전하는 윤태희의 옆얼굴이 보였다.

오늘도 머리를 올렸네….

"왜?"

시선을 느꼈는지, 윤태희가 전방을 주시한 채로 입을 열었다. 재겸은 아무 일도 없었다는 듯이 조수석 차창으로 시선을 돌렸다. 괜히 바깥을 구경하는 척했다. 어쩐지 훔쳐본 것 만 같아 재겸은 짐짓 시침을 떼며 물었다.

"지금 어디로 가는 거야?"

"오랭테이션 하러 가죠."

재겸이 조수석 창문에 이마를 붙이며 말했다.

"그러니까 그거를 어디 가서 하느냐고."

"단둘이 있을 수 있는 곳이라면 어디든?"

웃음기 어린 목소리로 대꾸하던 윤태희가 조수석 창문을 반쯤 내렸다. 창문이 내려가자 이마를 대고 있던 재겸은 화들짝 놀라서 고개를 물렸다. 그러자 핸들을 쥐고 있던 윤태희가 한 손으로 입을 가리고 옅게 웃었다.

"야, 놀랐잖어."

재겸이 휙, 고개를 돌려 윤태희를 노려보았다.

"창문을 왜 열어?"

"날씨가 좋아서요."

윤태희가 천연덕스럽게 대답했다. 불퉁한 낯을 한 재겸이 다시 창문으로 시선을 돌렸다. 날씨가 좋긴 했다. 하늘은 쾌청하고 햇살은 따사로웠다. 열린 창문 틈으로 밀려든 바람에 재겸의 앞머리가 가볍게 나부꼈다. 풍경이 빠르게 흘러갔다.

그때, 다시 창문이 쑥 올라갔다.

"……."

재겸이 샐쭉 눈을 치켜떴다. 이번에야말로 윤태희가 자신을 놀리고 있음을 깨달았기 때문이었다. 재겸이 다시 고개를 돌려 윤태희를 노려보았다.

"장난치지 마."

때마침 신호에 걸려 차가 멈췄다. 이번엔 운전석과 조수석의 창문이 동시에 끝까지 내려갔다. 내내 전방을 주시하던 윤태희가 운전석 창문 턱에 한쪽 팔을 걸치더니 고개를 돌려 재겸을 보았다. 둘의 시선이 마주쳤다.

"그러니까 밖에만 보지 말고, 나도 좀 봐."

뻔뻔한 대답에 재겸이 눈을 느리게 떴다.

"내가 널 왜 보고 있어야 되는데?"

윤태희가 손끝으로 핸들을 톡톡 두드렸다.

"수석님 운전 잘하나 구경도 하고, 신호는 잘 지키나 감시도 하고, 어디가 잘생겼나 얼굴 감상도 좀 하고…. 그럼 아까는 나 왜 보고 있었어?"

"……."

재겸이 창문 쪽으로 뻣뻣하게 고개를 돌리며 중얼거렸다.

"그거는… 그거는 그냥 어쩌다 한 번 본 거야."

윤태희가 말없이 픽, 웃으며 기어를 바꿨.

다시 차가 부드럽게 움직였다.

· 🕊 ·

"오랭테이션은? 여긴 식당이잖아."

윤태희의 차가 멈춰 선 곳은 규모가 제법 큰 한식당의 주차장이었다. 한옥으로 된 외관에, 커다란 독채로 이루어진 건물 간판에는 한자로 '은월당'이라고 쓰여 있었다. 윤태희가 주차 브레이크를 채우며 가볍게 말했다.

"오랭테이션도 식후경이라는 속담을 아시는지."

왠지 속았다는 느낌이 든다. 대체 오랭테이션을 하는 데 시간이 얼마나 걸리기에 굳이 점심부터 만나자고 하는지, 뭔가 이상하다 싶었는데….

윤태희가 차에서 내리며 뻔뻔하게 선수를 쳤다.

"이 기회에 은근슬쩍 겸상하려고."

약았네. 재겸이 조그맣게 중얼거렸다.

식당 입구에 들어서자 직원 한 명이 다가와 예약 여부를 물었다. 두 사람은 2층으로 안내를 받았다. 2층으로 올라오니 개별적으로 공간이 나뉘어 있었다. 직원이 미닫이문을 열자 2인실로 된 널찍한 마루방이 나왔다.

윤태희가 먼저 구두를 벗고 안으로 들어섰다. 그에 재겸도 뭉그적거리며 구두를 벗었다. 윤태희와 재겸은 커다란 좌식 테이블을 사이에 두고 마주 앉았다. 창가에서 볕이 쏟아졌다. 음식은 윤태희가 제멋대로 주문을 했다.

음식이 나오길 기다리는 동안, 윤태희는 슈트 재킷을 벗고 물수건으로 손을 꼼꼼히 닦았다. 멀뚱히 앉아 주변을 둘러보던 재겸도 윤태희를 따라서 재킷을 벗고 물수건을 만지작거렸다. 창으로 보이는 풍경이 고즈넉했다.

"혹시 외식하는 거 처음이야?"

"자주는 아니지만 가끔 해."

재겸의 대답에 윤태희가 의외라는 표정을 지었다.

"1년에 한, 두 번? 정주 생일이나…."

평소엔 집 밖을 나서기 싫어하는 재겸이었다. 하지만 정주 생일은 날이 날이니만큼, 재겸은 정주가 하자는 대로 한 수 물러 주곤 했다. 언젠가부터 그날 하루만큼은 셋이 함께 외출을 하는 날로 자연스럽게 굳어 있었다. 낯선 인간을 무서워하는 메산이의 손을 하나씩 나누어 잡고, 정주가 직접 예약한 근사한 식당으로 가서 맛있는 저녁 식사를 하는 것이었다.

윤태희가 턱을 괴며 물었다.

"그럼 네 생일에는?"

"나 생일 모르는데."

"왜?"

"알려 줄 사람이 없었으니까."

재겸이 물수건을 접으며 대꾸했다.

"나랑 똑같네."

윤태희가 차를 따르며 말했다. 그에 재겸이 눈을 동그랗게 뜨고 윤태희를 바라보았다. 그렇다면 윤태희도 나처럼 천애 고아라는 얘기인가? 가족이 몰살당해서 복수를 한다고 하지 않았나. 재겸이 의아한 눈빛을 했다. 그에 윤태희가 눈치 좋게 의문을 읽어 내고 대수롭지 않은 투로 말했다.

"굳이 혈연이 아니라도 가족이 될 수 있으니까."

그건 그랬다. 아무리 핏줄이라고 한들 남보다도 못한 사이가 되는 경우도 있으니까. 그렇다면 그 반대도 충분히 있을 수 있는 이야기라는 거다. 내 곁에 정주와 메산이가 있듯이… 윤태희에게도 한때 가족처럼 생각했던 이들이 있었던 모양이다. 잠시 생각에 잠겨 있던 재겸이 불쑥 물었다.

"그럼 너 원래 부모 없냐?"

화끈한 질문에 윤태희가 소리 내어 웃었다. "응. 없어." 윤태희가 순순히 고개를 끄덕이며 재겸의 앞에 차를 놔 줬다. 구수한 내음이 올라왔다. 어쩌면 숙연해질 법한 화제였지만 둘 사이의 분위기는 여느 때와 같았다.

그때, 윤태희가 따듯한 긴 올 감싸 쥐며 말했다.

"그럼 내 생일은 오늘로 해야겠다."

왜? 재겸이 녹차를 홀짝거리며 무심히 물었다.

"네가 나랑 외식해 주니까."

윤태희가 빙그레 웃으며 대답했다. 그에 찻잔을 쥔 재겸의 손이 짧게 흔들렸다. 윤태희가 고개를 기울이며 장난기 묻어나는 목소리로 말했다.

"그러니까 올해는 오늘로 해야지."

"……."

차 안에서처럼, 재겸의 시선이 창문으로 달아났다.

직원이 미닫이문을 노크했다.

"실례합니다."

먼저 애피타이저로 죽이 나왔다. 직원이 쟁반에 받친 작은 그릇을 각자의 앞에 하나씩 놔 주며, 이건 잣죽이라고 설명을 해 주었다. 재겸은 죽 그릇을 빤히 들여다보았다. 직원이 나가자마자 재겸이 살벌하게 중얼거렸다.

"아니, 무슨 죽을 닭 모이처럼 주네."

윤태희는 하마터면 수저를 떨어트릴 뻔했다.

"죽은 금방 꺼져서 한 사발은 먹어야 되는데 이걸 누구 코에 붙여. 요즘 사람들은 원래 이렇게 인정이 없냐? 이것만 먹고 어떻게 기운을 쓰라고."

재겸이 벌컥 화를 냈다. 그에 윤태희는 차분히 수저를 내려놓았다. 그러고는 잠시 창문을 내다보는 척을 했다. 턱을 괸 채 입술을 꾹 깨물었다.

"그거 다 먹으면 또 나와."

"뭐? 또 나온다고?"

"응. 코스로 시켰으니까."

"코스가 뭐야."

"줄줄이 음식을 갖다준다는 뜻이에요."

"아아…."

 눈높이를 맞춘 세심한 설명에, 재겸이 안심하며 수저를 들어 올렸다.

 이후 윤태희의 말대로 다양한 음식들이 줄줄이 대령되었다. 샐러드와 묵사발, 시원한 냉채와 삼삼한 모둠 전, 입맛대로 채소를 싸 먹는 구절판, 부드러운 흰살생선으로 튀긴 강정, 뜨끈한 육수로 끓인 신선로, 낙지 한 마리가 통째로 들어 있는 달큼한 갈비찜까지. 재겸은 모든 음식을 아주 맛있게, 열심히 먹었다. 어찌나 잘 먹는지 보는 사람까지 뿌듯할 정도였다.

"맛있어?"

 재겸이 젓가락을 놀리며 고개를 끄덕거렸다.

"너는 왜 안 먹어?"

 재겸이 물었다. 어느 순간부터 윤태희는 수저를 아예 내려놓았다. 홀린 듯이 재겸이 먹는 모습을 구경하고 있었다. 평소 군것질을 즐기는 윤태희는 원래 입이 짧은 편이기도 했고, 윤태희가 좋아하는 음식이 피자, 피스타, 햄버거와 같은 종류들이기 때문이기도 했다. 한식을 고른 것은 순전히 재겸 때문이었다.

"나는 다 먹었어, 너 먹어."

 윤태희가 차를 한 모금 마시며 말했다.

"야, 먹을 거 남기면 벌 받아."

 그리고 이 많은 걸 나 혼자 어떻게 먹냐? 무엇보다 네가 잘 몰라서 그러는데, 이거 나라님 밥상이야. 예전 같으면 이거 못 먹었다고. 지금은 세상 좋아져서 돈 쥐여 주고 이렇게 먹는 거지, 어? 너 옛날 같았어 봐라!

"……."

차를 삼키던 윤태희가 작게 기침을 뱉었다.

여태껏 살면서 왕년을 운운하는 잔소리는 많이 들어 봤지만, 나라님 밥상까지 거슬러 올라가는 건 처음이다.

삐뚤빼뚤한 앞머리를 한 앳된 얼굴의 꼰대는 어느새 수저까지 휘둘러 가며 밥상머리 훈수를 두고 있었다. 재겸은 신선로를 가리키며 "이게 궁궐에서 먹던 거다, 아느냐." 했다. 윤태희는 새어 나오는 웃음을 꾹 참으며 컵을 놓았다. 등받이에서 허리를 바르게 펴고 경청의 자세를 취했다.

"아, 제가 또, 그걸 몰랐네요."

"요즘은 먹을 게 넘쳐 나서, 어?"

윤태희가 얌전히 고개를 주억거렸다.

"네… 제가 참 송구하고…."

장난기가 솟아나 무릎이라도 꿇어 볼까 잠시 고민도 했으나 그랬다간 틀림없이 놀리는 줄 눈치채고 머리통을 때릴 게 뻔했으므로, 까마득히 어린 연하는 그냥 가만히 있기로 했다.

후식으로는 매실셔벗이 나왔다.

엄한 훈계를 마친 재겸은 티스푼으로 셔벗을 괴롭히고 있었다. 입에 수저를 물고 있던 윤태희가 좌식 등받이에 허리를 편히 기대며 입을 뗐다.

"자… 그럼, 먹으면서 들어."

재겸이 입을 우물거리며 눈을 들었다. 윤태희가 한 손을 들더니 손바닥이 보이게끔 펼쳐 보였다. 후식까지 나왔으니 직원의 발길이 잠시 뜸할 것이었다. 그 틈을 타 윤태희는 차분하게 일대일 '오랭테이션'을 시작했다.

"나례청의 부서는 총 다섯 개로 이루어져 있어."

윤태희가 설명과 함께 손가락을 하나씩 접었다. 정화부. 제구부. 부적부. 암행부. 마지막으로 축역부. 재겸이 이해했다는 듯이 고개를 끄덕였다.

"제일 먼저 정화부. 정화부는 부정이 깃든 물건이나 장소를 정화하는 업무를 담당하는 부서야. 그리고 다친 나자들을 치료하는 곳이기도 해."

진귀한 약재들의 밑바탕이 되는 약초실을 관리하는 것도 정화부에서 하는 일이다. 치유, 치료, 정화에 관련된 일은 전부 정화부에서 전담한다고 보면 된다. 본청 안에서 가장 평화롭고 한적한 부서가 바로 그곳이다.

"다음은 제구부. 제구부에서는 각종 무기와 도구를 발명하고 개발해. 나례청에서 쓰이는 신기한 물건들은 거의 다 제구부에서 만든다고 보면 돼."

제구부 얘기가 나오자 재겸이 단박에 눈을 구겼다.

"야, 그 씹새끼들 지금 살아 있냐?"

"네… 뭐, 일단은 그렇게 됐어요…."

윤태희가 눈썹 끝을 매만지며 유감을 표했다. 메산이 사건으로 인해 재겸은 제구부 나자들에게 생생한 악감정을 품고 있었다. 특히 이영신은 밤길을 조심해야 할 거다.

"만나면 그땐 진짜 죽여 버릴 거야."

재겸이 이를 갈았다. 잠시 난감한 얼굴을 하던 윤태희가 운을 뗐다.

"그리고 암행부…."

제구부 화제가 자리를 잡기 전에 얼른 자연스럽게 말을 돌렸다.

"암행부는 민간의 치안과 순찰을 맡고 있어. 보통 신분을 숨기고 잠입하는데, 정보를 수집하는 게 암행부의 역할이야. 위장하는 직업도 다양해 민가에서 사건 사고가 생기면 상황실에 보고해서 지원 요청을 하지."

세간에 떠도는 미신이나 뜬소문 따위를 그냥 흘려듣지 않고, 단서를 잡아내는 것이 관건이다. 비유컨대 제구부가 나례청의 수족이라면 암행부는 나례청의 눈과 귀라고 할 수 있다.

양지에 경찰이 있다면 음지엔 암행부 나자들이 있다. 물론 실제로 경찰로 근무하는 나자도 많았다. 초라니 선발 기간이 되면 귀재들을 찾아다니는 것도 바로 암행부가 하는 일이다.

윤태희는 팀의 막내를 위해 조곤조곤 설명을 이어 나갔다.

"그리고 축역부는 모든 사건 사고의 정면에 나서는 부서야. 현장에 출동해서 사건을 해결하는 역할이지. 보통은 원귀를 상대하는 일이 많은데, 그 밖에도 목숨이 위험할 법한 일은 전부 축역부로 이관된다고 보면 돼."

귀신과 격돌하는 축역부는 나례청의 핵이다. 악귀를 쫓는 의식을 뜻하는 '나례'라는 단어를, 가장 직접적으로 실천하는 부서이기 때문이다. 오로지 축역부 나자에게만 주어지는 전통 탈은 방상시의 의지를 천명한다.

따라서 나례청의 핵심 권력은 축역부에 있다고 해도 과언이 아니었다. 축역부의 업무를 서포트하기 위해 나머지 부서들이 있는 것이라는 우스갯소리가 돌기도 했다. 윤태희의 이름값이 높은 데는 그만한 이유가 있었다.

"그리고, 마지막으로 부적부. 이름 그대로 부적을 쓰고 주술을 다루는 곳이야. 기본적인 용도의 부적을 제외하고 다른 부적들은 따로 신청서를 제출해야 돼. 허가가 떨어져야 부적을 발급해 줘. 주술은 위험하고 강력한 영역이니까."

민간에서도 점집을 통한다면 얼마든지 쉽게 부적을 구할 수 있다. 그러나 바깥에서 얻는 부적은 엉터리인 경우가 많고, 제대로 된 부적이어도 합격 운이나 재물 운을 부르는 정도의, 소소한 용도로 쓰이는 게 대부분이다.

반면에 나례청의 부적은 용도에 따라 다양한 주술을 발휘한다. 따라서 간단한 축귀부라면 쉽게 소지할 수 있지만, 그 외에는 엄격한 절차를 거쳐야만 한다. 함부로 힘을 남용하거나 악용할 가능성을 차단하기 위해서다.

윤태희가 삐뚜름히 입꼬리를 올리며 말을 덧붙였다.

"그래서 축역부 다음으로 영향력이 강한 곳이 부적부야. 나례청의 숨겨진 실세라고 부르기도 해. 밉보이면 부적을 잘 안 내어 주거든. 부적 한 장만 잘 받아 놓으면 고생할 일이 훨씬 줄어드니까, 다들 설설 기는 거지."

"재수 없는 부서네."

재겸이 수저로 셔벗을 긁으며 고개를 끄덕였다. 이걸로 각 부서에 대한 대략적인 정리는 끝난 셈이다. 말을 마친 윤태희가 테이블에 팔을 걸쳤다. 셔벗을 떠먹는 재겸을 바라보며 잠시 뜸을 들이다가 조용히 말했다.

"그리고 명부실을 담당하는 부서가 바로 그 재수 없는 부적부야."

웃음기 어린 목소리에 재겸이 멈칫하며 눈을 들었.

'명부실'이라는 단어가 나오는 순간, 재겸은 이 자리가 반역을 모의하는 자리로 바뀌었다는 것을 알았다. 오랭테이션이라는 껍데기를 쓴 이 대화의 본목적인 거다.

'윤태희'를 윤태희에게 돌려주는 것.

재겸은 닫힌 미닫이문으로 힐끗 시선을 던졌다. 느긋하던 분위기가 단숨에 팽팽하게 당겨졌다. 태평하게 셔벗을 갉아 먹느라 내내 멀뚱하던 재겸의 낯빛이 기민하게 바뀌었다.

역시….

윤태희가 소리 없이 만족스러운 미소를 머금었다.

"있잖아, 그럼 나는 그 목패 언제 제출해?"

재겸이 손에서 수저를 내려놓으며 물었다.

"수습 나자 때는 제출 안 해. 3개월 뒤에 정식으로 나자가 되면 그때 제출하는 거야. 그 대신에 수습 기간 동안엔 본청에서 예의 주시를 하지."

수습 나자는 언제든지 쫓겨날 수 있는 불안정한 위치이기 때문에 따로 계약을 맺지 않는다. 또한 그들은 대체로 힘이 불안정하고 귀기를 다루는 데 서툴러, 같은 나자를 향하여 실수로 귀기를 쓰는 일이 왕왕 일어나기 때문에 부담을 덜어 주기 위한 차원이기도 했다. 그리고 윤태희는 그 빈틈에, 괴물 같은 후임을 꽂아 넣었다.

"근데 그 목패 말이야. 왜 네가 직접 훔치지 않는 거야?"

재겸이 허리를 바르게 세우며 마주 앉은 윤태희를 또렷하게 응시했다. 명부실에서 '윤태희'가 적힌 목패를 훔쳐 오는 것. 그것이 계획의 첫 단추라고 윤태희는 말했었다. 다른 누구도 아닌 너만이 할 수 있는 일이라고.

"자기 이름이 적힌 목패를 건드리면 주술이 발동하게 되어 있거든."

"주술이라니? 그게 뭔데?"

"목패가 불타오르는 거야."

자신의 이름이 적힌 목패를 건드리면 목패가 불타올라서 안 된다? 그렇다는 건….

설명을 곱씹으며 잠시 생각에 잠겼던 재겸이 불쑥 입을 열었다.

"그 목패, 육체랑 이어져 있는가 보네."

무심한 어조로 건넨 말에, 윤태희가 멈칫하며 재겸을 빤히 쳐다보았다.

"…왜 그렇게 봐?"

재겸이 의아한 눈을 했다. 윤태희가 묘한 표정으로 입을 열었다.

"어떻게 알았어?"

재겸이 시큰둥한 얼굴로 대답했다.

"척하면 척이지."

재겸은 정말이지 명민하고 똑똑했다. 현대 생활에 서투른 엉뚱한 모습을 보여 줄 때는 말 그대로 앳된 소년처럼 보이다가도, 저렇게 기민하고도 번뜩이는 면모를 보여 줄 때마다 문득, 소년의 오래된 연륜을 체감케 된다. 소년을 물끄러미 응시하던 윤태희가 미소를 지었다.

"정확하십니다."

정중한 칭찬이 날아들자 재겸은 공연히 앞머리를 만지작거렸다.

재겸이 짐작한 그대로였다. 신체의 일부 혹은 피를 매개한 물건은 일종의 분신과 같은 성격을 지닌다. 예컨대 저주나 액막이용으로 그 사람을 대신할 짚 인형을 만드는 경우가 있는데, 당사자의 손톱이나 머리카락을 지니게 하는 이유도 그 때문이다. 물리적인 연결 고리를 만드는 것이다.

하물며 피로 이름 석 자까지 새겨서 주술까지 걸었다면, 실제 사람에게 끼치는 영향 또한 아주 클 것이었다. 그 때문에 목패를 보관하는 명부실은 본청 안에서도 엄격하게 다루는 장소 중 하나였다. 나자들의 안전과 직결되는 목패를 함부로 노출한다는 것은 위험한 일이었다.

"그래서 명부실은 제아무리 직급이 높더라도 함부로 드나들 수 없는 곳이야. 원칙적으로 명부실에 출입할 수 있는 사람은 명부실 서기뿐이고."

목패로 피의 계약을 맺는 것 또한 주술의 영역이기에 부적부의 소관 아래 있다. 따라서 목패를 보관하는 명부실 역시 부적부가 전담하여 관리하는데, 명부실 서기는 나례청이 재건된 이래로 한 번도 바뀌지 않았다.

명부실 서기는 팔십을 앞둔 노인으로 부적부 출신의 나자였다. 이름은 전옥례. 나자들 사이에선 '옥례 씨'라고 불렸다. 목패에 피로 이름을 새겨 제출하면 옥례 씨가 하나하나 직접 주술을 걸어 명부실에 보관하는 것이다.

"명부실은 본관 지하에 있어. 예전엔 경비 인력을 따로 배치해서 사람이 직접 명부실 앞을 지키고 있었는데, 사고 이후로는 사람이 지키지 않아."

재겸이 고개를 들었다.

"사고라니? 무슨 사고?"

윤태희는 느슨하게 턱을 괴더니 창밖으로 시선을 던졌다. 단정한 손끝이 기억을 더듬어 가는 것처럼 테이블을 톡톡 건드렸다.

"부적부 나자가 목패를 훔치려고 했던 사건이야."

바야흐로 30년도 더 된 옛날 일이었다. 나자들 사이에선 유명한 일화였다.

"옛날에 명부실 앞을 지키던 부적부 나자가 있었어. 그런데 그 나자는 동료들과 사이가 좋지 않았지. 아마도 개인적인 원한이 있었던 것 같은데, 동료에게 저주를 걸고 싶었던 모양이야. 게다가 부적부 소속이라면 명부실에 몰래 들어가는 것쯤은 쉬운 일이었을 테니까."

그러나 그는 원하던 복수를 이뤄 내지 못했다. 명부실에 몰래 잠입한 부적부 나자가 자신의 목패에 손을 댄 순간, 목패가 한순간에 화르륵 불타오른 동시에 그의 몸에서도 불꽃이 일었기 때문이었다. 끔찍한 비명이 울려 퍼지자 다른 나자들이 달려와 사태 파악에 나섰는데, 그 광경이란 차마 눈 뜨고 볼 수 없을 정도로 처참했다고 한다.

이야기를 듣던 재겸이 얼굴을 찡그리며 물었다.

"그래서 그 사람은 어떻게 됐대? 죽었대?"

윤태희는 잠시 말이 없다가, 가라앉은 눈으로 고개를 끄덕였다.

"…응, 죽었어."

"그럼 이제 명부실 앞은 누가 지키고 있는데?"

"석상."

석상? 재겸이 의아한 얼굴로 되물었다.

"그 사고 이후로, 부적부에선 사람을 믿어선 안 된다는 교훈을 얻었을 거야. 그래서 사람을 대신해 석상 하나를 세워 놨는데, 그 석상 안에는 믿음직스러운 파수꾼이 살고 있지. 서기가 직접 주술로 만들어 낸 백호야."

재겸의 눈썹 한쪽이 삐딱하게 올라갔다.

"그 백호가 명부실을 지킨다는 거야?"

"그래. 아주 충성심이 강한 녀석이야."

차라리 사람이 지키고 있었다면 뚫기가 훨씬 편했을 것이다. 사람이 하는 일이 으레 그렇듯 구슬리든, 속여 넘기든, 어떻게든 할 수 있었을 테니. 하지만 주술로 만들어 낸 백호에겐 이런 수법이 통하지 않는다. 오직 명령에 의해서 움직이는 까닭이다. 한 치의 오차도 없이 목적만을 수행한다.

"백호에겐 주문이 걸려 있어. 명부실 서기가 아닌, 다른 사람이 이곳에 들어가려고 하면 그 즉시 물어 죽일 것. 가끔 운이 나쁘면 그 앞을 지나기만 해도 침입자로 인식하고, 석상에서 튀어나와 공격을 하는 경우도 있어."

윤태희의 말에 귀를 기울이고 있던 재겸이 말을 툭, 뱉었다.

"그럼 둘 중 하나겠네. 술자를 없애거나, 석상을 없애거나."

윤태희는 마주 앉은 재겸의 이목구비를 지긋한 시선으로 찬찬히 뜯어보았다.

재겸의 지적은 이번에도 정확했다. 진짜 호랑이가 아니기 때문에 아무리 공격을 해도 사라지지 않는다. 성가신 호랑이를 상대하는 방법은 술자를 쓰러트리는 것이다. 술자가 의식 불명에 빠지면 주술은 저절로 풀린다. 또 다른 방법은 주술을 걸어 둔 본체(本體)를 없애는 것이다. 석상 안에서 호랑이가 나온다고 했으니 본체는 보나 마나 석상일 것이고.

세월에 무뎌진 것처럼 권태로운 얼굴을 한 소년은 때때로 서슬 퍼런 날붙이처럼 이채를 띤다. 그때마다 윤태희는 마음 한구석을 후려치는 듯한 아찔한 타격감을 느꼈다.

"대체 어디서 나타났는지…."

윤태희는 저도 모르게 혼잣말을 중얼거렸다.

"뭐?"

"…우리가 노리는 건 석상. 주술의 본체야."

얼마간 뜸을 들이던 윤태희는 말을 돌렸다.

"술자는 명부실 서기, 옥례 씨인데… 같은 나자를 공격하는 건 계약을 위반하는 일이니 부담이 커. 저번처럼 대가를 치러야 할 테니까. 그리고 무엇보다도 역모를 꾸미고 있다는 사실을 스스로 실토해 버리는 셈이라."

재겸은 이번에도 흔들림 없이 말을 받아쳤다.

"근데 그건 석상을 없애도 마찬가지잖아. 본체가 망가지면 주술을 행한 술자는 그걸 알 수 있어. 침입자가 있다는 걸 눈치챌 텐데, 어떡하려고?"

이 바닥에 관해서 재겸은 그 누구보다도 해박했다. 살아온 세월이 유구하니 당연한 일이었다. 윤태희는 손을 쥐었다 폈다 하며 입을 열었다.

"맞아, 결국은 어떻게 해도 술자인 옥례 씨는 명부실에 침입자가 있다는 사실을 알게 될 거야. 본체가 망가진 걸 안 순간, 곧바로 명부실로 달려오겠지?"

윤태희가 장난스레 웃으며 말을 덧붙였다.

"근데 이를 어쩌죠, 도무지 달려올 수 있는 거리가 아니라네요."

"…그게 무슨 소리야?"

"옥례 씨는 지금 나례청에 없거든. 앞으로도 두 달 동안은."

서기가 없다고? 재겸이 눈썹을 모았다.

"그 사람 지금 어디 있는데?"

"옥례 씨는 올해로 79세야."

일흔아홉 살이라고? 재겸이 시큰둥하게 대꾸했다.

"내일모레 팔순 잔치 하겠네. 근데 그게 뭔 상관인데?"

"옥례 씨는 아홉수에 굉장히 집착을 하는 사람이거든."

아홉수가 들면 그 해는 운세가 나쁘고 액이 깃든다 하여, 옥례 씨는 아홉수가 돌아올 때마다 음력 4월부터 7월까지 석 달간 산속의 암자로 피신을 가곤 했다. 안거(安居)에 들어가는 것이었다. 올해 또한 마찬가지였다.

"그래서 옥례 씨는 지금쯤 어디 산골짜기에 들어가 있을 거야. 석상이 망가졌다는 걸 알아차려도 직접 오진 못할 거고. 대신에 본청에 연락을 해서 그 사실을 알리겠지. 연락을 받은 나자들이 명부실로 달려왔을 땐…."

윤태희의 뺨에 옅은 볼우물이 피어났다.

"안타깝게도, 범인은 이미 유유히 사건 현장을 빠져나간 뒤겠지?"

석상을 망가트려 파수꾼을 치운다. 연락을 받고 나자들이 도착하기까지 최소 몇 분 남짓한 시간이 걸리고, 그 틈에 명부실로 침입해 목패를 빼돌린다.

명부실에 침입자가 있다는 것을 알게 되면 본청에서는 목패의 신변부터 확인할 테지만, 제 이름이 적힌 목패가 사라진 자리에는 감쪽같이 가짜 목패가 달려 있을 것이다.

이것이 바로 자신의 이름을 되찾아 오기 위한 윤태희의 계획이었다.

목패가 수중에 들어오더라도 곧바로 계약을 파훼하진 않을 것이다. 그랬다간, 석상과 마찬가지로 술자인 옥례 씨가 눈치를 챌 테니까. 윤태희는 나례청에 쳐들어가기 바로 직전의 순간에 계약을 깰 생각이었다. 본청에서 반역자의 정체를 알아차렸을 땐 이미 한발 늦었을 거다.

그때는 이미 전쟁이 시작되었을 테니까.

"당연한 얘기지만 목패를 훔치고 나면 본청이 발칵 뒤집힐 거야. 침입자를 찾아내기 위해서 대대적인 색출을 시작하겠지. 옥례 씨의 석상을 없앨 정도라면 강한 힘을 지녔다는 얘기니까. 아마 축역부 나자들 대다수가 첫 번째 용의선상에 오를 거야. 너도, 그리고 나 역시도."

잠시 말을 멈춘 윤태희가 재겸과 눈을 맞췄다.

"그러니 바깥에선 힘을 적당히 숨겨 줬으면 해. 당연히 팀원들 앞에서도. 일개 수습 나자가 팀의 수석보다도 강하다면 어딜 봐도 이상하니까."

윤태희의 당부에 재겸이 조용히 고개를 끄덕였다.

"그리고 나중에 의심을 피하려면 지금부터 미리 신임을 쌓아 두는 게 좋겠어. 나례청을 위해 충성하고 희생하는 척, 흉내를 내는 거야. 그러니까 당분간은 축역부 나자로서 사건을 해결하고 성과를 올리는 데 집중해 줘. 목패를 뺏는 날짜는 미정인데 6월 말 이후가 될 거야."

재겸은 눈앞의 얼굴을 물끄러미 응시했다. 어느샌가 웃음기가 사라진 눈매는 서늘하고도 날카로워 보였다. 이후의 계획을 논하는 데 완벽히 몰두한 모습이었다. 윤태희는 대체 언제부터 이 모든 정보를 수집해 왔으며, 얼마나 공을 들여서 여기까지 탑을 쌓아 온 걸까.

언젠가, 도서실에서 느긋한 자세로 책을 들여다보고 있던 윤태희의 모습이 떠올랐다. 윤태희는 같은 책을 몇 번이고 읽는다고 했다. 그렇다면 윤태희는 이미 수없이 읽은 문장을 들여다보며 대체 뭘 찾고 있었던 걸까? 너는 정말로 그때 책을 읽고 있었을까? 윤태희가 그곳에 앉아 있던 것도, 책을 읽고 있던 것도, 그 모든 것들이 나례청을 부수기 위한 조각 중 하나였다.

"너…."

한참 만에 재겸이 불현듯 입을 열었다.

"그럼 10년을 기다린 거야?"

명부실 서기가 자리를 비우는, 아홉수가 돌아오기까지.

"응."

윤태희는 턱을 괴고 눈앞의 소년을 고요하게 바라보았다. 시선을 받아 내는 재겸의 마음속에서 묘한 두근거림이 파문처럼 퍼져 나갔다. 윤태희가 견뎌 낸 10년의 기다림, 그 끝에는 내가 있다. 내 손에 너의 10년이 있다.

재겸은 아찔함을 느꼈다.

· ⋈ ·

 축역부 제1팀 수석 나자 윤태희가 직접 후임을 발탁했다는 소식은 발 빠르게 퍼져 나갔다. 고작 하루밖에 지나지 않았는데도, 윤태희가 김재겸의 뒷배라는 사실을 모르는 사람은 아무도 없었다. 좌중 앞에서 재겸의 입을 빌어 자신을 소개한 윤태희의 노림수는 제대로 먹혀든 셈이 되었다.

 평소 평판이 좋은 덕분인지, 윤 수석이 황승수에게 싸대기를 날렸다는 사실은 모두가 한 귀로 듣고 흘렸다. 평소의 윤 수석을 겪어 본 이들은 '아랫사람들한테 예의 바르고 친절하신 분이 신입을 때릴 리가 있느냐'며 허황된 뜬소문으로 취급했고, 윤 수석에 대해 잘 모르는 이들 역시 '설사 때린 것이 사실이더라도 그럴 만한 이유가 있지 않겠냐'며 두둔했다.

 나자들은 윤 수석이 낙점했다는 '그 후임'에 대해 입방아를 찧어 댔다. 1차 시험에서 사슴을 봤다더라, 골드 패스를 받았다더라, 와 같은 사실을 기반으로 한 내용뿐만 아니라, 으레 말이라는 것이 그렇듯이 여기저기서 살이 붙으면서 엉뚱한 카더라가 돌기도 했다. 그리고 그 모든 소문의 요지는 그 후임과 윤 수석이 무슨 관계냐는 것이었다. 호기심 반. 부러움 반. 윤 수석의 후광을 단단히 두른 후임의 등장은 본청 안에서 뜨거운 화제를 불러일으켰다.

 "윤 수석님이랑 먼 친척지간이라고 하던데요?"

"진짜요? 전 그냥 친한 동생이라고 들었는데."

복도에 모여 신나게 수다를 떨고 있던 나자들이 어느 순간 헉, 숨을 들이켰다. 복도 모퉁이에서 갑작스레 이매탈이 쑥 튀어나왔기 때문이었다. 이매탈을 쓴 사람을 단번에 알아본 나자들은 서둘러 깍듯하게 인사를 했다.

"수석님, 안녕하십니까!"

"수석님, 안녕하십니까!"

호랑이도 제 말 하면 온다더니, 윤태희가 쓰고 다니는 탈이 바로 이매탈이었다. 검은색 정장을 입고 얼굴에 탈을 쓴 윤태희는 꾸벅꾸벅 조는 것처럼 가볍게 목례를 해 가며 "네, 안녕하세요." 하고 인사를 받아 주었다. 벽 쪽에 몸을 붙이던 나자들이 눈짓을 주고받았다. 아니나 다를까 윤 수석의 곁에 동행인이 한 명 있었다. 나자들이 호기심 어린 눈으로 윤 수석의 동행인을 바라보았다. 목이 길고 까칠하게 생긴 소년은 윤 수석과 다르게 맨얼굴이었다.

저 사람인가? 좀 어려 보이는데. 잘생겼네….

벽에 붙어 선 나자들이 힐끔거리며 소년의 얼굴을 구경할 때였다. 시선을 느꼈는지, 소년이 무표정한 낯으로 스르륵 곁눈질을 해 왔다. 나자들이 엉겁결에 눈을 돌렸다. 옅은 쌍꺼풀에 위로 뻗은 눈꼬리가 제법 사납게 느껴진 탓이다.

시선을 회수한 소년이 윤 수석에게 뭐라 뭐라 속삭였다. 그러자 윤 수석이 고개를 돌려 나자들을 바라보았다. 그에 나자들은 심장이 덜컥 내려앉는 듯했다. 혹시 얘기하는 걸 들었나? 딱히 뒷담화를 한 것은 아니었지만 나자들은 왠지 찔리는 심정이 되어 "가, 가죠." 하며 서둘러 자리를 떴다.

빠르게 멀어져 가는 나자들의 뒷모습을 멀뚱히 바라보던 재겸이 입을 열었다. "야, 쟤들 너 욕하고 있었나 봐." 그러자 윤태희가 픽 웃으며 "네가 가서 혼내 줘." 장난스레 받아쳤다. 재겸이 "내가 왜." 하며 볼을 긁었다.

방금 전, 재겸이 윤태희의 귓가에 속삭인 내용은 고자질이 아니라 '야, 네가 수석이면 나는 뭐야?'였다. 나자들이 윤태희를 향해 수석님, 하며 인사를 하는 모습을 보고 있으려니 새삼 저는 어떤 호칭으로 불리나 궁금해졌다.

"그럼 나는 김 수습인가?"

재겸이 진지하게 말했다. 그러자 탈 안쪽에서 나직한 웃음소리가 흘러나왔다. 특별한 직함이 없는 수습 나자, 혹은 평나자의 경우에는 이름을 부르는 게 일반적이지만, 직장 내 호칭 문화를 재겸이 알 리가 없었다.

잠시 말이 없던 윤태희가 옅은 볼우물을 머금었다.

"멋진데? 김 수습님."

그런 호칭은 쓰지 않는다며 고개를 저을 수도 있었으나, 윤태희는 재겸의 발상을 그대로 수용해 주었다. 재겸이 알겠다는 듯이 고개를 끄덕였다. 윤 수석은 만족한 김 수습님을 모시고 축역부 제1팀 사무실로 향했다.

축역부 제1팀 사무실은 본관 3층에 있었다. 출입 키를 갖다 대자 불투명한 선팅지가 붙은 문이 자동으로 열렸다. 업무 특성상 외근이 많긴 했지만 사무실 풍경은 여느 평범한 회사와 크게 다를 바 없었다.

책상 파티션 위로 팀원들의 얼굴이 빼꼼 솟아났다.

"어? 수석님 오셨다!"

"수석님 오셨습니까!"

팀원들이 의자에서 몸을 일으키며 윤태희를 반갑게 맞이했다. 복도에서 만난 나자들에 비하면 훨씬 허물없는 태도였다.

"네, 안녕 안녕." 윤태희 또한 아까보다 훨씬 편한 말투로 인사를 받으며 얼굴에 쓰고 있던 탈을 벗었다. 팀원들의 시선이 윤태희를 뒤따라 들어오던 소년에게 꽂혔다.

"어! 재겸이!"

강이빈이 활짝 웃으며 팔을 번쩍 들었다.

사무실이 순식간에 들썩거리기 시작했다. 윤태희가 빙그레 웃으며 재겸을 끌고 오더니 한 팔로 재겸의 어깨를 가볍게 둘러 안았다. 그에 재겸이 움찔하며 제 어깨를 쥔 손을 보았다.

"우리 제1팀의 신입으로 온 김재겸 수습님이세요."

재겸의 입을 빌어 대리로 소개를 맡겼던 때와는 반대로, 이번엔 윤태희가 직접 재겸을 대신하여 소개를 해 주었다. 소개가 끝나자마자 팀원들이 일제히 환호했다. 마치 신나는 축제라도 열린 듯한 분위기였다. 모두가 재겸을 환영하고 있었다.

재겸으로선 난생처음 겪어 보는 기이한 경험이었다. 팀원들이 재겸의 주변으로 우르르 다가와 열렬한 첫인사를 건넸다.

"와, 진짜 반가워요. 제1팀에 온 걸 진심으로 환영해요."
"골드 패스 받았다면서요? 역시 우리 수석님 픽이야."

예상치 못한 뜨거운 반응에 재겸은 멍하니 굳고 말았다.

"수석님, 솔직히 말씀해 보세요. 막내, 얼굴 보고 뽑았죠?"

팀원의 농담에 윤태희가 픽 웃으며 대꾸했다.

"이런, 들켰네."

제1팀의 분위기는 무척이나 화목하고 유쾌했다. 팀원들은 허물없이 서로를 대했고, 그건 윤태희 또한 마찬가지였다. 강이빈을 만났을 때부터 어렴풋이 짐작은 하고 있었지만, 팀원들은 윤태희에게 아주 호의적이었다. 말과 행동에서 단단한 신뢰와 친근한 애정이 묻어났다.

모두가 윤태희를 좋아한다는 말은 정녕 사실이었던 모양이다. 그것을 직접 두 눈으로 확인한 재겸은 얼떨떨하면서도 이상한 기분이 되었다.

"저는 선임 표지호라고 해요. 앞으로 잘 부탁해요. 혹시라도 필요한 거나 도와줄 거 있으면 언제든지 편하게 얘기하고요. 알았죠? 잘 지내 봐요."

팀원들이 하나둘씩 본인 소개를 하며 통성명을 해 왔다. 제1팀의 인원은 총 아홉 명이었다. 팀의 리더인 윤 수석과 막내인 김 수습을 제외하면 선임 두 명에 주임 세 명, 그리고 평 나자 두 명이었다. 현재 세 명은 출동 명령이 떨어져 외근 중이었으므로 사무실에는 여섯 명의 나자만 있었다.

"재겸이! 슈트 너무 잘 어울린다!"

재겸과 구면인 강이빈은 손뼉을 치며 칭찬을 늘어놓았다.

"아. 느에…."

재겸은 넋이 빠진 얼굴로 팀원들과 악수를 나눴다. 팀원들은 재겸에 대해서 대략적으로나마 알고 있는 상태였다. 며칠 전부터 윤태희가 미리 언질을 해 두었기 때문이다. 물론 전부 윤태희가 적당히 꾸며 낸 이야기였다.

'나이는 올해 열여덟이고, 귀촌한 부모 아래서 홈스쿨링을 하며 자랐다고 하네요. 얘기를 들어 보니 컴퓨터나 휴대폰이 없는 환경에서 지냈던 모양이에요. 그러다 보니 요즘 또래들과는 좀 다른 면이 있어요. 서울에 올라온 지 얼마 되지 않아서 모르는 게 많을 테니, 옆에서 많이 알려 주세요.'

아아….

팀원들은 후루룩 납득했다. 티브이 프로그램에서 종종 소개되는 사례였기에 쉽게 상상을 할 수 있었던 것이다. 도시 생활에 환멸을 느낀 부모가 회사를 그만두고 산속으로 들어갔구나. 손수 지은 통나무집에서 생활했겠구나. 저녁 9시가 되면 불을 끄고 잠을 잤겠구나. 아이는 자연 친화적인 방식으로 부모가 직접 가르쳤겠구나. 현대 문물과 거리를 두고 소박하게 삶을 꾸려 가는 이야기. 머릿속에서 그새 다큐 한 편이 뚝딱 완성되었다….

 실로 탁월한 구라였다….

 이로써 재겸이 다소 어색하고 서툰 면모를 보이더라도 팀원들은 별다른 의심을 품지 않을 것이었다.

 강이빈은 망부석이 된 막내를 지정된 자리로 데려갔다.

 "여기가 재겸이 자리야."

 깔끔하게 정리된 책상 위에는 데스크톱이 놓여 있었고, 파티션에는 코팅된 종이 두 장이 붙어 있었다. 한 장은 호출용 손거울에 쓰이는 표식들이, 나머지 한 장은 팀원들의 개인 연락처가 적혀 있었다.

 그사이, 윤태희는 표지호로부터 구두 보고를 받고 있었다.

 재겸은 출입할 때 사용할 카드 키와 호출용 손거울을 비롯하여 나자들이 소지하는 기본적인 물품을 건네받았다. 강이빈은 용도와 사용법을 세심하게 설명해 주었다. 강이빈의 설명을 들으며, 재겸은 저도 모르게 윤태희를 힐끔거렸다. 어째선지 자꾸만 눈길이 갔다. 낯설고 어색한 환경에 놓이니 무의식적으로 가까운 사람을 찾아 눈을 돌리게 되는 것이었다.

 그때, 어수선한 분위기 속에서 팀원 한 명이 입을 열었다.

 "수석님, 그럼 오늘 신입 왔으니까 그거 하겠네요?"

 그러자 다른 팀원들이 "오! 맞다!" 하며 반색을 했다. 그거가 뭔데. 어리둥절한 표정을 짓고 있는 것은 재겸 한 사람뿐이었다. 파티션에 팔을 걸치고 표지호와 대화를 나누고 있던 윤태희가 웃으며 고개를 끄덕였다.

"아, 면신례? 그럼요. 해야지."

면신례(免新禮)는 조선 시대에 있었던 관행으로, 오늘날 신고식 문화의 유래가 된 신참 맞이 의식이었다. 그 당시 관직에 올라 새로 부임한 신입 관원은 이 면신례를 통과해야만 선배 관원들에게 인정을 받을 수 있었는데, 그 과정이 꽤나 혹독하여서 악질적인 관습으로 취급받았다. 면신례의 과정은 선배 관원에게 호화로운 음식을 대접하고, 온갖 벌칙과 명령을 수행하는 것이다.

그리고 신입 나자가 들어오면 면신례하는 것이 축역부의 전통이다. 그러나 악습을 그대로 이어받은 것은 아니라, 오히려 아예 정반대로 뒤바꿨으니 사실상 명칭만 물려받았다고 보면 되었다. 축역부의 면신례는 신입이 선배를 위하는 것이 아니라, 선배가 신입을 위해 주는 것이 목적이었다.

면신례의 첫 단계는 팀 전체가 다 함께 출동을 하는 것이다. 지원 요청이 떨어지면 팀원 전원이 현장에 나가서 사건을 해결하는데, 나서는 건 선배들이고 신입은 물러나 있다. 그러나 모든 공은 오전히 신입의 몫이 된다. 추후 인사 고과에 도움이 되도록 성과를 일부러 떠넘겨 주는 것이다.

윤태희가 넥타이를 어깨 위로 휙 넘겨 걸치며 재겸을 바라보았다.

"그럼, 우선은⋯ 우리 수습님 탈부터 골라 줘야겠네."

· 🕊 ·

해 질 녘 노을이 지평선을 붉게 태우고 있었다.

저녁 하늘을 등지고 선 윤태희는 철근 뼈대가 앙상히 드러난 건물을 가만히 바라보고 있었다. 탈 너머의 눈동자가 짓다 만 건물을 예리하게 훑었다. 제1팀 나자들은 윤태희로부터 한 걸음 정도 떨어진 거리에 일렬로 나란히 서 있었는데, 저마다 각기 다른 생김새의 탈을 얼굴에 쓴 상태였다.

찬찬히 건물을 뜯어보던 윤태희가 혼잣말을 중얼거렸다.

"겉으로 봐선 딱히 눈에 띄는 게 없는데…."

지원 요청이 떨어진 곳은 십여 층짜리 빌딩을 건설 중인 공사 현장이었다. 족히 수십 명의 인부들이 동원되었을 규모였지만, 애석하게도 공사장은 텅 비어 있었다. 공사가 중단된 상황이니 아무도 없는 게 당연하긴 했다. 패널로 만든 가벽에 둘러싸인 공사장 부지는 썰렁하고 을씨년스러웠다.

"한 명씩 각 층을 맡아서 확인해 보도록 하죠."

윤태희는 손에 들고 있던 칠접선으로 제 어깨를 탁탁 두들겼다. 칠접선은 대나무 속살에 옻칠을 하여 만든 쥘부채였다. 그때, 멀리서 불어온 바람이 자욱한 흙먼지를 일으켰다. 고풍스러운 칠접선을 반쯤 접었다 폈다 하던 윤태희가 부채를 활짝 펼쳐 들었다.

이어서 바람이 불어오는 방향으로 부드럽게 칠접선을 휘둘렸다. 흙먼지가 흩어지는가 싶더니 바람이 잠잠해졌다. 뒤쪽에 서 있던 재겸이 그 광경을 보고 눈이 휘둥그레졌다. 윤태희가 무심한 손길로 부채를 접었다.

"그럼… 양반아."

윤태희의 부름에 나자 한 명이 앞으로 나왔다.

"오냐!"

양반이가 우렁찬 목소리로 대답을 했다. 그러자 윤태희를 비롯해 뒤에 서 있던 나자들이 일제히 웃음을 터뜨렸다. 대답한 목소리의 주인공은 바로 표지호였다. 그가 '양반이'인 이유는 뒤집어쓴 게 양반탈이기 때문이었다. 축역부에서는 여러 명이 모여 현장에 나오면 직함이나 본명 대신에 탈의 이름을 부르는 것이 원칙이었다. 보복을 우려하여 신변을 보호하기 위함이었다.

예전에 어떤 축역부 나자가 강한 원귀를 축역하려다가 놓치고 말았는데, 앙심을 품은 원귀가 얼핏 주워들은 나자의 이름을 기억하여, 그 이름을 단서로 그 나자를 찾아내어 해코지한 일이 있었다. 그때 이후로 축역부 나자들은 현장에서 탈의 이름을 가명 삼아 쓰게 되었다.

"양반이는 1층, 2층."

윤태희가 접은 부채로 건물 입구를 가리켰다. 표지호는 선임이기에 두 개의 층을 할당해 주었다. "예이!" 표지호가 웃으며 건물 안으로 들어갔다.

"말뚝아."

말뚝이탈을 쓴 팀원은 3층으로 향했다.

"취발아."

취발이탈을 쓴 강이빈은 4층으로 갔다. 그렇게 부네도 가고, 초랭이도 가고, 할미도 가고… 모두가 떠났다. 어느덧 남은 건 한 사람뿐이었다.

"……."

윤태희가 부채를 촤르륵, 펼치더니 그대로 입을 가리고 웃었다. 쥐 죽은 듯이 조용한 게 뭔가 불길한데? 뒤쪽에서 살기가 느껴지는 것 같다. 윤태희가 웃음을 꾹 참으며 뒤를 돌았다. 재겸이 주먹을 꽉 움켜쥐고 윤태희를 노려보고 있었다. 탈에 가려져 표정은 보이지 않았지만 눈빛만은 아주 살벌했다.

"각시야."

재겸의 귓바퀴가 불타는 저녁노을처럼 빨갰다.

"각시는 나랑 같이 갈까?"

윤태희가 재겸에게 골라 준 탈은 각시탈이었다.

"……."

재겸은 꽉 쥔 주먹을 꿈질거리며 윤태희를 험악하게 노려보다가, 한 발자국 가까이 다가갔다. 그러고는 불시에 주먹으로 윤태희의 어깨를 뻑 때렸다.

"아이고."

윤태희가 제 어깨를 감싸며 아프다는 시늉을 했다. 함박웃음을 짓고 있는 이매탈의 표정 때문에 더 얄밉다. 재겸이 씩씩거리며 따졌다.

"너 이 씨발, 왜 말 안 했어?"

재겸은 윤태희가 탈을 골라 줄 때까지만 해도 별생각이 없었다. 현장에선 탈의 이름을 호칭으로 삼는다는 것을 몰랐기 때문이었다. 윤태희가 미리 그 사실을 알려 주었더라면 당연히 다른 탈로 바꿔 달라고 했을 거다.

"이 씹새끼가 진짜 보자 보자 하니까…."

살다 살다 '각시' 소리를 듣게 될 줄은 꿈에도 몰랐다. 등골에 지렁이가 지나가듯이 간지럽고, 온몸이 배배 꼬이는 것 같다. 심각하게 남사스럽다. 하고 많은 탈 중에서 왜 하필 각시탈인지, 이유를 물었어야 했다. 필시 저를 골탕 먹이려는 속셈에서 일부러 각시탈을 골라 준 것이 분명했다.

"너 지금 나 엿 먹이냐? 너 일부러 그랬지?"

"제가요? 그럴 리가요…."

윤태희가 부채로 하관을 가린 채 시치미를 뗐다.

"혹시 우연의 일치라고 아시는지?"

유태희가 웃음을 참으며 새빨갛게 물든 재겸의 귀를 쳐다보았다.

아, 표정을 못 봐서 아쉽네….

"웃기지 마. 제멋대로 골라 놓고 뭔 우연이야?"

"왜? 부끄러워서? 그냥 가명이라고 생각해."

"가명 같은 소리 하네. 사내새끼한테 무슨…."

윤태희가 재겸의 말을 끊었다.

"요즘 같은 세상에 남자, 여자 따지는 건 좀…."

'촌스럽지 않나요.' 하고 뱉으려던 윤태희가 한 걸음 뒤로 성큼 물러났다. 윤태희의 정강이를 목표로 했던 재겸의 구둣발이 아슬아슬하게 허공을 걷어찼다.

"그럴 수 있겠네요. 옛날 분이시니까. 이해합니다."

공격을 무사히 피한 윤태희가 고개를 끄덕이며 냉큼 뒷말을 바꿨다.

"맞아, 우연 아니야. 사실 일부러 골라 준 거야."

조용히 웃던 윤태희가 부채를 착, 접으며 덧붙였다.

"혹시 하회 별신굿 본 적 있어?"

뜬금없는 질문에, 재겸은 뽀로통한 얼굴로 윤태희를 바라보았다. 또 뭔 소리를 하려고…. 하회 별신굿이라면야 언젠가 스승과 팔도를 돌아다니던 시절에 짧게 구경한 적이 있었다.

별신굿은 마을의 번영과 안녕을 기원하는 일종의 마을굿이다. 별신굿은 신을 특별히 모신다는 의미로서, 마을의 수호신에게 제사를 올리는 것이다. 마을마다 다르지만 안동 하회 마을에서 행하는 별신굿의 경우엔 탈을 쓰고 한바탕 탈놀이를 벌이는데, 이때 쓰는 탈을 바로 하회탈이라고 부른다. 윤태희가 쓴 이매탈도, 재겸이 쓴 각시탈도 모두 하회탈에 속했다.

"탈놀이에서 각시는 첫째 마당의 주인공이거든."

"그래서 뭐 어쩌라고. 그게 나랑 뭔 상관인데."

윤태희가 빙그레 웃으며 조그맣게 속삭였다.

"너도 주인공이잖아, 계획의 첫 단추를 끼워 줄."

재겸이 멈칫하며 윤태희를 바라보았다. 타는 저녁놀을 등지고 선 재겸의 그림자가 길게 늘어졌다. 윤태희가 옅은 볼우물을 머금고 덧붙였다.

"그리고 각시는 수호신이니까…."

탈놀이가 시작되면 가장 먼저 등장하는 인물이 각시탈을 쓴 각시광대다. 마을의 수호신, 서낭신을 상징하는 각시는 땅을 밟지 않고 무동꾼의 어깨를 타고 등장한다. 각시는 신격으로 취급되기 때문에 탈 중에서도 가장 신성시하던 탈이 바로 이 각시탈이다.

"그래서 그걸로 골랐지."

윤태희는 재겸에게 가장 귀한 탈을 골라 준 것이었다. 윤태희가 덧붙인 말에 재겸은 어쩐지 말문이 막히고 말았다. 잠시 옅어졌던 감각이 되살아난다. 등골에 지렁이가 지나가는 것 같은, 그런 간질거림이었다.

각시의 두 뺨에 어린 홍조를 해 질 녘의 역광이 뒤덮었다.

· 🕊 ·

짓다 만 빌딩 내부는 썰렁하고도 음산했다.

완공일까지 얼마 남지 않은 상황에서 공사가 중단된 이유는 의문의 추락 사고가 잇따라 발생했기 때문이었다. 이번 달에만 네 건의 사고가 있었다고 했다. 업체 측은 원인 파악을 위해 시찰에 나섰다. 현장 조사를 실시한 결과, 안전상의 문제는 없었다는 결론이 나왔다. 다친 인부들은 안전 교육을 철저히 받은 상태였으며 경력을 보유한 숙련된 기술자들이었다.

 다친 인부들의 말에 따르면, 마치 누군가가 난간 쪽으로 몸을 강하게 밀치는 듯한 느낌이 들었다고 한다. 불길한 사고가 연달아 발생하는데도 당최 그 원인을 알 수가 없으니, 남은 인부들은 공포에 떨 수밖에 없었다.

 불길한 소문이 돌기 시작한 것도 그 무렵이었다. 철야 작업에 나섰던 인부들 가운데 몇 명이 희끄무레한 뭔가를 봤다, 이상한 소리를 들었다, 하며 괴이한 이야기를 한 것이다. 건설 현장을 이탈하는 인부들이 늘어나기 시작하면서 결국 공사는 잠정 중단되었다. 그 소식은 암행부의 귀까지 흘러 들어가게 되었고, 상황실을 거쳐 축역부 제1팀 니지에게 이관되었다.

 각시와 이매는 나란히 건물 입구로 진입했다.

 "냄새나."

 재겸이 미간을 구기며 투덜거렸다. 건물 안으로 들어서자마자 축축한 악취가 났다. 몸을 감싸오는 공기가 서늘하고 무거웠다. 주변을 둘러보던 윤태희가 고개를 끄덕였다.

 "음기가 강하고 불쾌해. 아마 흉신터인 모양인데…."

그러자 경력직 신입이 작게 소곤거렸다.

"보나 마나 지박령이야."

"지당하신 말씀입니다."

윤 수석은 얌전히 동의를 표했다.

흉신터는 흔히 말하는 '명당'이라는 풍수와는 정반대로, 사람에게 해를 끼치는 터를 말했다. 대다수의 흉신터에는 지박령이 붙어 있는 경우가 많았다. 원한을 가진 악귀인 지박령이 한 장소에 그대로 못 박혀 흉화를 일으키기 때문이다.

우선은 지박령을 찾아내는 게 먼저다. 재겸은 귀감을 활짝 열고 어두컴컴한 계단을 올랐다. 걸음을 옮길 때마다 시멘트 조각이 자박자박 밟히는 소리가 났다. 공사가 중단된 흔적이 곳곳에 널브러져 있었다.

윤태희가 넥타이 자락을 슬쩍 매만지더니, 그대로 입술에 갖다 댔다.

"어때요, 뭐 좀 보여요?"

무전 겸용으로 제작된 특수 넥타이핀에서 팀원들의 목소리가 흘러나왔다. "1층 아무것도 없습니다.", "3층도 없는 것 같습니다." 무전을 주고받는 윤태희를 보며 재겸의 눈이 휘둥그레졌다. 별안간 고개를 내려 제 넥타이를 살펴보았다. 왜 나는 저거 없냐….

윤태희가 핀에 음성을 불어 넣었다.

"한 번씩 더 확인해 보고, 이상 없으면 위로 올라오세요."

지시를 마친 윤태희가 무전을 껐다. 그때, 뚱하게 서 있던 재겸이 뭔가를 떠올렸는지 후다닥 윤태희에게 달라붙었다. 윤태희가 어리둥절한 눈으로 재겸을 바라보았다. 재겸이 그대로 윤태희의 목덜미를 확 잡아당겼다.
 "야, 다 들린 거 아니야?"
 숨결이 섞인 귓속말에 윤태희가 순간 멈칫했다.
 "…뭐가?"
 윤태희가 멍하니 묻자 재겸이 다시 손을 뻗어 아까처럼 목을 끌어당겼다. 윤태희가 살짝 무릎을 굽히고 재겸 쪽으로 상체를 기울여 주었다.
 "아까 밖에서 우리가 한 얘기 있잖아, 각시 얘기랑. 그리고 내가 너한테 반말한 거랑 다 들은 거 아니야? 사람들이 이상하게 생각할 거잖아…."
 윤태희가 고개를 돌려 말없이 재겸을 바라보았다. 탈 너머로 보이는 눈빛이 심각했다. 각시와 이매가 서로를 마주 보았다. 시선이 깅획히게 맞물렸다.
 "……."
 왜 말을 안 해?
 재겸이 눈에 힘을 주며 무언으로 대답을 채근했다. 잠시 침묵하던 윤태희가 재겸이 이마에 툭, 가볍게 박치기를 했다. 나무로 만든 탈과 탈이 부딪치며 달그락 소리가 났다.
 "뭐, 뭐야?"

지레 놀란 재겸이 한 걸음 뒤로 성큼 물러섰다가 탈의 이마 부분을 매만졌다.

"아까는… 꺼 놔서 괜찮아."

대답은 한참 만에 흘러나왔다.

· 🕊 ·

뿔뿔이 흩어져 빌딩 내부를 샅샅이 찾아봤지만 아무리 살펴봐도 눈에 띄는 건 없었다. 귀신의 자취를 발견하지 못한 나자들은 윤태희의 지시대로 한 곳에 집합했다. 바깥에 어둠이 내리니 건물 내부도 제법 깜깜해졌다.

양반탈을 쓴 표지호가 고개를 갸웃거리며 감상을 말했다.

"느껴지는 기운으로 봤을 땐 지박령인 것 같은데요."

윤태희가 주머니에 손을 꽂은 채로 고개를 끄덕거렸다. 다른 나자들 역시 이곳이 흉신터이며 지박령이 자리를 잡고 있다는 것을 알아차린 듯했다.

"그새 눈치채고 밖으로 도망친 건 아닐까요?"

취발이탈을 쓰고 있던 강이비이 의견을 제시했다.

"근데 지박령은 한번 자리 잡은 영역에서 쉽게 못 벗어나잖아요."

"그렇긴 한데, 활동하는 터 자체가 넓으면 가능성 있지 않아요?"

나자들이 두런거리며 대화를 주고받을 때였다. 나자들로부터 멀찍이 떨어져 서 있던 재겸이 홱 시선을 내려 발치를 내려다보았다. 불현듯 발밑으로 무언가 기척이 지나가는 느낌이 들었다. 찰나의 순간이었지만 틀림없이 느껴졌다.

다른 나자들은 눈치채지 못한 것인지 말을 나누기 바빴다.

"그럼 혹시 모르니 밖에 나가서 살펴볼까요?"

아니야, 지박령은 이 안에… 재겸이 입술을 달싹이려는데,

"아뇨. 지박령은 분명히 건물 안에 있어요."

그보다 한발 빠르게 윤태희가 말을 꺼냈다. 귀감에 집중하고 있던 재겸이 고개를 들었다. 윤태희가 짝다리를 짚으며 태평한 투로 말을 이어 나갔다.

"미약하긴 하지만 아까부터 계속 기척이 돌고 있어요. 아무래도 이 건물 자체에 녹아든 것 같은데? 아무리 찾아봐도 모습이 보이지 않았으니까."

뭐야, 꽤 하네…. 재겸이 몸을 일으키며 눈을 끔뻑거렸다.

"그럼 이제 어떻게 할까요?"

"끌어내야겠죠. 좀 괴롭혀 봐요."

말을 마친 윤태희가 부네탈을 쓰고 있던 주임 나자 고준형을 쳐다보았다.

"부네야."

그러자 고준형은 바닥에 털썩 주저앉더니 옆구리에 메고 있던 가방에서 놋쇠로 된 꽹과리와 붉은 실이 달린 나무 채를 꺼

냈다.

꽹과리의 출현에 나자들이 익숙하다는 듯 귀를 감쌌다.

고준형이 심호흡을 하더니 눈을 감았다. 그러고는 꽹과리를 두들기며 경을 읊기 시작했다. 날카로운 금속성의 장단이 텅 빈 공간을 가득 메웠다. 흡사 낙뢰처럼 꽂혀 드는 소리에 재겸도 오만상을 쓰며 뒤늦게 귀를 틀어막았다.

고준형은 마치 신이라도 들린 것처럼 꽹과리 채를 휘둘렀다. 그러나 건물 안은 잠잠하기만 했다. 기운이 흐트러졌지만 귀신은 오기를 부리며 나오지 않았다. 몇 분이 지나도록 반응이 없었다. 윤태희가 됐다는 듯이 손을 슥 들어 올렸다.

"수고했어요. 고집이 꽤 세네…."

윤태희의 신호에 고준형이 꽹과리질을 멈췄다.

"내가 할게요."

윤태희가 한쪽 무릎을 굽히고 앉더니 바닥에 손바닥 하나를 붙였다. 그러자 어느 순간, 갑자기 바닥에 이리저리 흩어져 있던 시멘트 조각이며 돌가루가 덜덜 경련하며 들썩거리기 시작했다. 발밑이 알 수 없는 진동으로 흔들렸다. 마치 커다란 건물 전체가 고통에 몸부림치는 것 같았다.

윤태희가 직접 나서자 방금 전과는 비교할 수 없을 정도로 격정적인 변화가 일어났다. 점점 악취가 짙어졌다. 그에 나자들이 저마다 동선을 확보하며 자세를 잡았다. 귀신의 등장을 예감하고 대비하는 것이었다.

강이빈이 멀찍이 떨어져 서 있던 재겸에게 손짓을 했다.

"위험할 수도 있으니까 이리 와, 누나 뒤에 붙어 있어."

선배 나자들로서는 아직은 약한 막내를 살뜰하게 챙기는 것이 당연했다.

"느에."

재겸이 잠자코 강이빈의 말을 따랐다. 보호를 해 줬으면 해 줬지, 보호받아야 할 입장은 전혀 아니었지만… 윤태희가 밖에선 힘을 드러내지 말고 정체를 모르게끔 하랬다.

그때, 표지호가 어느 한 곳을 가리켰다.

"나왔다! 저기 뒤에!"

바닥에서 거대한 거머리 같은 것이 자라나기 시작했다. 악취가 진동하며 무겁고 축축한 기운이 훅 끼쳤다. 그토록 찾아 헤맸던 지박령이었다.

지박령을 발견한 재겸이 인상을 썼다. 상대에게서 예상했던 것보다 훨씬 더 불쾌한 악의가 느껴졌기 때문이었다. 단순히 힘이 약해서 기척이 희미했던 거라고 생각했는데, 직접 두 눈으로 보니 오히려 정반대였다. 기척을 노련하게 죽일 수 있을 만큼, 제법 강한 힘을 가진 원귀였던 모양이다.

재겸이 윤태희와 지박령을 번갈아 바라보았다. 재겸을 포함한 팀원들은 뒤로 훌쩍 물러나 있는 상태였다. 윤태희 혼자 지박령과 가까운 거리에서 정면에 위치해 있었다.

"……."

재겸은 저도 모르는 사이에 입술을 질겅거렸다. 마음 한구석에 새싹처럼 무언가 돋아났다. 잠시 고민하던 재겸이 강이빈에게 가까이 다가갔다. 팔꿈치를 슬쩍 건드리고 빠르게 속삭였다.

"도, 도와줘야 하는 거 아니에요?"

작은 새싹, 그건 바로 걱정이었다.

면신례는 선배들이 주도하여 사건 해결을 맡는다고 들었다. 저야 어차피 이러나저러나 뒤로 빠져 있어야 하는 입장이니 그렇다고 치지만, 왜 다른 사람들까지 강 건너 불구경하듯이 손을 놓고 있는 건지 이해가 안 됐다.

멈칫하던 강이빈이 되물었다.

"뭐? 가서 도와주라고?"

재겸은 말없이 고개를 끄덕끄덕했다.

물론 윤태희는 제법 좋은 감투를 쓰고 있다. 그 사실만으로도 다른 찌끄래기 나자들보다는 제법 괜찮은 실력을 가지고 있으리라 대충 짐작할 수 있었다. 게다가 저와 똑같이 사슴을 봤다고 했고. 아까 전에 건물 안에 숨어 있던 귀신의 기척을 알아차린 것도 나부랭이들 중에선 윤태희 한 명뿐이었다. 어련히 알아서 하겠지만, 그래도 재겸은 윤태희가 걱정되었다.

"혼, 혼자서 상대하긴 위험할 것 같은데. 만약 다치기라도 하면…."

재겸이 심각한 목소리로 말했다. 강이빈은 눈을 끔뻑거리며 재겸을 바라보다가 갑자기 푸하, 하고 손뼉을 치더니 박장대소를 하기 시작했다. 탈 너머로 보이는 막내의 눈빛에서 심려가 묻어났기 때문이다. 강이빈이 돌연 손을 번쩍 들더니, 우렁찬 목소리를 냈다.

"수, 아니, 이매 쉬! 도와드릴까요?"

강이빈이 장난기 가득한 목소리로 소리치자 윤태희가 뒤를 돌아보았다. 그러곤 어리둥절해하는 기색으로 검지를 들어 자신을 가리켰다.

"나?"

그러자 다른 나자들도 덩달아 웃음을 터뜨렸다.

"이분 엄청나게 불안해하시는데요!"

강이빈은 손바닥을 접시처럼 눕히고 옆에 선 각시탈을 받쳐 보였다.

"아…."

외마디 소리와 함께 윤태희가 피식 웃더니 장난스럽게 고개를 기울였다.

"설마 절 걱정해 주시는 건가요?"

재겸은 윤태희가 어느 정도로 강한지 잘 몰랐다. 그도 그럴 것이, 재겸의 기억 속 윤태희는 언제나 저한테 얻어터지기만 했기 때문이다….

두들겨 맞기 바빴던 새파란 녀석이 혼자서 위험한 원귀를 상대한다는데 아무렴 불안할 수밖에 없다. 이젠 한배를 탄 사이이니 걱정이 되는 게 당연한 거다.

"혹시 도움이 필요하시면 언제든지 말씀하세요!"

강이빈이 웃음을 꾹 참으며 말했다.

"말씀은 감사하지만 정중히 사양하겠습니다."

도움을 거절하는 말에 재겸이 미심쩍은 눈길을 보낼 때였다. 윤태희가 바지 뒷주머니에 꽂아 넣었던 쥘부채를 손에 쥐며 빙그레 미소를 지었다.

"이래 봬도 제가 좀 쓸 만하거든요."

· ⁂ ·

귀신을 물리치는 방식은 두 가지다.

하나는 강제로 사멸시키는 것이고, 다른 하나는 원을 풀어 주어 제 발로 떠나게 하는 것이다. 원을 풀어 준다는 것은 시간과 품을 들여야 하는 일이다. 나자들은 당연히 전자를 선호하였다. 훨씬 효율적이기 때문이었다.

애당초 대부분의 나자들은 귀신을 혐오하고 적개심을 품기 마련이다. 그러니 귀신이 가진 원한이 무엇인지 관심도 없을뿐더러 궁금해하지도 않는 것이었다. 굳이 수고롭게 귀신의 입장을 헤아리고 위해 줄 이유가 없었다.

"왜 여기에 있어?"

그러나 윤태희는 여느 나자들과는 다른 면이 있어서, 귀신과 충돌하기에 앞서 넌지시 사연을 묻고는 했다. 누구도 궁금해하지 않는 것들을 윤태희는 곧잘 궁금해했다. 대충 이야기를 들어 보고 해원(解冤)을 해 줄 수 있는 성질의 사연이라는 판단이 들 때는 사멸을 잠시 미뤄 줄 때도 있었다.

"……."

바닥에서 솟아난 지박령은 미라처럼 말라비틀어진 형상을 하고 있었다. 지박령은 귀기가 번들거리는 눈으로 윤태희를 노려보는가 싶더니, 시멘트 벽에 몸을 쿵, 쿵, 부딪치기 시작했다.

"나가. 나가. 나가. 나가. 나가란 말이야…."

소름이 끼칠 정도로 잔뜩 갈라진 목소리였다. 벽에 몸을 부딪칠 때마다 건물이 흔들렸다. 한곳에 붙박인 지박령의 특징은 습관적으로 한 행동을 반복한다는 것이다. 작업 중이던 인부들을 저런 식으로 밀쳐 버린 듯했다.

지박령에게서 악의 서린 귀기가 위협적인 기세로 뿜어져 나왔다. 지박령은 대화에 응할 생각이 없어 보였다. 침입자의 출현에 단단히 화가 난 모양이었다. 무겁고 찐득한 기운을 느낀 나자들이 얼굴 근처로 팔을 들어 올리며 인상을 구길 때였다.

한쪽에 쌓여 있던 벽돌이 허공으로 두둥실 떠올랐다.

지박령의 소행이었다. 벽돌 무더기가 윤태희를 향해 꽂히듯 날아들었다. 어, 어어, 아무래도 내가 막아 줘야…. 뒤쪽에 물러나 있던 재겸이 저도 모르게 손을 움찔거리던 순간이었다.

한발 빠르게 윤태희가 부채를 휘둘렀다. 그러자 투포환처럼 날아들던 벽돌들이 잘게 깨지며 사방으로 튕겨 나갔다. 그대로 굳었던 재겸은 허공에 내밀었던 손을 쭈뼛쭈뼛 거뒀다.

"얘기나 들어 줄까 했는데 이렇게 나오면…."

윤태희는 두 번 묻지 않았다. 사람에게 해를 입힌 귀신은 사멸이 원칙이었다. 그래도 사연 정도는 들어 볼까 했으나, 원치 않는다면야 어쩔 수 없다.

"나도 더는 할 말이 없지."

윤태희가 착, 부채를 접더니 허공을 가볍게 그었다. 그러자 부채에 실려 있던 귀기가 둥근 부메랑의 형상으로 떨어져 나갔다. 살벌한 광풍이 몰아닥치며 쾅, 하는 굉음이 울려 퍼졌다. 재겸의 눈이 휘둥그레졌다.

순식간에 벽 한 면이 싹 날아갔다.

휑하니 떨어져 나간 벽을 등지고 서 있던 지박령은 망부석처럼 쿵, 쓰러졌다. 바들바들 경련하며 기이한 신음을 냈다. 지박령은 옴짝달싹 못 하고 있었다. 무슨 짓을 한 건가 싶어 재겸은 의아해졌다. 옆에 선 강이빈에게 슬쩍 물었다.

"저 부채요, 특별한 힘이 있는 무기예요?"

속삭이는 목소리에 강이빈이 재겸을 돌아보았다.

"응? 저거? 저 부채는 원귀를 포획할 때 쓰는 제구야. 저 부채 안에 원귀를 가둘 수 있거든. 그밖에 특별한 용도는 없어. 근데 수, 아니, 이매 쒸는 따로 무기 들고 다니기 귀찮으시다고, 웬만하면 저걸로 해결 보시더라구."

재겸이 설핏 눈가를 구겼다.

"그럼 저 귀신은 왜 저렇게…."

"아, 저건 귀기에 맞아서 그래."

귀기를 다룬다는 것은 대체로 무기나 도구에 귀기를 싣는다는 것을 의미한다. 사물에 귀기를 실어서 그 효과를 끌어내고 활용하는 것이 일반적이지, 순수하게 귀기 그 자체만으로 물리력을 행사하는 건 아주 어려웠다.

재겸은 그것이 가능했다. 언젠가 귀기만으로 서점 유리창을 깨부수고, 귀기로 윤태희의 목을 겨눴던 것이 그랬다. 그리고 귀기를 자유자재로 쓸 수 있는 건 재겸뿐만이 아니었다. 윤태희는 귀기만으로 지박령을 제압했다.

귀기의 여파로 건물 외벽까지 통째로 뚫려 나가 바깥이 훤히 내다보였다. 일전에 산에서 제구부 나자들이 그러했듯이 잔재주를 부린 것이라 생각했는데… 당연히 저 부채로 무언가 꼼수를 부렸겠거니 했는데, 부채 모양을 본떠서 순수하게 귀기만 날렸을 뿐이란다.

단순 무식하게 힘으로 밀어붙이는 방식이 아주 의외였다.

"이매 쒸처럼 귀기가 강하면, 귀기 그 자체가 바로 무기인 셈이야."

강이빈이 막내를 위해 세심히 설명을 덧붙였다.

"이매 쒸는 귀기만으로도 물리적인 힘을 쓸 수 있으니까.

손은 안 댔어도 졸라 쎄게 한 대 때린 거라고 생각하면 돼. 뭐, 저런 지박령 정도야 완전히, 그냥 껌이라고 봐야지! 이해했어?"

이미 다 아는 내용이라는 게 흠이라면 흠이긴 했다.

재겸이 얼떨떨한 얼굴로 윤태희의 뒷모습을 응시했다. 제법 쓸 만하다고 자부하던 말이 영 허언은 아니었던 모양이다. 하긴 생각해 보니, 그때 산에서 내가 쏜 화살을 몇 번이고 튕겨 냈었지… 윤태희는 생각 이상으로 훨씬 괜찮은 실력을 갖추고 있었다. 재겸은 안도하는 한편 내심 놀랐다. 게다가 평소엔 고상하게 굴면서, 이렇게 보니 손길이 과격한 편인 듯하고….

"완공일 한참 늦춰야겠는데요."

나자들은 그런 윤태희의 모습에 익숙한 듯했다. 나자들이 너스레를 떨자 윤태희가 뒤를 돌아보며 피식 웃었다. 원래대로라면 건물에 해가 가지 않는 선에서 처리하는 것이 맞다. 건물을 망가트렸으니 뒷수습을 하려면 꽤나 골치가 아플 것이지만, 어차피 본청에서 어련히 알아서 할 것이었다.

"너무 세게 갔다. 피곤해서…."

윤태희가 턱을 매만지며 혼잣말을 중얼거렸다. 복귀 이후 며칠째 눈만 겨우 붙이는 생활을 이어 오고 있었다. 밀린 일이 많아서였다. 짧게 토막 잠을 자다 보니 어느새 피로가 쌓여 있는 상태였다. 그래서인지 평소에 비해 귀기 컨트롤이 느슨해졌다.

윤태희가 손목을 가볍게 돌리며 지박령에게 다가갔다. 그러고는 칠접선을 활짝 펼치더니 미리 받아 온 부적을 붙였다. 부적이 붙은 칠접선으로 지박령의 이마를 톡 쳤다. 그러자 지박령이 부채 안으로 스르륵 녹아들었다.

새하얀 헝겊을 덧대어 만든 부채가 새까맣게 물들었다. 윤태희는 부채를 탁 소리가 나도록 접었다. 그와 동시에 지박령의 기운이 뚝 끊겼다. 수선스럽던 건물 안이 순식간에 잠잠해졌다. 마치 시간이 멈춘 것 같았다.

실로 눈 깜짝할 사이에 상황이 정리되었다.

윤태희는 접힌 부채를 가볍게 잡아당겨 보았다. 여태껏 잘만 펼쳐지던 부채는 아무리 힘을 줘도 열리지 않았다. 꽉 다물린 그대로였다. 귀신을 제대로 가뒀는지 확인한 윤태희는 칠접선을 표지호에게 넘겨주었다.

"상황 종결됐습니다."

표지호가 부채를 처리하는 사이, 강이빈은 본청 상황실에 전화를 걸었다. 간단히 상황 보고를 한 뒤, 정화부에 흉신터의 정화와 현장 뒷수습을 부탁했다. 괜히 윤태희의 주변을 얼쩡거리고 있던 재겸은 일부러 들으란 듯이 흠, 하고 목을 울렸다. 윤태희가 재겸을 돌아보았다.

윤태희가 피식 웃으며 "흠?" 하고 고개를 기우뚱했다. 그러자 재겸이 마치 딴청을 피우는 것처럼 시선을 내렸다가, 마지못해 다시 소리를 냈다.

"흠…!"

'잘은 모르겠지만… 꽤 하네.' 정도의 의미로 받아들이기로 했다.

· 🕊 ·

김 수습을 환영하는 면신례는 순조롭게 마무리되었다. 나자들은 종로1가 인근의 번화가로 향했다. 면신례의 대미를 장식하기 위해서였다. 뒤풀이야말로 절대 빼놓을 수 없는 과정이었다. 술집이며 밥집이며 가게들이 즐비한 골목은 퇴근한 직장인들로 저녁의 활기가 넘쳤다.

축역부 제1팀이 자리를 잡은 곳은 화로구이 고깃집이었다. 시끌벅적한 가게 안은 손님이 바글바글했다. 거의 만석이었다. 동그란 테이블마다 직장인들이 삼삼오오 둘러앉아 술 한 잔을 기울이고 있었다. 탈을 벗은 나자들은 일견 여느 테이블과 다를 바 없이 평범한 직장인 무리처럼 보였다.

어쩌다 보니 재겸과 윤태희는 서로 다른 테이블에 앉아 있었다. 인원이 아홉 명이나 되는 관계로 나자들은 테이블 두 개를 붙여서 앉은 상태였다. 재겸은 윤태희의 옆자리에 앉을 생각이었다. 여기서 그나마 편한 사람이 윤태희였으므로. 그러나 윤태희의 뒤를 졸래졸래 쫓아가는 도중에 강이빈에게 붙잡히고 말았다. 강이빈이 "재겸이! 이리 와, 누나 옆에 앉아." 하며 팔을 잡아끄는 바람에 어쩔 수 없이 떨어져 앉게 되었다.

사실 재겸은, 당연히 윤태희가 먼저 제 옆에 와서 앉으라고 할 줄 알았다. 그러나 윤태희는 강이빈의 손에 끌려가는 재겸을 봐 놓고도, 별다른 말을 하지 않고 안쪽 자리로 들어갔다.

"……."

재겸은 이마를 긁적거리다가 주변을 둘러보았다.

왁자지껄한 가게 안, 고기가 익어 가는 자욱한 연기, 흥에 취한 얼굴들, 이따금 들려오는 웃음소리들….

회식하는 풍경은 티브이 드라마를 통해 자주 본 장면이어서 아주 낯선 것은 아니었다. 하지만 직접 체험하는 것은 처음이라 영 실감이 나질 않았다. 어쩐지 눈앞의 광경이 비현실적으로 느껴졌다. 둘러봐도 이상하고 신기한 것들투성이였다. 그러다 직원이 활활 불타는 화로를 들이밀어서 재겸은 흠칫 놀랐다. 불판 위에 매달린 저 이상한 나팔은 또 뭔가 싶었다.

"싸장냄! 저희 주문할게요!"

강이빈이 손을 번쩍 들어 올리며 쩌렁쩌렁 말했다. 손님들이 다 쳐다볼 정도로 목소리가 우렁찼다. 깜짝아. 시큰둥한 얼굴로 손가락을 꼼지락거리던 재겸의 어깨가 움찔 튀었다. 대각선에 있던 윤태희가 그걸 보고 조그맣게 웃었다. 살짝 머쓱해진 재겸이 눈을 피했다.

"싸장냄, 우선 소주 빨간 걸로 두 병씩 주시고요, 맥주는 뭐 뭐 있어요?"

강이빈이 다가온 직원을 향해 손을 파닥거렸다. 강이빈은 한껏 들뜬 기색이었다. 그에 메뉴판을 보고 있던 표지호가 어처구니없다는 표정을 했다.

"저, 이빈아, 순서상 고기부터 주문하는 게 맞지 않을까."

"목마르니까 일단 목구멍부터 시원하게 적시고 시작하자."

팀원들은 어느 순간부터 직급에 관계없이 편하게 말을 놨다. 현장에서와는 달리 사석으로 취급되는 분위기였다. 그만큼 팀원 간의 친분이 깊었다.

"아오. 수석님, 저 미친 아이 좀 말려 주세요."

표지호가 두려움에 물든 얼굴로 고자질을 했다. 넥타이를 벗고 셔츠 단추를 두어 개 풀던 윤태희가 흐, 웃음을 흘렸다. 팀원들은 서로 말을 놓는 와중에도 윤태희에게만은 여전히 경칭을 썼다. 그건 윤태희도 마찬가지였다.

윤태희는 위계질서에 별 관심이 없는 사람이었다. 팀원들이 상관인 윤태희와 격의 없이 지낼 수 있는 것도 바로 그 때문이었다. 윤태희는 상하 관계를 떠나 팀원들을 같은 동료로서 대했다. 보스가 아니라 리더로서 팀원들과 한데 어울렸다. 대신 사적인 영역에서 확실하게 선을 긋는 편이었다.

불필요한 위계는 세우지 않는다. 그리고, 필요 이상으로 거리를 좁히는 것도 허락하지 않는다. 팀원들과 친밀한 동료 관계로 지내지만 딱 거기까지다. 윤태희는 공과 사를 철저히 구분했다. 오늘과 같은 회식 자리가 아니라면 팀원들과 함께 식사를 하는 일은 거의 없다고 봐도 무방할 정도였다.

"강 주임님, 오늘 달리시는 건가요?"

마침내 슈트 재킷까지 벗고, 셔츠 한 벌 차림이 된 윤태희가 장난스레 물었다. 벗어 던진 넥타이는 재킷 주머니에 성의 없이 구겨 넣은 뒤였다.

"그럼요! 막내가 왔으니까 달려야죠."

강이빈의 호기로운 선언에, 팀원들이 웃음을 터뜨렸다.

머지않아 선홍빛 생고기와 여러 밑반찬, 다양한 쌈 채소들이 세팅되었다. 강이빈이 주문한 술도 테이블 한쪽을 당당히 차지했다. 강이빈은 숟가락으로 맥주병 뚜껑을 뻥, 날리는 퍼포먼스를 선보였다. 팀원들이 환호를 하며 신나게 박수를 쳤다. 벌써부터 분위기가 후끈 달아올랐다. 팀원들은 소주 파와 맥주 파, 그리고 소맥 파로 각자 취향껏 주종을 골랐다.

그리고 윤태희는 오늘도 변함없이 독자적인 노선을 택했다. 맥주잔에 파인애플 맛 탄산을 콸콸 따르자, 팀원들은 익히 알고 있다는 듯이 고개를 끄덕였다.

"역시. 우리 수석님은 환쏘지."

표지호가 살뜰하게 소주병을 들이밀었다. 반절쯤 탄산을 채운 뒤 나머지는 소주로 꽉 채웠다. 달콤한 것을 좋아하는 윤태희는 술을 마실 때마다 탄산을 섞어 마시곤 했다.

그사이, 재겸은 입을 벌린 채 불판 위로 고기가 익어 가는 광경을 빤히 바라보고 있었다. 빨리 익었으면 좋겠다, 하고 얼굴에 쓰여 있는 것 같았다. 그걸 본 윤태희가 피식 미소를 지었다.

"우리 수습님, 입에 파리 들어가겠다."

팀원들의 이목이 우르르 쏠렸다. 팀원들이 흐뭇한 시선으로 막내를 바라보았다. 재겸은 멋쩍은 표정으로 딴청을 피웠다. 그때, 표지호가 대뜸 빈 맥주잔을 건넸다. 가만히 눈을 굴리고 있던 재겸이 얼떨결에 잔을 받아 들었다. 표지호가 뚱뚱한 갈색 병을 스리슬쩍 들이밀었다.

"자, 우리 막내도 한잔해야지."

표지호가 느물거리는 목소리로 은근슬쩍 술을 제안했다. 그러자 강이빈이 대번에 낯을 굳혔다. 또래의 동생이 있는 강이빈이 단호하게 고개를 저으며 표지호의 손을 밀쳤다.

"자라나는 청소년한테 뭐 하는 거야?"

그러나 표지호는 강이빈의 핀잔에도 굴하지 않고 다시금 맥주병을 내밀었다.

"맥주 한 잔 정도는 괜찮아. 어른이 주는 건 마셔도 돼."
"야, 어른이 어른다워야 어른이지. 참 좋은 거 가르친다."
"에이, 솔직히 청소년기에 술 한번씩 먹어 봤음서."
"아무튼 안 돼, 절대 안 돼. 재겸이! 환타나 마셔."

풋내 나는 어른들의 우스꽝스러운 실랑이가 이어졌다.

재겸은 벽에 붙은 메뉴판을 읽었다. 소갈빗살. 차돌박이. 꽃등심. 차돌된장찌개….

"그, 어디 외국에서는 열여섯 살 때부터 술 마신다던데 하여튼 우리나라만 이렇게 빡빡하다니까. 어? 고작 맥주 한 잔 가지고, 에휴. 이게 나라냐고…."

표지호가 한탄을 했다. 표지호의 옆에 앉은 윤태희는 재겸에게 술을 줄 것이냐, 탄산을 줄 것이냐 하는 문제에 딱히 끼어들 생각이 없어 보였다. 다리를 꼬고 앉아 그저 조용히 웃기만 했다.

"그게 공무원이 할 말이야? 나라의 녹봉을 받는다는 사람이 그런 소리를 하면 되겠어? 너 예전 같았으면 바로 모가지야, 벌써 능지처참 예약이다."

강이빈이 눈을 부라리며 표지호의 목뒤에 당수를 날리는 시늉을 했다. 그러자 표지호가 아차차, 안색을 싹 바꾸더니 냉큼 거수경례를 해 보였다.

"앗, 죄송. 돈 주면 애국해야지, 충성."

피식, 재겸이 저도 모르게 웃음을 터뜨렸다. 두 사람의 행동이 이를 데 없이 넉살맞고 우스꽝스러워서 웃지 않을 수가 없었다. 그러다 턱을 괴고 있던 윤태희와 눈이 마주쳤다.

시선이 맞물리자 윤태희의 눈매가 반달처럼 이지러졌다.

"……."

괜히 민망해진 재겸은 젓가락을 만지작거리는 시늉을 했다. 둘의 투덕거림을 관전하던 팀원들도 웃겨 죽겠다면서 박장대소를 했다.

결국 재겸의 잔은 환타로 채워졌다. 그닥 술을 즐기지 않는 재겸으로선 딱히 아쉽지 않았다. 술을 싫어하는 건 아니었으나 까짓것 마셔도 그만, 안 마셔도 그만이었다. 마시더라도 막걸리나 동동주 같은 탁주가 좋지, 현대식 소주나 맥주는 먹어 본 적이 없어서 심드렁했다.

"잔도 다 채웠으니 건배부터 할까요?"

강이빈이 손뼉을 짝, 마주치며 쾌활하게 분위기를 이끌어 갔다.

"자, 자, 집중! 수석님께서 한 말씀 해 주신답니다!"

강이빈의 능청스러운 진행에 팀원들이 옳다구나 박수를 쳤다. 다리를 꼬고 나른하게 앉아 있던 윤태희가 "나?" 하며 손가락으로 저를 가리켰다. 모두가 웃음을 터뜨렸다. 금시초문이라는 표정을 짓던 윤태희가 이내 순순히 자리에서 일어났다. 직접 나서진 않을지언정 딱히 빼지는 않았다. 재겸은 그런 윤태희의 모습을 신기하다는 듯이 쳐다보았.

윤태희는 한쪽 손으로 테이블을 짚고 느슨하게 섰다.

"내가 자리를 잠시 비워서, 나 없는 동안 다들 고생 많았고…"

윤태희가 팀원 한 명 한 명에게 시선을 맞추며 격려의 말을 이어 나갔다. 팀원들을 바라보는 눈빛이 다정했다. 팀원들이 하나둘씩 잔을 들었다. 재겸도 눈치를 보다가 쭈뼛쭈뼛 잔을 들었다. 재겸에게 이르러 윤태희의 시선이 멈췄다.

"마지막으로… 우리 수습님 새로 오셨는데."

윤태희의 뺨에 선명한 볼우물이 피어났다.

"귀하게 모신 분이니 귀하게 대해 주세요."

짧지만 강렬한 끝맺음이었다. 재겸의 속눈썹이 빠르게 나풀거렸다. 귀한 아이야. 문득 오래전에 들었던 빛바랜 목소리가 떠오른다. 그 위로 윤태희의 목소리가 겹치는 듯했다.

아, 귀하다고 말해 주는 사람이 한 명 더 있구나….

"자, 그럼…."

윤태희가 웃으며 잔을 들었다.

우리의 건승을, 위하여!

남자들이 복창하며 건배를 했다. 타이밍을 놓친 재겸의 손이 어물어물 허공을 배회했다. 그걸 본 윤태희가 팔을 뻗어 잔을 톡 부딪쳐 주었다. 그러자 곳곳에서 잔이 다가왔다. 몇 번이고 사소한 건배가 이어졌다. 유리잔이 닿을 때마다 달각, 청명한 울림이 퍼졌다.

윤태희를 비롯해 남자들이 잔을 비우는 것을 바라보다가, 재겸은 살짝 상기된 뺨을 문질렀다. 문득 손에 든 잔을 내려다보았다. 건배의 여운으로 파동이 남아 표면이 잘게 흔들리고 있었다.

"……."

망설이던 재겸은 환타를 한 모금 마셨다. 청량한 탄산이 목을 타고 퍼져 나갔다. 가슴 한구석이 톡톡 튀어 올랐다. 아릿

하고 따끔따끔한 느낌은 설렘과 비슷했다.

얼마 전까지만 해도 이런 건 꿈에도 상상하지 못했다. 난생처음 시험도 보고, 백화점 가서 옷도 사고, 나라님 밥상도 받아 보고, 티브이에서만 보던 것처럼 다 같이 모여 회식도 한다. 요사이 처음 해 보는 게 많아서, 매일매일이 신기하고 어색했다. 어쩌면 들떴는지도 모르겠다.

무엇을 위하여 이곳에 있는지 잊지 말자.

우리의 건승. 윤태희와 나의 건승(健勝). 나례청을 부수기 위하여. 그래서 이곳에 있는 거다. 별생각 없이 잔을 부딪치긴 했지만, 계획을 위해 잠시 어울리는 것뿐이다. 그리고 이 모든 순간은 시간이 지나고 나면 전부 없던 일이 될 것이다.

· 🕊 ·

어느덧 분위기가 점점 무르익었다.

팀원들은 가볍게 술을 곁들이며 신나게 이야기를 나누고 있었다. 재겸은 대화에 끼어들지 않고 병풍처럼 앉아 있었는데, 팀원들은 그런 재겸에게 따스한 관심을 보여 주었다. 어색함을 풀어 주고 싶었는지 이따금 시시콜콜한 질문과 농담을 건네기도 했다. 팀원들 모두가 재겸을 세심히 챙겼다.

고기가 익으면 제일 먼저 재겸의 접시에 옮겨 담아 주었고, 멀찍이 떨어진 반찬에 손을 뻗을 때면 그릇을 가까이 밀어 주기도 했다. 새로 온 신입을 위한 면신례 자리인 만큼, 오늘 이 자리의 주인공은 단연 재겸이었다.

하지만 재겸은 팀원들의 살가운 태도가 영 낯간지럽고 쑥스럽기만 했다. 그래서 일부러 먹는 것에만 집중을 했다. 화기애애한 분위기 속에서 재겸은 조용히, 그리고 아주 열심히 고기를 먹었다. 푸짐하게 쌈도 싸서 먹어 보고, 기름장에 찍어서 먹기도 하고, 개운하게 음료수도 들이켰다.

이쯤 되니 배가 불렀다. 더는 들어갈 자리가 없었다. 재겸은 퍽 만족스러운 기분이 되어 젓가락을 내려놓았다. 휴, 숨을 내쉬며 허리를 바르게 폈다. 문득 대각선 방향으로 시선이 향했다. 그런데 윤태희가 앉아 있어야 할 자리는 휑하니 비어 있었다.

뭐야, 어디 갔어? 아까만 해도 있었는데.

먹느라 열중해서 자리를 비운 것을 알아차리지 못했다. 이리저리 고개를 돌려 주변을 살펴보았으나, 윤태희의 모습은 보이지 않았다. 어느새 가게 안은 저당치 손님이 빠져서 널널했다.

"재겸이, 왜? 뭐 더 시켜 줄까?"

강이빈의 물음에 재겸이 고개를 저었다.

"아뇨, 쑤석님…."

"아, 수석님 어디 가셨냐고?"

뒷말을 잇지 않았음에도 강이빈은 재겸의 의중을 바로 알아차렸다.

"아까 전에 전화받는다고 밖에 잠깐 나가셨어."

"그러고 보니 좀 늦으시네…."

표지호가 상체를 쭉 빼고 바깥을 내다보았다.

"본청에서 호출 떨어진 건 아니겠지?"

강이빈이 고개를 갸웃거리자, 표지호가 짐짓 심각한 얼굴을 했다.

"설마! 안 돼! 그럼 계산은 누가 해!"

표지호는 재겸의 어깨에 손을 얹더니 "막내, 밖에 수석님 계시나 한번 보고 와." 엄숙한 목소리로 말했다. 멀뚱히 앉아 있던 재겸이 쭈뼛쭈뼛 몸을 일으켰다.

재겸은 가게 문을 열고 밖으로 나왔다. 내내 불 앞에 있었더니 바깥 공기가 아주 시원하게 느껴졌다. 숨을 크게 들이쉬며 골목을 쭉 훑어보았다. 그러나 술에 거나하게 취한 직장인들이 흥얼거리며 어깨동무를 하고 지나가는 모습만 눈에 들어올 뿐, 어디에도 윤태희의 모습은 보이지 않았다. 뭐야, 홀라당 어디로 사라진 거야? 재겸은 머리를 긁적거렸다.

흠… 그럼 계산은 내가 해야 되나….

그렇게 생각하며 혹시나 하는 마음에 건물 모퉁이 쪽으로 빼꼼 고개를 내밀어 보았다. "어?" 재겸이 눈을 동그랗게 떴다. 윤태희가 턱이 낮은 계단에 쭈그리고 앉아 얼굴을 묻고 있었다.

"야."

재겸의 목소리에 윤태희가 느릿느릿 고개를 들었다. 멀찍이 시선이 마주쳤다. 윤태희는 눈을 설핏 좁혀 뜨더니, 한동안 재겸을 말없이 바라보았다.

"어, 이게 누구지…."

한참 만에야 윤태희가 천천히 입을 열었다. 평소에 비해 묘하게 늘어지는 말투였다. 재겸이 멀뚱히 윤태희를 바라보았다.

왜 저러고 있어?

재킷 없이 흰 셔츠만 입은 윤태희는 무릎에 팔을 걸치고 느슨하게 앉아 있었다.

"뭐야, 너 취했어?"

재겸이 한 발자국 성큼 다가갈 때였다.

"오지 마."

윤태희가 조용히 말했다.

"왜?"

재겸이 멈칫하며 묻자, 윤태희가 고개를 삐딱하게 기울였다.

"담배 방금 껐어."

냄새가 나니 오지 말라는 것이었다. 딱히 상관없는데. 잠시 그대로 서 있던 재겸은 성큼성큼 윤태희에게 다가갔다. 윤태희는 별말이 없었다. 대신 시선이 끈질기게 따라붙었다. 재겸은 윤태희의 옆으로 가 쪼그려 앉았다.

"왜 나왔어?"

윤태희의 질문에 재겸이 까만 밤하늘을 올려다보았다.

"…더워서."

표주박인지 표지판인지가 너 돈 안 내고 튀었을까 봐 잡아오랬어, 하고 사실대로 말할까 하다가 그냥 대충 핑계를 댔다. 따지고 보면 딱히 틀린 말도 아니었다. 가게 안은 은근한 열기가 가득하여 영 답답했으니까.

"너는 왜 이러고 있어?"

넥타이 매듭을 잡아당기던 재겸이 슬쩍 고개를 돌려 바라보며 물었다.

"……."

윤태희는 걸친 팔 위에 뺨을 기댄 채, 재겸에게 시선을 고정하고 있었다.

"원래 그렇게 잘 먹나?"

"뭐?"

"되게 맛있게 먹던데…."

윤태희는 묻는 말에 대답은 않고 자꾸만 딴소리를 했다.

뭐야, 얘 진짜 취했나?

재겸은 긴가민가, 미심쩍은 눈길로 윤태희를 가만히 훑어보았다. 취한 사람치고는 발음도 또렷하고 자세도 반듯한 것 같은데… 평소와 어딘지 미묘하게 다른 모습이었다.

"그야 맛있으니까."

뒤늦게 건넨 대답에 윤태희가 픽 웃었다. 한쪽 뺨에 볼우물이 쏙 패었다. 고개를 숙인 채 구두끈을 만지던 재겸이 지나가는 투로 말했다.

"넌 별로 안 먹는 것 같던데."

"그런가? 나도 많이 먹었어."

재겸이 심각한 표정으로 고개를 들었다.

"그게? 너 원래 뱃구레가 작냐?"

뱃구레…. 윤태희가 팔에 이마를 묻고 쿡쿡 웃었다.

"그렇게 먹어서 어떻게 힘을 쓰냐?"

"우리 각시가 또 나를 걱정해 주네."

"……."

재겸이 사납게 눈을 흘겼다. 또 지랄이네…. 백번 양보해서 현장에서야 그렇다고 치지만, 지금은 탈도 안 썼는데 각시라는 소리를 들을 이유가 없다.

"그렇게 부르지 말랬어."

재겸이 까칠하게 받아치자, 윤태희가 팔 위에 턱을 얹었다.

"왜? 나는 각시라고 부르는 거 좋은데."

"그렇게 좋으면 너나 해. 탈 바꿔."

재겸이 인상을 구기며 쏘아붙였다.

"안 돼…. 넌 각시고, 난 이매야."

윤태희가 빙그레 웃는가 싶더니, 고개를 저었다.

"그거 알아? 이매는 선비의 하인이야."

탈놀이에서 이매는, 자존심 세고 거만한 선비의 하인 노릇을 한다. 속도 없이 언제나 싱글벙글 웃고 있는 이매는 하찮기 그지없다. 행동거지가 순진하고 아둔하여 항상 남에게 당하기만 하는 인물이 바로 이매다.

"이매는 신분상으로 천민이 아니라 양인(良人)이야. 마음만 먹으면 선비의 곁을 떠나 자유롭게 살아갈 수 있어. 근데… 이매는 도통 벗어날 생각을 하질 않아. 뭐가 그리 좋은지 웃고 다니기만 하고, 사람들은 그런 이매를 손가락질하지, 어리석고 바보 같다고."

갑자기 무슨 소리인가 싶어, 재겸이 눈썹을 들어 올렸다. 아무래도 윤태희는 취한 게 맞는 것 같다. 평소에 비해 분위기가 훨씬 조용하고 가라앉은 느낌이었다.

그나저나, 이매가 그렇게나 하찮고 보잘것없는 인물이라면, 윤태희는 어째서 그런 이매탈을 고집하고 있는 걸까. 나한테는 귀한 각시탈을 골라 줘 놓고….

"근데 나는 알 것 같아, 이매가 왜 그랬는지…."

윤태희는 마치 재겸의 마음을 읽기라도 한 것처럼 불쑥 입을 열었다. 팔에 얼굴을 묻고 있던 윤태희가 고개를 모로 기울이더니, 재겸을 빤히 바라보았다. 앞머리가 눈매 근처로 느슨히 흘러내렸다. 살짝 컬이 진 머리칼 사이로, 서늘한 밤공기를 닮은 차가운 눈동자가 보였다.

이매는 어째서 선비의 곁을 벗어나지 않는가.

"사실은, 전부 이매한테 속고 있는 게 아닐까?"

윤태희가 나직한 목소리로 속삭였다.

"이매는 선비한테 복수를 하고 싶은 거야."

선비를 제 손으로 죽이기 위해, 이매는 기회를 노리고 있다. 일부러 바보 흉내를 내며 모두를 속이고 있는 거다. 거만하고 고고한 선비는 이매의 품속에 비수가 숨겨져 있다는 것을 꿈에도 모를 것이다.

"어리석고 우매한 건, 이매의 웃는 얼굴을 곧이곧대로 믿는 사람들이고."

귀를 기울이던 재겸은 윤태희를 물끄러미 바라보았다. 분명 탈에 관하여 대화를 하고 있건만, 윤태희의 말은 어딘지 의미심장했다. 윤태희는 새로운 관점으로 이매를 해석했다. 얼핏 그럴듯하게 들리면서도, 마치 본인을 빗대어 이야기를 하고 있는 것 같다는 착각이 들었다.

곰곰이 이야기를 되짚어 보던 재겸이 불쑥 질문을 던졌다.

"그래서 선비한테 복수를 하고 나면? 그다음엔 어떻게 되는 건데?"

"글쎄. 그건 생각 안 해 봤네. 어떻게 되려나…."

윤태희가 머리를 쓸어 넘기며 소리 없이 웃더니, 걸친 팔에 뺨을 기댔다.

"……."

생각에 잠긴 얼굴로 한참을 침묵하던 윤태희가 조용히 중얼거렸다.

"각시랑 도망갈까…."

시선이 정확히 맞물렸다. 그제야 재겸은 확신할 수 있었다. 윤태희는 취한 게 맞았다. 가만히 재겸의 얼굴을 바라보던 윤태희가 어느 순간 천천히 눈을 감았다.

재겸은 윤태희가 고요하게 가라앉는 광경을 지켜보았다.

하늘은 까맣고, 밤공기는 서늘하고, 어디선가 바람이 부는 듯했다. 바람결에 윤태희의 잔향이 희미하게 섞인 것 같기도 했다. 윤태희의 앞머리가 반듯한 이마 위로 쓸쓸하게 흐트러졌다. 오른 가마. 재겸은 저도 모르게 손을 뻗었다. 머뭇거리며 윤태희의 머리를 한번 쓰다듬어 보았다. 생각했던 대로 풍성하고 부드러웠다. 윤태희는 눈을 뜨지 않았다.

도시의 밤은 깊어만 갔다.

5장

 재겸이 집으로 돌아왔을 때는 어느덧 자정이 가까운 시각이었다. 문이 열리는 소리에 현관으로 마중을 나와 있던 정주는, 눈앞에 선 재겸을 보자마자 잠시 말을 잃고 말았다.
 "뭘 그러고 서 있어. 좀 비켜 봐."
 발만을 이용해 구두를 벗는 데 성공한 재겸은 턱짓으로 길을 열도록 했다. 정주가 어안이 벙벙한 얼굴로 몸을 비켰다. 짐을 짊어진 재겸은 일단 집 안으로 들어섰다.
 "메산이는?"
 "어? 어, 너 기다리다가 아까 잠들었어."
 정주가 얼떨떨한 투로 대답하며 재겸이 등에 업은 짐짝을 바라보았다.
 "뭐, 뭐야…. 이게 어떻게 된 일이야?"
 "술 먹고 잠들었는데 아무리 깨워도 안 일어나."
 재겸의 등에 업힌 건 다름 아닌 윤태희였다. 가게 옆 계단에 쪼그려 앉아 있던 윤태희는 그 자세 그대로 잠이 들었다. 아무리 불러도 대답도 없고, 흔들어 깨워도 미동조차 하지 않았다. 그에 난감해진 재겸은 팀원들에게 돌아가서 도움을 요청했다. 팀원들은 수석님이 술에 곯아떨어진 모습은 난생처음 본다며 무척이나 신기해했다.

윤태희는 딱히 술이 센 편은 아니었다. 그리고 본인도 그 사실을 잘 알고 있어서 주량을 절대 넘기지 않았다. 따라서 오늘처럼 술에 뻗는 불상사는 한 번도 일어난 적이 없었다. 취하기 전에 딱 끊고, 늘 제 발로 집에 돌아간다. 그리고 다음 날이면 평소처럼 말끔한 모습으로 나타나는 것이다.

"우리 수석님도 사람이셨어. 웬일이니."

앉은 채로 잠든 윤태희의 모습을, 강이빈은 휴대폰 카메라로 찍어서 사진으로 남기기까지 했다. '와, 악랄한 자식.' 표지호가 혀를 내둘렀다.

"요즘 많이 바쁘셨잖아. 피곤하셔서 그런가 보다."

표지호는 일단 택시를 불렀다. 다행히도 가게가 많은 번화가라서 금방 택시가 잡혔다. 그리고 팀원들은 윤태희를 뒷좌석에 태운 뒤에야 깨달았다.

"수석님 집 주소 아는 사람?"

윤태희가 어디 사는지 아무도 모른다는 사실을.

"어쨌든 길바닥에 버리고 올 순 없잖아."

물론 재겸은 길에 버려도 딱히 상관없다는 입장이었으나… 짧은 고민 끝에 윤태희라는 짐짝을 떠안아 주기로 했다. 자신의 집이 가장 가깝기도 했고 그간 얻어먹은 것도 있으니 나름대로 선심을 베푼 것이었다.

택시를 타고 오는 내내 윤태희는 쥐 죽은 듯이 얌전했다. 하도 조용해서 코 밑에 손도 대 봤다. 택시는 둘을 대문 앞에서 내려 주었다. 재겸은 주머니를 뒤져서 대충 택시비를 내고 훤칠한 성인 남성을 훌쩍 등에 업었다. '힘이 아주 장사구만!' 택시 기사가 놀란 눈으로 그 모습을 바라보았다.

상황을 대충 전해 들은 정주가 고개를 끄덕였다.

"손님인데 소파는 좀 그러니까, 일단 내 방으로…."

걸음을 옮기던 정주가 멈칫하며 돌연 몸을 세웠다.

"아, 맞다! 메산이 지금 내 침대에서 자는데?!"

"괜찮아, 그냥 내 방에서 재우지 뭐."

재겸이 깨우지 말라는 듯 고개를 저었다. 그러고는 거실을 지나 제 방으로 향했다. 뒤따라오던 정주가 냉큼 문을 열어 주고 전등 스위치를 켰다. 재겸은 침대 위로 짐짝을 패대기쳤다. 완전히 잠에 빠진 성인 남성은 정말 무거웠다.

"그래도 이 정도면 곱게 취하시는 편이네."

정주가 미동도 없는 윤태희를 바라보며 한 줄 감상평을 꺼내 놓았다. 비로소 몸이 가벼워진 재겸은 숨을 길게 내쉬었다. 우선은 구두부터 벗기고…. 재겸이 짐을 정리하는 동안 정주는 남는 이불과 베개를 가지고 왔다.

"재겸아, 그럼 넌 메산이랑 같이 내 침대에서 자."

"너는 어디서 자려고?"

"난 소파에서 자면 돼. 넌 소파 불편해하잖아."

"됐어… 그냥 바닥에 이불 깔고 잘래."

그렇게 말하며, 재겸은 윤태희에게 대충 이불을 덮어 주었다. 머리를 들어 베개도 받쳐 주었다. 각도가 엉성하게 비뚤어져서 베느니만 못하게 불편해 보였으나, 재겸은 더 이상의 할 일은 없다는 듯 홀가분하게 손을 털었다.

재겸은 정주의 품에서 이불을 빼앗았다. 정주는 몇 번이고 제 침대를 양보하려고 했으나 재겸은 듣는 둥 마는 둥 하며 바닥에 이불을 깔았다.

"진짜 괜찮겠어?"

"그래. 가서 자."

예전엔 맨날 이렇게 바닥에 이불 펴고 잤다. 맨바닥에서 잔 적도 많은데 이게 대체 뭐라고. 윤태희를 집어 온 것은 순전히 제 의지였다. 정주가 대신해서 불편을 감수할 필요는 없었다. 한참을 옥신각신한 끝에 재겸은 방에서 정주를 내쫓는 데 성공했다.

마침내 방 안이 조용해졌다. 귀를 기울이니 희미한 숨소리가 들렸다. 재겸은 셔츠 단추를 하나씩 풀며 침대로 가까이 다가갔다. 제 침대에 누워 있는, 고요하게 잠든 얼굴을 빤히 내려다보았다.

누가 빚어 놓은 것처럼 생겼네….

단추를 풀어 나가던 손이 조금씩 느려졌다. 자신의 침대에 다른 사람이, 그것도 윤태희가 누워 있는 것을 보니 뭔가 싱숭생숭했다. 새삼 생각해 보니 기분이 묘하다. 저와 윤태희는 얼마 전까지만 해도 모르는 사이였다. 저는 고등학생이었고 윤태희는 사서 선생이었다. 고작 한두 달 만에 일상이 송두리째 바뀌어 있었다. 믿을 수 없을 만큼 극적이었다.

 만난 지 얼마 안 됐지만, 아무도 모르게 둘만 아는 것들이 있다. 오로지 서로만, 서로의 깊숙한 무언가를 알고 있다. 팀원들과 몇 년은 알고 지낸 사이임에도 그들은 윤태희가 어디에 사는지도 모른다는 사실이 기이하기만 했다.

 '사실은, 전부 이매한테 속고 있는 거야.'

 팀원들과 그렇게나 화목하게 지내면서도, 윤태희는 자신의 집이 어딘지조차 알려 주지 않은 것이다. 윤태희는 모두의 관심 속에 있었다. 그 속에서 혼자 있었다. 햇볕이 쏟아지는 양지에 속해 있지만 축축한 어둠을 밟고 서 있었던 것이다. 생생하게 살아 숨 쉬는 선명한 복수심이라는 그림자를.

 윤태희는 10년을 기다렸다고 했다. 그 10년이라는 세월 동안 윤태희는 단 한 순간도 복수를 잊어 본 적이 없었던 걸까? 아무리 작고 사소한 순간이라고 할지라도? 만약 그렇다면….

 사람들과 잔을 부딪치던 그 순간에도 너는 혼자였는지.

 재겸은 단추 풀던 손을 내리고 윤태희를 가만히 바라보았다.

 잠든 사람은 한 톨의 거짓조차 묻어나지 않는 얼굴이 된다.

"……."

속이는 건 이매인데, 어째서 이매에게 속는 사람들보다도 이매가 안됐다는 마음이 드는 건지… 정말이지 모를 일이라고, 재겸은 생각했다.

· 🕊 ·

윤태희는 어슴푸레한 새벽빛 속에서 눈을 떴다. 제법 깊은 잠이 들었다가 깨어난 것임에도 눈빛은 또렷하고도 명료했다. 낯선 천장. 낯선 침대. 낯선 방이다. 몸에 닿아 오는 침구의 감촉이 푹신하고 부드러웠다.

소리 없이 눈만 굴리던 윤태희가 천천히 몸을 일으켰다. 이불을 젖히고 시선을 내리니 옷차림은 어제 입은 그대로였다. 간밤의 기억을 되짚어 보며, 푸른 새벽빛에 잠긴 방 안의 풍경을 찬찬히 살펴볼 때였다. 시선이 어느 한 곳에 닿자마자, 윤태희가 멈칫하며 눈을 크게 떴다.

네가 왜 여기에?

침대 아래에서 재겸이 자고 있었다. 저와는 달리 편한 옷차림이었다. 헐렁한 티셔츠에 반바지를 입은 재겸은 둘둘 말린 이불에 다리 한쪽을 걸치고, 웅크린 채로 곤히 잠들어 있었다.

"……."

그제야 윤태희는 이곳이 어디인지 알아차렸다. 더불어 이 낯선 방의 주인이 누구인지도. 어떻게 된 일인지 대충 짐작이 가기 시작했다. 지박령. 면신례. 뒤풀이. 술….

마침내 기억을 정리한 윤태희가 고개를 푹 숙이며 이마를 짚었다.

"아, 씨발."

정신을 놨구나. 요 며칠 잠을 제대로 못 잤더니….

숙취가 없는 것을 보니 술을 많이 마셔서 그런 건 아닌 듯하고, 피로가 쌓여 술기운에 잠이 들었던 모양이다. 통제할 수 없었던 스스로에 대해 짜증이 나려고 했다. 한순간이나마 긴장이 풀렸다는 사실에 불쾌감이 엄습했다. 윤태희는 눈을 감고, 입술을 지그시 깨물었다.

방 안은 이를 데 없이 적막했다.

윤태희는 한참 만에야 눈을 떴다. 손목을 들어서 시간을 확인했다. 4시 53분. 희끄무레한 새벽빛이 차츰 밝아지고 있었다. 윤태희는 침대에서 빠져나와 재겸에게 가까이 다가갔다.

재겸은 등을 돌린 채 옆으로 누워 있었다. 윤태희는 반대쪽으로 가서 자리를 잡았다. 팔꿈치를 대고 모로 누우니 눈높이가 나란해졌다. 윤태희는 곤하게 잠든 재겸의 얼굴을 대놓고 감상했다.

5시가 되면 떠날 생각이었다.

"안녕, 나 갈게."

숨결처럼 흘러나온 희미한 속삭임이었다.

당연히 들릴 리가 없는 목소리였지만, 때마침 재겸이 몸을 뒤척거렸다. 앞으로 돌아눕는가 싶더니 티셔츠를 위로 훌러덩 올린다. 혹시라도 깬 걸까 싶어 재겸을 주시하고 있던 윤태희가 피식 웃음을 흘렸다.

배를 내놓고 자는 게 습관인가.

머리를 괴고 있던 윤태희가 대수롭지 않게 손을 뻗었다. 옷을 내려 주기 위해서였다. 그때, 옆구리에 새겨진 커다란 흉터가 눈에 들어왔다.

"……."

윤태희가 천천히 상체를 일으켰다. 어느새 얼굴은 무표정했다. 훤히 드러난 배를 가만히 바라보다가, 무언가에 홀린 것처럼 다시 손을 뻗었다.

군살 하나 없이 판판한 배 위로 윤태희의 손바닥이 가볍게 내려앉았다. 뜨거운 온기가 물들듯이 옮아왔다. 윤태희는 저도 모르게 손을 움직였다. 천천히 배를 쓸자 살짝 마른 듯하면서도 희미한 복근이 만져졌다.

재겸이 숨 쉬고 있다는 것이 직접적인 감각으로 느껴졌다. 그대로 멈춰 있던 손이 어느 순간 옆으로 미끄러졌다. 윤태희는 긴 손가락 마디로 흉터의 살결을 느리게 훑었다. 그때, 잠결에 느낀 손길이 간지러웠는지 재겸의 팔이 짧게 움찔했다. 윤태희가 순간 멈칫하며 손을 뗐다.

어슴푸레한 새벽빛을 뒤집어쓴 윤태희는 말없이 제 손바닥을 바라보았다.

"……."

 윤태희는 천천히 고개를 들었다. 잠이 든 소년의 얼굴은 무방비하고 평온하기만 했다. 낮게 깔린 숨소리가 선명했다. 윤태희는 손으로 바닥을 짚은 채, 바르게 누운 소년의 얼굴을 홀린 듯이 내려다보았다. 희끄무레한 새벽빛 속에서도 얼굴선의 윤곽이 단정했다.

 불현듯 기이한 충동이 일었다. 윤태희는 저도 모르게 손을 뻗었다. 언젠가처럼, 검지 끝으로 삐뚤빼뚤한 앞머리를 따라 이마를 조심히 덧그리자, 소년의 눈썹이 희미하게 꿈틀거렸다.

"……."

 마침내 윤태희가 숨을 멈췄다.

 아, 이 손으로 너를 뒤흔들고 싶다.

 불분명한 욕망의 형태는 일종의 광기와도 닮아 있었다. 파괴적이고 폭력적이었다. 이 손으로 깊이 잠든 너를 허락 없이 깨우고 싶다. 너의 평정을 깨부수고 싶다. 울거나 웃거나 뭐가 됐든 좋으니, 망가트리거나 무너트려서, 엉망으로 만들고 싶다. 네가 너로 있을 수 없도록….

 충동의 형태를 마주한 그 순간, 윤태희의 손끝이 가늘게 떨렸다.

· 🕊 ·

 소년은 마침내 어둠 속에 있었다. 눈을 떠도, 눈을 감아도 보이는 건 똑같다. 이곳은 낮도 없고 밤도 없다. 해도 뜨지 않고 달도 뜨지 않는다. 깊고 무거운 암흑 속에서 소년은 이를 데 없이 안락하였다. 귓가에 들리는 소리라곤 오직 소년 자신이 내뱉는 숨소리뿐이었다. 소년은 자신의 숨소리에 가만히 귀를 기울였다.
 마침내 모든 감각이 사라진다. 모든 것이 무(無)로 돌아간다. 멀어져 가는 의식 속에서 소년은 생각했다. 아아, 길어도 너무 길었다….
 '맞다, 맞아. 길어도 너무 길었구나.'
 그때 어디선가 목소리 하나가 들려왔다. 죽음의 문턱에 이르면 웬 목소리와 대화를 한다던데 필시 그것인가 보다. 그간의 노고를 지켜보고 있었다는 듯, 흔쾌히 동조해 주는 목소리는 제법 친숙하게 느껴졌다.
 '드디어 끝인가요?'
 자연스럽게 존댓말이 나왔다.
 '그래, 길어도 너무 길었지.'
 드디어 안식이구나. 서러운 마음이 왈칵 치솟았다. 비로소 이 지긋지긋한 생의 마지막 순간에 다다른 것이다. 소년은 매달리듯 말을 붙였다.

묘정은요? 묘정은 어떻게 됐어요? 나한테 한 번쯤은 미안해했나요? …정말 힘들었어요. 왜 나만 이렇게 괴로워야 하는지 이 세상이 밉기도 했어요. 근데 결국 내가 이겼어요… 정주와 메산이한테 미안하다고 전해 주세요. 그래도 그 녀석들이 곁에 있어 줘서 견딜 만했어요… 그리고 윤태희한테는 고맙다고 전해 주세요. 어쨌든 걔 때문에 마지막에 심심하진 않았거든요. 이렇게 모든 걸 끝낸 것도 그 녀석 덕분이에요….

마침내 쟁취해 낸 필멸의 문턱 앞에서, 소년은 허심탄회하게 말을 꺼내 놓았다. 두서없이 주저리주저리 이어지는 말에 목소리는 조용히 귀를 기울여 주었다. 이윽고 할 말을 끝낸 소년은 홀가분한 심정이 되어 물었다.

'그래서 전 이제 어떻게 되나요?'

나는 다시 태어나게 될까? 그건 싫다. 그냥 이대로 영영 사라졌으면 좋겠다. 만약에 다시 무언가로 태어나야만 한다면 길가의 돌멩이나 풀때기가 되어서 살고 싶다. 아무도 모르게. 조용하고 시시하게 살다가 갈 수 있게.

'저기요, 전 어떻게 되냐니까요.'

소년이 채근하니 목소리가 근엄하게 대답했다.

'벌점 5점이지.'

'아….'

그렇구나, 벌점 5점…. 수긍하던 소년이 멈칫했다.

'예?'

'벌점 5점!'

목소리에 갑자기 엄중한 노기가 서렸다.

'갑자기 그게 무슨 말이에요.'

'너 이놈아, 머리가 왜 그리 길어?'

'머리요? 제, 제가요?'

'그래! 옆머리가 이건 뭐, 거의 이불이야. 이불.'

'……'

목소리가 벌컥 화를 내기 시작했다. 옆머리가 이불이라니 갑자기 뭔 소리야. 이해가 가지 않는 와중에 기분이 몹시 나빴다. 그래서 소년도 따라서 화를 냈다.

내 옆머리가 왜 이불인데요? 그거야 길어도 너어무 기니까. 길다는 건 이 인생을 말한 거지, 머리털을 얘기한 게 아니라고요! 시끄러, 인마. 어쨌든 두발 규정 위반이야. 그런 규정은 누가 정했는데요? 몸에 난 터럭을 함부로 건들면 그것이 곧 불효라고요. 비록 내가 부모는 없어도 『사자소학』에 보면은 신체발부 수지부모 불감훼상 효지시야. 당신이 뭘 알아….

헉. 재겸이 눈을 번쩍 떴다.

"……"

창문으로 쏟아지는 아침 햇살은 눈부시고, 새 소리는 지지배배 요란하다. 익숙한 천장을 멍하니 올려다보던 재겸이 눈을 두어 번 끔뻑거렸다.

아, 씨발 학주….

재겸이 이불을 쥐어뜯으며 베개에 얼굴을 묻었다.

비틀거리며 거실로 나오자 보글보글 국 끓는 소리가 들렸다. 기척을 들었는지 가스레인지 앞에 서 있던 정주가 고개를 빼꼼 내밀었다.

"재겸아, 잘 잤…."

아침 인사를 건네던 정주가 멈칫했다.

"재겸아, 왜 그래? 뭔 땀을 그렇게 흘려?"

한눈에 보기에도 재겸의 안색이 좋지 않았다. 재겸이 손등으로 이마에 묻은 땀을 훔쳐 냈다. 잠시 말이 없던 재겸이 맥 빠진 목소리로 웅얼거렸다.

"꿈… 꿈 때문에."

"무, 무슨 꿈인데?"

몹시 걱정스러운 표정으로 재겸에게 가까이 다가왔다.

"몽둥이를 든 대머리가 쫓아오는 꿈."

"뭐? 그런 지독한 악몽을 꾸다니!"

정주가 기겁하며 황급히 재겸의 등을 쓸어 주었다.

"그런 꿈은 얼른 잊어버려."

재겸은 고개를 숙이며 정주의 손길을 가만히 내버려 두었다. 안 그래도 오랜만에 바닥에서 잤더니 등짝이 배겼는지 영 뻐근했던 참이다.

그때, 마당에 나가 있던 메산이가 열린 새시 문으로 후다닥 뛰어들어 왔다. 잠시 헉헉대던 메산이는 이내 방긋 웃으며 허리를 꾸벅 숙였다.

"나리, 기침하셨습니까?"

"어? 어…."

재겸은 까치집 머리를 긁적이며 시선을 피했다.

그저 개꿈일 뿐이었으나 재겸은 괜스레 마음이 심란했다. 하필 꿈 내용이 내용이다 보니, 아무것도 모르고 있는 정주와 메산이를 보자 희미한 죄책감이 솟아났던 것이다. 재겸은 어쩐지 면목 없는 심정이 되어 목덜미를 매만졌다.

재겸의 속내를 알 길이 없는 메산이는 그저 해맑기만 했다.

"나리, 나리! 어어, 제가요! 공깃돌을 모았는데 그거 구경하실래요?"

메산이는 매미처럼 재겸의 허리춤에 답삭 달라붙더니 쉴 틈 없이 조잘거렸다.

"흠… 그래, 가져와 봐."

메산이가 공깃돌을 가지러 간 사이, 재겸은 부엌으로 갔다. 가스레인지 앞에 서서 냄비 안을 기웃거려 보았다. 정주가 끓이고 있는 건 콩나물국이었다.

잠시 주변을 훑어본 뒤, 재겸이 물었다.

"…그, 어디 갔어?"

수저로 후루룩 국물 간을 보던 정주가 말했다.

"뭐가?"

재겸이 턱짓으로 제 방을 가리켰다.

"윤태희."

재겸의 말에 정주가 눈을 동그랗게 떴다.

"뭐? 어, 안 계셔?"

"눈 뜨니까 없던데."

악몽에서 깨어난 재겸은 뒤늦게서야 윤태희의 존재를 떠올리고 고개를 돌렸다. 그러나 눈에 보인 것은 휑하니 비어 있는 침대였다. 간밤에 눕혀 놓은 짐짝은 온데간데없이 사라져 있었다. 먼저 일어나서 거실로 나갔거나 마당에 나가 있나 생각했는데, 그건 아닌 모양이다.

"여태 방에서 주무시고 계신 줄 알았는데?"

정주는 당황한 기색으로 수저를 내려놓았다. 잠을 깨울까 봐 일부러 문도 열어 보지 않았다. 언제 가셨지? 나가는 소리는 못 들은 것 같은데… 평소 잠귀가 밝은 편인 정주가 고개를 갸웃거리며 뒤늦게 방문을 열어 보았다.

"헐, 진짜네…."

간밤에 들른 손님은 침구까지 단정히 개어 놓고 퇴실한 상태였다.

"새벽에 일어나서 먼저 집에 가셨나 봐."

정주가 시무룩한 얼굴로 중얼거렸다. 빈 침대를 바라보고 있던 재겸은 주변을 두리번거리며 휴대폰을 찾았다. 혹시 문자라도 남기지 않았을까 싶어서였다. 약간의 기대감을 가지고 액정을 켰다. 그러나 홈 화면은 깨끗하기만 했다.

"……."

재겸은 불현듯 괘씸함을 느꼈다.

길에 버려 버릴 거 고생고생해서 기껏 업고 와 줬더니 말도 없이 가?

"머리 검은 짐승은 거두는 게 아니라더니…."

혼잣말을 중얼거리던 재겸은 휙, 등을 돌려 방을 나갔다.

"아침이라도 드시고 가시지. 콩나물국 시원하게 잘 끓였는데…."

아쉬워하는 정주의 목소리가 재겸의 등 뒤로 따라붙었다.

· 🕊 ·

재겸은 처음으로 동행인 없이 혼자서 입청을 하게 되었다.

아직 근무 스케줄표를 짜지 않은 재겸은 언제 출근을 해야 하는지 잘 몰랐다. 지난 이틀간은 누군가 데리러 왔기 때문에 고민할 필요가 없었다. 그런데 오늘은 아무런 정보가 없었다. 아는 거라곤 윤태희의 번호뿐이다.

말도 없이 사라진 윤태희는 정오가 되도록 감감무소식이었다. 그래서 이번엔 재겸이 먼저 전화를 걸었다. 몇 시까지 가면 되느냐고 물어볼 생각이었는데, 통화 연결음이 한없이 길어지더니 안내음이 나왔다. 윤태희는 전화를 받지 않았다.

뭐지? 무슨 급한 일이라도 생겼나?

아침에 느낀 꺼림함은 점심이 되자 묘한 궁금증으로 변해 있었다. 다시 걸어 볼까 잠시 고민했으나, 그냥 관두기로 했다. 어쩌면 많이 바쁜 걸지도 모르겠다.

연락이 닿지 않는 데는 그만한 이유가 있을 것이다. 어쨌든 전화가 왔다는 흔적이 남았을 테니 나중에라도 연락이 오겠지 싶었다. 어제도 엊그제도 오후쯤 출근했으니 오늘도 대충 그 시간에 맞춰서 가면 되겠다는 막연한 결론이 섰다.

정주가 직접 차로 데려다주겠다고 했지만 재겸은 고개를 저었다. 매번 누군가의 곁에 딸려 갈 순 없는 노릇이다. 다행히 집에서 멀지 않은 곳에 버스 정류장이 있었다. 재겸은 정주가 알려 준 대로 종묘까지 한 번에 가는 버스에 몸을 실었다.

버스는 청명한 종로 하늘을 배경 삼아 잘도 달렸다.

사무실에 도착하니 서너 명의 팀원들이 재겸을 반겨 주었다. 어제에 비해 인원이 소소했다. 몇 명은 호출이 떨어져 출동을 나갔고, 몇 명은 아직 출근 전이라고 했다. 재겸은 가장 먼저 윤태희가 왔는지부터 물었다.

"윤 수석님? 아직 안 오셨는데."

팀원들은 둘이 어제 같이 들어간 거 아니었냐며 홀로 출근한 재겸을 의아하다는 듯이 바라보았다. 재겸은 달리 할 말이 없었다. 자신도 그 이유를 몰랐기 때문이었다. 한 번 더 휴대폰을 열어 보았다. 역시나 연락은 없었.

다시 전화를 해 볼까?

잠시 고민하던 재겸은 윤태희가 평소에도 많이 바쁘냐고 물었다.

"수석님이야 늘 바쁘시지."

팀원들이 아주 당연하다는 듯이 말했다. 재겸은 머뭇거리며 휴대폰을 집어넣었다.

뭐, 기다리다 보면 알아서 연락이 오겠지.

그 후로도 재겸은 틈틈이 휴대폰을 확인했다.

· ✤ ·

출근 3일 차 신입의 하루는 그럭저럭 완만히 굴러갔다. 우선은 팀원들의 도움을 받아 근무 스케줄표를 짰다. 그리고 본청 구경을 시켜 주겠다고 해서 본관부터 별관까지 한 바퀴 돌기도 했고, 중간에 고준형이 외근을 나갔다가 떡볶이를 포장해 와서 팀원들끼리 조촐하게 간식 시간도 가졌다.

윤태희가 사무실에 모습을 드러낸 것은 늦은 오후 무렵이었다. 스트라이프 남색 슈트를 입은 윤태희는 누군가와 통화를 하면서 사무실로 들어왔다. 착석해 있던 팀원들이 자리에서 일어나 반갑게 상관을 맞이했다.

재겸은 이면지를 펴 놓고 호출용 손거울에 쓰이는 술식을 끄적이던 중이었다. 엉겁결에 몸을 일으켰다. 인사하는 팀원들 틈에 끼어 대충 묵례하는 시늉을 하자, 윤태희는 손을 흔드는 것으로 인사를 대신하며 안쪽에 위치한 수석실로 걸어갔다. 재겸의 시선이 윤태희의 꽁무니를 졸졸 좇아갔다.

내 전화는 안 받더니….

얼마 뒤, 수석실 문이 열리며 통화를 끝낸 윤태희가 맨얼굴로 튀어나왔다. 손등에 핸드크림을 덜어 나온 윤태희는 문간에 비스듬히 몸을 기댔다.

"안녕, 어제 다들 잘 들어갔어요?"

비로소 미뤄 놨던 인사를 꺼내자 팀원들이 하나둘씩 말을 얹었다. 가벼운 대화가 이어졌다. 그동안 재겸의 시선은 줄곧 윤태희에게 고정되어 있었다. 파티션 너머로 고개를 빼꼼 내밀고 있는 꼴이 흡사 미어캣 같았다.

윤태희는 평소와 다를 것 없는 모습이었다. 그러나 한 가지 특이점이 있다면 오늘따라 희한하다 싶을 정도로 재겸에게 눈길을 주지 않는다는 것이었다. 눈이 마주치는가 싶으면 그대로 미끄러지듯 시선이 비껴갔다.

"그럼… 전달 사항?"

윤태희가 손을 슬슬 문지르며 팀원들을 바라보았다. 그에 고준형이 기다렸다는 듯, 의자 바퀴를 뒤로 물리며 모두 들으란 듯이 공지를 해 주었다.

"오늘 저녁 6시에 월례 동향 보고 있습다. 다들 아시죠? 부장님도 참석하신대요. 저녁에 퇴근하는 주간 조 여러분들은 일지 작성해서 저 주십쇼."

팀원들이 "네엡!" 하며 힘차게 대답을 했다. 월례 동향 보고는 지난 한 달 동안 세간의 동향을 살펴서 특이점을 파악하고, 수집한 정보들 가운데 눈여겨볼 만한 내용을 공유하는 것이 목적이었다. 발표는 암행부에서 맡아서 진행하며, 축역부 나자 전원이 참석하는 무게감 있는 자리였다.

"오늘 현장에 나갈 때는 다들 일정 생각하면서 움직이도록 해요."

윤태희가 고개를 끄덕이며 간단히 말을 덧붙였다. "또?" 더는 전달 사항이 없는 것을 확인한 윤태희는 팀원들에게 차근차근 업무를 지시했다.

"표 선임님. 며칠 전에 부적부에 요청한 1급 퇴귀부 반려 떨어진 것 같던데 사유 한번 확인해 주실래요. 그리고 시현 씨. 그때 버스 추돌 건 처리 어떻게 됐어요? 정화부에서 이관해 달라는데, 진행 사항 파악해서…."

멀뚱하게 자리에 앉아 있던 재겸은 고개를 숙이고 이면지 모서리를 만지작거렸다. 팀원들과 능숙하게 일적인 대화를 주고받는 윤태희는 평소처럼 친절한 모습이었다. 그리고 재겸은 그런 윤태희에게서 전에 없던 오묘한 거리감을 느꼈다.

지금의 윤태희는 '윤 수석'이었고 한 팀의 상관이었다.

"그리고, 김 수습님?"

웃음기 어린 호명에 재겸이 번뜩 고개를 들었다.

"어제 지박령 퇴치 건, 사건 경위 정리해서 업무 보고서 작성해 주셔야 되는데… 음, 처음이니까 강 주임님이 옆에서 같이 좀 도와주실래요."

이를 데 없이 사무적인 내용이었다.

"다 하면 저한테 제출하세요."

윤태희가 미소를 지으며 덧붙이더니, 그대로 등을 돌려 수석실로 들어갔다. 살짝 굳어 있던 재겸이 저도 모르게 시선을 내리며 고개를 끄덕였다.

"느에…."

대답은 한 박자 느리게 나왔다.

재겸은 강이빈 주임의 도움을 받으며 업무 보고서 작성에 돌입했다.

그러나 시작부터 난관에 부딪히고 말았다. 제아무리 귀신 때려잡는 나례청이라도 문서 작업과 같은 사무적인 업무는 여느 평범한 회사처럼 컴퓨터를 이용하기 마련이었고, 그것은 컴퓨터를 다뤄 본 적 없는 재겸에게 크나큰 고난이었다.

"자. 봐 봐, 저기 화살표. 이건 마우스라는 건데…."

그에 따라 강이빈은 보고서는 일단 제쳐 두고, 컴퓨터 전원을 켜는 법부터 차근차근 시작해 주었다. "자. 창 닫기. 창부터 닫아 봐." 재겸이 몸을 일으켰다. "창, 창문이 어디…." 강이빈이 절규하듯 뺨을 감싸며 고개를 저었다.

"아니, 그 창문 말고! 저기 엑스. 엑스 표. 빨간 거!"

강이빈은 인내심이라는 큰 장점을 가지고 있었다.

"이야…. 여기 지금 거의, 뭐. 컴퓨터 학원인데?"

팀원들이 웃음을 터뜨렸다. 물론 강이빈만은 웃지 않았다.

"괜찮아. 응, 그럴 수 있어. 우리 막내는 요즘 보기 드물게 순진한 소년이잖아. 아주 보기 좋아. 우선 당분간은 타자 연습부터 하는 걸로 하자."

인내심보다 중요한 건 끈기다. 하루아침에 될 것이 아니다. 그렇게 판단한 강이빈은 결국 직접 보고서를 작성하기로 했다. 어차피 양식에 맞춰서 어제 있었던 사건 과정을 적기만 하면 끝이다. 완성하는 데 그리 오래 걸리진 않았다. 재겸으로선 손 안 대고 코를 푼 셈이 되었다.

그리하여 완성된 보고서를 건네받은 재겸은 양손에 서류철을 들고 수석실로 향했다. 윤태희는 안쪽에 따로 마련된 수석실에서 업무를 봤다. 개별적으로 분리된 공간이었으나 평소 윤태희는 수석실 문을 활짝 열어 두는 편이었다. 열린 문으로 고개를 들이밀자 너른 데스크 앞에 앉아 있는 윤태희의 모습이 보였다. 모니터에 시선을 고정한 채로 타자를 치고 있었다.

재겸은 문간에 서서 보란 듯이 기척을 냈다.

"흐흠. 흠."

괜히 헛기침도 해 봤다. 그러나 윤태희는 업무에 열중한 탓인지 별 반응이 없었다. 재겸은 슬쩍 고개를 뒤로 돌려 사무실에 앉아 있는 팀원들의 눈치를 살폈다. 팀원들이 있는 데서야, 하고 부를 수는 없는 노릇이다. 떨떠름한 낯으로 서 있던 재겸이 결국 마지못해 입을 열었다.

"쑤…석님…."

윤태희는 그제야 눈을 들었다.

"들어오세요."

재겸은 열린 문 안으로 성큼 들어섰다. 잠시 눈치를 보다가 문을 닫으려는데, "문은 그냥 두세요." 윤태희가 마우스를 딸각거리며 나지막이 말했다. 재겸이 머뭇거리며 팔을 내렸다.

재겸은 바깥에 목소리가 들릴 것을 우려하여 문을 닫으려 한 것이었다. 단둘만 남은 상황에서 으레 할 법한 대화를 나눌 것이라고 생각했기 때문이다. 문이 열려 있으면 듣는 귀가 있으니 편하게 얘기를 할 수 없는데…. 평소엔 눈치가 귀신같이 빠르더니 새삼 왜 저러나 싶다.

그에 재겸이 뭐라 신호를 보냈지만 윤태희의 시선은 딴 데로 가 있었다. 재겸은 결국 문 닫기를 포기하고 데스크 앞쪽으로 다가갔다. 둘만 남을 기회를 만들려고 한 게 아니라 말 그대로 보고서만 두고 가라는 거였나….

어영부영 데스크 앞에 멈춰 서자마자 재겸이 눈가를 찌푸렸다. 가까이서 본 윤 수석의 데스크는 무척이나 어지럽고 산만했다. 도서실에서 봤던 사서 책상도 이랬었나? 그땐 정리를 잘해 놨던 것 같은데….

서류 더미가 한가득 쌓여 있는 것은 물론이고, 탁상 캘린더는 석 달 전에 멈춰 있는 데다가, 모니터 주변에는 정갈한 글씨로 쓰인 메모가 다닥다닥 붙어 있었다. 복잡한 책상만 봐도 윤태희의 업무가 분주하다는 것이 고스란히 보였다. 사탕이며 젤리를 까먹은 흔적이 굴러다니는 것은 덤이었다. 늘 깔끔하고 단정한 윤태희의 겉모습과 비교하면 다소 의외였다.

"주세요."

윤태희가 모니터에 시선을 고정한 채로 가만히 손을 뻗어 왔다. 그대로 서류철을 건네려는데 문득 떠오른 어떤 생각이 섬광처럼 머릿속을 스쳤다.

'태희 씨랑 악수했을 때 좀 신기했는데.'

'위압감 같은 게 느껴졌다고 해야 하나?'

언젠가 정주가 했던 말이었다. 재겸은 서류철을 내미는 대신, 내밀린 손바닥 위로 대뜸 제 손을 포갰다. 그러자 윤태희가 멈칫하더니 그 상태 그대로 굳었다. 한참 만에야 윤태희가 천천히 고개를 들었다. 허공에서 시선이 예리하게 부딪쳤다.

"……."

"……."

재겸이 잡은 손을 꽉 움켜쥐자 손끝이 움찔했다.

"…뭐 히는 기죠?"

잠시 침묵하던 윤태희가 한참 만에 입을 열었다. 그와 동시에 재겸이 손을 휙 놨다.

"그냥 악수요."

정주가 말한 거대한 위압감이 뭔진 몰라도, 피가 후끈해지고 심장이 조여드는 느낌 같은 건 없었다. 그냥 크고 따스하다는 생각밖엔.

굳이 사실대로 말할 필요는 없으니, 재겸은 그냥 대충 둘러대기로 했다. 어쨌든 악수는 악수였으니까. 그리고 그냥 악수 좀 한 것뿐인데, 윤태희의 표정은 오묘하기 짝이 없었다.

"……."

윤태희는 감정을 알 수 없는 눈으로 재겸을 빤히 응시하다가,

"넥타이 누가 매 줬어?"

뜬금없는 질문을 던졌다.

"네가 맸어?"

윤태희가 재차 물었다. 갑자기 뭔 뚱딴지같은 소리인가 싶었으나 재겸은 일단 문간 쪽으로 힐끗 시선을 던졌다. 잠시 눈치를 보다가 반말로 조그맣게 대꾸했다.

"아니, 정주가."

재겸의 대답과 동시에 윤태희가 의자를 뒤로 물리더니 몸을 일으켰다. 그대로 다가온 윤태희가 난데없이 재겸의 넥타이를 움켜쥐었다. 잘 묶여 있던 넥타이가 순식간에 풀렸다.

"갑자기 넥타이는 왜…."

재겸이 설핏 눈가를 구길 때였다.

"안 예뻐서 다시 매 주려고."

가까이 다가온 윤태희가 소곤거리며 대답했다.

재겸은 어리둥절했다. 술이 덜 깬 건지, 윤태희는 오늘따라 오락가락했다. 방금 전까지만 해도 내외하듯이 굴더니 갑자기 넥타이가 안 예쁘네 어쩌네 트집을 잡는다. 대체 어느 장단에 맞춰야 하는지 모르겠다. 일단은 넥타이를 묶도록 내버려 두기로 했다. 그런데 기분 탓인진 몰라도 넥타이를 매 주는 손길이 평소에 비해 약간 거칠게 느껴졌다.

"오늘 바빴어?"

　누가 들을세라, 재겸이 작게 속삭였다. 가깝게 마주 본 상태가 되었으니 목소리만 낮춘다면 바깥에 있는 이들에게 여간해선 들리지 않을 것이다.

"응, 조금."

　재겸은 이참에 하려던 질문을 몽땅 꺼냈다.

"아침 몇 시에 일어났어?"

"한 다섯 시쯤."

"내가 전화한 거 봤어?"

　둘은 소곤거리며 비밀스레 말을 나눴다.

"네, 봤죠."

"근데 왜 다시 안 했어?"

　윤태희는 대답 대신 희미하게 웃으며 되물었다.

"기다렸어?"

　재겸이 대꾸했다.

"응."

윤태희의 손이 우뚝 굳었다.

"……."

재겸이 덧붙여 물었다.

"왜 말없이 그냥 갔어?"

침묵하던 윤태희가 중얼거렸다.

"글쎄, 굳이 말해야 되나."

다시 손이 움직인다. 데면데면한 대답에 재겸의 눈썹이 꿈틀거렸다. 물론 서로에 대해 사사건건 꿰뚫고 있어야 할 사이는 아니었다. 하지만 기껏 집에 데려와서 재웠는데 홀라당 사라져 버렸으니, 침대를 내준 주인 입장에서야 당연히 궁금해할 수 있는 거 아닌가? 게다가 아무리 기다려도 이렇다 할 연락 한 통이 없으니 혹시 무슨 일이라도 생긴 걸까 내내 신경이 쓰였었다.

"정주가…."

재겸이 고개를 숙이고 윤태희의 손을 가만히 노려보았다.

"성수가 너 집에 간 줄도 모르고 아침 일찍 일어나서 해장국 끓였어. 갈 거면 미리 말을 하고 갔어야지. 정주가 괜히 헛수고를 한 셈이 됐잖아."

넥타이 매듭을 조여 주던 손이 멈칫했다.

"……."

잠시 말없이 서 있던 윤태희가 천천히 미소를 지었다.

"…그랬어?"

눈을 가볍게 찡그리더니 새삼스럽다는 투로 입을 열었다.

"내가 또 그걸 몰랐네."

웃음기 어린 목소리에선 알 수 없는 냉기가 묻어났다.

"어쩌지? 헛수고를 하게 만들어서… 그래도, 저를 이렇게나 끔찍이 생각해 주는 사람이 있으니 그 정도는 괜찮지 않을까 싶은데."

윤태희가 잘 묶인 넥타이를 바라보았다. 그러다 매듭 사이로 손가락을 끼워 넣었다. 제 쪽으로 살짝 잡아당기자 재겸이 끌려왔다. 서로의 구두 앞코가 부딪쳤다.

"그렇게 소중하다면 죽기 위해 나자가 됐다는 것도 사실대로 알려 주지 그래. 아무것도 모르는 상태로 내버려 두는 건 좀 너무하지 않나."

싸늘한 비아냥에 재겸의 낯이 매섭게 굳었다.

"드디어 삶에 의욕이 생겼나 싶어서 마냥 기뻐하고 있을 텐데… 사실 그 반대일 줄은 꿈에도 모르고, 그저 꼬리나 흔들어 대는 모습이 가련하잖아."

실로 다정한 비수였다. 갑작스럽게 찬물을 뒤집어쓴 느낌이었다. 한순간에 피가 시는 듯했다. 재겸이 느리게 고개를 들었다. 각자의 시선이 서로를 관통했다.

그 순간, 윤태희는 심장이 한없이 곤두박질치는 것을 느꼈다. 언제나 무심하던 소년은 지금 아주 선명한 동요를 보이고 있었다.

"……."

 재겸의 눈동자가 흔들렸다. 바라던 대로 재겸의 평정을 깨부쉈음에 윤태희의 가슴 한편으로 묘한 쾌감이 피어올랐다. 그러나 잠시일 뿐이었다. 손아귀에 움켜쥐었던 모래가 찰나의 무게감을 남겨 놓고 손가락 사이로 흩어지는 듯했다.

 재겸은 아무런 말도 하지 않았다. 그저 윤태희를 노려볼 따름이었다. 화가 난 것처럼 보이기도 했고, 상처를 입은 것처럼 보이기도 했다.

 그런데 윤태희는 이상하게도 만족스럽지가 않았다. 과녁을 맞혔음에도 빗나갔다는 느낌이었다. 정체를 알 수 없는 괴리감은 몹시 불쾌한 감각으로 이어졌다.

 한참 만에야 재겸이 가까스로 입을 달싹이는가 싶더니,

"넌…."

 더는 말을 잇지 않고 입을 다문다. 재겸은 정면에 마주 선 윤태희로부터 한 걸음, 두 걸음, 뒤로 물러서더니 그대로 등을 돌렸다. 재겸은 열린 문을 향하여 뚜벅뚜벅 걸어갔다. 윤태희의 시선이 재겸의 뒤통수를 따라갔다.

 그대로 수석실을 나갈 것이라고 생각했다. 그러나 윤태희의 예상과 달리 재겸은 문밖으로 나가지 않았다. 밖으로 나가는 대신에 열려 있던 문을 닫는다. 재겸이 윤태희의 정면으로 성큼성큼 되돌아왔다. 멀어졌던 재겸이 눈앞으로 점점 가까워지고 있었다.

아아….

그와 동시에 곤두박질쳤던 윤태희의 심장이 사정없이 널을 뛰기 시작했다.

쿵, 쿵, 쿵….

재겸의 보폭과 닮은 북소리가 발끝까지 울려 퍼졌다.

"그래. 너 개새끼인 거 내가 잘 알아, 아는데…."

문을 닫고 돌아온 재겸은 그대로 윤태희의 뺨을 후려쳤다.

"너는, 너는… 이 씨발 개새끼야…."

윤태희가 휘청거리며 데스크에 몸을 기댔다.

"그래도 넌 나한테 이러면 안 되는 거 아니냐?"

다정하고 친절한 윤태희는 때때로 협잡꾼이거나, 쓰레기이거나, 어쩌면 그보다도 더한 놈이 된다. 언젠가 서점에서 했던 그 말은 정녕 사실이었다.

어쩌면 잠시 잊고 있었던 걸지도 모르겠다. 윤태희는 한번 심기가 뒤틀리면 한없이 어긋나는 놈이다. 가끔은 말을 칼처럼 쓰고, 사람을 제멋대로 휘두른다. 귀신은 사람이 방심한 틈을 노리고 나자는 사람을 방심하게 만든다고 했다. 윤태희는 나자를 싫어하지만 가끔은 그 누구보다도 나자 같다.

재겸이 이를 악물었다. 자꾸만 목소리 끝이 떨렸다.

"맞아. 걔네 아무것도 몰라."

너는 아무것도 보지 않는 척하면서 사실은 모든 걸 보고 있다. 아무것도 모르는 척하면서 사실은 모든 걸 알고 있다. 내가 모른 척하면 너는 보란 듯이 짚어 낸다. 윤태희는 원래 그랬다. 아무렇지 않게 정곡을 후벼 판다.

"근데 너는 알잖아, 이 씨발 새끼야."

윤태희는 재겸의 권태와 불우를 한눈에 알아보았다. 재겸이 어째서 나자가 되었고, 어떤 심정으로 윤태희의 손을 잡았는지. 알고 있는 건 오로지 윤태희 하나뿐이었다. 재겸은 망망대해 속에서 부표를 잃은 것처럼 서러웠다.

"……."

재겸이 등을 돌렸다. 이번에야말로 이곳을 벗어나기 위해서였다. 윤태희와 단둘이 있고 싶지 않았다. 손을 뻗어 문고리를 잡을 때였다. 불시에 뒤에서 뻗어 나온 큼직한 손이 문고리를 쥔 재겸의 손에 겹쳤다. 강한 힘이 재겸을 붙잡았다. 바로 뒤에 윤태희가 벽처럼 서 있었다.

"놔."

재겸이 문을 노려보며 사납게 말했다. 윤태희는 아무런 말도 하지 않았다. 그렇다고 손을 떼지도 않았다.

"놓으라고."

묵묵부답이던 윤태희가 한참 만에 고개를 숙였다. 재겸의 머리칼에 코를 묻었다가, 이내 옆으로 고개를 미끄러뜨렸다. 재겸의 어깨 위로 이마를 툭 박더니 윤태희가 입을 열었다.

"미안해."

"……."

"방금 건 내가 실수했어."

"……."

예상치 못한 사과에 재겸의 어깨가 굳었다. 윤태희는 재겸의 어깨에 이마를 묻은 채, 나지막한 목소리로 읊조렸다.

"이런 걸 바란 건 아니었어."

이것이 윤태희가 잠깐 사이에 얻은 결론이었다. 뒤흔들고 싶다. 그건 확실히 파괴적인 충동이었다. 너의 평정을 망가트리는 일. 잔잔한 호수에 돌을 던져서 격정적인 파문을 일으키고 싶다. 그 욕망이라 함은 어쩌면 상처를 주고 싶다는 마음과 비슷할지도 몰랐다. 하지만 이번 건 정답이 아니었다.

너와 나 사이의 평행을 깨트리고 싶다.

이 평행을 깨트린다면 무언가를 이룩할 수 있을 것 같았다.

"이런 걸 바란 건 아니었어…."

윤태희는 몇 번이고 중얼거렸다. 결국은 사실대로 인정할 수밖에 없었다.

뒤흔들고자 했던 건 너였는데, 정작 뒤흔들린 건 나였음을.

퇴근길의 종로는 여느 때처럼 부산하기만 했다.

대로변에 붙은 정류장 앞으로 버스가 줄줄이 늘어섰다. 정류장을 찾는 모든 사람은 전부 기다리는 사람이다. 어디론가 향하는 사람이다. 그러나 정류장 벤치 끄트머리에 앉아 있는 소년은 갈 곳이 없는 사람처럼 망연했다.

어둡던 간판에 하나둘 불이 켜지고, 행인들은 걸음을 재촉한다. 재겸은 도시가 어둠에 잠기는 광경을 가만히 바라보았다. 어느덧 한 시간째였다. 그동안 셀 수 없이 많은 버스가 재겸의 앞에 멈춰 섰고, 그중엔 집으로 가는 버스도 많았지만 재겸은 못 박힌 사람처럼 꿈쩍도 하지 않았다.

'미안해. 이런 걸 바란 건 아니었어.'

윤태희의 사과에 잠시 멈칫했던 재겸은 그대로 수석실 문을 박차고 나왔다. 걸음 한 번 늦추지 않고 그 길로 곧장 사무실을 빠져나온 참이었다. 그에 팀원들 몇 명이 재겸의 뒤통수에 대고 '어디 가? 조금 있으면 월례 보고 시작하는데!' 하고 당황한 목소리를 냈으나, 윤태희는 재겸을 붙잡지 않았다.

홧김에 본청에서 뛰쳐나온 재겸은, 정작 어디로도 가지 못했다. 재겸은 가라앉은 눈으로 버스가 떠나는 것을 지켜보았다. 저 버스를 타면 정주와 메산이가 있는 집으로 돌아갈 수 있다. 현관문을 열면 정주와 메산이는 오늘도 어김없이 마중을 나와 있을 것이고, 잘 다녀왔냐며 반갑게 인사를 해 올 것이다. 윤태희의 말대로 꼬리를 흔들 것이다.

가련하게도….

그래서였다. 지금과 같은 기분으로는 도저히 정주와 메산이의 얼굴을 볼 자신이 없었다. 재겸의 마음속에선 한바탕 폭풍우가 몰아치고 있었다.

재겸은 윤태희를 이해할 수 없었다. 윤태희가 바라던 대로 나자가 됐다. 윤태희가 마련한 집으로 이사를 왔고, 윤태희가 사 준 옷을 입었다. 같이 밥을 먹자고 하길래 순순히 겸상도 해 줬다. 돌이켜 보면 해 달라는 건 전부 해 줬다. 재겸 입장에선 이 정도면 충분히 할 만큼 했다고 생각했다.

윤태희는 내 편이 되어 준다면 나도 네 편이 되어 주겠노라고, 그렇게 말했었다. 그 말대로였다. 나자가 된 이후로 윤태희는 세 식구의 생활을 살펴 주는 것은 물론이고, 뒷배를 자처하며 노골적으로 재겸을 감싸고 돌았다. 근데 그게 영 싫지 않았다. 손을 잡은 이후로 둘 사이에 흐르는 기류는 전과 비교할 수 없을 만큼 평화로웠고, 재겸은 은연중에 만족하고 있었다.

지나간 일들이 전부 없던 일이 되는 건 아니지만 그래도 이 정도면 그럭저럭 잘 지내고 있는 것 같다고. 그리고 어쩌면, 어쩌면, 윤태희는 생각했던 것보다 괜찮은 녀석일지도 모른다고. 때때로 그런 생각을 하기도 했다. 그러던 와중에 보란 듯이 한 방 먹고 말았으니, 타격이 클 수밖에 없었다.

예전 같았으면 기분이 풀릴 때까지 죽지 살지 두들겨 패기나, 너 같은 거 다시는 안 본다며 뚝 잘라 내고 등을 돌렸을 것이다. 그러나 이젠 상황이 달라졌으니 그럴 수는 없었다. 애초에 손을 잡지 않았으면 모를까, 한배를 탄 순간부터는 목적지에 닿을 때까지 함께 갈 수밖에 없는 것이다.

이 망망대해 위에는 오직 윤태희뿐이었다.

'미안해. 이런 걸 바란 건 아니었어.'

이런 걸 바란 게 아니었다?

그렇다면 넌 도대체 나한테 뭘 바라는 거지?

마음이 좀처럼 진정이 되질 않는다. 처음엔 정주와 메산이를 향한 죄책감이 파도처럼 덮쳐 왔으나, 파도가 물러가고 남은 건 윤태희를 향한 실망감이다. 윤태희가 나자라는 사실을 처음 알았을 때와 비슷한 기분이었다.

어느샌가 재겸의 마음속에서 돋아났던 작은 새싹은 휘몰아치는 폭풍우 속에서 위태롭게 떨고 있었다. 아직 가녀린 새싹은 뿌리에 힘이 없었다.

예상 밖의 난항. 기상 악화였다.

· ✤ ·

저녁 6시, 월례 보고가 열리는 회의실 안은 축역부 나자들로 가득 찼다. 제법 많은 인원이 모였음에도 장내는 쥐 죽은 듯이 조용했다. 수석을 비롯하여 축역부 부장 석주련까지 배석한 자리이니만큼 엄숙한 분위기였다.

"그럼 지금부터 5월 월례 동향 보고를 시작하겠습니다."

스크린에 프레젠테이션이 떠올랐다. 발표를 맡은 것은 암행부 제2팀 최 수석이었다. 최 수석의 입에서 지난 한 달간의 소식들이 쏟아졌다. 보고가 이어지는 동안 나자들은 각자 배부받은 프린트물에 필기를 하기도 하고, 개인 노트북을 두드려 가며 주지할 만한 내용들을 틈틈이 정리했다.

슬라이드가 넘어갔다. 그에 장내의 모든 나자들이 따라서 종이를 넘겼다. 가장 상석에 앉아 있는 석주련도 예외 없이 손을 들어 페이지를 넘겼으나, 축역부 제1팀 수석은 턱을 괴고 앉은 자세에서 미동조차 하지 않았다.

시선은 줄곧 스크린을 향해 있었고, 얼핏 보기에는 보고에 집중하고 있는 것처럼 보였다. 하지만 윤 수석의 앞에 놓인 프린트물은 여전히 첫 번째 페이지에 멈춰 있는 상태였다. 메모를 한 흔적도 없이 깨끗하기만 했다.

"……."

"……."

동석해 있던 제1팀 팀원들이 은밀히 시선을 교환했다. 저희의 상관은 어딘지 평소와 다른 모습이었는데, 그게 아주 낯설고 신경 쓰였다. 윤태희는 아까부터 정신이 딴 데로 가 있는 사람처럼 멍하게 앉아 있었다. 무언가 생각에 잠겨 있는 듯 보이기도 했고, 기분이 몹시 안 좋아 보이기도 했다.

정확히는 막내가 사무실을 뛰쳐나간 그 무렵부터였다.

다 쓴 보고서를 제출하기 위해 막내가 수석실로 들어가고, 그로부터 얼마 지나지 않아 수석실 문이 닫혔다. 그리고 문이 다시 열렸을 땐, 막내는 이제까지 보여 준 적 없는 얼굴을 하고 있었다. 게다가 막내에게서 느껴지는 기세가 무척이나 살벌하고 험악해서, 팀원들은 순간적으로 흠칫했다.

잠시 굳어 있던 표지호가 이내 정신을 차리고, 뛰쳐나간 막내를 붙잡으러 나가려고 할 때였다. '그냥 두세요.' 뒤늦게 수석실에서 나온 윤태희가 조용히 입을 열었다. 어쩐지 분위기가 심상치 않았다. 윤태희는 아무 말 없이 한참을 그 자리에 그대로 서 있었다. 사무실 안은 싸한 침묵에 휩싸였다.

'뭐! 수, 수습이니까 월례 보고 빠져도 큰 상관은 없기는 하지만….'

줄곧 눈치를 살피던 고준형이 소심하게 너스레를 떨어 보았다. 그에 한참을 망부석처럼 서 있던 윤태희는 그제야 정신이 들었는지 '일들 보세요.' 짧은 한마디를 남겨 놓고 그대로 등을 돌려 수석실로 들어갔던 것이다.

대체 수석실 안에서 둘이 무슨 일이 있었길래?

아무래도 그 안에서 문제가 있었던 모양인데, 상황을 알 수가 없으니 팀원들은 그저 눈치만 살피는 중이있다. 무슨 일이 있었냐고 물어보자니, 상관의 분위기가 침중하여 말을 붙일 엄두가 나질 않았다.

네가 물어봐 봐….

싫어, 왜 내가 물어봐….

제1팀 팀원들이 눈으로 신호를 주고받을 때였다. 또다시 슬라이드가 넘어가며 화제가 바뀌었다.

"다음, 여혜 선사가 영귀를 사역[1]하고 있다는 정보입니다."

이어지는 최 수석의 말에, 눈짓을 나누느라 바빴던 팀원들은 누가 먼저랄 것도 없이 고개를 돌려 최 수석을 바라보았다. 장내가 삽시간에 시끄러워졌다. 턱을 괸 조각상처럼 앉아 있던 윤태희도 처음으로 뚜렷한 반응을 보였다. 내내 가라앉아 있던 눈동자가 스르륵 일변했다.

"뭐? 여혜 선사가?"

석주련이 눈을 크게 뜨며 미간을 찌푸렸다.

"네, 그렇습니다."

여혜 선사는 용하기로 소문난 만신 중 한 명으로, 무당들 사이에서도 특출난 신기를 지니고 있는 것으로 유명한 인물이었다. 또한 인품이 훌륭하고 호방한 성정을 지녀 많은 이들의 신임을 받았다. 일흔을 넘긴 노쇠한 나이에도 수많은 신자식[2]을 거느리고 있을 정도였다. 귀재뿐만 아니라 범인들까지도 선사(禪師)라는 존칭으로 그를 예우하며 스승처럼 모셨다.

그를 모시는 범인들 중엔 차기 대권 주자로 거론되는 정치인이며 굵직한 기업체의 회장도 포함되어 있었다. 그는 국가적인 대소사를 앞두고 여러 차례 앞날을 예건해 낸 전력이 있었다. 그 때문에 선거철만 되면 각계의 고위층 인사들이 신당의 방문턱이 닳도록 드나들곤 했다. 알 만한 이들은 다 아는 사실이었다.

---
1 사람을 부리어 일을 시킴. 또는 시킴을 받아 어떤 작업을 함.
2 신딸 또는 신아들. 제자로 삼는 무당.

"그렇게나 덕망 높은 양반이 귀신을 부려 먹는다고요?"

그때, 누군가 질문을 던졌다. 얼핏 듣기에도 여혜 선사를 깎아내리는 듯 비웃음이 섞여 있었다. 최 수석이 최대한 사무적인 태도로 입을 열었다.

"귀신의 손을 빌려 신당 고객들의 일을 처리해 주고 있는 것으로 보입니다. 귀신을 통해 일을 처리할 경우 물증이 남지 않고, 본인 또한 위험 부담이 적기 때문에 마치 하청을 주듯이 대신해서 일을 맡기는 듯합니다."

그저 그런 어설픈 무당도 아니고, 많은 이가 우러러보는 고명한 무당이 요사스러운 귀신을 사역하고 있다… 그것도 잡귀, 원귀도 아니고 영귀를? 장내가 웅성거렸다. 영귀는 귀신 중에서도 가장 드물고, 까다로운 상대였다. 알려진 정보가 워낙 적기 때문이다.

여러모로 믿기 힘든 이야기였다.

"영험한 신령을 모시는 무당이 한낱 귀신 따위와 손을 잡는다? 그게 사실이라면 여혜 선사, 그 작자가 기어이 노망이라도 났나 보군."

석주련은 반신반의하면서도 경멸을 숨기지 못했다.

"신빨이 떨어졌나 봐요."

"돈이 떨어졌을지도요."

여기저기서 싸늘한 조소가 터져 나왔다. 대부분의 나자들은 무당을 별로 좋아하지 않았다. 같은 바닥이라면 같은 바닥이었으나, 나자와 무당은 근본적으로 출발점이 달랐다.

무당에게는 천기에 순응하고, 신을 받드는 존재가 가지는 특유의 겸허함이 있었다. 때문에 나자와 무당은 귀신을 대하는 태도와 방식에서 큰 차이를 보였다. 신령을 모시는 무당은 기본적으로 귀신을 딱하고 갸륵하게 여겼다. 그렇기에 때로는 귀신을 야단치고, 어르고, 달래기도 하는 것이다.

하지만 나자에게 그런 방식은 용납되지 않았다. 나자는 귀신을 적대하는 공격적인 입장에 서 있었다. 애초에 사고 체계 자체가 달랐다. 나자에게 자비란 없었다. 귀신은 사멸하고 물리쳐야 하는, 해충과도 같은 존재였다. 그런데 귀신에게 일을 맡긴다니, 당연히 나자들의 반응이 좋을 리가 없었다.

어수선해진 분위기 속에서 최 수석이 화제를 이어 붙였다.

"들리는 정보에 따르면 여혜 선사의 일을 돕고 있는 귀신은 한둘이 아니라 하나의 집단을 꾸려서 움직이고 있으며, 그 이름은 '벽사단'이라 합니다."

석주련은 눈을 가늘게 뜨고 말을 곱씹었다.

"벽사단?"

여혜 선사가 귀신을 사역한다? 그게 사실이라면 불쾌할 따름이었다. 하지만 귀신들이 집단을 만들어 이름까지 내세운다? 그것은 불쾌한 것을 떠나, 결코 있어서는 안 될 일이었다.

"몇몇 무당들을 통해 입수한 내용입니다. 무당들 사이에서는 제법 유명한 얘기라고 합니다. 이미 기정사실화되어 암암리에 정보가 도는 듯합니다. 그러나 아직 확실한 목격자나 근거를 확보하지는 못했습니다."

석주련의 눈매가 날카로워졌다. 옆에 앉은 윤태희 또한 허리를 세우고 자세를 바로 했다. 어느덧 입술은 서서히 호선을 그리고 있었다. 무척이나 재밌는 이야기를 들었다는 듯한 표정이었다.

"때문에, 며칠 전에 여혜 선사를 불러서 조사를 했습니다."

암행부에서는 이미 두 번이나 여혜 선사를 불러서 조사를 마친 상황이었다. 다만, 별다른 성과가 없었을 뿐이다. 선사는 강한 불쾌감을 드러냈다. 그것은 말도 안 되는 헛소문이라 일축하며, 벽사단에 대해서도 처음 들어 본다고 했다. 노쇠한 나이라는 게 믿기지 않을 정도로 쩌렁쩌렁 호통을 질러 대는 탓에 조사관으로 참여한 나자들은 하나같이 쩔쩔매야만 했다.

"신령을 섬기는 자가 잡스러운 귀신을 부리기라도 한다는 말인가!"

확실한 증거가 없으니 여러모로 난항이었다.

그렇다고 무작정 추궁하기도 곤란했다. 평소 무당을 탐탁잖게 여긴다고는 하지만, 상대는 여혜 선사였다. 그가 가진 영향력까지 무시할 수야 없는 노릇이었다. 여혜 선사는 여러 고위층 인사와 연줄이 닿아 있는 거물이었다.

"선사는 벽사단에 대해 금시초문이라고 합니다. 선사 정도의 위치라면 시기와 질투를 일삼는 이들이 많습니다. 때문에 누군가 일부러 여혜 선사에게 흠집을 내기 위하여 악의적인 소문을 퍼뜨렸을 가능성도 있습니다만….”

펜을 휘휘 돌리며 귀를 기울이고 있던 윤태희가 최 수석의 말을 자르듯 탁 소리가 나도록 볼펜을 내려놓았다. 석주련의 시선이 윤태희에게 꽂혀 들었다.

"설마 그 말을 곧이곧대로 믿는 겁니까?"

윤태희가 피식 웃으며 눈썹 끝을 매만졌다.

“……."

최 수석이 멈칫하며 윤태희를 바라보았다.

"여혜 선사야 당연히 맞아도 아니라고 잡아떼겠죠. 사실대로 말해 봤자 선사한테 이로울 건 없으니까요. 이럴 땐 여혜 선사를 불러서 조사할 게 아니라 처음부터 '벽사단은 존재한다'는 전제로 움직이는 게 맞지 않나요."

웃음기 어린 목소리는 냉철하고도 이성적인 방안을 꺼내 놓았다.

"그리고, 아마도 '벽사단'은 정말로 존재할 겁니다. 실체를 잡아내려면 주변의 무당들과 이지가 있는 귀신들을 상대로 탐문을 벌이는 게 나아요."

말을 마친 윤태희가 재킷 주머니를 뒤적거렸다. 낱개 포장된 사탕이 나왔다. 태평하게 사탕을 까먹는 소리가 석주련의 신경에 거슬렸다. 평소 같으면 찌릿 눈총을 줬을 테지만, 오늘은 그냥 내버려 두기로 했다. 윤태희의 정확한 지적은 석주련을 내심 만족스럽게 만들었다. 석주련의 손끝이 테이블을 톡톡 건드렸다.

"그래, 벽사단. 벽사단이라…."

뜬소문이라 좌시하기엔 영귀라고 콕 집는 걸로 모자라, 그 집단이 내세운 이름까지 상세하게 귀에 흘러들었다는 것이 마음에 걸렸다. 귀신들의 집단이 존재한다는 것은 나례청 입장에서 아주 중대하고 위험한 사안이었다.

하나가 둘이 되고, 둘이 셋이 되면 집단이 된다. 집단은 어떠한 세력이 되고, 세력은 장차 목표를 가지는 법이다.

"여혜 선사의 뒤에 사람을 붙여. 일거수일투족을 감시한다. 그리고 암행부에 남는 인력을 전부 파견해. 벽사단과 관련된 모든 정보를 수집하도록."

불길한 싹은 처음부터 잘라 버리는 게 옳았다.

"벽사단을 잡는다."

석주련의 눈이 날카롭게 빛났다.

・🕊・

윤태희의 퇴근은 자정을 훌쩍 넘긴 야심한 시각에서야 이루어졌다.

평범한 직장인이었다면 끔찍한 야근에 시달린 것일 테지만, 윤태희와 같은 경우에는 정반대로 일찍 퇴근하는 축에 속했다. 제1팀 사무실에는 아직 절반 이상의 인원이 남아 있었다. 직업 특성상 주간 근무보다 야간 근무하는 날이 많기 때문이었다.

출근 3일 차 수습은 무단 탈주, 그리고 수석은 제멋대로 조기 퇴근. 딱 두 사람만 빼면 오늘도 평화로운 축역부 제1팀이었다.

윤태희가 평소에 비해 일찍 퇴근한 이유는 단순했다. 도무지 일이 손에 잡히지 않아서. 그게 이유였다. 본청을 나온 윤태희는 고개를 꺾고 밤하늘을 멍하니 바라보았다. 날이 맑아서 흩어진 별빛이 또렷했다. 관람 시간이 끝난 지 오래인 종묘 주변은 사람 한 명 없었고, 어두컴컴했다.

한참을 그렇게 서 있던 윤태희는 넥타이 매듭에 손을 끼우고, 느슨히 풀었다. 그런 다음 바지 주머니에 양손을 꽂고 천천히 공원을 향해 걸음을 옮겼다. 오늘은 근처에 주차할 데가 마땅치 않아, 다소 떨어진 곳에 차를 대 놓은 상태였다. 차를 세워 둔 곳으로 가려면 종묘와 이어지는 커다란 공원을 통해야 했다. 출근할 때만 해도 나들이객이며 산책을 즐기는 인파로 북적거렸는데, 같은 장소인 것이 무색할 만큼 밤 공원은 한적하고 조용하기만 했다.

공원에 들어서니, 일정한 간격으로 선 가로등 불빛이 어두운 공원을 드문드문 밝히고 있었다. 화단을 따라 걷다 보니 습기 어린 풀 냄새가 났다.

찌르르, 찌르르….

풀벌레 울음소리가 윤태희의 걸음을 은은히 따라왔다. 퇴근길의 밤 산책이 그리 싫진 않았다. 어두운 공원을 천천히 걷다가, 윤태희는 주머니에서 담배를 꺼내 들었다. 나무들 사이로 곳곳에 내걸린 공원 현수막에는 공공장소에서의 흡연, 음주, 노숙을 금지한다는 안내 문구가 대문짝만하게 쓰여 있었으나 윤태희는 그다지 준법정신이 투철한 편은 아니었다.

담배를 입에 물던 윤태희가 주변을 짧게 둘러보았다. 근처에 지나다니는 사람이 있는지 확인하기 위해서였다. 다행히 눈에 띄는 사람이라곤 멀찍이 떨어진 벤치에서 노숙하고 있는 사람 한 명뿐이다. 윤태희는 라이터를 꺼냈다. 한 손으로 라이터를 포위하듯 감싸고, 그대로 부싯돌을 당길 때였다.

윤태희가 담뱃불을 붙이다 말고 우뚝 굳었다.

"……."

일시 정지했던 윤태희가 어느 순간 고개를 번쩍 들었다. 시선이 어느 한 곳으로 향했다. 아까 보았던 벤치에 노숙하고 있는 사람을 다시 바라보았다. 윤태희의 눈이 크게 뜨였다. 입술이 천천히 벌어지며, 물고 있던 담배가 툭 떨어졌다. 웅크리고 자는 뒷모습이 묘하게 익숙했다.

노숙자는 바로 재겸이었다.

깊은 밤, 어둠에 잠긴 공원은 적요했다.

들리는 소리라곤 이따금 공원 바깥에서 들려오는 자동차 지나가는 소리, 그리고 낮게 깔린 풀벌레 울음소리가 전부였다. 벤치에 웅크리고 누워 있던 재겸은 어슴푸레 번져 오는 주황색 가로등 불빛을 이불 삼아 선잠에 빠져 있었다. 불현듯, 요란한 전화벨 소리가 울려 퍼졌다.

재겸은 누운 자세 그대로 더듬더듬 손을 움직여 휴대폰을 꺼냈다.

> 윤태히

며칠 전인가 어설프게 입력해 놨던 이름이 떠올랐다. 가만히 액정을 응시하던 재겸은 무심한 손길로 휴대폰을 도로 집어넣었다. 딱히 놀랍진 않았다. 예상하고 있었기 때문이다. 정주에게는 일이 많아 늦어져 오늘은 못 들어갈 것 같다고 연락을 해 둔 참이었다. 정주를 제외하면 전화를 걸어 올 사람은 보나 마나 딱 한 명뿐. 역시나 제일 받기 싫은 그 전화였다.

띠로롱, 띠로롱….

재겸은 시끄러운 휴대폰 벨 소리를 애써 무시하며 팔짱을 끼고 다시 눈을 감았다. 그러다 어느 순간, 문득 이상한 느낌이 들었다. 재겸은 감았던 눈을 번쩍 떴다. 눈을 뜨니 그림자가 길게 드리워져 있었다. 즉, 누군가 저의 등 뒤에서 가로등 불빛을 가리고 서 있다는 것이다.

재겸이 흠칫하며 고개를 홱, 돌렸다.

"……."

재겸의 눈이 크게 뜨였다. 이번엔 살짝 놀랐다. 등 뒤에 서 있는 것은 바지 주머니에 한쪽 손을 꽂아 넣은 채로, 자신을 내려다보고 있는 윤태희였다.

띠로롱, 띠로롱….

기척 없이 서 있던 윤태희가 귓가에 대고 있던 휴대폰을 떼어 냈다. 그제야 벨 소리가 뚝 끊겼다. 재겸이 손을 짚으며 누였던 몸을 천천히 일으켰다.

"……."

"……."

둘의 시선이 허공에서 격돌하듯 부딪쳤다. 제법 긴 침묵이 이어졌다.

"안녕."

먼저 말을 꺼낸 것은 윤태희였다.

"전화 왜 안 받아?"

윤태희는 물끄러미 재겸을 응시했다. 재겸은 시선을 떨쳐 내듯 고개를 돌렸다. 잠시 침묵하던 재겸이 무신경한 음성으로 대꾸했다.

"받기 싫으니까."

"왜?"

"너도 안 받았잖아."

"……"

그건 그렇지만…. 윤태희는 어쩐지 말문이 막혔다. 재겸이 삐딱한 시선으로 윤태희를 올려다보았다. 윤태희는 얼마간 입을 다물고 있다가, 이내 공원을 빙 둘러보며 물었다.

"여기서 뭐 하고 있어?"

"그러는 넌 여기서 뭐 하는데?"

"지나가는 길이야."

"그래? 그럼 계속 지나가면 되겠네."

재겸의 입에서 나오는 말은 쌀쌀맞고 무심하기만 했다. 대화를 나누고는 있지만, 이건 대화가 아니었다. 재겸은 윤태희의 말을 모조리 튕겨 내고 있었다. 마치 예전에 사서 선생과 학생 관계였던 그때로 돌아간 것 같았다.

"……"

결국 윤태희가 작게 한숨을 쉬었다. 재겸이 본청을 나간 건 초저녁 무렵이다. 그때부터 지금까지 내내 바깥을 떠돌고 있는 것이 분명했다. 그 이유야 알 만했지만… 설마 공원 벤치에서 노숙을 하고 있을 줄은 몰랐다.

"밤이 늦었어."

윤태희가 마음을 다잡듯 눈을 꾹 감았다가 뜨더니, 다시 말을 건넸다.

"가자, 데려다줄게."

허리를 낮추며 재겸의 어깨 위로 손을 얹을 때였다.

"건드리지 마."

어깨에 손이 닿자마자 재겸은 탁, 소리가 나도록 윤태희의 손을 거칠게 쳐 냈다. 날카로운 반응이었다. 내쳐진 손은 허공에서 그대로 굳었다.

"내가 언제 데려다 달랬어?"

마침내 재겸이 눈꼬리를 세우고 윤태희를 노려보았다.

"꺼져. 신경 끄고 네 갈 길이나 가. 나는 내가 알아서 갈 테니까. 앞으로 다신 네 차 안 타. 그러니까 이제 데려다주지도 말고, 데리러 오지도 마."

매몰차게 선을 긋는 말에, 윤태희의 얼굴이 한순간에 무표정해졌다.

윤태희는 한동안 아무 말 없이 재겸을 바라보기만 했다. 다시 만난 재겸은 생각보다 침착하고 무덤덤해 보였으나, 윤태희는 알 수 있었다. 재겸은 지금 아주 단단히 화가 나 있었다.

"……."

윤태희가 천천히 뒷걸음질을 쳤다. 시선은 여전히 재겸에게 고정되어 있었다. 몇 걸음 떨어진 곳에 멈춰 선 윤태희는 팔을 뒤로 움직이더니 뒷짐을 지어 보였다. 양발을 어깨너비로 벌린 열중쉬어 자세였다. 몸을 감싸고 있던 슈트 재킷이 팽팽하게 당겨졌다.

"때려."

윤태희가 조용히 덧붙였다.

"기분 풀릴 때까지."

"……."

재겸이 눈을 치켜뜨고 윤태희를 쳐다보았다. 장난을 치거나 농담을 하고 있는 것 같진 않았다. 무표정한 얼굴은 진지하기만 했다.

"왜 그래야 되는데?"

"너를 화나게 했으니까."

그 말대로였다. 재겸은 화가 나 있었고, 기분이 매우 좋지 않았다. 재겸은 지금 진창에 처박혀 있었다. 집에 가지 못한 이유도 그 때문이었다. 이렇게 진흙을 뒤집어쓴 상태로 집에 간다면 그 따듯한 집이 더러워질 테니까.

저를 진창에 처박아 놓은 것은 눈앞에 있는 윤태희였다. 물론, 윤태희가 사과를 한 것은 예상 밖의 일이었다. 늘 당당하고 여유롭던 녀석이 물러서는 모습을 본 건 처음이었고, 내심 놀란 것도 사실이었다. 그러나 사과를 들었다고 해서 모든 게 없던 일이 되는 건 아니다. 윤태희가 정곡을 후벼 판 만큼 마음속에 남은 상흔은 깊기만 했다.

하지만 윤태희와는 좋든 싫든 함께 갈 수밖에 없는 사이였다. 그렇다면 이 이상의 충돌은 피해야 했다. 재겸은 윤태희가 얌전히 눈앞에서 꺼져 주길 바랐다.

윤태희를 본 순간부터 재겸은 화를 꾹꾹 눌러 참고 있는 중이었다. 그런데 이런 재겸의 속내를 아는지 모르는지, 윤태희는 화가 풀릴 때까지 자신을 때리라는 말을 하고 있었다. 불난 집에 기름을 붓는 격이었다.

"야, 너 지금 나 약 올리냐?"

재겸이 낮게 물었다. 흘러나온 목소리는 음산했다. 예전처럼 손이 가는 대로 때릴 수도 없고, 그래서도 안 된다는 건 재겸이 제일 잘 알고 있었다.

"아니, 진심이야. 화 풀릴 때까지 쳐."

한 치의 흔들림 없는 태도였다. 그에 재겸이 입을 다물고 윤태희를 노려보았다. 윤태희는 뭐든지 받아 줄 용의가 있다는 듯이 순순한 모습을 보였다. 때리는 대로 맞겠다는 식의 태도에, 재겸은 어째선지 모르게 화가 풀리기는커녕 오히려 더더욱 열이 뻗쳐 오르기 시작했다.

기분 풀릴 때까지 때리라고? 재겸은 정말이지 어이가 없었다. 수석실에서는 홧김에 한 대 때리긴 했지만, 분이 풀릴 때까지 성질대로 녀석을 두들겨 팬다면 아마 윤태희는 반송장이 되고 말 거다.

윤태희는 내가 자기를 얼마나 봐주고 있는 건지 모르고 있는 게 틀림없다. 그러니까 잘도 저런 소리를 하는 거다. 내가 너를 얼마나 참아 주는지, 내가 너를 얼마나….

"……."

치밀어 오르는 불덩이를 삼키며, 재겸이 말없이 고개를 숙였다. 얼마간 둘 사이로 침묵이 흘렀다. 찌르르 찌르르, 풀벌레가 울었다. 가로등 불빛이 재겸의 얼굴에 음울한 역광을 만들어 냈다. 한참 만에 재겸이 입을 열었다.

"아니, 아니야. 그럴 필요 없어."

벤치에 앉아 있던 재겸이 벌떡 몸을 일으켰다. 한 손으로 넥타이를 풀면서 몇 걸음 떨어진 곳에 서 있는 윤태희에게 성큼성큼 다가갔다. 윤태희와 마주 보고 선 재겸은 풀어 헤친 넥타이를 땅바닥에 던졌다. 내친김에 슈트 재킷도 벗어서 마찬가지로 아무렇게나 휙 내팽개쳤다.

의미를 알 수 없는 재겸의 행동에, 뒷짐을 지고 서 있던 윤태희가 눈을 좁혀 뜰 때였다.

"그냥 한 판 붙자."

뭐? 윤태희가 황당한 얼굴을 했다.

"내가 생각을 좀 해 봤어. 대체 무슨 억하심정으로 나한테 이러는 건지. 근데 아무리 생각해 봐도 모르겠어. 그래서, 결론은 니는 원래 그렇게 생겨 먹은 놈이라는 거야. 너는 사람을 가만히 놔두질 못해서 안달이 난 새끼야."

재겸이 낮은 목소리로 싸늘하게 쏘아붙였다.

"한쪽만 억지로 참아 주고 맞춰 주는 건 불공평하잖아. 더는 애쓸 필요 없어. 일일이 받아 주기 짜증 나니까 그냥 한 판

붙어. 네 계획에서 발을 빼는 일은 없으니 걱정하진 말고. 내가 그럴 수 없다는 건 네가 더 잘 알잖아."

성질대로 윤태희를 두들겨 팬다면 이 서럽고 억울한 기분이 나아질까? 그럴 것 같진 않았다. 재겸은 차라리 윤태희와 시원하게 치고받고 싸우고 싶었다. 그러면 속이 풀릴 것 같았다. 재겸이 윤태희에게 한 발짝 다가섰다.

"제대로 판 깔아 줄 테니까, 불만 있으면 덤비라고, 이 씹새끼야."

멈칫 굳었던 윤태희는 별말이 없었다. 그저 물끄러미 재겸을 내려다볼 뿐이었다. 그러다 한참 만에야 윤태희는 고개를 내리며 픽, 희미하게 웃었다.

"글쎄. 그건 안 되겠는데…."

윤태희는 뒷짐을 푸는가 싶더니, 눈썹 끝을 매만지며 중얼거렸다.

"일단… 맨주먹으로는 널 이길 자신이 없어. 나는 애초에 지는 싸움은 안 하는 편이라. 승산이 확실하지 않은 싸움은 가능한 피하는 게 상책이니까. 그리고…."

잠시 말을 흐리던 윤태희가 나지막이 덧붙였다.

"너랑 나, 둘 다 다치면 손해가 너무 커. 앞으로의 계획에 차질이 생길지도 모르는 일이고… 네가 다치는 건 싫거든. 누구 하나 다쳐야 한다면 내가 다칠게."

"……."

"맞을 테니까, 그냥 때려."

"……."

재겸의 눈빛이 짧게 흔들렸다.

또다. 너는 또 그런 식으로 말을 한다. 다치게 하고 싶지 않다? 마음은 이미 여러 번 다쳤다. 잠시 낯을 굳혔던 재겸이 조그맣게 실소를 흘렸다.

'그럼 내 생일은 오늘로 해야겠다. 네가 나랑 외식해 주니까.'

'누구는 감히 손도 못 대는데.'

'너 신경 쓰는 일이 내가 할 일이야.'

'귀하게 모신 분이니 귀하게 대해 주세요.'

너는 항상 그런 식이다. 이상한 소리를 해서 사람을 헷갈리게 만든다. 마치 특별한 사람이라도 되는 것처럼, 소중한 사람이라도 되는 것처럼 착각을 하게 만든다. 그렇게 방심을 하게 만들어 놓고는, 한순간에 더럽고 악취 나는 진창으로 처박아 버리는 것이 윤태희의 방식이다.

지금도 마찬가지였다. 저렇게 뭐든 받아 줄 것처럼 구는 건, 속내를 감추고 나를 생각하고 위해 주는 척을 하고 있는 거다. 진부 시늉이고 꾸며 낸 짓이며, 나는 또 속은 거다. 이 이상 윤태희에게 휘둘릴 순 없다. 그러기 위해선 아예 이 김에 확실하게 갈피를 잡아야만 했다. 그러면 헷갈릴 일도, 기대하고, 실망할 일도 없을 테니까. 더는 너에게 속지 않을 것이다.

"네 눈에는 내가 등신으로 보이냐?"

재겸이 한 발자국 다가서며 윤태희의 멱살을 잡았다. 그대로 멱살을 끌어당기니 윤태희는 힘을 주는 대로 순순히 딸려왔고, 향수 냄새도 따라왔다.

"덤벼."

재겸이 경고하듯 낮게 말했다.

"…싫은데."

윤태희가 조용히 대꾸했다.

"덤비라고."

재차 쏘아붙이며 멱살을 강하게 쥐었으나, 재겸을 바라보는 윤태희의 시선은 흔들림이 없이 고요하기만 했다. 전의라고는 전혀 느껴지지 않았다.

"……."

"……."

긴 침묵이 이어졌다. 그러나 서로를 바라보는 시선만은 팽팽했다. 마치 기 싸움을 벌이고 있는 것 같았다. 그리고 어느 순간, 재겸은 이상한 오기를 느꼈다. 멱살을 잡았던 손을 확 풀었다. 먼저 물러난 것은 재겸이었다.

"내가 누누이 얘기했지."

재겸이 한 발짝 물러섰다. 저돌적인 눈빛이었다.

"같은 말 두 번, 세 번 말하게 하지 말라고."

그 말과 동시에 재겸이 손을 들더니 스스로의 뺨을 후려쳤다. 그 순간 윤태희의 낯이 매섭게 굳어졌다. 귀기를 실어서 때린 탓에 입 안이 터졌다. 통증에 미간을 찡그렸던 재겸이 고개를 옆으로 틀더니 피인지 침인지 모를 것을 퉤, 뱉었다.

그걸 본 윤태희의 눈매에 단번에 힘이 들어갔다. 내내 그 자리에 그대로 서 있던 윤태희가 성큼성큼 다가오더니 재겸의 팔을 강하게 붙잡았다.

"이게 뭐 하는 짓이야?"

재겸이 윤태희의 손을 뿌리쳤다.

"네가 덤비면 될 일이야."

형형한 눈이었다. 윤태희는 순간 말을 잃었다. 다치게 하기 싫다는 이유로 싸움에 응하질 않으니 지금 시위를 하고 있는 것이다.

예기치 못한 방향에서 튀어나오는, 소년의 무모하고 대담한 기질.

당황한 윤태희가 그대로 멈춰 있으니, 재겸은 두 번 말하는 대신 또다시 손을 휘둘렀다. 마찬가지로 저 자신을 향해서였다. 어떻게든 화풀이를 하고 싶었다.

그러나 이번엔 윤태희가 한발 빠르게 손목을 강한 힘으로 틀어쥐고 버티는 탓에, 재겸은 스스로를 때리지 못했다.

"…그만해."

윤태희가 인상을 쓰며 말했다. 재겸은 들은 척도 않고 그대로 윤태희를 밀쳤다. 그러나 윤태희는 아까와 다르게 쉽사리 물러서지 않았고, 오히려 나머지 손까지 붙잡아 왔다. 아프게 느껴질 정도로 엄청난 악력이었다.

"놔!"

양쪽 손목을 붙잡힌 재겸이 거세게 몸부림치며 손목을 잡아 빼려고 했다. 그러나 윤태희는 끈질겼다. "그만하라고 했어." 화가 난 재겸이 있는 힘껏 윤태희를 들이받았다.

그 충격에 순간적으로 중심을 잃고 비틀대던 윤태희가 화단 안쪽으로 넘어졌다. 재겸의 손목은 여전히 붙잡혀 있는 상태였다. 그 탓에 재겸도 윤태희를 따라서 끌려가듯이 우당탕 화단으로 넘어졌다.

화단에 넘어진 후로도 둘의 힘겨루기는 이어졌다. 벗어나려는 힘과 붙잡으려는 힘이 과격하게 충돌했다. 풀밭을 구르며 엎치락뒤치락 과격하게 뒤엉켰다. 그사이, 잔디는 찌그러지고 꽃들이 등에 마구잡이로 짓이겨졌다.

"그러니까 덤벼. 쳐 보라고! 이 씨발 새끼야!"

둘은 마치 싸움에 서툰 소년들처럼 열에 달뜬 몸싸움을 벌였다. 어둑한 풀밭을 뒹구는 동안 반듯하던 슈트는 구겨졌고, 머리칼도 잔뜩 헝클어졌다. 간간이 돌부리에 스쳐 생채기도 생겼다. 주먹질만 안 한다 뿐이지, 개싸움 수준이었다. 부딪히고 넘어지며 조금씩 다치고 있었다.

"이거 놔!"

재겸은 마침내 윤태희의 손을 떨쳐 내는 데 성공했다. 그 짧은 빈틈을 놓치지 않고 재겸은 곧바로 윤태희의 위에 올라탔다. 그러고는 윤태희를 향해 화풀이를 하듯 손에 잡히는 것들을 마구 집어 던지기 시작했다.

"왜… 왜 못 때려, 왜! 네가 뭔데!"

쥐어뜯긴 잔디와 흙, 쪼개진 나무 조각, 자잘한 돌멩이들이 윤태희를 향해 날아들었다. 헉헉거리던 재겸이 흐트러진 숨결로 소리쳤다.

"피하지 말고 덤비라고, 이 비겁한 새끼야!"

그 순간, 윤태희는 무언가 뚝 끊어지는 것을 느꼈다. 윤태희는 재겸의 셔츠 깃을 확 잡아챘다가, 그대로 바닥에 냅다 패대기를 쳤다. 전에 없이 아주 과격하고 우악스러운 손길이었다.

쿵!

거칠게 넘어졌던 재겸이 작게 신음하며 땅을 짚을 때였다. 눈 깜짝할 사이에 앞으로 다가온 윤태희가 그대로 재겸의 멱살을 단숨에 잡아 올렸다. 순식간에 일어난 일이었다.

"윽…."

충격이 가시기도 전에 강한 힘이 몸을 쑥 끌어당겼다. 주먹이 날아올 것이다. 재겸이 눈을 질끈 감으며 살갗에 귀기를 덧댔다. 머리로 생각하기 전에 몸이 먼저 반응해서 나온 반사적인 행동이었다. 그러나 다가온 것은 주먹이 아니었다.

잡아먹을 듯한 키스였다. 아니, 어쩌면 그것은 키스가 아니라 몸싸움의 연장선일지도 몰랐다. 그만큼이나 험악하고 무례하게 이루어진 입맞춤이었다. 입술과 입술이 맞물리는 순간,

윤태희는 전신을 꿰뚫는 거대한 전율을 느꼈다. 흡사 뒤통수를 강타당한 듯한 충격이었다. 재겸의 멱살을 꽉 움켜잡은 손에 뼈가 불거졌다.

다가올 주먹에 대비해 눈을 질끈 감았던 재겸은, 부딪치듯 거칠게 다가온 입술에 소스라치게 놀라며 눈을 번쩍 떴다. 대경실색한 나머지 숨 쉬는 것조차 잊고 그대로 얼어 있었다.

여린 입술에 입술이 닿고, 집어삼켜지고, 난폭하게 깨물렸다. 타인과 입을 맞추는 건 난생처음 겪는 일이었다. 정지 상태로 멍하니 굳어 있던 재겸의 어깨가 뒤늦게 파드득 튀었다.

"으읍…."

재겸은 불에 덴 듯 기겁하며 황급히 몸을 뒤로 물렸다. 그러나 멱살을 강하게 틀어쥔 손아귀는 재겸을 순순히 놓아주지 않았다. 그에 재겸이 거세게 저항하며 윤태희의 어깨를 힘껏 밀쳐 냈다. 간신히 틈이 벌어지자, 재겸이 윤태희의 뺨을 냅다 후려쳤다.

짜악—!

살벌한 타격음과 함께 윤태희의 고개가 세차게 돌아갔다. 재겸이 흠칫하며 덜컥 숨을 들이켰다. 제 손길에 지레 놀란 것이었다. 방금 손에 귀기를 싣고 말았다. 상황을 인지하기도 전에 반사적으로 손이 먼저 튀어 나가긴 했으나, 귀기까지 실어서 때릴 생각은 없었다.

재겸의 얼굴에 선명한 당혹감이 서렸다. 게다가 하필이면 때린 쪽이 아까 낮에 수석실에서 때렸던 쪽이었다. 재겸이 몹시 당황하여 제 손을 내려다봤다. 손이 가늘게 떨리고 있었다. 머릿속은 새하얗게 변해 사고를 멈춘 지 오래였다. 윤태희의 입맞춤에 놀랐고, 귀기를 실어 때린 스스로에게 또 놀랐고….

"어. 그, 어…."

재겸이 황망한 얼굴로 시선을 내렸다.

바, 방금 그건 대체 뭐였지? 분명히 싸우고 있었는데….

가슴팍이 가쁘게 들썩였다. 쿵쿵, 거센 울림이 발바닥까지 퍼지고 있었다. 넋이 나간 얼굴로 서 있던 재겸이 삐걱거리듯 고개를 들었다. 윤태희는 고개가 돌아간 그 자세 그대로 우뚝 굳어 있었다. 귀기 실린 싸대기에 맞아서 윤태희의 입술은 터져 있었다. 재겸이 입을 벌린 채 멍하니 윤태희를 바라볼 때였다. 윤태희의 눈동자가 스르륵 움직이더니 재겸을 향해 꽂혀 들었다.

허공에서 시선이 정확히 맞물렸다.

"……."

"……."

미처 시간이 멈춘 듯했다.

재겸과 윤태희는 무언가에 붙들린 것처럼 서로에게서 눈을 떼지 못했다. 찌르르 찌르르…. 둘 사이로 흐르는 기나긴 적막에 풀벌레 소리가 기어 다녔다. 희미하게 번져 오는 가로등 불빛이 어둑한 풀밭 위에 선 둘의 윤곽을 그려 냈다.

축축한 흙냄새, 서늘한 밤공기, 이따금 불어오는 바람에 나뭇잎 흔들리는 소리…. 감각으로 와닿는 모든 것이 비현실적으로 느껴졌다.

고개가 측면으로 돌아간 상태에서 재겸을 응시하고 있던 윤태희는 어느 순간 느리게 손을 들어 올리는가 싶더니, 터진 입술에서 나온 피를 손등으로 무성의하게 닦아 냈다.

"……."

어찌할 바를 모르고 혼란스레 서 있던 재겸이 주춤거리며 뒷걸음질을 치기 시작했다. 그대로 등을 돌려 자리를 뜨려고 했다. 그러나 돌부리에 걸렸는지, 다리에 힘이 풀렸는지 그만 발이 꼬여 버렸다. 우당탕, 자빠지듯 엉덩방아를 찧을 때였다. 번뜩 정신을 차리니 윤태희가 코앞에 와 있었다.

윤태희가 재겸을 향해 손을 뻗었다.

재겸은 찰나의 지나가는 생각으로, 윤태희가 자신을 일으켜 주려는 줄로만 알았다. 그러나 예상은 보기 좋게 빗나갔다. 윤태희는 재겸을 일으켜 주기는커녕 양어깨를 잡아 쥐고 그대로 풀밭에 쓰러트렸다.

재겸이 당황하며 윤태희를 올려다보았다. 아까 전과는 달리 이번엔 윤태희가 재겸의 위에 올라탄 자세가 되었다. 등에 와닿는 잔디가 습하고 축축했다.

"뭐, 뭐 하는 거야. 비, 비, 비켜…."

기묘한 위기감을 느낀 재겸이 정신없이 말을 더듬으며 윤태희를 밀쳐 내려고 했다. 그러나 윤태희는 비키지 않았다. 윤태희가 앉아 있는 허리춤 아래로 재겸의 다리가 바르작거렸다. 윤태희가 천천히 상체를 숙였다.

"안 비키면 귀, 귀, 귀기 실을 거야. 비키…."

뒷말은 채 이어지지 못했다.

"응, 마음대로 해."

그 말을 끝으로 윤태희는 재겸의 양 뺨을 감싸 쥐더니 그대로 입을 맞췄다. 쪽, 잠시 닿았던 입술이 느리게 떨어졌다. 그에 재겸이 숨을 들이켰다. 믿기지 않는다는 듯 눈을 크게 홉뜨고 윤태희를 올려다볼 때였다.

윤태희는 재겸의 손목을 한 손에 모아서 그러쥐더니, 그대로 머리 위로 강하게 내리눌렀다. 나머지 한 손으로는 턱을 붙잡고 다시 입술을 부딪쳤다.

숨결에 섞인 향수 냄새가 해일처럼 덮쳐 왔다. 누구의 것인지 모를, 비릿한 피 맛이 입 안에 번졌다. 재겸의 다리가 풀밭을 짓이기듯 꿈틀거렸다. 구둣발에 꽂이며 잔디며 마구잡이로 짓이겨졌다.

열기 어린 숨결이 엉망으로 뒤엉켰다. 속수무책으로 입술을 빨리는데 뭔가 밀려 들어왔다. 그와 동시에 재겸의 눈가가 파르르 경련했다. 생경한 전류가 등골을 할퀴었다.

"우, 으…."

혀가 농밀하게 얽혔다. 재겸의 손가락이 새하얗게 곱아들었다. 스스로 뺨을 때려 입 안에 생긴 터진 상처가 깨물리듯 빨렸다. 아릿한 통증이 몽롱하게 늘어졌고, 숨결은 불규칙하게 흐트러지고 있었다. 윤태희의 고개가 움직이는 대로 재겸의 턱도 속절없이 끌려갔다.

영원처럼 느껴지는 깊고, 긴 입맞춤이었다.

윤태희가 천천히 입술을 뗐다. 눌어붙었던 입술 점막이 진득하게 떨어졌다. 손목을 틀어쥐고 있던 힘이 한순간에 풀렸다. 마침내 재겸이 감은 눈을 떴을 때, 윤태희는 땅을 짚은 채로 재겸을 내려다보고 있었다. 재겸은 혼이 나간 얼굴로 윤태희의 팔 안에 갇혀 있었다.

"……."

"……."

시선이 마주치자 재겸의 심장이 요동을 쳤다.

피가 후끈거리고, 머릿속이 어지럽고, 숨이 막혔다. 언젠가 정주가 말했던 거대한 위압감이란 게 혹시 이런 거였을까?

당황스러울 정도로 손이 떨렸다. 내가 여기에 왜 왔는지, 무엇 때문에 화가 났었는지, 어째서 윤태희와 싸우고 있었는지, 갑자기 하나도 기억이 나질 않는다.

이건 제정신이 아니다. 제정신이 아니다. 제정신이 아니다….

머릿속에 떠오른 생각은 그것뿐이었다. 재겸은 제 위에 엎드린 윤태희를 떼어 내기 위해 옷자락을 쥐어뜯듯이 윤태희의 등짝을 마구 잡아당겼다.

"너, 이, 이상해."

이건 정말이지, 이상하다는 말로 표현할 수밖에 없는 것이었다. 갑자기 저를 둘러싼 모든 것들이 이상하게 느껴졌다. 눈앞에 펼쳐진 장대한 밤하늘도 이상하고, 점점이 박힌 저 별빛도 이상하며, 하다못해 한없이 울어 대는 풀벌레마저 이상했다.

그리고 그중에 제일 이상한 건 윤태희였다.

"……."

윤태희는 고개를 비스듬히 틀더니, 재겸의 품에 안기듯 목덜미에 이마를 묻었다. 맞닿은 상체에서 누구의 것인지 모를 박동이 쿵쿵, 울리고 있었다.

"나도…."

목덜미에서 윤태희의 숨결이 이상하게 부서졌다.

"나도, 네가 이상해."

혼잣말처럼 흘러나온 그 말도, 퍽 이상하게 들렸다.

재겸이 온 힘을 다해 윤태희를 밀쳐 냈다. 이상한 놈은 순순히 뛸어졌다. 재겸이 빌떡 몸을 일으켰다. 비틀거리는 발설음으로 화단 울타리를 넘다가 하마터면 또 넘어질 뻔했다. 이번엔 명백히 다리에 힘이 풀려서였다.

찌르르… 찌르르….

재겸은 그대로 뒤돌아 달리기 시작했다.

몇 번이고 발이 삐끗했지만 소년은 멈추지 않았다. 달리고, 또 달렸다. 이 알 수 없는 감정에서, 이 이상한 세계에서 어떻게든 달아나고 싶었다.

그렇게 소년은 달빛을 등지고 멀리멀리 도망쳤다.

• 🕊 •

윤태희가 사는 집은 본청에서 그리 멀지 않은 곳에 위치한 어느 고급 아파트였다. 어느덧 새벽 2시를 넘긴 시각이었다. 번호 키를 누르자 삐리릭, 요란한 소리와 함께 도어 록이 열렸다. 문을 열고 들어서니 현관 센서 등이 켜졌다. 넥타이를 풀며 걸음을 옮기던 윤태희는 일단 거실 불부터 켰.

불을 밝힌 집 안은 적막했다.

혼자 살기엔 과할 정도로 큰 평수였다. 방 개수가 많아도 실상 사용하는 방은 두 개뿐이었다. 침실과 드레스룸. 평수에 비해 세간이 단출한 탓에 집 안은 썰렁하고 살풍경했다. 특히 거실이 그랬다.

넓은 거실엔 그 흔한 티브이조차 없었고, 티브이 대신에 붙박이로 들여놓은 책장이 벽 한 면을 메우고 있었다. 책장에 꽂혀 있는 책은 어림잡아 보아도 수천 권에 달했다. 그리고 반대편에는 몇 명은 드러누울 수 있을 법한 커다란 가죽 소파가 놓여 있었다. 소파 한쪽 구석에는 책이 또 수북했다.

층수가 제법 높은 탓에 거실 유리창으로 서울 야경이 한눈에 내려다보였다. 잠시나마 감상에 빠질 법한 근사한 조망이었지만, 윤태희는 무표정한 얼굴로 거실을 지나쳤다. 윤태희가 가장 먼저 향한 곳은 욕실이었다.

우선은 샤워부터 해야 했다. 화단에서 험하게 뒹군 탓에, 꼴이 말이 아니었다. 본청에서 나올 때까지만 해도 각이 잡혀 있던 값비싼 슈트는 어느새 흙투성이였다. 한껏 구겨지고 더러워져 있었다.

뜨거운 물로 샤워를 마치고 나온 윤태희는 평소에 집에서 입던 대로 옷을 갈아입었다. 품이 커다란 검은색 무지 티셔츠에, 그와 엇비슷할 정도로 어두운 체크무늬 파자마 바지였다. 편한 옷으로 갈아입은 윤태희는 수건으로 젖은 머리를 대충 말리며 부엌으로 향했다.

적당한 크기의 유리컵을 꺼내 놓고, 뒤이어 냉장고를 열었다. 양문형 냉장고 안에 든 것이라고는 방울토마토 한 팩, 그리고 소주 몇 병과 캔 음료 몇 개가 전부였다. 윤태희는 유리컵에 소주와 음료수를 절반씩 따랐다. 술기운을 빌려서라도 오늘은 일찍 자고 싶었다. 각 얼음도 몇 개 꺼내 동동 띄웠다.

"아."

거실로 걸음을 옮기며 섞은 술을 홀짝이던 윤태희가 어느 순간 인상을 썼다. 입에 상처가 난 것을 깜빡했다. 술이 닿으니 상처가 쓰라렸다.

"……."

잠시 멈칫했던 윤태희는 컵을 들고 여느 때처럼 책장 앞으로 갔다. 책을 꽂고 남은 자리에 올려 둔 라디오를 켰다. 쥐 죽은 듯 적막하던 집에 낮게 선율이 깔렸다. 라디오는 늘 클래식 채널에 고정되어 있었다. 굳이 이 채널만 고집하는 이유는 다른 채널과 달리 광고가 없고, 진행자가 말을 많이 하지 않기 때문이었다.

깊은 밤이라 그런지, 라디오에서는 잔잔한 연주곡이 흘러나왔다.

윤태희는 손에 잡히는 대로 읽었던 책을 집었다. 테가 동그란 안경을 쓰고 소파에 앉았다. 피곤하긴 했지만 아직은 잠이 올 기미가 없으니, 술기운이 돌 때까지 모처럼 책이나 읽을 생각이었다. 그동안은 일이 바빠 책 읽을 시간이 없었다.

윤태희는 등에 쿠션을 끼우고, 편하게 기댄 자세로 한쪽 다리를 세웠다. 그러고는 드문드문 술을 홀짝여 가며 천천히 책을 뒤적이기 시작했다. 도중에 읽다 말았기 때문에 흐름이 끊긴 상태였다. 기억이 가물가물했다.

이전에 포스트잇을 붙여 놓은 페이지를 골라서 가볍게 훑어보았다. 그러자 놓쳤던 맥락이 되살아났다. 윤태희는 멈췄던 부분에서부터 차근차근 문장을 읽어 나가기 시작했다. 안경알 너머로 보이는 눈동자가 어두웠다.

니꼴레 선생님, 저는 지금 거대한 소용돌이 속에 있습니다. 크나큰 위험에 직면해 있다는 말입니다. 지난번 만남 때였지요. 저는 때때로, 저 자신이 전혀 다른 사람처럼 느껴지곤 한다고 선생님께 얘기를 드렸지요.

아아, 저는 이제 거울을 봐도 제 얼굴을 알아보지 못하는 지경에 이르고 말았습니다. 현명하신 니꼴레 선생님, 제 말뜻을 아시겠습니까?

모든 것이 '그'를 만난 이후부터였어요. '그'는 사실 몰락의 인도자였던 겁니다. 내가 나로 있을 수 없다는 치욕이라니! 저는 결국 열망에 잡아먹히고 말았습니다. 거센 소용돌이 속에서 기어이 자아(自我)를 잃어버리고 만 것입니다. 선생님, 어찌 이것을 사랑이라고 부를 수 있단 말입니까?

이것이 사랑입니까? 사랑은 파멸이고, 형벌이며, 고역이라는 이름의 병(病)이었던 겁니다. 저 로베르트는 이제 더 이상 로베르트로 있을 수 없게 되었습니다. 저는 거센 소용돌이 속에서 부서져 가고 있습니다. 이미 망가진 지 오래입니다. 저 자신보다도, '그'를 더 원하기 때문입니다….

저는 매일 밤, 기도하며 잠에 듭니다. 내일이 오기를 간절히 바라면서요. '그'를 원하기 때문입니다! 하지만 그 내일이란 이 세상의 멸망이기를 바랍니다. '그'를 가질 수 없으니까요! 저를 죽게 하고, 저를 살게 하는, 이 신비로운 힘은 무엇입니까? 공포의 탈을 쓰고 찾아온 이것은 무엇입니까? 두렵습니다. 이 폭

풍은 저를 어디로 데려가는지 모르겠습니다….

 문장을 읽어 내려가던 윤태희가 어느 순간 책을 탁, 덮었다. 이를 데 없이 싸늘하고 무표정한 얼굴이었다.
 "……."
 윤태희는 책 커버 위에 안경을 벗어 두고 미간을 만지작거렸다. 잠시 그대로 눈을 감았다. 씨발. 책을 잘못 골랐다는 생각이 든다. 이러려고 책을 펼친 게 아니었는데. 평온하게 깔린 선율이 새삼스레 신경에 거슬렸다.
 지난 세월 동안 윤태희가 책에 몰두한 이유는 간단했다. 재미를 떠나서 책 안에는 무엇이든 실마리가 있기 때문이다. 같은 문장을 몇 번이고 반복해서 읽다 보면, 활자는 때로 '좌표'가 되기도 한다는 것을 윤태희는 여러 번의 경험을 통해 알았다. 답을 찾아내고 발굴하는 건 오로지 자신의 몫이었고, 그렇게 윤태희는 그 어떤 난제라도 나름의 답을 찾아내 왔다.
 그것은 이번에도 마찬가지였다.
 충동의 진원이 어디인지 궁금했었다. 굳이 너여야 하는 이유는 없지만, 굳이 너였으면 하는 그 마음이, 충동을 만들어 낸 것이었다. 그렇다면, 그 마음은 무어라 부르면 좋을까….
 언젠가 윤태희는 스스로에게 물었다. 그것은 아주 어려운 질문이었고, 윤태희가 내놓은 첫 번째 답은 틀렸다. 그런데 이제는 정답이 무언지 알 것 같았다. 아니, 사실은 언젠가부터 어렴풋이 예감하고 있었을까. 그러나, 윤태희는 언제까지고 답을 유예하고 싶었다. 이대로 뿌연 안개 속에 깊숙이 숨겨 놓고 싶었다.

   그것은 본능적인 위기감에서 비롯된 것이었다.

'그'는 사실 몰락의 인도자였던 겁니다.

'너'는 내가 절대로 맞혀선 안 되는 답일지도 모른다고.
윤태희는 유리컵에 든 술을 단숨에 비웠다.
"아."
역시나 엄청나게 쓰라렸다.

〈다음 권에 계속〉

혼불 둘

초판 1쇄 발행	2024년 08월 28일
초판 2쇄 발행	2024년 10월 11일

지은이	톨쥬

편집 팀장	김도훈
책임 편집	권용화
편집	전소영
제작·물류	권용화
PD	한다솜
표지그래픽	한다솜
디자인	크리에이티브그룹 디헌

펴낸이	배기식
펴낸곳	리디 주식회사
출판신고	2011년 08월 29일 제2011-000264호
주소	서울특별시 강남구 테헤란로 325, 4층, 10층, 11층(역삼동)
홈페이지	ridibooks.com

ISBN	979-11-7216-758-5 04810
	979-11-6960-791-9 (세트)

ⓒ 톨쥬 2024

이 책은 저작권법에 따라 보호를 받는 저작물이므로 무단 전재와 무단 복제를 금지하며,
이 책의 전부 또는 일부를 인용하려면 반드시 저작권자와 리디 주식회사의
서면 동의를 받아야 합니다.

◣ **Beyond** 장르 그 이상의 감동, 그 너머 이상

비욘드는 리디 주식회사의 BL 전문 레이블입니다.
미지의 장르에 대한 즐거움을 선사하는 것이 비욘드의 목표입니다.

·책값은 뒤표지에 있습니다.
·잘못된 책은 구입하신 곳에서 바꾸어드립니다.